WOLFGANG SCHREYER

Der Feind im Haus

ROMAN

DAS NEUE BERLIN

INHALT

ANJAS TRAUM

Wie schön war doch die Welt! Dieser 25. April war weiß Gott der erste warme Sonntag hier am Stadtrand, im Berlin des Jahres 2010. Das Hausmädchen hatte sonntags frei, daher hatte Anja Sörensen selbst den Tisch gedeckt, zum Frühstück auf der Terrasse. Und sie genoß es, dort zu sitzen, erstmals nach dem langen Winter, ihren Mann erwartend, im fröhlichen Konzert der Vogelstimmen. Ein milder Südwind blies vom Müggelsee herauf, und sie fand, etwas Heiteres liege in ihm, schwer zu deuten, gewürzt mit leichtem Teergeruch, wohl vom Bootssteg. All das war wie ein Versprechen, ein köstlicher Vorgeschmack auf Kommendes für sie ... Gewiß nicht für Edgar, der würde den Duft kaum spüren. Sein Geruchssinn war matt, in puncto Natur schwach entwickelt. Nur für Menschen und deren Pläne, zumal die versteckten Absichten, da hatte er eine gute Nase.

Ach, in ihrer beider Phantasie gab es wenig Berührungspunkte, von ihm salopp Schnittmengen genannt, im Jargon der Medien. Ihre Vorstellungswelten wichen voneinander ab, das enttäuschte sie manchmal. Und doch war sie glücklich mit ihm – seit anderthalb Jahren ganz stolz darauf, nicht mehr Scholz, sondern Sörensen zu heißen und seine Ehefrau zu sein.

„Wir haben halt nicht alle dieselben Feinde", pflegte er, darauf angesprochen, hochherzig zu sagen. So freundlich wischte er Differenzen weg, jeder Zoll ein Gentleman von 43, im Studio heimlich Sir Edgar genannt. Elf Jahre älter als sie und ihr in beinah jeder Hinsicht überlegen; doch versehen mit soviel Geist, Humor und Zartgefühl, daß er's sie nicht merken ließ.

Jedenfalls schien er das zu glauben. Nur fiel es ihm natürlich schwer, zu vergessen, daß er mal ihr Chef gewesen und es im Grunde auch geblieben war, mit dem Umzug nach Berlin. Welch ein Karriereschritt für ihn: Aufstieg zum Leiter des Hauptstadtstudios, das auch sie beschäftigte. Wenn auch nicht mehr als Quotenfrau aus dem Osten und als Edgars Assistentin, quasi seine rechte Hand, wie es ja einst angefangen hatte. Sondern aufgerückt ins Ressort Innenpolitik, hübsches Vorwärtskommen für sie zwei! Manchmal, etwa beim Einkauf im Supermarkt, streifte sie der Gedanke, daß Edgar rund dreißigmal soviel verdiente wie die Kassiererin, und sie selber immerhin noch fünf- oder sechsmal soviel.

„Du, ist das eigentlich gerecht?“ hatte sie ihn kürzlich erst gefragt, halb erfolgsbewußt, halb auch geplagt von ihrem Gewissen. Worauf er amüsiert dreingeschaut und etwas recht Plausibles geäußert hatte. Von der argen Konkurrenz des Privatfernsehens ging seine Rede, das einem sonst die besten Köpfe flink wegschnappen würde. „Billig sind andere“, meinte er. Es klang für sie ganz wie das Rechtfertigen der Spitzengagen von Bankern. Für ihn aber war das eine naive Ossifrage, von Leuten eben, die dem Gleichheitswahn zuneigten, weil ihre Erziehung noch in der alten DDR erfolgt war. Und vielleicht stimmte das ja auch. Anja war zwölf gewesen, als die Mauer fiel und der Staat dahinter von einem Herbst zum nächsten versank, das heißt aufging im einig Vaterland.

Edgar Sörensen trat aus der Glastür, rosig vom Duschen, flott frisiert. Das Sonntagsblatt in der Hand, gab er seiner Frau einen Kuß auf die Stirn. Als seriös durchgestylter Fernsehmann ließ er sich auch daheim kaum gehen, blieb meist hellwach, fast als könne sich jäh eine Kamera auf ihn richten. Das ständig Vorzeigbare, fand Anja, diese Präsenz ist schon toll bei ihm. Selbst sein Rasierwasser paßt zum Typ. Jederzeit könnte er in einem Gucci-Werbespot punkten oder eine Talkshow dominieren. Er hat einfach alles, was manch einem Politiker eher fehlt – vor allem Erfolg. Dank seines Auftretens und der akribischen Arbeit, die immer bei ihm dahintersteht.

Die Zeitung freilich dürfte ihn heute reizen, das hatte Anja schon beim ersten Blick darauf erkannt. Was für Titel auch wieder: „Özkan für Kreuz-Verbot", „Linke für Doppelspitze", „Steinmeiers Berater Ex-Spion?" – na, dies ging ja noch an. Und „Saddams Vize gefaßt" oder „Giftanschlag der Taliban?", das konnte ihn sogar freuen, vielleicht. Hatte doch ein Sprecher des afghanischen Präsidenten Hamid Karsai erklärt, nach Kontakt mit Islam-Extremisten seien 80 Schülerinnen mysteriös erkrankt; und jeder Versuch, Mädchen von der Schule fernzuhalten, sei ein terroristischer Akt.

Dann aber las er ihr vor, zur Trauerfeier für die gefallenen Soldaten in Ingolstadt, da habe ein Leser bemerkt: „Nun lassen wir uns, gedeckt durch die internationale politische Führung, immer weiter in endlose kriegerische Auseinandersetzungen ein, alles unter dem Deckmantel der Prävention gegen den Terrorismus. Nur, Druck erzeugt Gegendruck! Gerade durch die Kämpfe in Afghanistan holen wir den Terrorismus zu uns in die Heimat. Was die Sowjets dort nicht schafften, das wird auch uns nicht gelingen. Es gibt keinen einzigen Grund zur Rechtfertigung unseres Krieges in dem Land."

Wieso, mochte Edgar sich jetzt fragen, gab die Redaktion so abwegigem Zeug denn Raum? Sie sah sein Kopfschütteln, das Verdüstern. „Probier doch mal die Marmelade von Gabi", sagte sie, um die Morgenstimmung zu retten. „Die hat Mutter selbst für uns gekocht."

„So? Wie nett von ihr. Aber weißt du, ich halte mich lieber zurück bei allem, was süß ist ... Die Ausnahme bist du!"

Sie atmete auf; wenigstens wandte er sich ihr wieder zu. Er legte die Zeitung weg, und Anja sah eine Chance, ihr Anliegen vorzubringen. „Ich muß sie unbedingt bald besuchen", teilte sie ihm schonend mit. „Gibst du mir drei Tage frei?"

„Aber ja doch, Schatz. Es können sogar vier Tage sein, wenn du das Wochenende gleich nach Himmelfahrt nimmst."

„Sie hat leider schon am 9. Mai Geburtstag, heute in zwei Wochen. Und es ist ihr 60., Eddie! Du bist selbstredend auch eingeladen. Aber ich weiß ja, du machst dir nicht viel aus ihr."

Sörensen blinzelte in die Sonne und schwieg. Es sah aus, als störe ihn noch immer die Ablehnung der Afghanistan-Hilfe durch eine närrische Mehrheit im Volk, dessen Inkompetenz nun schon in der Presse vereinzelt Ausdruck fand. Sein Thema, ganz verinnerlicht von ihm, war ja der Kampf gegen den Terror. In diesen Grundsatz verbiß er sich. Das war sein Mantra, wie er's manchmal nannte, mit einem Hauch von Selbstironie, der noch Distanz erkennen und Anja hoffen ließ. Aus ihrer Sicht die Zauberformel, der er seinen Ruf und Rang im Sender wohl verdankte. Kein Wunder, daß der finstere Komplex ihn oft ziemlich ausfüllte. Ohne es zu wollen blendete er anderes dann einfach aus. Wobei ihm freilich zum Glück das Gesamtbild, der große Überblick nie abhanden kam ... Sekundenlang fühlte sie sich gleichwohl an den Rand gedrängt, fast ausgegrenzt von seiner Gedankenwelt.

„Was hast du eigentlich gegen meine Mutter?" warf sie keck in den dunklen Strom, der ihn so spürbar von ihr entfernte. „Manchmal gibst du mir das Gefühl, als hätte sie keinen Widerstand geleistet im alten Regime, sondern als wär sie eine Zumutung für dich."

„Alle Eltern sind eine Zumutung, auch meine, Anja. Und zwar schon deshalb, weil man sie sich nicht aussuchen kann. Natürlich, der 60., da mußt du allerdings hin ... Nur eine Bitte hab ich, fahr mit dem Zug! Bloß mir zuliebe."

Anja musterte ihn stumm. Sie begriff, da sprach Sorge aus ihm. In seinen Augen drohte nämlich, fuhr sie per Bahn nach Rostock, ihrer gemeinsamen Zukunft eine Gefahr weniger. Eine Zukunft voller Ungewißheit für ihn und sie beide. Die Furcht vor schlimmen Dingen, das war sein Schwachpunkt, die Achillesferse. Raser und Drogensüchtige im Straßenverkehr, Linksradikale, Alkoholiker, platzende

Reifen, ja auch Terroristen – der Unterschied war marginal. Er hatte da zuviel Phantasie, in seinem Kopf spukten tausend Gefahren. Folglich hatte er jetzt auch die Alarmanlage für das Grundstück angeschafft, sündhaft teuer, und es mit Videokameras bestückt – eine sogar am Bootshaus unten, was sie dann doch übertrieben fand. Letztlich schien er zu glauben, als Terrorfachmann des Senders selber gefährdet, also im Fadenkreuz von Extremisten zu sein.

„Na schön, nehm ich eben den Zug", sagte sie sanft. „Aber hast du bedacht, es kommen auch Bombenanschläge auf Züge vor?"

Er lachte auf, ein kurzes Bellen. Anja sah ihn den Zeigefinger heben, ihr schmunzelnd drohen; demnach begriff er, daß sie sich milde lustig machte über ihn. Wie er es zuließ, das zeigte wieder sein Format. Und mehr noch, es bewies, ihre Skepsis ging zu weit, die leise Befürchtung, das Terror-Mantra könne sich in ihm verselbständigen und eines Tages münden in Verfolgungsangst. Nein, keineswegs! Edgar stand zwar voll im Stoff, doch als guter Journalist stets auch ein ganzes Stück darüber ... Paranoia lag ihm völlig fern.

Alles schien ihr normal, im grünen Bereich. Dennoch fand sie bald nach dem Gespräch, so arg sei es in letzter Zeit sonst kaum mit ihm gewesen. Je mehr sich ihr Edgars Wesen erschloß, sein Denken speziell in diesem Punkt, desto klarer sah sie, es war nicht so sehr der Karrieremann in ihm, der ihn machtvoll hinzwang auf ein Thema, das seit neun Jahren die Welt bewegte und Konjunktur in den Medien hatte. Es beherrschte die *breaking news*, aber nein, der Quell seines Antriebs lag tiefer – womöglich in einer existenziellen Unsicherheit, die er sich nicht eingestand und mit dem Drang nach perfektem Schutz totschlug oder doch dämpfte.

Übrigens, dies beides schloß sich ja nicht aus. Im Leben voranzukommen und dabei das Erreichte zu sichern, das waren legitime Bestrebungen eines jeden Bürgers, die einander ergänzten. *Safety first* hieß die Devise, ob daheim, auf der Straße oder im Büro. Dort bremste er Gegner ebenso nüchtern aus, wie er sich fit hielt durch Training in frischer Luft, gesundes Essen, Nichtrauchen und seine Checks beim Internisten. Sollte sie sich nicht geborgen fühlen bei einem so verantwortungsbewußten, grundsoliden Mann?

Trotzdem, manches blieb da irritierend. Zum Beispiel, daß er ihr auftrug, den Rostock-Besuch beruflich zu nutzen, im Sinne der historischen Vertiefung seines Stoffs. Je näher der Reisetermin jetzt rückte, desto dringlicher klang – lästig wiederholt – da seine Bitte. Er nahm wohl mit Recht an, daß es zwischen dem einstigen Ministerium für Staatssicherheit und dem westdeutschen Terrorismus der 70er Jahre Fäden gab, die noch immer nicht restlos entwirrt worden waren. Erst kürzlich Entdecktes wie die Stasi-Verstrickung des Polizisten Kurras, der den Studenten Ohnesorg mutwillig erschossen hatte, anläßlich des Schah-Besuchs in Westberlin, so etwas sprach doch dafür. Übrigens geschehen am 2. Juni 1967, dem Jahr, in dem Edgar zur Welt gekommen war. Wie weit das schon zurücklag, all das, was dazu beigetragen hatte, die Studentenschaft zu spalten und die linke Szene zu radikalisieren, bis es im Terrorismus der RAF gipfelte – heimlich gewollt und verstohlen gedeckt von der Stasi, dem Schild und Schwert der Staatspartei? Deren Interesse sprach dafür. Wie auch immer, es hätte denen dort ja gepaßt ins Bild des Klassenkampfes.

„Der ist euch doch gepredigt worden, ständig", sagte Edgar eines Tages. „Schön, ihr habt schließlich weggehört, aber ..."

„Nein, von individuellem Terror hat man nichts gehalten bei uns", warf sie ein. „Da ist oft Lenin zitiert worden, wie er zu einem Attentat auf den Zaren nämlich sagte: Das ist nicht unser Weg."

„Na ja, Wasser predigen und Wein trinken, das passiert nicht bloß in der Kirche; jeder Ideologe neigt dazu. Was gezählt hat, war das Resultat. Darum ging's, bei uns hübsch aufzumischen."

Anja schwieg dazu. Sie fing wieder an, sich ein bißchen zu sorgen um ihren Mann, der andere da Ideologen nannte und nicht merkte, daß er in dem Punkt selbst einer war. Gewiß, er spürte ihr Befremden und zog es meist ins Scherzhafte, stets mit einem lustigen Spruch zur Hand. Doch die Besorgnis setzte sich allmählich in ihr fest. So hielt sie es zum Beispiel für ein schlechtes Zeichen, daß Edgar sich weder um das Boot kümmerte, den 20er Jollenkreuzer, noch dem Boxerhund Tom mehr Beachtung schenkte – sonst von ihm gehätschelt und einst benannt nach einem Konkurrenten im Studio, der, längst überholt, für ihn nun keiner mehr war. Immerhin, demnächst stand das Ansegeln beim Yachtclub auf dem Plan, und er nahm keinerlei Notiz davon, wo ihm die Segelei doch soviel gab.

Statt dessen kam er gern darauf zurück, daß Gabi Scholz von Anfang an dort an der Quelle saß, mit Zugang zu gesperrten Akten. Zählte seine Schwiegermutter denn nicht zu jenen Bürgerrechtlern in der späten DDR, die zu Beginn der 90er Jahre – in der Landespolitik gescheitert – wenigstens Fuß gefaßt hatten im Amt des Bundesbeauftragten für die Unterlagen des MfS? Der fleißigen Behörde, anfangs geführt vom Rostocker Pastor Gauck, dann von der nicht minder rührigen Marianne Birthler? Es konnte doch Anja nicht schwerfallen, der Mutter zu erklären, wie sie einem am besten half; natürlich streng im Rahmen der Vorschriften, die für Mitarbeiter galten ... Hier blickte er pfiffig drein, augenzwinkernd, wie um ihr die Dringlichkeit seines Anliegens und das vermutlich Dehnbare des Handlungsrahmens für leitende Mitarbeiter zu unterstreichen. Recht überzeugend, ja suggestiv, mit dem vollen Ernst und Charme seiner Persönlichkeit.

Als am Freitag, dem 30. April, die schwere Limousine vorfuhr, da hatte es aufgehört zu nieseln. Die Singvögel tschilpten, und noch im leichtesten Wind war das Nahen des Frühsommers zu spüren. Jan Otto, der baumlange Chauffeur, riß vor den Sörensens wie üblich die Tür zur Rückbank auf. Doch nur Anja stieg dort ein, ihr Mann setzte sich nach vorn. Das geschah selten, eigentlich bloß, wenn er den Fahrer anweisen wollte, abzuweichen vom direkten Weg ins Studio.

Dieser schweigsame Mann genoß sein Vertrauen. Nur wenig jünger als Edgar, war er Feldwebel der Bundeswehr und schon vor fünf Jahren mit einer Eliteeinheit in Afghanistan gewesen. Zur Jagd auf die Taliban, das hatte den Ausschlag gegeben. Deswegen zog Edgar ihn anderen Fahrern vor, über die der Sender verfügte. Jan Otto war privilegiert, er bewohnte das hübsche Quartier über Sörensens Doppelgarage allein, ohne daß er etwa schwul gewesen wäre; seine Neigung, mit den wechselnden Hausmädchen anzubändeln, sprach klar dagegen. Er verstand sich auch als Leibwächter und war einer derjenigen, denen es erlaubt war, unterwegs wie auch im Studio bewaffnet zu sein. Und wenn das Haus der Sörensens im Urlaub leer stand, wurde es von ihm bewacht; ein rundum zweckmäßiges Arrangement.

Nach dem Theaterabend gestern war man verspätet aufgewacht, daher fiel das Gespräch am Frühstückstisch denkbar knapp aus, und Anja hätte es gern fortgesetzt. Zum Beispiel noch geklärt, ob die Spitzenmeldung des Tages dem Ressort Innen- oder Außenpolitik zuzuordnen sei. Letzteres ging sie nichts an, es schien aber ein typischer Grenzfall zu sein.

Da hatte doch Laura Bush, die sonst eher stille Frau des letzten US-Präsidenten, laut CNN und dpa einen schlimmen Verdacht geäußert. Nämlich in ihren Memoiren jüngst enthüllt, sie sei am 7. Juni 2007 beim Abendessen auf dem G-8-Gipfel in Heiligendamm vergiftet worden, und mit ihr die ganze US-Delegation. Sie alle habe Kopfweh und Übelkeit geplagt, ein Assistent sei zeitweilig ertaubt, ein zweiter nicht mehr gehfähig gewesen. Und George W., ihrem Mann, hätten die Symptome derart zugesetzt, daß er kein Frühstück zu sich nahm und, dem straffen Reiseplan zuwider, vorzeitig aufgebrochen war nach Polen, Italien und Albanien. Man hatte halt genug gehabt von der Küche des Kempinski Grand Hotel in Heiligendamm!

Peinliche Story. „Ich dachte, ich sterbe hier", hatte die First Lady in der Tat gesagt. Der Secret Service habe, höchst alarmiert, das ganze Umfeld nach Giftstoffen abgesucht. „Ist es vielleicht ein schlechtes Schnitzel gewesen?" fragte jemand von CNN, dem Lauras Buch *Spoken From the Heart* (Aus dem Herzen gesprochen) vorab zugegangen war. Dem trat der Chefkoch des Grand Hotels prompt entgegen: Er habe nur für die Staatschefs und deren Gattinnen gekocht, wie also könne es die übrigen erwischt haben? Es sei denn, das Gift entstamme Lebensmitteln, von den Yankees selbst mitgeführt. „Die hatten ja sogar ihr eigenes Benzin dabei", erinnerte sich der Mann, heute tätig als Spitzenkoch in Rostocks Yachthafen-Residenz Hohe Düne.

War all das wirklich ernst zu nehmen? Die für morgen fälligen Mai-Krawalle hier in Berlin gingen doch bei weitem vor. Anja fragte sich, ob es sie überhaupt beschäftigen solle. Merkwürdig nur, daß Edgar dies jetzt, statt mit ihr, mit dem Fahrer besprach. „Wenn Heiligendamm da mal wieder ins Gespräch kommt, ist das gar nicht übel", hörte sie den sagen, als er einbog ins Adlergestell, die Chaussee zum Autobahnring. Und ihr Mann setzte noch eins drauf: „Laura Bush macht Werbung. Verschwörungsmärchen ziehen immer, das wird der Verlag ihr gesagt haben, Jan."

Um nicht weiter übergangen zu werden, beugte sie sich vor und warf ein: „Nimm aber mal an, es stimmt – wie wär das möglich gewesen bei der Akribie des Personenschutzes, dieser pingeligen Überwachung und Vorkosterei? Jeder amerikanische Präsident reist doch, perfekt bewacht, in einem Sicherheitskokon!" ... Darauf hatte Edgar keine Antwort. Wie seltsam; sonst fiel ihm immer etwas ein.

Anja fühlte sich ausgegrenzt. Links glitt der Adlershof-Komplex vorbei, einst Zentrum des Fernsehfunks der DDR und Sitz von dessen Frontmann Karl-Eduard von Schnitzler. Sohn eines königlich-preußischen Legationsrats und Kommunist bis zu seinem Tode; erst kurz nach den Anschlägen vom 11. September war der verstorben, mit 83 Jahren. Auf gewisse Art, dachte sie, hat Edgar ihn in puncto Bildschirmpräsenz beerbt. Nach dem Untergang der DDR sind jene Studios abgewickelt worden, das Gelände lag brach bis zu der Idee, es zu nutzen für eine neue „Stadt der Wissenschaft, Wirtschaft und Medien", genannt WISTA, und den Standort tüchtig auszubauen.

Schnitzler übrigens, sie wußte es von ihrer Mutter, hatte einen Ritterkreuzträger der Wehrmacht als Chauffeur gehabt. Und es lockte sie, ihrem beharrlich schweigenden Mann das nachher auch zu sagen, ihn mit dem Vergleich zu ärgern – einer wohl systemübergreifenden Affinität von Stars und Stärke, also von Geist und Macht. Weil aber Edgar ihr befremdlicherweise momentan jede Antwort schuldig blieb, drehte der Fahrer sich halb zu ihr um. „Falls der Verdacht wirklich zutrifft, Frau Sörensen", sagte er höflich, „muß es ein Sicherheitsleck gegeben haben bei den Amis."

„Was heißt das, Jan?"

„Nun, ich denke mal, ein Doppelagent im Secret Service. Das wär aus meiner Sicht die beste Erklärung."

Und wieder äußerte sich Edgar nicht. Er hob die Schultern, als ziehe er sich bewußt zurück. Es wäre, fand sie, dann ein Anschlag gewesen, der in seiner Sprache *homegrown* hieß, selbstgemacht. In seinem Wortschatz wimmelte es von Anglizismen, das ging nicht auf Eitelkeit, sondern seinen Werdegang zurück. Er hatte zu Beginn der 90er Jahre in den USA zwei Semester Journalistik studiert nebst Politologie, und später war er für vier oder fünf Jahre Washington-Korrespondent des Senders gewesen.

Doch schließlich brach ihr Mann das Schweigen. In der Mittagspause erst kam er auf den Fall zurück. Unter vier

Augen gestand er, verblüffend bei ihm, einen Anflug von Unsicherheit. Neuerdings, so seine Auskunft, falle es ihm mitunter schwer, zu beurteilen, wie weit das, was Jan Otto sage, tatsächlich ernst gemeint sei, restlos ehrlich.

„Edgar, ich verstehe dich nicht."

„Nun, er ist an sich ein toller Kerl. Schnelle Hand, prima Schütze, körperlich topfit ... Nur" – hier senkte er die Stimme – „ist er auch seelisch ganz intakt? Das ist leider zu bezweifeln. Traumatisiert vom Einsatz dort unten, meint der Arzt, wie so mancher Veteran leicht manisch-depressiv. Und das allerdings geht oft einher mit einem schizoiden Zug, der anfällig macht."

„Bitte, anfällig wofür?"

„Beispielsweise für ein Leben als Doppelagent. Du erinnerst dich, wie der Ausdruck von ihm kam. Daß er selber davon angefangen hat, halte ich für kein gutes Zeichen, denn das ist ihm so entschlüpft."

Jetzt wußte Anja selbst nicht mehr, was sie glauben sollte und woran sie mit ihm war – ob er scherzte oder nicht. In letzter Zeit glückte es ihm öfter, sie für einen Moment ziemlich zu verwirren. „Und ich dachte immer, du vertraust ihm zu hundert Prozent", sagte sie entgeistert.

„Tu ich auch. Bloß ab und an, wie heute früh im Auto, da hab ich kein gutes Gefühl. Ach, vergiß es, Schatz, wahrscheinlich sind das Hirngespinste; ein purer Überschuß an Phantasie."

„Das will ich doch stark hoffen."

„Die Ambivalenz des Kreativen", brummte er über seinem Kompott. „Die Geißel von Menschen unseres Schlags. Der Preis, den wir zahlen für Erfolg im Leben und Beruf. Denn sieh mal, ohne Phantasie gelingt dir nichts; und dann wieder belästigt sie dich."

Sie nickte ihm zu. Dem ließ sich ja kaum widersprechen.

Im Laufe des letzten Apriltages kam er zweimal darauf zurück, fand noch mehr besänftigende Worte, ohne völlig überzeugend zu sein. Echt bedrückend war das zwar noch nicht, es häufte sich bloß langsam und fing an, sie zu nerven. Die Mehrheit ist gegen Afghanistan? Na wenn schon, erklärte er ihr nebenbei, Politik macht man nach Überzeugungen, nicht nach Umfragewerten. Und hat nicht jeder Staatsmann oder Fernsehstar zumindest ein großes, zentrales Thema, an das er seinen Aufstieg, seine Zukunft knüpft? Seines war nun mal der internationale Terrorismus, jener Schrecken, weltweit und markerschütternd.

Anja schwankte zwischen Zustimmung und Zweifeln. Ach, sie verstand ihn ja. Im Grunde schien sie ihr doch logisch, seine Beharrlichkeit, der Sache völlig angemessen. Sogar gerührt war sie von soviel Konsequenz, da ja der eigene Mann es war, verehrt und bestaunt, der sie entwikkelte. War es eigentlich nicht lobenswert, wenn ein prominenter TV-Journalist investigativen Eifer zeigte? Und, indem er sie damit zu ihrer Mutter schickte, den Hauptweg mal verließ, den Trampelpfad der Tugend, um sein Thema zu vertiefen und hinter etwas zu kommen – also ein Stück Wahrheit zu erschließen, für das große Publikum? So lief Quellenforschung, Wahrheitsfindung in einem freien Land.

Anfang Mai erst regte sich in ihr erneut Besorgnis. Die Tumulte vom Festtag trugen dazu bei. Etwas schien neu bei den Krawallen. Da wurden nicht bloß, wie seit Jahren üblich, in Problemvierteln wie Kreuzberg Autos abgefackelt und Polizisten gleich hundertfach verletzt. Es war auch ein Massenprotest gegen den Jobabbau und die üble Profitsucht der Banken. Er reichte bis nach New York, in das Herz der Spekulation, die jetzt Griechenland bedrohte und die eigene Volkswirtschaft sowie den Euro gleich mit.

In dieser Stimmung, leicht gestreßt, kam Edgar von einem Telefonat mit dem Sender an den Abendbrottisch zurück und goß sich, völlig ungewohnt, einen großen Drink ein. „Ich glaube fast, unsere Leitung wird angezapft“, hörte sie ihn murmeln, leise, wie im Selbstgespräch. Es klang ein bißchen so, als wolle er sein jähes Trinken entschuldigen.

„Wie kommst du denn darauf?“ fragte sie.

„Mir ist, als hätte ich da irgendwas gehört.“

„Unsinn, Eddie, wir sind nicht mehr im vorigen Jahrhundert, in der alten DDR! Heute merkt es kein Mensch mehr, ob er abgehört wird.“

„Es sein denn, man will, daß er es mitkriegt.“

„Weshalb sollte man das wollen?“

„Was weiß ich?“ Er setzte das Glas hart ab, es war leer. „Vielleicht, um einzuschüchtern.“

„Dich einschüchtern, das Kriminalamt oder der Verfassungsschutz?“ Sie war perplex. „Wo wäre das Motiv? Du, das ergibt überhaupt keinen Sinn.“

„Verfassungsschutz, an den hab ich gar nicht gedacht. Wenn es wer anders ist ... Die hätten schon ein Motiv.“

„Wen meinst du damit?“

„Keine Ahnung ... Aber Jan, der kriegte es hin, hier im Haus an der Leitung zu fummeln. Technisch reicht's dazu bei ihm. Und der brauchte dazu keinen Gerichtsbeschluß.“

Anja gelang es, ihre Bestürzung zu verbergen. Sie wechselte das Thema und hatte den Eindruck, dies sei auch ihm nur lieb. Er schien seinen Seufzer zu bereuen; der war ihm so herausgerutscht. Doch der Verdacht, der darin lag, das spürte sie, der blieb zurück und fraß in ihm. O Gott, was hieß das denn? So schlimm war es mit ihm noch nie gewesen. Und wie paßte das zu ihm? Er war doch ein kluger Kopf, der Alphamann und King des Senders! Um ihn herum gab es im Hauptstadtbüro nur noch ein Dutzend Figuren, zweitrangig und kaum wahrnehmbar. Was um Himmels willen ließ ihn jetzt so verstört und furchtsam werden?

Dazu fiel ihr auch tags darauf bloß zweierlei ein, und beides hatte zu tun mit dem Hauch von Gegenwind zu Afghanistan, der neuerdings Teilen der Presse entstieg. Da hatte ein Nachrichtenblatt, das als Trendsetter oder Meinungsmacher galt, mit der Schlagzeile „Die schmutzige Wahrheit" einen Kommentar gebracht, so provokant wie knallig. Ins Auge sprang der Zwischentitel, rot und fett: „Die Deutschen lehnen den Krieg ab, er ist ihnen fremd geworden; zu hoffen ist, daß es dabei bleibt". Ein Text, über dem Edgar tief durchatmen mußte, so sehr ging ihm das gegen den Strich.

Und nun kam per E-Mail noch ein Memorandum, drei Seiten stark, verzapft von einem freien Journalisten, das 30 Abgeordneten im Bundestag gleichfalls zugegangen war. Unter dem Rubrum „Strategische Informationen zum Afghanistan-Einsatz" hatte der völlig unbekannte Autor dem Statement Frau Merkels vom 22. April, die Luftschläge des 11. Septembers 2001 seien von Trainingslagern der al-Qaida am Hindukusch ausgegangen, so strikt widersprochen, so unverschämt kühl, daß einem die Luft wegblieb.

„Das Dogma, die Anschläge wurzelten vor allem in Afghanistan, kann mit guten Gründen widerlegt werden", hieß es da staubtrocken. „Die Skepsis setzt bei der schlichten Tatsache ein, daß keiner der vier Terrorpiloten oder ihrer 15 Helfer Afghane war. Die Flieger stammten aus Saudi-Arabien, Ägypten, den Vereinigten Arabischen Emiraten und dem Libanon. Drei von ihnen wohnten lange in Hamburg, ehe sie mehr als ein Jahr vor der Tat in die USA zogen. Der vierte lebte schon länger in den Vereinigten Staaten. Dort fand auch die Planung und Vorbereitung der Flugzeugentführungen statt. Zu mindestens sechs finalen Absprachen trafen sich die Piloten allein in Las Vegas. Zwei der Planer wohnten sogar bei einem Spitzel des FBI (den das Justizministerium dann fernhielt von der parlamentarischen Untersuchungskommission). All dies geschah in Kalifornien, fern vom Hindukusch. Anführer Mohammed Atta schließlich erlernte in Florida, nicht etwa in Kandahar, das Fliegen."

Da mußte man erst einmal schlucken und sich darauf

besinnen, daß es nur in einem freien Land möglich war, der eigenen Kanzlerin so glatt zu widersprechen.

„Bereits zwei Monate nach Attas Einreise in die USA", ging es weiter im selben Stil, „waren er und seine Komplizen zudem durch ein geheimes Sonderprogramm des US-Militärs namens *Able Danger* als Terrorzelle erkannt worden, ohne daß diese Information an Ermittlungsbehörden weitergereicht wurde. Die ‚New York Times' machte den gesamten Vorgang im Jahr 2005 einer breiten Öffentlichkeit bekannt. Die immer wieder behauptete Verbindung zwischen Afghanistan und dem 11. September ist de facto eher schwach. Es gab und gibt dort zwar terroristische Trainingscamps, und auch Osama Bin Laden hatte bei den Taliban Unterschlupf gefunden. Jedoch ist gerade ihm bis heute keinerlei Verbindung zu 9/11 gerichtsverwertbar nachgewiesen worden. Selbst das FBI sucht ihn offiziell weiterhin lediglich wegen der Anschläge in Ostafrika von 1998. Die wirkliche Planung des 11. Septembers fand so nach allen vorliegenden Indizien eindeutig in zwei Mitgliedsländern der NATO statt."

Und es blieb bei diesem Ton. Das Papier las sich wie der Text eines Staranwalts, der es schafft, Strolche freizupauken. Gekrönt von der Behauptung, Afghanistan zu besetzen, das sei schon vor dem 11. September geplant, nämlich im Weißen Haus beschlossen worden. Und zwar, weil man die Taliban – einst hofiert als Helfer im Kampf gegen die Sowjets – nun loswerden wollte, um jeden Preis. Sträubten sie sich doch gegen Amerikas Pläne, zum Sichern der nationalen Energieversorgung Pipelines zu legen, welche die reichen Quellen in Kasachstan und Usbekistan mit dem Persischen Golf verbanden. Mittlerweile habe die US-geführte Dauerpräsenz der NATO in dem wilden Bergland auch geopolitisch Wert erlangt, als Machtfaktor von Rang! Gleichsam als Pfahl im Fleisch der Feinde Washingtons, exakt plaziert zwischen Rußland, China, Indien, dem instabilen Pakistan und dem seit mehr als 30 Jahren so überaus lästigen Iran, dessen nichtexistente Kernwaffen noch der gewaltsamen Beseitigung harrten.

Starker Tobak, meinte Anja; und wie nun erst für ihren gebeutelten, arg vorgereizten Mann! Echt leid tat der ihr, er schwoll beim Lesen rötlich an. Selten hatte sie ihn so verbittert und aufbrausend erlebt. „Das ist ja lachhaft, absoluter Stuß", rief er. „Weg damit, ins Altpapier! Dieses Zeug hättest du mir ersparen können. Das kommt von der verbohrten Linken, die ernsthaft glaubt, wir hätten dort nichts zu suchen. Du, ich sage dir, wer den Sinn unserer Mission am Hindukusch verkennt, der leugnet am Ende auch Auschwitz und den Holocaust!"

Anja schwieg, ihr kamen Zweifel. Sein letzter Satz, logisch hielt der ja kaum stand. Eigentlich klang das fatal. Trotzdem sprach es, gerade durch die Übertreibung, für sein starkes Engagement. Und sie schätzte doch an ihm, daß er eben kein Zyniker war, sondern ein Mann, der privat zu dem stand, was er öffentlich vertrat. Schlimm zu sehen, wie er, dem Haltung sonst über alles ging, nun bebte vor Zorn. Das Zeug war schieres Gift für ihn und den Stoff, der nun mal sein Markenzeichen, also zum Kern und Glanzpunkt seiner Arbeit geworden war.

Still räumte sie den Tisch ab und öffnete das Küchenfenster. Ein leichter Regen hatte eingesetzt, ließ den Asphalt der Zufahrt schwarz erglitzern, schwarz wie Edgars Zorn. Und sie – mochte es auch närrisch sein – doch, ihr war, als liebe sie ihn dafür, daß er standhaft blieb, jeder Anfechtung zum Trotz. Den dummen Vergleich verzieh sie ihm; sowas passierte doch jedem mal. Wer von uns hält, wenn die Wut ihn packt, denn immer sein Niveau?

Später, im Bett, ging ihr das nach. Sie warf sich vor, ihn schon am Vortag sinnlos erzürnt zu haben, als sie das Kriminalamt und den Verfassungsschutz erwähnte, um seine Einbildung, man höre ihn ab, zu entkräften. Natürlich tat das keine Behörde. Sie wußte ja, Edgar zählte zur Elite, zum Kreis der Besten seines Fachs, dem manch ein Nachrichtendienst ganz im Gegenteil öfter etwas steckte – ob nun als Hintergrund-Information oder zur gezielten Veröffentlichung eines sensiblen Tatbestands. Um welches Amt es sich dabei handeln mochte von Fall zu Fall, das verriet er nicht mal ihr. Soweit ging von Berufs wegen seine Diskretion. Quellenschutz war oberstes Prinzip, und das wurde von ihr respektiert.

Immerhin hatte er ihr anvertraut, daß es bei der Jagd auf Terroristen mitunter Überschneidungen gab, einfach weil mehrere Dienste dieselbe Gruppe im Visier oder sie sogar infiltriert haben konnten. Das erschwerte dann den Ablauf. Es entstand ein Durcheinander, wenn sowohl der Bundesnachrichtendienst wie der Verfassungsschutz im selben Fall tätig wurden, vielleicht dazu noch das Bundeskriminalamt oder auch der Militärische Abschirmdienst. Kein Mangel an Behörden, und niemals war der Kontakt da durchweg eng, selten lief es dann reibungslos und partnerschaftlich ab ... Konnte, fragte sie sich, das nicht auch in Amerika so gewesen sein, wo noch weit mehr solcher Dienste wetteiferten miteinander? Dann traf die Denkschrift jenes linken Autors, die Edgar so reizte, in dem Punkt wohl zu.

„Bis zu einem gewissen Grad spornt Rivalität natürlich an“, hatte er neulich dazu bemerkt. „Konkurrenz belebt das Geschäft, heißt es in der Wirtschaft. Hier aber führt der Mangel an Kooperation leicht in ein schwarzes Loch, nachrichtendienstlich. Es ist wie überall, Anja, man wahrt gern seine Kompetenzen und zögert, gewisse Erkenntnisse einander zugänglich zu machen. Was im Geschäftsleben gut sein mag, völlig akzeptabel, das entpuppt sich bei der Landesverteidigung oft als übles Defizit.“

„Du lieber Gott, das mußt du mir nicht sagen, das versteht doch jeder.“

„Und hinzu kommt ein weiteres Erschwernis – die Loyalität der eigenen Vertrauensleute. Gerade die fähigsten von ihnen haben leider auch das Zeug zum Doppelagenten. Und ein paar von denen erliegen womöglich der Versuchung des Seitenwechsels."

„Weshalb das denn? Was treibt sie an?"

„Na Geld, schnelle Autos, teure Frauen. Kein Mangel an Motiven, Schätzchen. Doppelt kassieren, in dem Gewerbe ein uralter Brauch. Böse Komplikation! Und stell dir vor, es gibt auch Überzeugungstäter, ideologisch motiviert. Das sind die Schlimmsten."

„Da bin ich aber froh, daß du kein V-Mann bist und ich keine kostspielige Frau ..." Eine Zeitlang spukte das Geplänkel noch in ihr, dann schlief sie endlich ein.

Anjas Reise nach Rostock war für den 6. Mai geplant, damit ihr dort genügend Zeit blieb, ein Geschenk für die Mutter zu kaufen und mit deren Hilfe das Archiv ihrer Behörde in der Außenstelle Rostock-Waldeck zu durchforschen, nach einem ergiebigen Fund. Von Edgars Erwartungen fühlte sie sich bedrängt. Doch drei Tage vor ihrer Abfahrt schwand der Druck durch einen Anruf vom Südufer des Sees. Dort nämlich, nahe der früheren Großgaststätte „Rübezahl", saßen die Paulys. Das einzige Paar, mit dem Sörensens vor Ort verkehrten, hatte ein hübsches Zweithaus da. Eric und Rita Pauly kündigten ihr Kommen an, kurzfristig wie üblich, im eigenen Motorboot. Nichts Großartiges, keine richtige Yacht, doch mit Kajüte. Die ließ sie das Wetter fast vergessen. Da mußte man nicht einmal segeln können, um den maikühlen See zu überqueren.

Ach, die Paulys! Ihre Besuche, oft überraschend, galten als unabwendbar. Fleisch für den Grill, Rehrücken oder das Beste vom Hirsch, brachten sie stets selber mit. Eric Pauly war Anfang 60, ein namhafter TV-Regisseur. Das halbe Dutzend Grimme-Preise, die sich bei ihm angehäuft hatten, bezeugte sein Talent. Ostdeutscher wie Anja, hatte er gleichwohl Fuß gefaßt beim Sender, besser noch als sie. Und zwar seit langem gestützt auf Albert Baron, den Drehbuchautor mit Hang zu üppigen Stoffen. Seine Szenarien barsten schier von prallem Leben, Ausbrüchen vitaler Kraft; von Liebe, Verbrechen und Leidenschaft. Heimlich nannte man ihn Al Barone, in Anklang an den sagenhaften Gangsterboss. Während man von Pauly gern als Rübezahl sprach, nach dem versunkenen Lokal dort drüben, das wie der schlesische Berggeist hieß. Dem hochgewachsenen Mann mit seinen großen Ohren und den starken Brauen im Pferdegesicht haftete, in Anjas Augen, ja auch was an von jener Spukgestalt.

Jetzt begrüßte sie deren Kommen. Der Frühling war für einen Tag zurückgekehrt, ein Garten-Picknick möglich. Das lockerte die Spannung, blieb aber doppelt problematisch. Denn erstens schien Eric unfähig, länger als drei Minuten von etwas anderem zu reden als von seinem Werk und seinen Plänen – auf Bewunderung erpicht; was ihn von anderen Meistern des Fachs freilich nicht unterschied. Und zweitens war Erics Ehefrau, gut 40 Jahre jünger als er, nicht bloß Schauspielerin, sehr früh erfolgreich, sondern auch Edgar Sörensens Tochter; soweit er wußte, sein einziges Kind. Schon das allein verbot es ihm, den beiden abzusagen oder sich ihnen sonstwie zu entziehen.

Dabei fiel es Edgar seit langem schwer, sich daran zu erinnern, wie es passiert sein konnte, daß er und Nora, Ritas Mutter, einander hinreichend begehrt hatten, um in sexueller Erregung eben jenes bildhübsche Mädchen zu zeugen, das nun so schick und sportlich vor ihm stand, die Kühlbox mit dem Rehrücken – oder was es diesmal sein mochte – fest in der Hand.

„Na, Ritalein, wie geht's der Mutter?" fragte er mit netter Routine. Oft war dies seine erste Frage, es entlastete ihn, sie zu stellen. Denn egal, wie weit all das zurücklag, dem Vergangenen blieb man verpflichtet, es gehörte sich so. Die Idee von Schuld und Sühne saß ihm im Blut, wie mit der Muttermilch empfangen.

„Och, ganz gut", sagte Rita. „Sie lebt jetzt am Chiemsee, Dad, wie du weißt. Und Richard versteht es, sie für die Natur zu begeistern. Sogar fürs Fischen, das er doch so liebt ..."

Gewiß ein Lebensabend in stiller Harmonie. Richard war ja schon damals, in Edgars stürmischer Studentenzeit, Noras Ehemann gewesen – Handelsattaché an der Botschaft in Washington, konfliktscheu und pedantisch, ein dröger Diplomat; nun längst pensioniert. Und sein Weib, doppelt so alt wie Edgar, als er einstmals für sie schwärmte, mußte mittlerweile Ende 50 sein. Sie hätte, fand er, viel besser zu Eric gepaßt als die wunderbare Tochter. Leiser Neid schlich sich bei ihm ein auf diesen Mann, der es sich als Künstler leisten durfte, das Sticheln von Nachbarn oder den simplen Büroklatsch zu überhören. Selber war er zu bürgerlich, um davor gefeit zu sein.

„Guckt ihr eigentlich die neue Serie?" fragte Rita. „Auf Arte jetzt gestartet! Hast du mich gesehen, Dad?"

Doch, das hatte er – und befürchtet, daß dies zur Sprache kommen werde. Altmeister Pauly verknüpfte in seinem Endlos-Thriller, wie es im Programmheft hieß, die verästelten Erzählstränge zu einem Riesenepos über wahre Liebe, Prostitution, Familie, Ehre, Korruption und Verbrechen. Sinnlich, poetisch, prall – großes Kino im TV, ja, so klang der Jubel. Aber die erste Doppelfolge hatte sie beide, ihn wie Anja, mit ihrer Bilderflut gequält. Die entfesselte Handkamera und geschnitten wie bekifft! Da blieb man doch schockstarr zurück und beschloß, auf den Rest zu verzichten.

„Glänzend gespielt und inszeniert", sagte er vorsichtig. „Ich war ganz hin, nur erschließt sich mir bisher die Fabel nicht. Es muß am Tempo liegen oder an was anderem: keinerlei Story in Sicht! Tut mir leid. Speziell die Kameraführung überfordert mich."

„Was willst du, etwa den verstaubten ‚Tatort'?" rief der Regisseur. „Deutschland muß sich der Welt öffnen, dabei schwappt massenhaft Neues herein, auch neues Böses natürlich. Bis auf deine Terroristen von der RAF, Eddie, gab's hier kein Format, nirgends. Welcher Polit-Skandal reißt uns vom Stuhl, wer von Deutschlands Schurken kam je ran an Italiener oder Amerikaner? Dagobert etwa? Barschel in der Badewanne? Der deutsche Polizist steht traurig an der Würstchenbude, weil er selber so eins ist."

„Sollen wir uns also freuen", warf Anja ein, „daß diese Russenmafia in Charlottenburg den großen Erzählstoff bringt? Mir wären da die Banker in Frankfurt mit ihrem Finanzpoker lieber."

„Zu komplex und von der Presse auserzählt", grunzte Pauly.

„Mädchenhandel, na das bringt ja auch viel tollere Bilder."

„Wenigstens tropft die Depressionssoße ab bei uns, bevor das Fernsehen noch ganz darin ertrinkt."

Sörensen griff sich das Bier und wich an den Grill zurück. Mit Erics Film erging es ihm wie manchem Banker, der ein verzwicktes Derivat der eigenen Investmentleute nicht versteht. Er hörte, wie Eric zwar scherzte und schäkerte, doch nun auch alles, was man ihm vorwarf, aufs Drehbuch schob. Albert Baron, sein Szenarist, habe die Dramaturgie und das Studio voll hinter sich gehabt, wegen der Quote ... Die Luft stand still, man mußte Brennspiritus nehmen und die Flammen anfächeln, wenn das noch was werden sollte.

„Ach Eric, gib doch zu, du schielst nach Hollywood! Dich betört die Allmacht des Bösen, der Zwiespalt auch bei der Polizei. Das organisierte Verbrechen ist der überlegen, die Tarnung der Gangster wird immer perfekter ..."

„Ein Grundgefühl des TV-Ermittlers ist halt Vergeblichkeit", fiel Eric ihr ins Wort. „Weil's tatsächlich eben so ist, zumal bei uns in Berlin."

„Aber an irgendwas muß man doch glauben ..." Hier brach Anja den Angriff ab, lieber schnitt sie das Fleisch jetzt zu. Edgars Miene riet ihr ja: Hör auf, laß es gut sein, man hat's eh schwer genug mit dem Schwiegersohn, der 15 Jahre älter ist und dazu ein Genie, das locker zehn Millionen da verbrät und die Produktionsfirma in den Ruin treibt.

Nicht leicht auch mit der kapriziösen Tochter, die gekränkt schweigt, während sogar Tom, der Boxer, hechelnd an ihr hochspringt, sie schwanzwedelnd empfängt – Rita, die Elfe! Bestechend übrigens, wie der Gatte sie gefilmt hat, tief im See, splitternackt mit sexy aufgelöstem Haar, ohne auch nur für einen Moment ihre Brüste zu zeigen ... Das immerhin macht ihm keiner nach.

„Dad, was Eric sagt, das scheint dich nicht zu interessieren", klagte Rita. „Du hörst uns überhaupt nicht mehr zu!"

„Verzeiht, tut mir leid, ich muß mich ums Feuer kümmern. Außerdem denk ich, wir sollten das feiern, euren Film – trotz allem sehr stark, 'ne große Leistung. Wie wär's mit einem Schluck Champagner jetzt?"

Anja verstand, sie lief nach der Flasche. Sie wußte genau, ihr Mann mochte keinen Schampus, die Kohlensäure bekam ihm nicht. Aber ein Gastgeber kennt seine Pflicht.

Als das stolze Paar im Surren des Bootsmotors losgebraust war, saßen die Sörensens vorm Fernseher, allzu satt. Was Anja auch immer erhofft hatte von dem Besuch, jetzt war der weg und mit ihm die Zerstreuung; ihr Befangensein kam zurück. Im Hinblick auf Rostock, das Reiseziel, hatte Edgar die NDR-Taste gedrückt. Dort lief in zweiter Folge ein „Polizeiruf", der gleichfalls an der Küste spielte. Über neun Millionen, so frohlockte der Sender, hatten Teil eins gesehen und dem Start applaudiert. Auch sie beide hatte der Film mit frischen Gesichtern und einer gescheiten Handlung erfreut. Die Presse schrieb dem ermittelnden Rambo sogar Kultpotential zu.

Um so trister nun Teil zwei. Von subtilem Genuß diesmal keine Spur. Die Fortsetzung mißfiel ihnen gründlich. Der Film kam Anja wie ein Déjà-vu-Erlebnis vor, sie fand Rübezahls neuen Stil ärgerlich kopiert: wirr, opulent und beklemmend, ja richtig bluttriefend. Steckten die Filmteams sich gegenseitig an mit dem Virus der Gewaltbereitschaft? Entstand da unmerklich ein Trend in der Lichtspielkunst, hin zu mehr Brutalität? Wieder einmal schaffte sie es nicht, der chaotischen Story zu folgen. Das Drehbuch wirkte hirnrissig hingeschludert, manch vulgärer Ausdruck stieß sie ab.

Edgar an ihrer Seite litt mehr am rasanten Bildwechsel der verrückten Kamera. Keine Einstellung war länger als zwei, drei Sekunden, so als wollten die Macher das Tempo der Zeit einfangen, um es noch zu steigern, grell und sinnlos, auch durch Sprengstoff, Fausthiebe oder Schießerei, bis zur Unerträglichkeit. Trotzdem, er harrte aus, weil der Erzählstoff wohl einen Nerv in ihm berührte: den latenten Schrekken geheimdienstlichen Handelns.

Die Nähe zum Terrorismus muß es sein, dachte sie, die ihn da fesselt. „Aquarius", so hieß die Folge, bot einen wüsten Mix aus Ostschicksalen, Wendeschmutz und Mordermittlung. Eine Seilschaft von Kampfschwimmern der Nationalen Volksarmee hütete einen Goldschatz, auf Weisung des DDR-Devisenbeschaffers Schalck-Golodkowski nicht etwa wie sonst schlau in der Schweiz deponiert, sondern bei Rostock in einem Badesee versenkt. Und nun meuchelten die Taucher, einstmals alte Kameraden, stumm einander hin, anstatt sich still den Lebensabend zu versüßen. Aus Anjas Sicht ein Blick auf das Dumpfe, die Verkommenheit solch armer Ossis.

„Warum zappst du nicht weg?" fragte sie. „Was gibt dir das denn? An Gold klebt Blut, das weiß man seit den Nibelungen."

„Es ist doch ein Stück Zeitgeschichte."

„Schwachsinn ist es. Sechs Kisten voller Goldbarren! Das Tauchteam weiß davon, und nach gut 20 Jahren sind die noch im Wasser. Der Strolch taucht ab im Herbst und kommt nach ein paar Minuten heraus, da liegt schon knöcheltief der Schnee! Dümmer geht's gar nicht."

„Das ist vielleicht symbolisch gemeint."

„Nein, denen kam der Winter in die Quere. Merkst du

nicht, was wir für die sind? Spätrömische Dekadenzlinge. Spiele fürs Publikum, das für den Schwachsinn auch noch zahlt."

„Komm, sei friedlich", bat er und knipste aus. „Ich weiß ja, mein Schatz, du spürst dort oben sehr viel Wesentlicheres auf, in drei Tagen. Glaubhafte Sachen mit Realitätsbezug."

„Ja sicher, Eddie", erwiderte Anja leise, ohne Überzeugung. Es klang wie ein alter Ohrwurm für sie. „Laß uns von was anderem reden, ja?"

„Nun schnappst du ein. Ich verstehe dich. Es ist auch wieder nicht leicht gewesen vorhin mit den beiden. Rübezahl hat schwer genervt, ein narzißtischer Charakter! Trotzdem ein Könner, ein echtes As. Kennst du seinen besten Trick? Er wechselt mitten im Spiel ganz ausgekocht das Genre. Bei ihm beginnt der Film mit einer Beziehungstat, die sich als Mafiamord entpuppt. Und dann der Gag: es steckt ein Geheimdienst dahinter. Du, das ist genial. Solch doppelte Brechung kriegt außer ihm keiner hin; ein Glanzlicht an Raffinesse."

Anja sah, wie sein Gesicht sich entspannte. Er ist fair, fand sie, er bleibt mein Held, der beste Mann für mich. Die Leute mögen ihn, sogar beim Sender; schon den Ernst, die klare Haltung. Seine Selbstsicherheit ist *homegrown*, nicht vorgetäuscht und aufgesetzt. Er ist ganz dabei, stets mit sich im reinen. Wer ihn auf dem Bildschirm sieht, der kann sich leicht vorstellen, wie Edgar beim Frontbesuch in Afghanistan mit einem Trupp der Bundeswehr loszieht, um endlich Bin Laden zu finden ... War das boshaft, ketzerisch gedacht? Vielleicht. Ob es wohl mal gelingt, ihn für etwas anderes, weniger Militantes zu erwärmen?

Der nächste Tag brachte neuen Verdruß. Da war schon am 1. Mai in New York, am belebten Times Square, eine dilettantische Autobombe eben noch rechtzeitig entdeckt, ein

Blutbad also knapp verhindert worden. Und obgleich Edgar den Vorgang gar nicht selber kommentiert hatte, erreichte ihn wieder ein Text jenes Schreibers, der solche Meldungen grundsätzlich hinterfragte, stets der amtlichen Deutung mißtrauend. Diesmal kam das Zeug, wohl um es aufzuwerten, sogar als Brief mit der Post – unter dem frechen Titel „Und ewig streiken die Zünder".

Das war Polemik, Ironie. Es klang sogar poetisch, erinnerte Anja an den Roman „Und ewig singen die Wälder", das Werk eines namhaften Norwegers im Bücherschrank ihrer Mutter. Weshalb ging sowas immer Edgar zu, obschon der nie zurückschrieb? Sein Name stand wohl auf einer Liste des Kritikers. Der hatte sich die Anschrift verschafft; heutzutage keine Kunst. Oft wurden Adressen ja kommerziell gehandelt ... Es gab sogar – das hatte ihr ein Rentner aus der Nachbarschaft geklagt – Kundenlisten bei Firmen, deren Werbung (für Münzen, Kaffeefahrten, Antifaltencreme oder Pillen gegen nächtlichen Harndrang) immer an Senioren ging, gezielt und penetrant. Das mochte normales Marketing sein, daher war der Vergleich zu harmlos, als daß sie Edgar damit hätte besänftigen können. An seiner Befürchtung, durch gelegentliches Erscheinen im Fernsehen auch Ablehnung auf sich zu ziehen, schien leider was Wahres dran. Sogar Gehässigkeit schlug ihm entgegen; dies war der Preis der Prominenz.

Das ominöse Auto, stand in dem Papier, habe schräg auf dem Bordstein geparkt, mit laufendem Motor und blinkendem Warnlicht; dazu sei Qualm von ihm aufgestiegen, aus krachenden Feuerwerkskörpern – ganz als habe der Täter gewollt, daß sein schlimmer Versuch bemerkt werde. Auch sei er wieder einmal unfähig gewesen, sein arges Gebräu zur Explosion zu bringen. Das lasse an all die gescheiterten Anschläge der letzten Jahre denken: Von dem verpfuschten Toronto-Attentat anno 2006 über das Zündversagen auf dem Flugplatz von Glasgow 2007 und den närrischen „Schuhbomber" bis zu dem „Weihnachtsbomber" vom

Dezember 2009, der es bloß geschafft habe, statt des Flugzeugs seine eigene Unterhose anzuzünden.

„Avanti dilettanti", hieß es weiter. „Wie schön, daß jene Dschihadisten, die im Nahen Osten fast täglich gewaltige Autobomben hochjagen, in Europa und den USA stets Probleme mit den Zündern haben. Ein Fortschritt immerhin, wenn dank geheimdienstlicher Einmischung, Beschaffungshilfe und Mitarbeit wenigstens im Westen niemand mehr sterben muß, wie noch 2001 in New York, 2004 in Madrid und 2005 in London. Bei uns sorgt al-Qaida bloß noch für Schlagzeilen. Und das reicht hin, die Erinnerung an alten Horror soweit wachzuhalten, daß die Linie der NATO-Staaten – von den Kontrollexzessen innen bis zum endlosen Krieg in Afghanistan – vom Publikum noch halbwegs geduldet und achselzuckend hingenommen wird, mehr resignierend als überzeugt."

Edgar Sörensen fand den Text infam. Zumal die Fehldarstellung von geheimdienstlichem Handeln ihn empörte. Welch eine Bosheit da von links! Er atmete auf, als der Täter vom Times Square zwei Tage später anhand eines Videobilds erkannt und auf der Flucht gefaßt wurde, in letzter Minute gehindert am Abflug nach Dubai. Ein amerikanischer Bürger, geboren freilich am Hindukusch als Sohn eines hohen Fliegeroffiziers, gescheit und tüchtig; bis sein Leben mit Weib und Kind im letzten Mai endete, weil der 30jährige erst den Job bei einer Marketingfirma, dann auch sein Haus verlor und in ein tristes Viertel umziehen mußte. Erschüttert vom sozialen Abstieg, gab er an, er habe die ferngelenkten Angriffe von US-Drohnen auf seine Landsleute in Pakistan rächen wollen. Nun drohte ihm lebenslange Haft.

Bisher hatte Edgar dazu auf dem Bildschirm kein Wort gesagt, schließlich war der Knall verpufft. Erst der Brief des zähen Kritikers bewog ihn, vor die Kamera zu treten. Als Terrorexperte war er es den Menschen schuldig, auch Flops zu erklären, doch es wirkte recht dezent bei ihm. Ohnehin blieb er stets korrekt, streng sachlich, und ereiferte sich nie.

Diesmal sah man ihn nur im Profil, als er, vom Nachrichtensprecher befragt, bloß mit drei oder vier Sätzen beiläufig darauf hinwies, wie leicht ein frustrierter Mann in der freien Welt stets an brisante Stoffe gelangen könne – angeleitet von skrupellosen Terroristen, die sich nicht scheuten, ihre Ratschläge zum Bombenbau aus derlei Zeug ins Netz zu stellen.

Der gedämpfte Auftritt imponierte Anja. Gerade das Ausgewogene seiner Worte, die Nüchternheit gefielen ihr. Von dem Ärger merkte man ihm nichts an. Edgar strahlte wieder das aus, was sie an ihm schätzte: Zurückhaltung und Kompetenz. In der Ruhe lag die Kraft, und Augenmaß war seine Stärke. Das Preußenwort „Mehr sein als scheinen", sie sah es tief verinnerlicht von ihm.

Außerdem, er hatte ja recht. Gefahrenabwehr, darin folgte sie ihm, ist das Kerngeschäft des Staates, unbedingt. Hier Schweinegrippe, da isländische Vulkanasche, dort Terrordrohung; und zweifellos noch manches mehr ... Sie hörte sich seufzen, als ihr Mann vom Rand des Bildschirms verschwand. Ist unser Leben wahrhaftig so unsicher geworden, hatte der Briefschreiber da indirekt gefragt, mit kaum verdecktem Hohn, oder sind hier bloß janusköpfige Behörden am Werk, denen ihr Selbstdarstellungs- und Erhaltungstrieb, der Alarmismus und die Politik der Angst über alles geht?

Es freute Anja, wie souverän Edgar dem entgegentrat, restlos beherrscht. Nein – so die Botschaft –, wenn nur aufgepaßt wird seitens der Regierung, gibt es nichts, was uns ernsthaft droht. Man war in Sicherheit, soweit das eben heutzutage ging ... Und jetzt begrüßte sie den fremden Brief. Der erst hatte ihren Mann angespornt zu seinem Kurzauftritt, der die Unterstellung des lästigen Warners ziemlich ad absurdum führte.

Nach Mitternacht wachte sie auf und erinnerte sich wieder dieses Barbesuchs, vor dem Aufbruch vom Lerchenberg nach Berlin. Im grottenähnlichen Dunkel der Bar hatten sie beide Abschied genommen von Mainz, zu wehmütiger Musik. Neben ihnen stritt ein Paar, sollte man gehen oder bleiben? „Dies Lokal ist trist wie ein leeres Grab", sagte die Frau; sie habe genug und rühre keinen Alkohol mehr an. – „Ich rühre ihn auch nicht an, ich trinke ihn." – „Du trinkst den eigenen Tod ..."

Der Streit ging im selben Stil noch weiter. Und damit derlei Tristesse nicht auf sie übersprang, hatte Edgar ihr das neue Ziel emphatisch geschildert; eine leichtere Übung für ihn. Anders als Anja kannte er ja das Hauptstadtstudio von Kurzbesuchen her – nicht etwa nur die Muschelkalkfassade dort am Boulevard Unter den Linden, deren Pfeiler so klassisch kühn hochstrebten, wie bei keinem Neubau mehr gewagt. Sondern auch das Atrium, den wunderbaren Innenhof, der dank seiner Größe allen Räumen reichlich Licht spendete. Und nun vierfach unterkellert sei! So daß man zu den zwei Ebenen mit Tiefgaragen darunter noch weitere Flächen gewonnen habe für die Studios – da, wo sie geschützter nicht sein konnten, anderthalb Fußballfelder groß. Dort werde bestes Fernsehen gemacht, von „Berlin direkt" bis zum kleinsten Kommentar aus dem magischen Zentrum der Bundesrepublik. Sehr solide, auf einer Bodenplatte aus Beton, drei Meter dick! Die Grabungen habe man übrigens erst in 50 Meter Tiefe gestoppt, als ein Kohleflöz erreicht worden sei.

Edgars Schwärmerei gipfelte in dem Newsroom-Konzept. Das vernetzte alle Stationen so perfekt, daß vom Chefplatz am Computer aus sämtliche Schritte, von der Recherche bis zum Layout, leicht zu steuern seien ... Seine Begeisterung aber, so ansteckend die auch gewesen war, hatte bei ihr im Rest jener Nacht zu einem absurden Reflex geführt, und der Nachhall ging ihr nie mehr aus dem Sinn. In einem irren Alptraum nämlich lief sie, paradox ferngelenkt, durch schummrige Kohlestollen, ganz verstellt und verstopft mit Fernsehtechnik. Atemlos ging sie dort einer Verschwörung nach, programmiert aufs Entlarven von Islamisten, die, als Techniker getarnt, eingesickert waren in das unterirdische Reich des Hauptstadtstudios. Reiner Horror, die fremden Männer, in Terrorcamps gedrillt, lockten sie in einen Hinterhalt und drohten, sie zu steinigen – wegen eines Ehebruchs, an den ihr jede Erinnerung fehlte, wie sie nicht müde wurde zu beteuern.

„Man vergißt leicht, was einem peinlich ist, Frau Sörensen", hatte der Anführer zu ihr gesagt. Ließ er sie laufen oder war sie ihm entwischt, nachdem er sie brutal begrapscht hatte? Das hatte nichts mehr zu tun mit normaler Recherche, kein Ende des Schreckens, es ging um ihr Leben, um ihre Bewährung in der Gefahr. Im Drang nach Aufstieg stolperte sie weiter, so zwanghaft wie pflichtbewußt. Der Fluchtimpuls endete erst, als es ihr ganz zuletzt noch gelang, an sich selbst den Stecker zu ziehen oder irgendwo am Rande des Infernos eine Sicherung herauszudrehen. Was genau sie erlöst hatte, das wußte sie nicht mehr ... Denn soviel war immerhin richtig: Die Erinnerung wurde unscharf, man vergaß doch besser etwas, an das man so ungern zurückdachte.

ALTE GESCHICHTEN

Die Reise nach Rostock ließ sich trübe an. Aus dem grauen Himmel fiel Geniesel und legte sich ihr aufs Gemüt. Jan Otto chauffierte sie zum Fernbahnhof, denn auf die S-Bahn, hatte Edgar gewarnt, sei noch immer kein Verlaß. Anja war vorn beim Fahrer eingestiegen, dem zuliebe. Distanzierter Umgang lag ihr nicht, sie fand, das demokratische Prinzip schließe Volksnähe ein. Auch spürte sie, daß Jan Otto sie mochte, als Frau. Längst ahnte ihr wacher Sinn bei ihm die Neigung, ein bißchen mit ihr zu flirten; was seine Stellung ihm allerdings verbot. Statt dessen lobte er unterwegs Edgars jüngsten Auftritt. Das war neutraler Gesprächsstoff, unbedenklich; für ihn noch die beste Art, ihr Ohr zu gewinnen.

„Was Ihr Mann leistet, ist enorm", hörte sie ihn im Quietschen der Scheibenwischer sagen. „Das verdient auf jeden Fall Respekt."

„Wie kommen Sie jetzt darauf, Jan?"

„Na, das Feindbild muß doch immer klar sein", versicherte er ihr, während Pfützenwasser an den Wagen schlug. „Und genau dafür sorgt er ja, Frau Sörensen. Erst gestern wieder."

Die schlichte Meinung des Soldaten.

„Klare Zielansprache", fuhr er fort. „So muß man's machen, um den Defätismus zu kontern, der da aufkommt. Wissen Sie, bei mir leuchtet die Warnlampe knallrot, wenn der Terrorismus irgendwie verharmlost wird."

Anja sagte nichts. Nahm sie ihm das ab, diesen Schneid? Gewiß, er war Veteran und Patriot, doch sie hatte den Eindruck, Tagespolitik sei ihm bisher schnurz gewesen. Jan hielt sich da heraus, er war kein Fan des neuen Verteidigungsministers, schätzte aber auch dessen Kritiker nicht. Außerdem hatte er, laut Edgar, von Afghanistan durchaus genug, seit dem Einsatz dort immerhin psychisch leicht versehrt; war ihm doch ein manisch-depressiver Zug von Militärärzten bescheingt worden.

Konnte es sein, so fragte sie sich angesichts seines Drauflosredens, daß bei ihm gerade wieder die manische Phase begann? Sein Gebaren sprach dafür, das heiter-zornige Geschwätz. Oder war sie selber daran schuld? Vielleicht förderte ja ihre Nähe den Schub in die Manie, leitete den Ausbruch ein? Doch, Jan hatte sich in sie verguckt. Und welcher Frau gefällt es nicht, harmlos verehrt zu werden?

Aber am Bahnhof angelangt, verblüffte er sie noch mehr. Und zwar mit der „Ostsee-Zeitung“ vom Tage, fürsorglich von ihm beschafft, obschon das Blatt hier gar nicht auslag. Sehr aufmerksam von Jan! Was war der Grund? Wollte er sich bei ihr einschmeicheln, zu Lasten seines Dienstherrn? Als sie das Blatt aufschlug, noch allein im Abteil der ersten Klasse, fiel ihr Edgars Bemerkung ein, Jan sei eventuell ein Doppelspiel zuzutrauen. Das schob sie weg; ein ebenso vager wie lächerlicher Verdacht, abseits der Normalität. Wenngleich es natürlich dafür historische Beispiele gab. In der Weltgeschichte sind es ja oft Leibwächter gewesen, die sich ihrer Chefs entledigt haben ... Na, das war Schulweisheit, angelesenes Zeug.

Kaum glitt der Zug aus der Halle, da sprang ihr die Schlagzeile „Aufruhr in Athen“ entgegen, nebst einem Bild davon mit dem Text: „Griechenland-Krise stößt Euro ins Tief. Stabilisiert sich Hellas nicht, ist das Geld futsch ...“ Das Dilemma dieser Tage, einfältig verkürzt. Führe das Sparprogramm, den Griechen auferlegt, dermaßen in die Arbeitslosigkeit, daß der Sozialprotest kaum friedlich bleiben könne? Fragen über Fragen! Armer Euro, so schloß der Kommentar. Gefolgt von der Notiz: Arbeitsloser wird Lotto-Millionär in Vorpommern; als sei das noch ein Trost. Und der Meldung, das Gericht habe den Ex-Waffenlobbyisten Schreiber, 76, zu acht Jahren verknackt – angemessen, wie es hieß. Leider blieb dessen Vermögen in Liechtenstein versteckt, wo einzig

Frau Schreiber Zugriff darauf hat. Dann: Kopf-an-Kopf-Rennen bei der Schicksalswahl in NRW, übrigens zum Muttertag, auf den auch Gabis 60. Geburtstag fiel.

Der Ausblick blieb trist, am Fenster das Gesprüh des Regens, vom Fahrtwind in vibrierende Muster gepreßt. Dahinter verschwamm das Umland der Hauptstadt. Schon zog Oranienburg vorbei, als ein Artikel Anja erfrischte. „Was bedeutet eigentlich ‚MV'?" fragte das Blatt etwas schelmisch. „Müllverbrennung, Mietvertrag oder Massenvernichtung? Nein, die richtige Antwort ist: Mecklenburg-Vorpommern!" Es ging um die große Kampagne zum Lob des Bundeslandes, vor sechs Jahren schon naiv gestartet mit dem Slogan „MV tut gut".

Knapper ging's nicht. Starker Spruch oder Flop beim Marketing, das Jahr für Jahr Millionen koste? Anders als bei NRW nämlich, wo jeder gleich an Rhein und Ruhr denke, wisse die Mehrheit der Deutschen keineswegs, was die zwei Buchstaben MV bedeuten! Das habe eine Studie gezeigt, die dem Tourismusverband des Landes 123 000 Euro wert gewesen sei. Eher verstanden werde „Meck-Pomm", nur klinge das negativ, nach Gemecker und Pommes frites, also in Fett gebackenen Kartoffelstäbchen. Der amtliche Name von Deutsch-Nordost aber sei den Werbern viel zu lang, sie steckten in der Klemme: In der Kürze lag die Würze.

Das Image-Problem lief über vier Spalten, es begann Anja einzuschläfern. Jetzt lichtete sich zum Glück der Himmel, Felder und Seen glitten dahin. Einmal sah sie am Waldrand ein Reh und war gerührt, als kehre da ein Bild zurück, aus ihrer Kindheit, aus dem dicken Märchenbuch. Diese Fahrt schien das zu sein, was sonst immer Zeitreise hieß. Öfter huschten an Bahnschranken kleine Wärterbuden vorbei, halb verfallen; auch graue Plattenbauten, Relikte aus der DDR, stumme Zeugen jener Ära. Überstrahlt von Reklametafeln und dem munteren Wirrwarr neuer Gewerbegebiete, dem Pomp der Autohäuser, bunter Lack unter Fähnchen. In kleinen Ortschaften sah man recht gut, wer sein Eigenheim hatte verschönern können und wem das Geld zur Werterhaltung fehlte.

In Neustrelitz stieg ein Herr zu und nahm Anja gegenüber Platz, adrett wie ein Geschäftsmann. Anfangs getarnt durch jene Zeitung, hinter der man Klugheit vermuten soll, wußte er wohl das Ansehen zu schätzen, das dieses Blatt einem oft verleiht. Dann aber ließ er es sinken, nun lebhaft bemüht, mit ihr ins Gespräch zu kommen. Sie fühlte sich rasch von ihm gelangweilt und zog ein Taschenbuch hervor, erschienen bei Suhrkamp vor rund 30 Jahren. Es hieß „Wegweiser für die intelligente Frau zum Sozialismus und Kapitalismus“ und war tatsächlich noch viel älter. Der irische Dramatiker und Nobelpreisträger Bernard Shaw hatte es schon 1928 verfaßt. Sie verdankte es ihrem Vater, zu dem es sie stets hingezogen hatte – weit stärker als zu Gabi; auch noch, nachdem die Ehe der Eltern in der Wendezeit zerbrochen war.

Die Seite vorn, in der ihr Lesezeichen steckte, begann: „Der Heilige Paulus, ein vorschneller und nicht sonderlich tiefgründiger Mensch, hat einmal gemeint: ‚Wer nicht arbeitet, der soll auch nicht essen!‘; aber da er nur ein Mann war, überdies mit einer geringen Meinung von den Frauen, vergaß er die kleinen Kinder. Kinder können nicht arbeiten und sind doch entsetzlich gefräßig; wenn sie nichts zu essen bekämen, dann wäre die Welt bald völlig menschenleer. So also geht es nicht.“

Das klang schlüssig und hübsch heiter. Angetan von der Lektüre, vergaß Anja ihre stille Besorgnis – die Hemmung, der Mutter zu begegnen und sich von ihr helfen zu lassen, Edgar zuliebe ... Als sie auf Seite 26 anlangte, bei dem Kapitel „Kein Reichtum ohne Arbeit“, da lief der Zug in Rostock ein.

Auf dem Vorplatz des Bahnhofs, ihr noch vertraut in seiner fast kleinstädtischen Schlichtheit, setzte sie sich ins erste Taxi und sagte: „Nach Waldeck bitte, zur Stasi-Außenstelle.“ Das war nicht die korrekte Amtsbezeichnung, doch der Mann fuhr unverzüglich los. Für ihn eine lohnende Tour über die B 103 bis hinter Kessin, wo nahe dem Autobahn-Kreuz Gabi Scholz im Haus der Birthler-Behörde saß. Heute, an einem Donnerstag, mindestens bis 17 Uhr. Anja nahm an, und Edgar hatte sie darin bestärkt, daß ihre Mutter als dienstälteste Beamtin dort etwas Autorität und einen gewissen Freiraum genoß. Nach ihrem Eindruck hatten die wechselnden Chefs in der Regel Gabis Erfahrung geschätzt und sich auf sie gestützt, ohne daß sie dort groß Karriere gemacht hätte. Sie war nicht durchsetzungsstark, kein harter Typ. Unstrittig blieb ihr Einsatz beim Sichern der Stasiakten vor 20 Jahren, als die im damaligen Nordbezirk der DDR vernichtet werden sollten. Da war sie eine der ersten gewesen, die das Schreddern gestoppt hatten. Und das zahlte sich hoffentlich nun aus. Dank ihrer Fürsprache würde der Leiter des Hauses dem Wunsch des Senders wohl entsprechen, dessen öffentlich-rechtlicher Status den Argwohn ausschloß, hier werde zu Lasten des Datenschutzes ein Privatinteresse bedient.

„Den Weg find ich im Schlaf", brummte der Fahrer, als man bei Kessin die A 19 unterquerte und sich Waldeck näherte, das zu Dummerstorf gehörte. „Man glaubt gar nicht, wieviel Leute noch immer ihre Akte kümmert, nach all der Zeit."

„Darum geht's mir aber nicht."

„Schon klar." Er bog von der Chaussee rechts ab in einen Weg, der Zum Fuchsbau hieß – sehr passend, wie Anja fand. „Dazu sind Sie ja auch viel zu jung."

Jetzt wuchs das Ziel auf sie zu, ein fünfstöckiger Block, hell verputzt, mit rötlichen Streifen. Sie war tatsachlich noch nicht hier gewesen, dieser Bau hatte sie niemals sonderlich gereizt. Er hatte, das wußte sie von ihrem Vater, bis Ende 1989 jene Abteilungen der Rostocker Staatssicherheit beherbergt, die in dem wuchtigen Komplex der MfS-Bezirksverwaltung an der August-Bebel-Straße, unweit vom Haus der „Ostsee-Zeitung", damals keinen Platz gefunden hatten.

Zum Beispiel die Abteilung Hafen, zur Kontrolle von Seeverkehr und Hafenwirtschaft der DDR. Einst ein rotes Tuch für Arno Scholz. Bis zum Ersten Offizier in der Handelsflotte hatte er's schließlich zwar gebracht, doch recht mühsam und erst in den 80er Jahren, weil er sich geweigert hatte, Genossen zu bespitzeln. Und zwar – beim Anwerbungsgespräch in der Seefahrtschule von Wustrow – mit dem simplen Satz, das sei für ihn so, als ob er „einen Pott schieres Fett auslöffeln" müsse. Das war ihm verübelt worden, und er hatte es ihr, mit anderen Storys aus dem Seemannsleben, schon lange vor der Wende erzählt. Wegen all seiner Geschichten, und besonders wegen dieser Weigerung, mochte sie den Vater und war noch heute stolz auf ihn.

Einiges davon ging ihr durch den Kopf, während sie das Taxi bezahlte und vor dem langen Plattenbau ausstieg, der irgendwie einschüchternd wirkte. Welch eine fremde Welt, Festung der Vergangenheit und Hort all der Akten und sonstigen Papiere, auf denen die Mutter da, unter ihren Chefs, seit 20 Jahren gluckt, wie ein Drache aus der Sage auf dem Schatz ... So ungefähr, wenn auch immer taktvoll gedämpft, wie es halt seine Art war, sprach übrigens Edgar von ihr. Ja, so nahm er – mit einem Unterton kaum spürbarer Geringschätzung – seine Schwiegermutter wahr.

Während Gabi, die das längst begriff mit ihren weiblichen Antennen, ihrerseits in ihm bloß den Karrieremann, den flotten Anpasser und Aufsteiger sah, irrtümlich. Das Hauptstadtstudio war aus ihrer Sicht für Edgar wohl ein Glanzpunkt seiner Laufbahn, doch auch ein Anhängsel, ein lästiger, wenngleich nützlicher Ort für seine mediale Selbstdarstellung. Eben ein Platz voller Winzlinge ohne Bedeutung, Kleingeister ohne seinen eigenen Weitblick, geschult durch die Jahre in Amerika! So verkannten sie einander, daher mochten sie sich nicht. Und ihr, Anja, fiel die Aufgabe zu, jetzt die Kluft zu überbrücken, um ihrem Mann etwas mitzubringen von hier, zur Vertiefung seines großen Themas.

Hohe Erwartungen hegte er da, wie sie sich nun auf der Treppe beklommen ins Gedächtnis rief. Denn immerhin, es ging ihm um die historischen Wurzeln der gräßlichen Fratze des Terrorismus: das Ministerium für Staatssicherheit als Nährboden des Schreckens! War das nicht ein bißchen viel verlangt von ihr, nach Lage der Dinge? Ach, sie fühlte sich gar nicht wohl in ihrer Haut, als sie vor der Anmeldung stand und darum bat, daß man sie mit Gabi Scholz verbinde.

Die Mutter kam ihr auf dem Gang schon entgegen, eine zierlich-lebhafte Frau, die strahlend versuchte, sie spontan zu umarmen. Gewiß um eine Verlegenheit zu überspielen, die unausrottbar zwischen ihnen stand, fiel sie Anja einfach um den Hals, ohne daß es der gelang, die Umarmung zu erwidern. Dabei hielt sie Anja die Wange hin zum Kuß, zog sie flink in ihr Amtszimmer und wies auf einen Tisch, an dessen Ecke ein paar Schnellhefter lagen. „Hab ich rasch herausgesucht für dich, gleich nach deinem Anruf, Miezchen."

Ja, für Gabi war sie in Momenten der Zuneigung stets das „Miezchen" gewesen, so wie sie „Mutti" zu ihr sagte; Vornamen hatte es daheim kaum gegeben. Um ihre Verzagtheit zu tarnen, gab Anja sich übertrieben fröhlich und rief: „Wozu die Eile? Wir haben für all das doch vier Tage Zeit ..." Sie hatte es ohne nachzudenken gesagt und bereute das gleich, da es tadelnd klang. Überhaupt, sie mußte sich zügeln. Zu oft gab sie dem Impuls nach, mit allem herauszuplatzen, was ihr in den Sinn kam. Sehr im Unterschied zu Edgar, dessen beispielhafter Selbstkontrolle ... „Gut siehst du aus, Mutti", fügte sie gehemmt hinzu.

Das war keineswegs gelogen, trotz der Spur von Müdigkeit in Gabis einst so strahlend braunen Augen und ihrer grauen Kurzhaarfrisur, der die kastanienbraune Lockenpracht gewichen war. Weder die Erfahrung, allein zu leben, noch das Enttäuschende der neuen Zeit hatten ihr die Spannkraft genommen, das quirlig Zupackende ganz zerstört. Sie strahlte es immer noch aus, obgleich sich schon ein Spinnennetz zarter Fältchen um ihre tragisch großen Augen drängte. Noch immer lag ein Glänzen darin, der Wunsch nach Nähe und Anerkennung. Auch wenn sie längst nicht mehr als attraktive Frau gelten wollte. Was mochte noch übrig sein von ihrer Neigung zu Temperamentsausbrüchen und der Begeisterungsfähigkeit, die damals so manchen mitgerissen hatte?

Anja wußte es nicht. Sie hatten einander seit der Hochzeitsfeier nicht besucht, und das lag an ihr selber. In den Jahren des Getrenntseins hatte die Mutter sich öfter um Kontakt bemüht, doch Anja bremste ab, nie um Ausflüchte verlegen. Sie hielt stets mehr zu Arno, ihrem Vater, bei dem sie zeitweilig gelebt hatte. Den Verlust des Familienfriedens, der alten Harmonie, all das warf sie der Mutter vor. Ebenso Arnos bitteren Kampf um einen halbwegs erträglichen Job an Land, nachdem auf See endgültig Schluß für ihn gewesen war.

Jetzt allerdings, das fühlte sie, war die Zeit gekommen, einen Schlußstrich zu ziehen und die Annäherung zu wagen. Falls ihr das gelang! Falls es in diesem Leben überhaupt noch möglich war ... Sie hatte den Eindruck, daß dieser Besuch, aus rein beruflichen Gründen von Edgar unterstützt, auf paradoxe Art die Chance dazu bot. Wirklich, es konnte die letzte Gelegenheit zur Aussöhnung sein.

Das war es, was sie plagte über den Papieren, die Gabi herausgesucht hatte, um ihrem Wunsch zu entsprechen. Aber waren die es denn wert, sie gründlich zu lesen, sich voll hineinzuknien? Eigentlich nicht. Vieles darin kam ihr geschwätzig und weitschweifig vor. Sie handelten von zwei Ex-Mitgliedern der zweiten Generation dieser sogenannten Roten Armee Fraktion (RAF), Terroristinnen, denen der frühere Bezirk Rostock zum Rückzugsraum geworden war. Die Stasi hatte ihnen Zuflucht geboten und den Ausstieg erleichtert, indem sie den beiden zu Wohnung, Arbeit und vor allem zu einer neuen Identität verhalf. Warum? Aus einer diffusen Gemeinsamkeit im Kampf gegen den westlichen Klassenfeind? Selbstlose Hilfe aus sentimentalen Gründen war doch Geheimdiensten sonst ganz fremd. Und leider wies nichts in den Texten auf Nebenabsichten hin, auf Versuche der Stasi etwa, sich der Frauen für eigene Zwecke zu bedienen. Sie also wieder westwärts zu schicken, um dort weiteren Schaden zu stiften und das so verhaßte Profitsystem wenigstens punktuell zu destabilisieren. Statt dessen hatte man sich auf Strafvereitelung beschränkt. Genützt hatte es den Täterinnen jedoch nur für wenige Jahre. Bald nach der Wiedervereinigung waren sie aufgeflogen, erkannt und denunziert, zu langer Haft verurteilt worden und erst seit kurzem wieder frei.

„Ist das alles, was ihr habt, Mutti?" fragte sie und empfand Erleichterung dabei, mit jemandem zu sprechen, der eingeweiht war und ihr Problem verstand. „Da müßte doch noch mehr existieren, Indizien für aktive Westarbeit."

„Nicht mit den Aussteigerinnen. Und überhaupt nicht hier. Vielleicht bei euch, in Berlin."

„Wenn man zum Beispiel an jene Romeos denkt, die damals in Bonn all die Sekretärinnen verführt und abgeschöpft haben ... Dazu gibt's bei dir gar nichts?"

Gabi Scholz schüttelte stumm den Kopf.

„Edgar wird enttäuscht sein", seufzte Anja; sie klappte den letzten Ordner zu.

„Das tut mir leid für ihn, Miezchen."

Ach, wirklich? Anja glaubte ihr nicht. In den Augen der Mutter las sie Hilfsbereitschaft, das Angebot einer Freundschaft ohne Einschränkung, doch sie hatte ein Ohr für falsche Töne. Es muß noch mehr da sein, das spürte ihr journalistischer Instinkt. Gabi hält es zurück, wegen des Vorurteils gegen Edgar. Abneigung verleitet zur Lüge, wie manchmal ja auch Sympathie. Beides blockt Offenlegung ab, hemmt bei der Recherche! Doch sie verbiß sich den

Widerspruch. Sie durfte die Distanz nie wieder soweit anwachsen lassen, daß die letzte Brücke zur Mutter zerbrach. Nein, das war ihr der Fall nicht wert.

„Mach Schluß für heute", bat Gabi. „Wir sind schon die Letzten im Haus. Laß uns heimfahren, mein Auto steht unten, und Nina freut sich so auf dich."

Nina Sommerfeldt, Mutters beste Freundin, war zu ihr gezogen in die schöne Mietwohnung in der Blücherstraße, halbwegs zwischen Polizeipräsidium und Hauptbahnhof. Das geschah bald nach Arnos Weggang, der reine Notwehr gewesen war, damals vor der Wende. Gabis riskantes Wirken im Neuen Forum, verfemt als Bürgerrechtlerin vom Sommer 1989, hatte ihn verstört, ja entsetzt. Daß darüber die Ehe kaputtgehen mußte, leuchtete Anja noch heute ein. Vaters ganze Laufbahn stand doch auf dem Spiel. Sowieso hatte ihm die Stasi seine frühere Verweigerung nie verziehen. Seeleute, deren Frauen aus der Rolle fielen, fremdgingen oder gar zu Regimegegnern wurden, verloren im Handumdrehen ihr „Wasserbuch". Selber nun der Republikflucht verdächtig, ließ man sie nicht mehr aufs Schiff ... Doch, sein jähes Berufsverbot verdankte Arno ausschließlich ihr! Anfang der 90er Jahre war er mit seinem A-6-Patent zwar dann noch Kapitän geworden, auf einem Fährschiff der Linie Saßnitz-Trelleborg, doch große Fahrt, das war passé. Und in letzter Zeit klang bei ihm Erschöpfung durch, viel von Krankheit und Resignation. Seinen Abstieg zum Rentner, der bald auch den Warnemünder Segelclub verließ, den bloß noch der Kleingarten lockte – diesen Niedergang lastete Anja der Mutter an. Die hatte damals das, was bei ihr Aufbruch und Selbstverwirklichung hieß, schlicht über Vaters Wohl und das Schicksal der Familie gestellt.

Und ihre Freundin Nina, zehn Jahre jünger und einen Kopf größer als Gabi, war vom selben Holz, nur noch etwas härter. Nach zwei gescheiterten Ehen zu einer Art Frauenrechtlerin geworden, war sie in eine Gegenwelt eingetaucht, in der es leuchtete von Freiheit und Selbstvertrauen. Anfangs erfolgreich im Handel mit Gebrauchtwagen, war sie beim Abflauen des Geschäfts Pressesprecherin des Rostocker Volkstheaters und großer Kultur-Events geworden, als freie Journalistin, die sogar Bücher schrieb. Ihr Werk handelte von schwierigen Partnerschaften, von der Not Alleinerziehender und dem Leid kleiner Kinder. Trotz der fesselnden Thematik und des bildhaften Stils erschloß es sich Anja nur schwer, wegen des männerkritischen Grundtons und der fehlenden Leichtigkeit. Dennoch schätzte sie Nina Sommerfeldt als kesse, lebenskluge Frau und hilfreiche Gefährtin ihrer Mutter.

Nach der heiteren Begrüßung saß man zu dritt beim Essen auf dem Balkon. Frei schweifte der Blick ostwärts über Wiesen, Bahngleise, schmucke Eigenheime und ein Gehölz namens Galgenbruch, hinter dem die Warnow floß. Ein Hauch von Abendfrieden lag über der Szene. In der Ferne pfiff ein Zug.

„Nimm es deinem Mann nicht übel“, sagte Nina, „wenn er sich von Waldeck zuviel versprochen hat und dir unlösbare Aufgaben stellt. Eigentlich ist er doch ein netter Kerl. Ich mag seine stille Art. Winkt da jetzt Beförderung für ihn? Er sitzt doch schon hoch genug ... Weißt du, für seinen Ehrgeiz kann er nichts. Auf eurer Hochzeit hab ich ja auch seine Eltern kennengelernt, mit denen ist er echt gestraft. Sein Alter ist Polizeichef von Hannover gewesen, hochautoritär, und die Mutter Direktorin des Gymnasiums!“

„Edgar hat kaum noch Kontakt zu ihnen.“

„Verständlich. Die haben ihm doch die Kindheit versaut. Ich wette, er ist geprügelt worden. Sowas prägt ein Kind fürs ganze Leben. Das muß man ihm zugute halten.“

„Woher willst du denn das wissen?“

„Das sagt mir mein Bauchgefühl. Und klar ist auch, ein sensibles Kind will brav sein, es müht sich, unerwünschte

Regungen in sich zu unterdrücken, um den hohen Erwartungen voll zu entsprechen. Weißt du, wohin solch Streben nach Anerkennung führt? Es drückt das Kind nieder, macht es traurig und weckt in ihm, zur Abwehr der Depression, narzißtische Phantasien von Allmacht und Großartigkeit! Unter denen hat dann später sein Umfeld zu leiden; vielleicht ja auch du."

„Nein, überhaupt nicht!" In Anja stieg Ärger hoch, es wuchs das Gefühl, sich wehren zu müssen gegen die Weisheiten dieser Hobby-Psychologin. „Ich find ihn toll, nach wie vor einfach cool."

„Na klar, das eben ist die Insel, auf die er sich gerettet hat aus der infantilen Tristesse. In der Coolness liegt sein Heil. Bei solch stinkbürgerlichen Eltern hat er sich erst arrangieren, dann in der Gesellschaft positionieren müssen, um vor ihnen zu triumphieren – also etwas zu sein, damit man ihn liebt und stolz ist auf ihn."

„Aber du sagst doch sonst immer, Nina, Kinder dominanter Eltern wollten etwas komplett anderes aus ihrem Leben machen."

„Hat er ja auch. Statt Polizeidirektor ist er Fernsehstar geworden. Und dabei" – sie senkte bedeutungsvoll die Stimme – „macht man sich selbstverständlich Feinde. Die Leute um ihn, seine Mitarbeiter, die wollen doch auch wer sein. Sie müssen zwar Streit mit ihm möglichst vermeiden, wollen aber gleichfalls vorwärtskommen und irgendwann auch mal im Bild erscheinen. Plötzlich aber sind die niemand, und er ist alles, denn er hat sie überholt. Und nun spürt er unterschwellig ihre Mißgunst, ihren Neid; daher rührt seine heimliche Unsicherheit, die er zur inneren Entlastung auf die Gesellschaft projiziert."

„Unsicher ist er kein bißchen", rief Anja, die im selben Moment begriff, daß dies nicht ganz stimmte.

„Das scheint bloß so. Und zugegeben, im persönlichen Gespräch ist er charmant, sehr angenehm, gar nicht der eitle Typ. Da kennt er als Intellektueller durchaus seine Grenzen und reflektiert recht genau die Rolle, die er in eurem TV-Betrieb spielt."

„Na, dann ist ja alles gut", sagte Gabi, hörbar bestrebt, den Disput zu beenden, der ihr langsam peinlich wurde.

Aber ihre Freundin war noch nicht ganz fertig. „Du, ich sehe deinen Edgar selbst manchmal im Fernsehen und merke, was bei ihm überzogen ist. Immer gibt er den Scharfmacher, ziemlich besonnen und elegant, was ja viel besser rüberkommt. Seine Auftritte, die sagen mir: Paßt auf, ihr Leute, nehmt euch in acht! Das Publikum soll gar nicht erst auf die Idee kommen, daß es sowas wie Sicherheit im Alltag überhaupt geben kann, daß die zum Nulltarif zu haben sei ... Na, aus welcher inneren Quelle bei ihm kommt sie wohl, die böse Botschaft?"

„Das ist doch Quatsch", rief Anja. „Entschuldige mal, er warnt vor Sachen, die absolut real sind! Du tust ja beinah so, als wär er ein Psychopath. Das müßte mir doch aufgefallen sein ... Ich jedenfalls bin glücklich mit ihm."

„Ja, wenn man sich anschmiegt, geht das. Wenn man das Mißliche ausblendet und bereit ist, der heiklen Realität Freundliches abzugewinnen; sogar Glücksmomente, die anderswo nicht zu kriegen sind ... Sieh mal, jetzt schickt er dich zu Gabi, damit du ihn frisch bestückst, ihn munitionierst im Kampf gegen seine Dämonen. Und zwar mit dem Phantombild der Stasi."

„Phantom? Das ist doch die totale Verdrehung, Nina! Sowas dient einzig den Tätern von damals, die nicht mehr wahrhaben wollen, was sie verbrochen haben."

Nina nickte begütigend, sie trank ihren Rotwein aus und bemerkte nach einer Pause: „Ja, kann sein, ich bin milder geworden in letzter Zeit. Und Gabi geht's da ähnlich. Wir zwei verklären nichts, wie kämen wir dazu? Aber man muß doch sagen, der Stasi aktiven Terror zuzuschreiben, gerichtet gegen den Westen, das ist ein Zahn zuviel, du. Es geht schlicht zu weit. Da hat sie eher defensiv gehandelt. Der Todesschuß von diesem Kurras etwa ist ihr fatal gewesen.

Nein, umgekehrt wird ein Schuh daraus, wie auch deine Mutter meint."

„Stimmt das?" Anja spürte einen Druck im Hals, atemlos wandte sie sich an Gabi. „Heißt das, ihr seid neuerdings auf seiten der Täter in eurem Laden?"

„Durchaus nicht, Miezchen, reg dich ab! Wir versuchen bloß, sachlich zu bleiben, objektiv. Das ist die Grundhaltung bei uns."

„Und so sollte es wohl sein", fügte Nina hinzu. „Das verlangt nicht allein der wissenschaftliche Standard, es entspricht auch einem ganz normalen Mechanismus."

„Welchem Mechanismus denn?"

„Nun, was der Mensch am meisten scheut, ist bekanntlich das Gefühl von Ohnmacht. Unerträglich kann das sein. Folglich braucht es ein Verarbeiten der Ohnmachtserfahrung, um das eigene Leid und die Hilflosigkeit anderer ringsum überhaupt zu verkraften."

Anja starrte sie an, ihr reichte es längst. Selber fühlte sie sich hilflos jetzt, ohnmächtig ausgeliefert diesem Redestrom – Zeit für den Befreiungsschlag! „Könntest du eventuell das alles", begann sie spitz, „und vielleicht auch meinen Mann, zur Abwechslung denn mal anders sehen als durch die verstaubte Brille von Professor Sigmund Freud?"

„Ohne besondere Mühe", sagte Nina. „Welche Sicht wär dir da recht? Zum Beispiel die unserer politischen Klasse?"

„Meinetwegen, versuch's mal mit der."

„Kein Problem. Der Staatsmann von heute sorgt sich speziell um die Währung, den Euro. Ihn ängstigt der Angriff von Spekulanten zunächst auf Griechenland. Athen wird gezwungen zu sparen, sonst hilft man dort nicht. Ein Spareffekt ist schon da – blutiger Widerstand der kleinen Leute. Damit sowas nicht übergreift, muß man das Volk scharf überwachen, auch bei uns, vorbeugend. Rundum-Kontrolle wie auf Flughäfen, dahin geht der Trend. Und Edgar, im Englischen perfekt, der weiß so gut wie ein Börsianer: *The trend is my friend.* Also springt er auf den Zug, an dem *safety first* geschrieben steht, und füllt ihn aus von vorn bis hinten mit seinem Sicherheitsgeschwafel."

„Kinder, was für Scherze ihr da macht", sagte Gabi. „Wollt ihr nicht lieber das Thema wechseln?"

Doch ihr Versuch schlug fehl, die Situation war nicht mehr zu retten. Anja schob den Stuhl zurück, stand abrupt auf. „Danke, das langt", rief sie. „Jetzt ist er auch noch ein Opportunist, ein übler Trittbrettfahrer für dich! Also gute Nacht ... Mutti, du entschuldigst wohl, es war ein langer Tag für mich."

Das alte Kinderzimmer nahm sie auf. Anja fand ihr Refugium ganz unverändert, seltsam nach soviel Jahren. Die Mutter hatte alles liebevoll bewahrt, ihr sogar die beiden Puppen ans Kopfkissen gelegt: Katharina und Julchen, ohne die zwei hatte sie nie einschlafen können. Selbst der Geruch war ihr vertraut. Doch da es draußen noch hell war, fühlte sie sich trotz der abklingenden Erregung wie ein Häftling in der Zelle. Trübsinnig zog sie sich aus, suchte nach Trost in der selbstgewählten Isolation. Dabei entdeckte sie ein paar der Zettel, um 1990 lustig von ihr ausgeschnitten und an die Tür geklebt – Echo ferner Zeiten.

Eine Treuhand wäscht die andere, stand da, und *Wir bleiben das Volk*, gefolgt von *Bündnis 90 / Bürger für Bürger – NEUES FORUM*. Ach, die Erinnerungen! *Die kürzeste Verbindung zwischen zwei Punkten*, ging es weiter, *ist oft die krumme Tour*. Zuunterst dann der Clou, aus dem Satireblatt „Eulenspiegel": *Wir haben uns aufgelöst – Ihr MfS*, garniert von wachsam spähenden Augen. Das klang noch heute amüsant, die Staatsgewalt trat mit kundenfreundlichen Worten ab. Der Witz lag im Stilbruch, im Mix von zwei Kulturen: Diktatur contra Konsumwelt, die Mielkes Ordnung besiegt hatte.

Daneben das kleine Bücherbord mit den Bestsellern aus jener Zeit. Von Erik Neutschs „Spur der Steine" über

Nolls „Abenteuer des Werner Holt“ und Christoph Heins „Horns Ende“ bis zu dem legendären „Millionenschatz im Müggelsee“ eines Peter Kast, der da vor 60 Jahren den mutmaßlich ersten Kriminalroman der DDR verzapft hatte ... Das Buch Edgar mitbringen, an den Müggelsee? Wozu wohl sollte das denn gut sein? Sie kannte den Inhalt nicht mehr.

Stille senkte sich auf Anja herab, bleiern wie trüber Smog, trennte sie von den zwei anderen Frauen in der Wohnung. Keine von ihnen hatte den schroffen Abgang gewollt, diesen Bruch der Gesprächsroutine. Ja, man lebte ruhig hier, dem Nachtleben, falls es denn eins gab, und den Verwerfungen der Hansestadt ziemlich entrückt. Das von Osteuropäern beherrschte Rotlichtrevier schien ganz weit weg. In der Blücherstraße wurde nicht gedealt, es brannte auch kein Auto. Geraubt und geprügelt wurde woanders; davon las man höchstens in der Zeitung. Trotzdem, das alte Gefühl totaler Geborgenheit, es stellte sich bei ihr nicht ein.

Es war, als wolle der Tag partout nicht enden. Die nächste Überraschung nämlich lag, augenfällig auf dem Nachttisch, für sie bereit: ein Stück aus der „Berliner Zeitung“ vom 15. April. Mit der Schlagzeile *Bürgerrechtler als Störfaktoren*, untertitelt *Vor 20 Jahren empfahl der BND, die Arbeit der Stasi-Auflöser und Runden Tische zu beenden*, schrieb da ein Andreas Förster: „Drei Monate ist es her, da wurde in einem Festakt im Maxim Gorki Theater die Besetzung der Stasi-Zentrale am 15. Januar 1990 gewürdigt. überschwänglich lobten die Politiker in ihren Festreden den Mut der meist jungen Menschen, die 20 Jahre zuvor die Kontrolle über die Stasi-Behörden in den Bezirken und in der DDR-Hauptstadt übernommen hatten. Monika Grütters (CDU) etwa, Vorsitzende des Kulturausschusses des Deutschen Bundestages, sprach von einem kühnen Akt, durch den erst die weltweit einzigartige Aufarbeitung einer Geheimdienstdiktatur möglich wurde. Und aus dem Kanzleramt ließ Kulturstaatsminister Bernd Neumann (CDU) den Mut der damaligen Bürgerkomitees hervorheben, die massenhaft Stasi-Akten vor der Vernichtung gerettet und damit die Grundlage für die Stasiunterlagen-Behörde geschaffen hätten."

In Absatz zwei nun der Eklat: „Zwanzig Jahre zuvor fielen im Kanzleramt Helmut Kohls, damals noch in Bonn, jedoch weniger warme Worte für jene DDR-Bürger, welche die Auflösung des verhassten Geheimdienstes in die eigenen Hände genommen hatten. Am 2. April 1990 war der damalige Vizepräsident des Bundesnachrichtendienstes, Paul Münstermann, in das Kanzleramt bestellt worden, um die Einschätzung seiner Behörde zur weiteren politischen Entwicklung in der DDR nach den Volkskammerwahlen vom 18. März vorzutragen. Laut dem jetzt erstmals aufgetauchten Vermerk über dieses Gespräch im Kanzleramt wurden die Bürgerkomitees und Runden Tische in der DDR dabei jedoch schlicht als ‚Störfaktoren' abgetan. Warnend erklärte der BND-Vizepräsident laut Vermerk, den die ‚Berliner Zeitung' einsehen konnte, in diesen Gremien seien hauptsächlich basisdemokratische Gruppen vertreten. ‚Sie sind die Hauptinitiatoren für Beschuldigungen hinsichtlich MfS-Kontakten von Volkskammer-Abgeordneten. Wenn die neue DDR-Regierung handlungsfähig bleiben will, muß sie unverzüglich die Aktivitäten dieser Gremien beenden', lautete die Empfehlung des Geheimdienstlers."

Anja fröstelte es in dem ungeheizten Raum. Der Bericht war ihr neu, sie kannte den Vorgang nicht, wie ging das zu? Der Text hatte doch Nachrichtenwert, er mußte zur Agenturmeldung geworden sein. Die mochte es, wegen der lästigen Tendenz, zwar nicht ins Fernsehen geschafft haben. Aber in der „Welt" oder der „Zeit", die man daheim ja hielt, mußte das zumindest verkürzt erschienen sein. Und Edgar, der prinzipiell alles zur Kenntnis nahm, was Deutschlands Geheimdienste betraf – weshalb hatte er denn nichts davon erwähnt?

„Bonn hatte seinerzeit ein doppeltes Interesse daran", las

sie weiter, „das nur wenig beeinflussbare Wirken demokratischer Gruppen in der DDR einzuschränken. Zum einen waren da die Verhandlungen über die Wiedervereinigung der beiden deutschen Staaten, die zügig und störungsfrei über die Bühne gebracht werden sollten. Eine Dauerdiskussion über mögliche Stasi-Spitzel in Regierung und Parlament der DDR hätte das eher behindert. Zum anderen herrschte in Bonn pure Unsicherheit. Dafür hatten nicht zuletzt die mehr als 20 hochrangigen MfS-Offiziere gesorgt, die schon ab Ende Dezember 1989 beim Bundesverfassungsschutz in Köln und beim BND in Pullach vorsprachen. Ihre Aussagen heizten die Sorgen in der Bonner Regierung noch an: Was wusste der Ost-Geheimdienst über bundesdeutsche Politiker und Geschäftsleute? Was stand in den Protokollen der abgehörten Telefongespräche? Welche Spione in den Parteien drohten aufzufliegen?"

Anja übersprang ein paar Sätze, die Zeilen tanzten ihr vor den Augen, doch nun kam der Hammer: „Und so fand sich im Sommer 1990 kurzzeitig eine seltsame Allianz zusammen aus DDR-Ministern, Bonner Regierungsberatern und Stasi-Generälen. Sie einte das Interesse einer von ihnen kontrollierten Auflösung des Geheimdienstes und der Sicherung des Stasi-Archivs vor einer Einsicht durch das Volk. Dieser Allianz wurde mit der Beratung vom 2. April 1990 im Bundeskanzleramt der Boden bereitet. Denn die de-Maizière-Regierung in Ostberlin folgte schon bald der Einschätzung des BND. Noch im April 1990 erklärte der neue Innenminister Peter-Michael Diestel (CDU) die Abwicklung des MfS zur Chefsache. Das bereits im Februar eingesetzte Aufklärungskomitee, in dem mehrere hundert Ex-Stasi-Offiziere mitwirkten, wurde ihm persönlich unterstellt. Die Befugnisse der bis dato noch unabhängig agierenden Bürgerkomitees wurden beschnitten. Nun hatten die Bürgerrechtler keinen Zugang mehr zu den Stasi-Akten und mußten ihre Kontrollaktionen von MfS-Objekten zuvor im Innenministerium genehmigen lassen."

Anja glitt das Papier aus der Hand. Sie fragte sich, wer ihr das hingelegt hatte, Gabi oder Nina? Letztere vermutlich, war sie doch eine recht schroffe Frau, deren böser Blick auf Edgar noch in Anja fraß. Egal, was davon halbwegs stimmte oder überhaupt nichts, sie fand Ninas Deutung taktlos, ja anmaßend bis irrational. Geprägt von hysterischer Männerverachtung, die auf ihre gescheiterten Ehen und sonstigen Reinfälle zurückging. Und daß sie nun Anja diese Zeitung zuschob, das zeigte wieder ihre Rauflust, die Bereitschaft zum Angriff. Früher, da hatte sie sich zum Beispiel nie gescheut, Männern, die ihr an die Brust grapschten, derb in den Schritt zu greifen. In ihrer sprunghaften Unberechenbarkeit bediente sie sämtliche Klischees, die man Feministinnen anhängt in puncto Militanz. All das verwischte freilich nicht den Eindruck, daß auch Gabi etwas im Schilde führte. Die konnte es ja gleichfalls gewesen sein! Auch sie, dachte Anja, sagt mir längst nicht alles, was sie weiß. Wird sich das ändern, am nächsten Tag?

Im Bett las sie verstimmt den Rest der Meldung. „Als Diestels wichtigster Berater agierte der vom Bonner Innenminister entsandte Eckart Werthebach, der spätere Präsident des Bundesamtes für Verfassungsschutz", hieß es da so kühl und korrekt, wie Edgar es auch nicht besser hätte sagen können. „Er nahm Kontakt zu hohen MfS-Offizieren und KGB-Mitarbeitern auf. In dieser Zeit wurden auch Stasi-Akten mit Informationen über bundesdeutsche Politiker und Persönlichkeiten in den Westen geschafft. Der von Bonn noch im August 1990 verfolgte Plan aber, sämtliche Stasi-Akten über Westdeutsche aus dem Archiv zu entfernen, um den Rest der MfS-Unterlagen dann dem Bundesarchiv in Koblenz zu übergeben, schlug fehl. Zu verdanken ist dies dem Bürgerkomitee und einigen DDR-Bürgerrechtlern, die im Herbst 1990 das Stasi-Archiv besetzten. Mit ihrer Aktion setzten sie ein Stasi-Unterlagengesetz durch, das einen weitgehenden öffentlichen Zugang zu den Akten des DDR-Geheimdienstes regelt."

Der Schluß, fand sie, hellte das Bild zwar auf; er wirkte fast versöhnlich. Die Bürgerrechtler hatten etliches bewegt, zum Glück. Am Grundton des Artikels allerdings änderte das nichts. Der Text beschrieb ein Machtpoker, das echt beschämend war für die Staatsmänner von damals. Was zu der Frage führte: Sind unsere heutigen wohl besser?

Anja kannte die Antwort nicht und fühlte sich bedrückt. Sie wußte zwar, mit Schrägheiten muß man sich abfinden im Alltag. Da ist kein Einzelmensch haftbar, damit kann man leben; so laufen halt die Dinge auch im freien Teil der Welt. Trotzdem, sie fand den Vorgang reichlich schäbig. Es war, als habe ihre Vorstellung vom Aufbruch zur Tat, zum Marsch in die Einheit des Vaterlands einen Stoß empfangen, das Idyll von demokratischer Mitsprache einen Knick. Die Figur des mündigen Bürgers zerfloß ihr, verschwand im Schatten großer Politik.

Verdutzt merkte sie, daß Katharina und Julchen das Lager mit ihr teilten. Unbewußt hielt sie die zwei Püppchen fest, als suche sie Trost in der Berührung. Und dabei fiel ihr ein, das war schon früher so gewesen. War sie mal ausgeschimpft worden von der Mutter, hatte sie Katharina fest an sich gedrückt, auch noch ein drittes Püppchen, das Marlies hieß und längst verschollen war. Das grüne Julchen freilich nie, weil es ganz aus Stoff war, ohne richtiges Gesicht.

Der Vater übrigens hatte nie mit ihr gezankt, dessen Liebling war sie stets gewesen; von dem war sie verhätschelt worden, oft zum heimlichen Verdruß der Mutter. Nur einmal, das fiel ihr jetzt ein, hatte er sie mild getadelt. Hier am Bett redete er ihr ins Gewissen, weil sie das Julchen nicht neben sich am Kopfkissen haben mochte, sondern es ans Fußende verbannt hatte. Das sei ungerecht, machte er ihr klar, Julchen könne doch nichts für die fehlenden Kulleraugen mit echten Wimpern, die würde sich grämen dort hinten im Bett.

Da hatte ihr das arme Julchen leid getan, unter Tränen hatte sie es an sich gepreßt und seitdem darauf geachtet, es nie mehr durch Zurücksetzung zu kränken ... Und während sie nun an ihre Kindheit dachte, die Zeit der Unwissenheit und des Vertrauens hier in diesem Haus, spürte sie, ihr wurden wiederum die Augen feucht. Das war ja kaum zu fassen – doch, sie weinte! Sie, eine Frau von 32, der es oblag, das Ressort Innenpolitik im Hauptstadtbüro des Senders zu leiten. Doch kein Zweifel, sie schmiegte sich an zwei uralte Puppen an. Es war wohl zuviel gewesen heute. Der ganze Stress des Tages löste sich bei ihr in Tränen auf.

Als Anja Sörensen tags darauf zu ihrer Mutter ins Auto stieg, schien der Ärger fast vergessen. Sie hatte fest geschlafen, sogar traumlos, und in Ruhe gefrühstückt. Die dumme Debatte sollte sie nicht mehr kränken, die blendete sie einfach aus, unzufrieden auch mit sich selbst. So war es töricht von ihr gewesen zu erwähnen, daß sie mit Edgar glücklich sei. Glück neigt dazu, sich zu verflüchtigen, wenn man darüber spricht, hatte der mal zu ihr gesagt. Dazu war derart rein Privates untauglich als Argument. Nein, solch ein Gespräch würde sie überhaupt nicht wieder führen.

Ohne daß sie es sich eingestand, schwang da ein Rest der Verstimmung in ihr nach, erzeugt von dem närrischen Bild, das Mutters beste Freundin sich von Edgar gemacht und ihr am Vorabend geradezu aufgedrängt hatte. Irgendwie, davon war sie überzeugt, hatte es auf Gabi abgefärbt.

Und nun, jenseits des Stadtrands auf der B 103, kamen ihr Zweifel. Sie glaubte nicht so recht an den Sinn der Fahrt nach Waldeck. Instinktiv traute sie es der Mutter kaum mehr zu, daß die ihr helfen würde, dort etwas auszugraben, das beitrug zu Edgars Suche nach historischer Vernetzung des RAF-Terrorismus mit dem Sicherheitsdienst der DDR. Womöglich gab das hiesige Archiv, so stattlich es auch sein mochte, dazu ja wirklich wenig her, weil derart Hochsensibles eher in der Berliner Zentrale lag. Sie hatte das befürchtet, wollte freilich nichts unversucht lassen; dem Mann zuliebe, der auf sie baute.

Angelangt vor dem breiten, fünfstöckigen Bau, verspürte Anja einen Hauch von Aversion gegen den eierschalenfarbenen Betonriegel, stärker noch als gestern. Da das Haus so isoliert im Gelände stand, umgeben bloß von sparsamem Grün, wirkte es auf sie plötzlich wie ein Ufo, das sicherheitshalber weit vor den Toren Rostocks gelandet ist. Hatten das vielleicht schon die Erbauer so bezweckt? Selbstschutz war der Stasi immer wichtig gewesen – Abstand zum Volk, das sie überwachen sollte.

Aber was im Amtszimmer der Mutter dann über sie hereinbrach, das verschlug ihr doch den Atem. Von Gabi per Telefon bestellt, schleppte jemand ein Konvolut von Schriftstücken an und türmte es vor Anja auf – acht oder neun Ordner. – „Ein bißchen viel, was ich dir da zumute", hörte sie Gabi sagen, als sie den ersten aufschlug; und zwar in einem Ton merkwürdig verlegener Rechtfertigung. „Krieg bitte keinen falschen Eindruck davon, wie wir hier herangehen an die Dinge."

Und während Anja sich erstaunt hineinlas in das, was da zuoberst lag, fügte die Mutter hinzu: „Kann sein, es sieht für dich aus nach Konfusion, Miezchen. Aber glaub mir, die Sachverhalte sind oft sehr verwickelt und komplex." Noch eine Redensart, die neu war an Gabi und nicht recht zu ihr paßte. Vielleicht war das ja hier der Stil, in jedem Milieu klopfte man bestimmte Sprüche. Anja freilich kam es vor wie ein Zeichen von schlechtem Gewissen.

Und dazu, sie sah es schon nach der ersten Viertelstunde, hatte die Mutter auch durchaus Grund. Denn was die ihr hatte bringen lassen, war ziemlich das Gegenteil von dem, worauf Edgar hoffte. Es ging nämlich um die Geschichte eines Westspions, der kurz vor dem Mauerbau vom August 1961 unter einem plausiblen Vorwand übersiedelt war von der Hansestadt Bremen in den Bezirk Rostock. Angeblich kam er in die DDR, um dem Wehrdienst drüben zu entgehen, wegen seiner Friedensliebe, die ihm auch gern geglaubt worden war. Deutsche sollten nicht auf Deutsche schießen müssen. Tatsächlich hatte er den Auftrag, weitere Agenten hereinzuholen – ein Geschäft für Profis, nachdem die Grenze dicht war und der Zaun um Westberlin nun stand. Sie einzuschleusen übers Meer, durch die flachen Küstengewässer, nebst Kampfmitteln, dank raffinierter Unterwassertechnik! All das in der Absicht, Sabotageakte vorzubereiten, speziell an Häfen, Flußmündungen und Boddengewässern.

Wer dachte sich sowas aus, welches kranke Hirn? Es war ja nicht zu fassen, sowas sollte der Westen getan oder doch versucht haben? Flüchtig kam ihr der Gedanke, das könne auch erlogen sein, glatt ersponnen vom MfS. Und wenn die Mutter es jetzt heraussuchen und ihr auftischen ließ, so übte sie vielleicht subtil Vergeltung. Es schien fast so, als nehme sie Rache an dem ihr unsympathischen Schwiegersohn, indem sie ihm die Sünden seiner eigenen Seite in der Zeit des Kalten Krieges genüßlich unter die Nase hielt! Aber konnte all das wirklich von A bis Z erfunden sein? Schwerlich. Dazu war es doch zu umfangreich, waren die Aussagen dieses Bodo Lommel – so hieß der Agent – viel zu genau und detailliert, von erdrückender Ausführlichkeit. Außerdem, wie hätte das MfS solch einen Riesenschwindel wagen, ihn vor der eigenen Staatsführung rechtfertigen können?

Es schien eben das zu sein, was die Justiz ein umfassendes Geständnis nennt. 15 Jahre Knast hatte es dem Lommel eingebracht. Abgelegt über viele Monate täglicher Vernehmung und weit mehr Aktenbände füllend, als da vor ihr lagen, wie Gabi stolz hervorhob. Fünfmal mehr seien es, betonte sie, rund 40 Ordner à 250 Seiten, stell dir vor! Man brauche Wochen, um das durchzugehen und eine Zusammenfassung zu erarbeiten, wenn nötig.

„Weshalb sollte ich das tun?“ fragte Anja. „Wozu soll das gut sein?“

„Nun, zum Beispiel, um es mit der Urteilsbegründung des Strafgerichts damals zu vergleichen.“

„Danke, Mutti, kein Bedarf."

„Ja, ich hab's mir denken können, das überfordert einen. Daran seid ihr auch nicht wirklich interessiert. Es liegt ja schon so weit zurück, ist also gänzlich aus der Zeit, wie es bei euch immer heißt."

Anja merkte, das sollte sachlich klingen, ganz neutral. Doch es mißlang der Mutter, den Anschein zu erwecken, distanziert zu sein. In ihren großen schönen Augen saß ein Flackern, es sprach von heimlichem Triumph. Wie es ihr behagte, unbeteiligt zu tun! Aber man durchschaute sie. Gabi hatte es noch nie geschafft, etwas vorzutäuschen. Jede Gemütsregung spiegelte sich in ihrer Haltung, im Gesicht.

Weil es ein Freitag war, an dem das Haus stets um 14 Uhr schloß, war ihr die Idee gekommen, für Anja gut hundert Seiten aus dem Geständnis Bodo Lommels kopieren zu lassen – offenbar die deftigsten Passagen, wo es um schieren Terror ging. „Das kriegst du von uns mit, kostenlos", erklärte sie auf der Rückfahrt. „Zur Erinnerung an Waldeck, an deinen einzigen Besuch bei uns. Ein paar Stellen sind zwar geschwärzt, dient dem Datenschutz, ist hier so üblich. Am Gesamtbild ändert es nichts. Was du da bekommst ist nur ein Prozent des Materials, hundert Blatt von zehntausend. Wenn ihr mehr wollt – jederzeit."

Als sie den Stadtrand erreichten, sagte Anja: „Mir will das einfach nicht in den Kopf. Sprengstoffanschläge im Hinterland, sogar Raketen und solches Zeug – kaum zu glauben, daß wir sowas gemacht oder für den sogenannten Ernstfall geplant haben könnten." Der Konjunktiv als dämpfendes Kissen, das sie, wie ihr auffiel, zwischen sich und das Gräßliche schob.

„Wen meinst du mit ‚wir'?"

„Ach, die Regierung mit dem Geheimdienst."

„Die in Bonn oder die in Ostberlin?"

„Na, in Bonn! War das echt damals der Stil?"

„Keine Ahnung", sagte Gabi. „Ich weiß nur, was in den Vernehmungsakten steht."

„Und das kommt dir schlüssig vor?"

„Im Rückblick schon, nach mehr als 40 Jahren. Zumal den Amerikanern war das zuzutrauen, seinerzeit. Sie haben sowas anderswo auch später noch praktiziert, zum Beispiel Häfen vermint in Nicaragua, Anfang der 80er Jahre, nicht wahr?"

„Erinnerst du dich denn, daß von der Nummer dieses Lommel jemals was in der Zeitung stand? Das war doch Wasser auf die Mühlen der Ostpropaganda. Der Albert Norden und der Herr von Schnitzler, die müssen glücklich gewesen sein."

„Miezchen, es ist zu lange her."

„Und trotzdem bist du sicher, daß mit den Aussagen dieses Bodo Lommel alles in Ordnung ist? In so einer Firma wie dem MfS hat man doch manches hindrehen können, denk ich mir."

„Lies erst mal ruhig selber, was von dem da noch gekommen ist. Da läuft es dir kalt über den Rücken. Der hat nämlich restlos ausgepackt, um Hafterleichterung zu kriegen. Es gab wohl auch so 'nen Deal mit ihm: Wenn er kooperiert und voll geständig ist, muß er keine 15 Jahre absitzen, sondern kann vorzeitig ausgetauscht werden gegen einen Ostspion, der drüben geschnappt worden war. Ein Geschäft unter Profis, wie damals eben üblich."

„Und, hat das funktioniert? Ist es so gelaufen?"

„Sieht ganz danach aus, Miezchen. Nach vier Jahren war er wieder frei."

Am Nachmittag regnete es in Strömen, da nahm Anja sich die Kopien vor. Vieles daran beeindruckte sie durchaus. Was ihr besonders auffiel, war die schlichte Ausdrucksweise des Häftlings in den Protokollen – Abschriften von Bandaufnahmen der Vernehmung offenbar. Bodo Lommel sprach in knappen, oft markanten Sätzen. Zu seiner Herkunft aus dem Bremer Hafenviertel hieß es bei ihm: „Das ist nicht die freundlichste Ecke Deutschlands." Er sei in Armut aufgewachsen und habe es echt schwer gehabt, was aus sich zu machen ... Meistens kam er ohne Nebensätze aus.

„Sie sind als Jugendlicher der Häuptling einer Bande gewesen", hielt ihm der Vernehmer vor. „Es gab da verschiedene Drogendelikte, auch Ärger mit Türstehern, nicht wahr?"

„Aber ich hab die Kurve gekriegt", betonte Lommel. „Ich hab 'ne Ausbildung als Gastronom gemacht und nebenbei das Boxen für mich entdeckt."

„Immer ein toller Hecht gewesen, wie? Voll der sportliche Typ."

„Ich merke, Sie machen sich über mich lustig, Herr Leutnant."

„Na dann wollen wir uns die Scherze mal verkneifen. Wir zwei brauchen einander ja nichts vorzumachen. Ich weiß, Ihnen liegt daran, mir gewisse Dinge zu verschweigen. Und das verstehe ich durchaus."

„Nein, ich will mir alles von der Seele reden."

„Okay, um so besser. Was haben Sie denn zum Beispiel gemacht, wenn Ihnen in der Szene dort ein Gegner überlegen war?"

„Ich wurde unsauber", sagte Lommel. „Kopfstoß oder Tritt in den Unterleib. Es war ein Instinkt. Ich bin da ehrlich. Ein fairer Umgang war mir lieber. Aber wo gehobelt wird, da fallen auch Späne."

Über den Papieren, mit gelegentlichem Blick zur Tür, auf das Schild *Wir haben uns aufgelöst – Ihr MfS*, war es Anja, als werde hier kaum geblufft oder gelogen. Schwindler neigten nach ihrer Erfahrung zu langen, gewundenen Sätzen. Die fehlten ganz im Protokoll. Auch der Vernehmer machte, für die Verhältnisse der Stasi, rein sprachlich eine gute Figur. Schon daß er „okay" gesagt hatte, fiel aus dem Rahmen. Er hieß Falck, Helmut Falck, was der Häftling natürlich nicht wissen durfte; ebenso blieb ihm der Dienstrang verborgen. Deshalb korrigierte Falck, bereits Oberleutnant, ihn auch nicht, wenn er mit Herr Leutnant angeredet wurde.

Streng waren halt die Bräuche! Und doch hatte dieser Falck es geschafft, einen moderaten Ton zu treffen. Manchmal klang es, als plauderten da zwei auf Augenhöhe. Ergebnis allein von Stasi-Schulung? Streckenweise nahm Falck sich so zurück, blieb er so frei von Schärfe, daß Anja sich an das Auftreten ihres Ehemanns erinnert fühlte. Ähnlich wie Edgar zog Falck es offenbar vor, gemäßigt zu erscheinen; halbwegs korrekt, wenn auch ein wenig humorlos, wirkte er auf sie. Leicht erschrocken über diesen dummen Vergleich las Anja weiter in dem dicken Protokoll.

„In den 30er Jahren gab es mal einen Radiokomiker Ihres Namens, den sogar Hitler empfangen haben soll. Ein Verwandter von Ihnen, Herr Lommel?"

„Leider nur sehr entfernt. Es gab keinen Kontakt."

„Was ist eigentlich passiert, daß Sie sich dann nicht nur mit dem BND, sondern auch noch mit US-Geheimdienstlern eingelassen haben?"

„Es kommt alles aus meiner Jugend. Die Abenteuerlust meine ich, Herr Leutnant. Ich bin doch der Underdog gewesen. Die Jungs aus besseren Verhältnissen haben mich nie anerkannt. Die schnappten mir immer die Mädels weg. So entsteht Wut, die setzt sich in dir fest. Damit kommt man nicht klar auf die Dauer."

„Sie hatten meistens ein paar Feinde?"

„Nicht den kleinsten Sieg gönnten die mir, ob im Boxen oder beim Schwimmen. Sie lauerten mir öfter auf. Einmal haben sie mich zu dritt verprügelt."

„Wie ist das, wenn man so zur Zielscheibe wird?"

„Unschön. Ich wußte ja, es gibt Leute, die haben ein Problem mit mir. Das hab ich verdrängt, bis es zuviel geworden ist. Da wollte ich dann raus aus Bremen."

„War es eine Art Flucht?"

„Kann man so sehen. Aber nicht vor denen, die mir dumm gekommen sind."

„Sondern?"

„Weg von meinem alten Leben."

„Was war das für ein Leben?"

„Naja, ich hab mich im Mileu bewegt. Nicht gerade aktiv, nie abkassiert oder so, aber ich hing da eben rum, war Everybody's Darling. Öfter hieß es, da kommt der Lommel, der ist cool, aber ständig pleite. Als dann der Schlapphut auf mich zukam, da hat's klick gemacht bei mir."

„Der wurde durch das Taucherteam auf Sie aufmerksam?"

„Genau. Und der Staatsanwalt hatte mich schon auf dem Kieker. Ich will übrigens nie nach dort zurück. Da bleib ich lieber in der DDR."

„Und wie lief das mit Amerika?"

„Phantastisch. In San Pedro, Kalifornien, da ging für mich die Sonne auf. Noch stärker war's dann auf Hawaii. Jetzt ist mir natürlich klar, ich bin für die Amis bloß ein Werkzeug gewesen."

„So als Landsknecht und Tauchroboter, meinen Sie?"

„Ein Outlaw, ja, der ihnen billig den Froschmann macht. Ich hatte sowieso längst die Nase voll von dem Job. Kann man nicht ewig machen. Bin für sowas langsam auch zu alt."

„Sie sind doch nicht älter als ich, Herr Lommel."

„Es schlaucht, ist anstrengend, zermürbend. Ich würde ganz gern bei euch leben. Irgendwie mag ich's hier, das Land."

„Wirklich? Auch unsere preußische Disziplin?"

„Zur Not auch die. Aber mehr noch, ehrlich, die ruhige Kugel, die man trotzdem bei euch schiebt."

An dem Punkt war „Heiterkeit" vermerkt; wie seltsam in solch einem Protokoll. Anja stellte sich ein Lachen vor, preußisch kurz, wie bei einem Kasinowitz. Niemals wäre ihr die Idee gekommen, daß die DDR einen Staatsfeind so jovial vernommen hätte. Gewiß, Bodo Lommel hatte sich angebiedert, doch nicht schleimig, eher trocken bis frech. Und da hatten die zwei sich im Ton getroffen, lagen sie auf gleicher Wellenlänge – in dem Moment, da die umfassende Beichte begann! Hut ab vor Falck und dessen Taktik. Das ganze Resultat, die Stasi verdankte es offenkundig diesem ebenso durchtriebenen wie einfühlsamen Mann.

Auffällig fand sie das Datum der Unterhaltung – ja, so ließ sich das Gespräch wohl nennen. Es fand statt, nachdem das Urteil längst verkündet und rechtskräftig geworden war. Das blieb als ziemlich merkwürdig in ihr haften. Wie konnte das Geständnis da in die Urteilsbegründung eingeflossen sein? Aber war ihr das nicht von Gabi erklärt worden? Anja hatte das Gefühl, den Durchblick zu verlieren; verdrossen klappte sie die Akte zu.

Gabi Scholz deckte den Tisch: Müsli mit Pfirsichjoghurt, Eier im Glas, die lütte Dose Kaviar aus Seehasenrogen, wie es sie einstmals im Intershop gab! Alles Leckerei für Anja, die ein bißchen Aufmunterung wohl brauchte, nach dem gestrigen Abend. Ach, sie war stolz auf ihre so erwachsene, ernsthafte Tochter und froh, die mal ganz für sich allein zu haben; doch zugleich auch bedrückt. Das Gefühl, Anja mit den Kopien kaum erfreut zu haben, wich nicht. Sie hatte ihrer Skepsis gegenüber dem Schwiegersohn nachgegeben und war gewiß zu weit gegangen. Dazu fiel ihr auch keine Ausrede ein. Doch es ließ sich wieder gutmachen, indem sie das Kind nun verwöhnte.

Flink noch die Kaffeemaschine gestartet, ehe sie an den Hawaiitoast ging, Schinken mit einem Stück Ananas und Käse drüber, um das zu überbacken. Aber bevor sie noch anklopfen und rufen konnte, das Frühstück sei fertig, trat Anja schon ein, merkwürdig still. Den Frühlingsstrauß aus Tulpen und Narzissen, das Zwiebelmustergeschirr im Schein der Kerze, die Köstlichkeiten von damals, nahm sie das denn überhaupt wahr?

„Nina ist fort“, versicherte ihr Gabi nach dem flüchtigen Wangenkuß. „Sie kauft ein für das Fest morgen, wird dir also den Appetit nicht verderben. Wir zwei haben den ganzen Tag für uns!“ Aber während sie das sagte, sah sie die Tochter müde lächeln, abgespannt nach schlechtem Schlaf, und begriff, daß gewisse Themen ihnen versperrt waren, einzig durch ihre Schuld. Der ganze Waldeck-Komplex schien tabu, sollte ihr heute gestohlen sein. Soviel Privates gab es zu sagen, das endlich einmal berührt werden konnte. Da legte sie doch lieber eine Schallplatte auf, vielleicht von Gerhard Schöne, dem Liedermacher aus Thüringen. Hatten sie beide den nicht gemocht, seine Konzerte, die munteren Kinderlieder wie das vom Riesen Glombatsch? All seine frechen Texte zum Alltag in der DDR.

Gabi streichelte den Arm ihrer Tochter, die eben herzhaft in den Toast biß, und spürte nun doch, wie sich etwas vom alten Vertrautsein wieder einstellte zwischen ihnen. Jenes Gefühl von Geborgenheit, das damals, vor langer Zeit, der Vater noch mit ihnen geteilt hatte; wenn er nicht gerade auf See war, umherschippernd in der großen weiten Welt. Die nun längst jedem offenstand, der Lust aufs Reisen und auch das Geld dazu hatte.

Mein Frühstück schmeckt ihr, fand Gabi; wenigstens das. Wer stellt das sonst für sie hin, etwa der Ehemann? Bloß nicht von Edgar reden. Und außerdem, man hat ja ein Hausmädchen dort in Berlin, man kann sich vieles leisten. Nur Kindheitsbilder, die bringt einem kein Personal zurück. All das Erinnern – erst glücklich, dann eingetrübt durch Arnos Weggang – das ersetzt einem keiner. „Weißt du noch, wie ihr immer auf dem Balkon gespielt habt?“ fragte sie. „Du und deine Freundinnen, eine Höhle aus Stühlen und Decken habt ihr gebaut. Und dann auch noch Kerzen drin angezündet, damit's schön gemütlich wird. Böse wart ihr mir, als ich euch die weggenommen hab, weil's zu gefährlich war. Ist es nicht eine schöne Zeit gewesen?“

Gabi fand, die Tochter hielt ihrem Blick nicht nur stand, sie erwiderte ihn auch nachdrücklich. „Bis du dich politisch so aufgeführt hast, daß der Papi weggegangen ist.“

„Aus Angst um seinen Job“, äußerte sie und fühlte gleich, daß sie dies besser nicht gesagt hätte; obwohl ihr nicht klar war, warum.

„Die doch berechtigt war. Er durfte nicht mehr aufs Schiff, deinetwegen. Und wer ahnte denn damals schon, wie schnell es mit dem Regime zu Ende ging?"

Gabi schwieg; es hatte keinen Sinn, das Thema zu vertiefen. Sie hatte das schon früher versucht, ohne überzeugend zu sein, und wieder würden ihr die richtigen Worte fehlen. Jeder Mensch, dachte sie, will anderen möglichst viel bedeuten. Und Anja glaubt nach wie vor, ich habe damals im Neuen Forum nur deshalb mitgemacht, um Anerkennung zu finden, über die Familie hinaus, und zwar auf Arnos Kosten, ohne Rücksicht auf dessen Seefahrt, den Kapitänsrang, das Berufsziel unseres Ernährers.

Nach ein paar belanglosen Sätzen räumte sie den Tisch ab und schlug einen Ausflug nach Warnemünde vor, in ihrem Nissan, dem kleinen Japaner. „Immer startklar, nie eine Panne, seit den 90er Jahren mein bester Freund", sagte sie mit leiser Ironie, die aber, wie sie merkte, Anja nicht entging und sie vielleicht noch eher von ihr entfernte als klarer Widerspruch in dem peinlichen Tabu der Wende-Debatte.

Da ging ein Riß durch manche Familie, dachte sie unterwegs. Womöglich fällt es mir leichter, mich mit Arno auszutauschen. Wie hatte der neulich, als wir uns zufällig in der Stadt begegnet sind, so lässig wie verständnisvoll bemerkt: „Wenn du genau hinguckst, Gabi, dann hat es damals in der DDR ungefähr zwei Prozent Opfer gegeben in der Bevölkerung, und zwei Prozent kannst du Täter nennen. Die Mehrheit war unpolitisch, hat sich im Ernst gar nicht groß engagiert. Aber dann, als es kippte, strebten alle ganz instinktiv dem Opfer-Ufer zu, unter dem Beifall der Sieger. Auch ich bin da keine Ausnahme gewesen ..." Das klang ja recht tröstlich, wie ein Versuch zur Aussöhnung; nur ohne Konsequenz, ohne Wert nach all der Zeit.

Dieses Mindestmaß an Einsicht von Anja zu erwarten, das war eigentlich nicht zuviel verlangt. Als linker Hand, zwei Blocks hinter dem Botanischen Garten, am Schwanenteich die Kunsthalle erschien, sah sie die Chance, an

Früheres anzuknüpfen. Ausstellungsbesuche fielen ihr ein, die Freude des Töchterchens an bildender Kunst, vor allem aber der Auftritt von Jenny Wendt mit deren Modenschau aus Ahrenshoop. Die Jenny wirkte stärker auf sie als die vorgeführten Kleider, so umgänglich, schlagfertig und voller Leben. Rasch angefreundet hatte sie sich mit der. Und das hatte schließlich zu ihrem Eintritt in jene Protestbewegung geführt, aus der dann das Neue Forum entstanden war.

Welch seltsame Fügung. Die Weiche wurde gestellt, als Jenny sie einmal bat, für ein erkranktes Mannequin einzuspringen – und bald auch Anja, damals erst zehn, mit auf den Laufsteg zu nehmen. Nach kurzer Überwindung hatte es ihr selber Spaß gemacht, vor das durchweg wohlmeinende Publikum hinzutreten und etwas Mut in sich zu spüren. Anja freilich war scheu gewesen, die hatte sich nie recht wohlgefühlt an ihrer Seite. Und deshalb rührte Gabi jetzt lieber nicht daran ... Vielleicht ist das falsch, überlegte sie. Irgendwie sind unsere Rollen ja vertauscht; inzwischen hat sie durch die Heirat oder den Aufstieg im Beruf mehr Selbstbewußtsein als ich. Anjas Gesicht im Fernsehen, wer hätte je davon geträumt?

Sie fand am Kirchplatz eine Lücke, parkte das Auto und hörte Anja beim Aussteigen schwärmen: „Die Prise Seeluft, das ist mein altes Warnemünde! Der Mix aus Fischgeruch und Hafen, wie schön." Das klang nach Heimweh, erinnerungsselig, doch dafür bot der Tag hier wenig Raum. Am Alten Strom, auf dem Weg zum Leuchtturm, empfing sie chaotisches Gedränge. Ein Schlendern so wie früher schien unmöglich, Dutzende von Läden, dicht an dicht, schoben pralle Wühltische mit Sonderangeboten in die Menge, verengten den Boulevard. Werbetafeln priesen Bootsausflüge an. Vor den Terrassen all der Cafés und Restaurants mit den enormen Speisekarten – in jedem Häuschen ein Lokal? – suchte Gabi im babylonischen Sprachgewirr der Touristen nach einem erträglichen Ort.

Doch es gab keinen, das Spektakel war ernüchternd. Der

meiste Lärm kam von rechts, von den Fischereibooten am Kai des Yachthafens, auf denen man Fischbrötchen und Räucherware als fangfrischen Snack feilbot. Im Dröhnen der Musikboxen verstand man kaum mehr sein eigenes Wort. Über ihnen kreisten Möwen, gierig stießen sie herab, um etwas zu stibitzen und, die Beute im Schnabel, davonzufliegen. Plätze am Imbißtisch eines schwimmenden Verkäufers wurden frei, da floh jemand vor dem Schrecken aus der Luft. Anja rief, sie habe Appetit auf Lachsbrötchen, wohl eine nostalgische Regung, und Gabi kaufte gleich für jeden eines, ließ sich den Kauf aber einpacken. „Komm, wir essen das woanders", sagte sie. „Hier bist du nicht sicher."

Anja war froh, am Arm der Mutter diesem grellen Trubel zu entkommen. Sie erreichten, vorbei an der Brücke, das Ende der Uferstraße. Dort, wo es ruhiger wurde, ganz beschaulich, fand sich sogar eine freie Bank. Die Maisonne lugte durch ein Wolkenloch, übergoß das Treiben an der Mole und hob ein weißes Kreuzfahrtschiff ans Licht.

„Weißt du noch, Miezchen, wie wir damals der Gedser-Fähre nachgeschaut, haben? Mit dem stillen Wunsch, auch mal etwas von der großen Freiheit zu erschnuppern ... Und heute hat manch einer davon schon die Nase voll."

„Du meinst, die Arbeitslosen."

„Unter anderem. Gegenüber denen ging's uns damals gut."

„Na ja." Anja biß in ihr Brötchen. „Du warst im Bezirkskabinett für Kulturarbeit, hast deine Zirkel betreut und bist zufrieden gewesen. Ich auch, als euer behütetes Kind. Und der Papi hat ganz ordentlich verdient ... Bis es anfing mit euren Diskussionen." Sie unterbrach sich, ihr kam eine Idee. „Hättest du wohl Spaß an einer Kreuzfahrt, so 'nem Kurzurlaub für uns zwei?"

Gabis Augen wurden groß. „Ist das dein Ernst?"

„Warum nicht? Wir lassen uns an Bord verwöhnen und

gehen mal auf Distanz zu unserem Land. Wenn du willst, wär das mein Geschenk zu deinem 60." Von der Eingebung erwärmt, schmiegte Anja sich bei der Mutter an. „Ich jedenfalls hätte Lust, mit dir zu verreisen."

Sie spürte das Zögern, dann die Hand auf ihrer Schulter und hörte Gabi leise sagen: „Ja, wenn es ohne Streiterei möglich wär?"

„Wir streiten uns vorher. Am besten gleich jetzt. Dann ist das erledigt."

„Ach, Anja, ob das funktioniert? Es sind so viele Jahre vergangen, und nie haben wir's geschafft, uns mal gründlich auszusprechen. Die Vorurteile sitzen fest bei dir, seit damals."

„Dann laß es uns heute versuchen. Wie sollte ich dich denn verstehen, mit meinen elf Jahren? Für mich brach direkt vor der Wende alles ein – die Familie ging kaputt. Unser Leben, erst so friedlich, und auf einmal bist du derart kämpferisch geworden! Dein Einsatz für's Neue Forum, der ging dir plötzlich über alles. Ich weiß schon, eure sanfte Revolution, da habt ihr was riskiert, und es am Ende auch schön hingekriegt ..."

„Ihr? Du warst doch mit dabei, ich hab dich öfter mitgenommen. Es ging uns um Veränderung, Demokratie und Mitbestimmung; um viel mehr als Reisefreiheit. Wie die Demos so in Gang kamen von mal zu mal, und plötzlich gab die Obrigkeit nach, das ist ein ganz tolles Gefühl gewesen. Endlich konnte man da was bewegen! Auf ein kleines, gerechteres Deutschland neben dem großen haben wir gehofft ..."

In Anjas Kopf tauchte das Wort „Wahnsinn" auf, das Schlüsselwort der Stunde null. Aber sie sagte bloß: „Und dann war's ein Marsch ins einig Vaterland. Darauf seid ihr stolz, nachträglich, mit Recht. Das habt ihr immerhin erreicht."

Welch ein Trost für sie ... Das Komische ist, fand Anja, ich denke es gar nicht, ich sage es nur. Der Wunsch nach Harmonie läßt mich so reden. Die Rolle der Bürgerrechtler wird doch überschätzt, die haben sich hier viel später formiert als in Polen oder Ungarn. Da wird ein Mythos gepflegt auch seitens der Sieger, die Mär von den wackeren Streitern – erst für einen besseren Sozialismus, bald aber für den Anschluß und die D-Mark. Ohne den Rückhalt aus Moskau ist das Regime ja chancenlos gewesen. Die Russen waren am Ende, sie hatten sich total übernommen im Kalten Krieg. Der Westen, wirtschaftlich weit effektiver, hat sie in den 80er Jahren ausgetrickst: nach Afghanistan gelockt, das Erdöl verbilligt, ihre Devisenquelle, und sie totgerüstet mit der Weltraumabwehr von Raketen; solch ein Programm konnten sie nicht mehr stemmen ... Leute wie Reagan, Bush senior, Thatcher, Gorbatschow und Kohl haben über uns entschieden. Was sind die Träumer von '89 anderes gewesen als passender Hintergrund, Kleindarsteller im großen Spiel?

Sie wollte das schon behutsam äußern, als ihr aufging, daß dies ja Edgars Sicht der Dinge war. Sein großer Durchblick, sein Fatalismus hatte auf sie abgefärbt. Und plötzlich sah sie ihn so, wie er stets von der Vereinigung sprach, im Gestus des Historikers, der ganz objektiv ein „multikausales Geschehen" seziert ... Nur, stimmte das denn so?

„Meine Ehe war schon vorher nicht intakt", sagte die Mutter da dicht an ihrem Ohr. „Wir hatten uns längst auseinandergelebt."

„Davon hab ich aber gar nichts mitgekriegt."

„Natürlich hab ich mich nicht ausgeweint bei dir. Es ist ja auch kein Einzelfall gewesen. Weißt du, wenn Arno von See kam, war der Jubel immer groß – bis zum zweiten oder dritten Urlaubstag. Dann aber hat er alles bestimmen wollen, genau wie bei ihm an Bord. Ich allerdings bin in der übrigen Zeit ohne ihn klargekommen, notgedrungen. Und meine Selbständigkeit, die nahm er mir übel. Das hat ihm nicht gepaßt, wir haben uns gekracht; in vielen Seemannsehen lief das so. Der Streit vom Sommer '89 ließ das Faß bloß überlaufen. Kein Verständnis mehr von seiner Seite, nur an sein Wasserbuch hat er gedacht ..."

„Weil er dazu noch Druck von oben kriegte. Du warst kaum noch daheim zeitweilig, da suchte ich Halt bei ihm, den er selbst nicht mehr hatte.“

Gabi verdüsterte sich, sie warf den Rest ihres Brötchens den Möwen zu, die es im Flug auffingen. Anja kam ihrer Antwort zuvor: „Na, dafür warst du bei den Guten. Hast mich öfter sogar mitgenommen. Ach, Schwamm drüber, das ist Schnee von gestern.“ Sie stand auf und bat: „Komm, laß uns die Reise buchen! Sonst steh ich morgen noch mit leeren Händen da.“

„Wär auch nicht schlimm. Hauptsache, du selbst bist gekommen. Und wir sprechen uns mal aus.“

Tun wir das, fragte sich Anja. Ein bißchen Luft gemacht, das schon; genug wohl für den Anfang. Man ging da über dünnes Eis, zu zweit. Diese Zweifel! Nein, es hatte keinen Zweck. Sie brachte es nicht fertig, die Mutter mit einem Urteil zu behelligen, das eher von Edgar kam als von ihr selber ... „Demokratischer Aufbruch in die Konsumwelt“, so pflegte der zu lästern, wenn vom Bündnis 90 die Rede war. Das wertete die Bürgerrechtler ab zu einer Art von nützlichen Narren.

„Euch ist die Freiheit ja geschenkt worden“, hielt sie dem meist entgegen. Tatsächlich aber, sie spürte es jetzt, war all das noch gar nicht zu Ende gedacht, das letzte Wort noch nicht gesprochen worden. Ach, Schluß! Mit diesen Dingen würde sie jetzt weder sich noch Gabi plagen; das ging über ihre Kraft. Sie waren einander ein Stückchen nähergekommen, das mußte ihr im Augenblick genügen.

Der Vorhang zu und alle Fragen offen – dies war das Wort, das ihr durch den Kopf ging, auf dem Weg zum Reisebüro. Das Wunder der Einheit – so vorteilhaft für sie selbst, doch wo blieben die Verlierer –, wer eigentlich hatte es vollbracht? Gegen den Widerstand Englands und Frankreichs? Amerikas Wille, also Bushs Wunsch, die Nato gegen das Zögern Gorbatschows und dessen bröckelndes Reich nach Osten zu erweitern, ja ... Aber doch auch der großartige Mut, die Beharrlichkeit der Bürgerrechtler ... Wie sie sich hinwegsetzten über all die trüben Erfahrungen wie den 17. Juni, den Spätherbst '56 in Budapest, den Prager Frühling von '68, das Kriegsrecht in Polen.

Gut, es war nicht schwer, ihren Anspruch zu belächeln – den Glauben, sie hätten es im wesentlichen allein geschafft. Aber ein starker Impuls kam doch von ihnen! Eddies Sicht war so verletzend wie die Geste jenes Kerls, der da eine Banane ins Fernsehbild hielt, als Symbol des ostdeutschen Drängens nach Vereinigung. Mochten die Dinge auch kompliziert gewesen sein – solch ein Zynismus, so schien es ihr, war weiter nichts als Arroganz.

Heute nicht, dachte Arno Scholz, warf den alten Pullover hin und zog ein frisches Hemd aus dem Schrank. Heute muß es mit Krawatte sein, denn Gabi wurde 60 an diesem 9. Mai. Gewiß war es brenzlich und heikel, da hinzugehen, doch er hatte schon ein passendes Geschenk für sie. Und vor allem wollte er Anja sehen; ihr brachte er gleichfalls etwas mit, das sie wohl gebrauchen konnte. Der Spiegel freilich zeigte ihm kein schönes Bild, die Stirnglatze wuchs, das Kinn war faltig; doch glattrasiert wirkte sein Gesicht manierlich ... I like Manierlichkeit, sang er in dem Mix, der einst auf See gepflegt worden war.

Nein, Scholz fühlte sich kaum alltagstauglich, als er am frühen Nachmittag in den Kleinwagen stieg – abgenutzt wie er selber, doch der sprang wenigstens noch an. Das ließ sich von ihm selbst nicht unbedingt mehr sagen. Er war 70, kürzlich hatte ihn ein leichter Hirnschlag erwischt. Seitdem hatte er Mühe, beim Anziehen auch nur kurz auf einem Bein zu stehen. Und keinen Spaß mehr am Herumspazieren oder an lauter Gesellschaft. Hoffentlich fiel das heute keinem auf.

Weiß Gott, die Feier lockte ihn nicht. Was erwartete ihn

da noch – außer der guten Gabi, seiner tollen Tochter und Nina, dieser Hexe? Rostocker Erfolgsmenschen im dunklen Anzug oder feine Damen wie etwa Jenny Wendt, die Sprecherin der SPD im Schweriner Landtag. Zusammen mit Anja, der er das auch gönnte, verdiente die wohl mehr als alle übrigen zusammen! Und überhaupt, Frauen, die lagen ihm nicht mehr besonders. Das waren irrationale Geschöpfe, anspruchsvoll und kompliziert, was schon ihr Aufputz und das Getue zeigte, zumal auf solch einer Party. Verzickt bis aggressiv, jedenfalls schwer berechenbar. Irgendwie, fand er, haben sie sich zurückverwandelt in die seltsamen Wesen seiner Kinderzeit.

Auf der Stadtautobahn schon, im Sonntagsverkehr, wuchs sein Unbehagen. Und beim Abbiegen in die Blücherstraße vertiefte sich der Eindruck von Isolation. Das Tuscheln der Gäste bei seiner Ankunft, die Phantasie nahm es vorweg. Daß Frauen ihn kaum noch reizten, selbst wenn sie jung und knusprig waren, ein gutes Zeichen konnte das ja wohl nicht sein. Scholz führte es zurück auf eine Art Hormonausfall in ihm, ein Absinken des Testosteronspiegels, das einen natürlich auch befreite. Jedes Ding hatte zwei Seiten. Jedenfalls, man wurde alt und damit entweder weiser – oder zum Greis, der kaum noch Anteil nahm am Leben anderer? Er wußte es nicht, und es war im Moment auch gar nicht sein Problem. Vielmehr fürchtete er, es werde ihm wieder mal mißlingen, Gabis Gäste hinreichend zu identifizieren, also jene richtig anzureden, die Anspruch darauf hatten, von ihm erkannt zu werden. Noch nie hatte er sich mühelos Gesichter merken können. Leichter fiel es ihm, Namen zu behalten, auch Aussprüche und Melodien. Sein akustisches Gedächtnis war viel besser als das optische, doch was half ihm das jetzt in Gesellschaft? Gar nichts. Wahrscheinlich würde er sich wieder mal blamieren.

Und in der Tat, mehr als ein Dutzend Leute wimmelten in der Wohnung, die einst auch sein Zuhause gewesen war. Aus den Boxen des Plattenspielers drang Musik, im Stimmengewirr undefinierbar, von weiblichen Juchzern übertönt. Nachdem er Gabi gratuliert und ihre Freude über das Geschenk bemerkt hatte – den Gutschein über ein Fahrrad ihrer Wahl, versehen mit einer Fußnote, die auf gemeinsame Ausflüge hinwies –, drückte er Anja kurz an sich und bestaunte den Gabentisch, wie es halt erwartet wurde. Und schon nahte sich ihm die Busenfreundin seiner Frau, ein falsches Lächeln auf den Lippen. „Hey Arno", rief sie fröhlich, „mal nicht so nervös! Du siehst ja so gestresst aus, fast schon düster."

„Ich komme ja auch von einer Beerdigung", log Scholz. Im Umgang mit Nina mußte man schlagfertig sein.

„Doch kein Verwandter oder guter Freund, hoffe ich?"

„Nein, nur ein Kollege."

„Mir ist ein Begräbnis immer noch lieber als 'ne Verlobung oder gar 'ne Hochzeit", schwatzte sie. „Sowas sind leere Versprechungen für mich."

„Heiratest du vielleicht deshalb nicht wieder?" fragte er in dem Gefühl, hier fremden Menschen ausgeliefert zu sein. Dies war genau der Small talk, den er gar nicht schätzte.

„Die Bestattung, das hat eher noch Form, hat was beruhigend Endgültiges", tönte Nina. „Hochzeiten, Gott, da feiert man doch bloß den Übergang von einem Unglück ins nächste."

„Mädchen, sei positiv, wenigstens heute! Reiß dich mal ein bißchen zusammen."

„Von einer Einsamkeit in die andere", beharrte sie, ohne ihm die Mahnung zu verübeln. Womöglich nahm sie auch gar nicht auf, was er zu ihr sagte. Trotzdem ging das Gespräch weiter, ja, es wurde uferlos. Er vermutete Alkohol dahinter und hätte ihr gern noch ein Glas spendiert, doch schließlich war das nicht sein Fest, und selber wollte er halbwegs nüchtern bleiben, im Hinblick auf die Heimfahrt später. Ein harter Trinker war er nie gewesen. Beschwipst am Steuer, einer Bischöfin noch möglich, jedoch ein Alptraum für jeden Kapitän.

Endlich gelang es ihm, die lästige Konversation zu beenden. Ein fremder Herr wandte sich ihm zu, das Gesicht kannte er, fand aber so schnell nicht den Namen dazu. Dann fiel ihm ein, sie waren ja im selben Segelclub gewesen ... Hans Kanut Bonk hieß der Sportsfreund, das hatte er sich gemerkt dank des zweiten Vornamens, der eher lächerlich war, zumal bei einem Segler. Clubfreunde duzten sich, Scholz aber wußte noch, daß Bonk es durchaus nicht schätzte, bloß Hans genannt zu werden. Den Provinzdichter störte es, wenn man das „Kanut“ wegließ, den Namensteil, der ihn einzigartig machte. Doch Scholz war das Wort peinlich, er kriegte es nicht heraus und ergriff wiederum die Flucht.

„Muß den Hund von der Kette lassen“, sagte er entschuldigend, und das war nicht einmal gelogen. In jüngster Zeit plagte ihn Blasenschwäche, die ihm oft den Tag vergällte.

Die Toilette war besetzt, kein Wunder bei so vielen Gästen. Gabi war schon immer recht kontaktfroh und beliebt gewesen. Scholz trat von einem Bein aufs andere. Ihm wurde bewußt, gleich nach der Ankunft zwei Longdrinks gekippt zu haben, ohne den kleinsten Happen zu essen. Er hatte sich weniger fremd fühlen wollen, doch es war ein Fehler gewesen.

„Herr Scholz?“ fragte jemand neben ihm, im Tonfall eines Mannes, der keinen Einwand erwartet, da er stets die richtige Lösung weiß. „Schäfer mein Name. Wir haben uns mal auf Ihrer Fähre kennengelernt. Sie sind so nett gewesen, mich auf die Brücke zu lassen und mir alles zu erklären.“

„Das war Kundendienst“, brummte er. „Idee der Reederei, zur Imagepflege.“

Dem anderen schien das zu mißfallen. „Ihre Crew hat mir jedenfalls keine Entführungsabsicht zugetraut“, scherzte er etwas mühsam. „Doch ich nehme an, für solch einen Fall hatten Sie eine Waffe?“

„Die lag immer im Tresor.“ Scholz fand, das Gespräch werde absurd, noch über das auf Feiern übliche Maß hinaus. Zum Glück wurde das Klo nun frei, so daß es ihm gelang, sich dem Geschwätz zu entziehen.

Als er sich wieder zu den übrigen gesellte, blickte er kaum noch durch. Jenny Wendt sagte etwas zu ihm, das er nicht verstand, obgleich der Lärmpegel deutlich sank. Die meisten Gäste schienen sich vor dem Bildschirm zu versammeln, wegen der Wahlprognosen aus Düsseldorf. Sein Hörvermögen schrumpfte leider auch. Jenny war für ihr Alter, Mitte oder Ende 40, noch immer hübsch, sie roch auch gut. Doch obwohl ihn sowas bereits kühl ließ, verlor er sein Namensgedächtnis – wußte nicht mal mehr, ob sie einander duzten, und starrte das schlanke Weib bloß töricht an.

Es war seine Tochter, die ihm aus der Klemme half. „Du hast mich gar nicht besucht diesmal“, sagte er hilflos, mit trotzigem Vorwurf – obgleich er ihr doch so zugetan und im Moment besonders dankbar war. „Es ist auch kein Anruf gekommen von dir, aus dem schönen Haus am Müggelsee.“

„Weil Mutti mir gesagt hat, daß du heute kommst.“

„Du, hier kann man nicht reden. Laß uns mal kurz runter gehen, Anja. Ich hab auch was für dich, im Auto.“

Sie verdrückten sich und stiegen abwärts, er etwas mühsam.

„Kann es sein, Papi, daß du ein bißchen zugelegt hast?“

„Das kann nicht nur sein, es ist auch so“, knurrte Scholz. „Ostern hab ich aufgehört mit Rauchen, Pfingsten hör ich auf zu essen.“

Unten hob er ein dickes Päckchen in A4-Format von der Rückbank und hielt es ihr hin. „Tolle Story das! Schöner Stoff für euch.“

„Ja, was ist das denn?“ Anja zögerte, es zu nehmen.

„Ein Stasi-Knüller, sowas habt ihr noch nie gesehen“, sagte er und spürte sofort ihre Enttäuschung.

„Papi, ich glaub nicht, daß Edgar das noch interessiert.“

„Na dann doch euren History-Man. Dieser Knopp, der fährt todsicher darauf ab.“

„Knopp sitzt nicht bei uns. Von wem ist das überhaupt?“

„Von der Witwe eines Hauptmanns; sein Tagebuch. Ihr liegt an einer Veröffentlichung. Sie hat das Bert Preusche anvertraut, dem letzten Abwehrchef der Volksmarine. Und der hat's mir gegeben, im Hinblick auf dich. Die Frau wohnt bei mir um die Ecke, sie heißt Inge Falck."

Anjas Augen wurden groß. „Danke, Papi!" Jetzt auf einmal griff sie zu, trug die Gabe flink treppauf und verschwand in ihrem Zimmer.

Scholz folgte schnaufend nach. Oben empfing ihn Nina. „Geht's schon schwer, Käpten?" fragte sie scheinbar teilnahmsvoll. „Etwas stärker geworden, wie?"

„Genau wie du, my one and only thrill. Was tut man dagegen?"

„Ich mach Diät, denk mal an, verzichte auf fettes Essen."

„Und, der Erfolg?"

„Umwerfend, Sir. In zwei Wochen schon vierzehn Tage verloren!"

Drinnen hatte alles sich dem Bildschirm zugewandt. Das Rennen zwischen Rot und Schwarz war spannend, die Volksparteien lagen Kopf an Kopf. Gelb stürzte ab in NRW, Grün legte zu, das kam gut an in diesem Kreis, der einst wohl im Bündnis 90 gewesen war. Die Ausrufe der Zuschauer und das, was im Fernsehen geschah, gingen in Scholz' Kopf etwas durcheinander. Die CDU holte ihren Rückstand in der ARD viel schneller auf als im ZDF. „Schalt um, Gabi", rief jemand. „Mit dem Zweiten sieht man besser."

Ja, dort lächelte Herr Rüttgers fahrig, die Helfer der Frau Kraft hüpften enthemmt herum, die Grünen jubelten, und auch der Oskar strahlte, dessen Linke zog erstmals in den Landtag ein. Scholz sah es gern, er nippte an seinem Glas, dem endgültig letzten.

Jetzt kamen die Generalsekretäre ins Bild, mit der wakkeren Frau Nahles und sogar dem Mann der CSU, die gar nicht angetreten war in NRW. Prompt rügte das Herr Bartsch aus Stralsund, der junge Mann mit dem Faltengesicht. Und der Clou: Edgar Sörensen saß dieser Runde vor! Flott und proper, staubtrocken moderierend, mit randlos schmaler Brille, das Haar halblang, locker in die Stirn geföhnt, nicht etwa zurückgegelt. Jeder begriff, daß er nicht hier sein konnte. Edgar war sympathisch rehabilitiert. Wenigstens via TV kam der Schwiegersohn nun doch noch zu ihnen. Die Sätze der fünf oder sechs Gegenspieler kriegte Scholz nicht richtig mit. Es schien ihm, als hätten sie sämtlich gesiegt und erteilten dazu eine Menge belangloser Auskünfte.

Er rief sich zur Ordnung, in die Gegenwart zurück. Ohne sich je für Gott oder Marx begeistert zu haben, neigte er dazu, den Glauben eines jeden im Prinzip zu achten, sich über keinen vorschnell zu erheben. Nur sein Schwiegersohn, der nervte ihn nun doch. Und zwar eben dadurch, daß er sich so zurücknahm in seiner Selbstbeherrschung, der höflichen Neutralität. Gewiß, so wünscht man sich den Moderator, solch ein Bursche muß so sein ... Arno Scholz aber fühlte sich unklar gereizt, die Gedanken purzelten ihm durcheinander. Übrig blieb, daß dies ein blasierter Wessi war, der seine Anja nicht verdiente. Ein Fernsehstar, umweht vom Geist der Oberschicht und fast so glatt wie der Verteidigungsminister, wenn auch weder gelackt noch von Adel; das hätte dem Töchterchen ja gerade noch gefehlt.

Am Schluß – die Gäste waren noch vor Mitternacht gegangen, wegen des Werktags morgen früh – saß man zu dritt auf dem Balkon, leicht fröstelnd, doch innerlich erwärmt vom Zauber des Beisammenseins. Die Hexe Nina zeigte sich von ihrer besten Seite, hilfreich rückte sie, in der Küche klappernd, gegen den enormen Abwasch vor. Ganz überraschend stimmte Gabi Lieder an, wirklich, man sang „Der Mond ist aufgegangen, die goldnen Sternlein prangen ...“, obwohl die Mainacht ziemlich finster war.

Und Scholz, seiner Stimme nicht mehr sicher, fiel kräftig ein. Wenn es ihm schon verwehrt war, über persönliche Gefühle zu reden, etwas davon ließ sich auf die Art sagen. Ja, er vermißte längst die alten Zeiten, und er merkte, Anja und auch Gabi zog es zu ihm hin, trotz allem. Für ein paar Minuten war es ihm, als ob ihre kleine Welt noch heil und sie, so wie früher, eine intakte Familie wären.

„Leben die drei Püppchen noch?“ fragte er Anja beim Abschied.

„Marlies fehlt schon lange, Papi. Die zwei anderen aber sind noch da ... Gleichberechtigt am Kopfende.“

„Na, dann ist ja alles gut“, sagte er und ging.

DIE FALCK-PAPIERE

Im Regionalexpress Rostock-Berlin nahm Anja sich den ersten der sechs Hefter aus dem Päckchen vor, das der Vater ihr mitgebracht hatte. Es steckte auch noch ein Diarium darin, betitelt „Persönliches Tagebuch (I)“. Mit dieser nicht besonders dicken Kladde begannen die Aufzeichnungen des damaligen Stasi-Oberleutnants Helmut Falck. Und obgleich dessen Handschrift recht gut lesbar war, hatte Inge Falck offenbar das ganze Vermächtnis ihres Mannes mit der elektrischen Schreibmaschine abgetippt. Weshalb die Mühe? Vermutlich, um sich abzusichern. Die Witwe behielt mit dem Großteil der Originale ja die Kontrolle über jegliche Verwertung. Nur das erste der Tagebücher hatte sie beigefügt, zum Vergleich mit der Abschrift, als Beweis für die Echtheit. Bestimmt hielt sie von der Kladde Nummer eins auch eine Kopie zurück. Ihr Vorgehen wirkte soweit ziemlich professionell.

Während der Zug die Warnow überquerte und sich nun Kavelstorf näherte – hinter dem Autobahnkreuz glitt Waldeck links vorbei –, las Anja noch einmal den Anfang, der sie am Rande des Geburtstagsfestes schon gestern eigentümlich berührt hatte. Der Verfasser, dieser Falck, konnte kein Durchschnittstyp gewesen sein. Sein Text begann, unüblich für einen Geheimdienstler oder Polizisten, mit dem Satz: „Nichts auf der Welt ist so langlebig wie ein gepflegtes Vorurteil; und zu den friedvollsten Momenten des Menschen zählen die, in denen lang gehegte Vorurteile sich bestätigen – das heißt, ihn in dem einen oder anderen Punkt in seiner Befangenheit bestätigen und ihm die Engstirnigkeit erhalten.“

Bereits das klang unterhaltsam, es wies auf einen Hang zur Nachdenklichkeit beim Autor hin. Ebenso der Gebrauch von

Semikolon und Gedankenstrich; solche Satzzeichen nutzten Behördenangestellte normalerweise nicht. War Helmut Falck ein kleines Schreibtalent gewesen, vielleicht mit einer Neigung zur snobistischen Geistreichelei? Doch indem Anja das erwog, ging ihr auf, sie selbst schien da einem Vorurteil zu folgen. Das war an ihrer Ausdeutung jetzt die Ironie. Ähnlich der Mehrheit hierzulande nämlich lehnte sie das Wirken der Leute Erich Mielkes so entschieden ab, daß sie keinem davon gesunden Menschenverstand zutrauen mochte. Schlauheit schon, Scharfsinn auch; die mußten, um Staatsfeinde zu entlarven, ja durchaus aufgeweckt, umsichtig und kombinationsfähig sein. Klug und geistvoll aber nicht; wie hätten sie da dem Regime dienen können? Alles, was bei ihnen das für den Dienstgebrauch Nötige überstieg an Intelligenz, mußte dem MfS so unerwünscht gewesen sein, daß ein Mitarbeiter es sich abschminken mußte, wenn er Offizier werden und aufsteigen wollte in dem kalten Apparat, der zum Ausspähen und Unterdrücken geschaffen worden war.

Davon ging Anja aus, sie hatte es noch nie hinterfragt, bis zu diesem Augenblick. „Man steht zu seinen Vorurteilen ‚in Treue fest' wie es bei den Rechten früher hieß", las sie weiter. „Zum Bespiel: Männer wollen immer nur das eine. Oder: Frauen mögen sowas auch. Etwa Kuchen mit Sahne, oder Fußball gucken. Und zwar alle, durch die Bank. Neu ist freilich, jedenfalls für mich: Fußballsucht kann stärker sein als Lust auf Sex. Man brennt auf das WM-Finale, sofern die deutsche Elf da mitkickt. Nichts bringt den Fan davon ab, nicht mal die Bereitschaft des ansonsten heiß begehrten Partners. Lieber Kicken sehen als Kuscheln gehen? Kaum acht Prozent meiner Genossen ziehen den Sex da noch vor; für die demographische Entwicklung hier im Land eine wahrhaft triste Quote."

Vor fast 50 Jahren zu Papier gebracht, klang das recht modern. Helmut Falck outete sich als Fußballnarr, sollte man das sympathisch finden? Ihr schien, als helle es sein Bild ein wenig auf. Der ganz unpolitische Schlenker leitete die Beichte ein. Dieser hartgesottene Mann hatte sich, wie er zugab unten auf der Seite, den Frust von der Seele schreiben wollen. Dabei war ihm klar gewesen, daß er dies nicht durfte; was ihn zwang, sein Geschreibsel zu verbergen. Und ein Wechsel des Verstecks wurde fällig, wenn man ihn an einen anderen Ort versetzte. Nun ja, gelernt war gelernt. Trotzdem zählte er eher nicht zu jenen aalglatten und dabei tödlichen Vernehmern, die sein Verein heranzog. Das hatte Anja schon über dem Protokoll des Lommel-Verhörs geahnt, das die Mutter ihr aufgedrängt hatte.

Was aber war er dann für ein Mensch gewesen? Diese Frage stellte sich ihr scharf. Sie haßte Dinge, die sie nicht verstand. Und das war keines der Gefühle, die nur das Denkvermögen trübten. Es stachelte im Gegenteil ihre Neugier so sehr an, daß es sie jetzt, im Heulen des Fahrtwinds, zum Weiterlesen zwang. Die Leute hielten ja weithin Intelligenz für eine der wertvollsten Eigenschaften. Wie aber stand es mit der Klugheit eines Mannes, der aufstieg im Geheimdienst, wenn man ihn erfolgreich ansetzte auf Gegner, die ihm geistig gewachsen waren? Wohin führte dann seine Brillanz? Ein psychologisches Rätsel tat sich vor ihr auf. Sie hoffte, es zu lösen, bevor der Zug in den Berliner Hauptbahnhof einlief, wo Jan Otto sie erwartete, der hilfsbereite Chauffeur – dienstfertig, liebenswürdig, ihr ganz deutlich zugetan.

Der Bericht setzte zu Beginn der 60er Jahre ein, und zwar in Magdeburg. Helmut Falck, da noch Leutnant, saß im zweiten Stock der Bezirksverwaltung des Ministeriums für Staatssicherheit, einem großen Haus in Elbnähe, an der Walther-Rathenau-Straße. Es war, wie er schrieb, einst für Hitlers Reichsarbeitsdienst gebaut worden. Bevor die Stasi dort einzog, hatte es bis 1952 als Arbeitsamt gedient. Und Falck, eigentlich Berliner, schien ein kleines Licht der Abteilung V gewesen zu sein. Jener Diensteinheit, aus der später die Abteilung XX geworden war, zuständig für das Eindämmen der inneren Opposition. Bei dieser unterschied das MfS (laut Falck mit deutscher Gründlichkeit) streng zwischen politisch-ideologischer Diversion, im Amtsjargon PiD, und politischer Untergrundtätigkeit, genannt PUT. Das klang zwar komisch, war aber bitterernst gewesen damals. PiD mußte man als Stadium geistiger Vorbereitung zu PUT ansehen.

Die verästelte Struktur zu begreifen, das fiel Anja nicht weiter schwer; sie kannte sich aus mit dem Aufbau von Behörden. Es gab in der Abteilung V sieben Referate: Kirche, Jugend, Volksbildung, Gesundheitswesen, Staatsapparat, Kultur und Sport. Und jedes der sieben Arbeitsfelder teilte sich wiederum in mehrere Linien. Helmut Falck hatte in dem Referat 7 (Kultur) der Linie Schriftsteller angehört, ein Umstand, den er verhalten zu beklagen schien. Zu seinen Pflichten gehörte das Einschleusen Inoffizieller Mitarbeiter (IM) in den ziemlich kleinen Kreis der Autoren des Bezirks, zwecks Beobachtung oppositioneller Tendenzen und „Regungen in deren Vorfeld", wie es recht pedantisch bei ihm hieß.

Chef der Bezirksbehörde war ein Oberst namens Reinhold Knoppe, Jahrgang 1908, der als Spanienkämpfer offenbar Respekt genoß. Ein Interbrigadist aus dem Bürgerkrieg mit Franco, dem Putschgeneral. Das erklärte wohl das Wort, mit dem er seine kurzen Ansprachen gern beschloß: „Haltet die Stellung, Genossen, aber bleibt am Leben!" Dem alten Haudegen selber war das nur bedingt geglückt. Er überlebte manchen Feind, verlor aber Anfang 1962 sein Amt. Man schob ihn ab in die zentrale Auskunfts- und Speichergruppe des Ministeriums nach Berlin; also faktisch ins Archiv, wo er kaum noch Schaden anrichten konnte, wie mit spürbarer Erleichterung von Falck vermerkt.

Was waren denn, aus dessen Sicht, Knoppes Fehler gewesen? Das erschloß sich Anja nicht sogleich. Erst fünf Seiten weiter wurde ihr klar, der Oberst war einer milden Form von Verfolgungswahn erlegen. Ihm, Falck, hatte Knoppe unterstellt, nicht energisch genug gegen solche Schriftsteller zu ermitteln, die in ihrem Groll auf die Stasi zu weit gingen, durch schriftlichen Protest gegen sogenannte Spitzelei; und sich angeblich sogar dazu hinreißen ließen, die Autonummern von Dienstwagen der Behörde zu notieren. Letzteres fand Falck absurd; schon die Anzahl der Dienstfahrzeuge sprach dagegen.

Der Chef des Hauses hatte auch das Haupt der Partei vor Ort verärgert. Die Bezirkseinsatzleitung – sie bestand aus der hiesigen Parteiführung nebst dem Ratsvorsitzenden, ergänzt um die Spitzen der Schutz- und Sicherheitsorgane –, diesen wichtigen Kreis hatte Knoppe so oft vor heimtückischen Gegnern gewarnt, von ihm bereits erfaßt und halb enttarnt, daß es den Genossen zu bunt geworden war. „Na los, Reinhold", hatte Alois Pisnik, Bezirkschef der SED, ihm gleich nach dem Mauerbau zugerufen, „pack uns endlich mal deine Agenten auf den Tisch!" Daß Knoppe, ursprünglich Glaser aus Bayern, nun ohne Durchblick war – außerstande, echte Staatsfeinde zu benennen –, das leitete seinen Abgang ein.

Es ersetzte ihn sein Stellvertreter Operativ, Oberstleutnant Heinz Kühne, Jahrgang 1921, ein gelernter Elektroschweißer und Antifa-Schüler aus Bernburg. Falck bedauerte die Wahl. Denn vor seiner Zeit, gegen Ende der 50er Jahre, waren unter Kühnes Regie im Umgang mit Kulturschaffenden all die Pannen passiert, unter denen das Referat V/7 noch immer litt. Kühne hatte nämlich Falcks Vorgänger, den Leutnant Kettner, auf die damals erst 24jährige Brigitte Reimann angesetzt, eine Autorin aus der nahen Kleinstadt Burg.

Der Oberstleutnant war aus rein beruflichen Gründen völlig auf die junge Frau fixiert. Dank ihrer Flatterhaftigkeit, der Neigung zu Affären und ihres Sexappeals hielt er sie für unverzichtbar beim Ausspähen ihrer Berufskollegen. Da sie aber nicht dichthielt und die Schriftsteller sich dann wehrten, mit Statements und Eingaben bis nach Berlin, entstand für das MfS vor Ort eine peinliche Situation; geheimes Handeln kam ans Licht. Und Kühnes Versuch, vor den erbosten Autoren alles abzustreiten, war gescheitert. Knoppe selbst hatte ihn herauspauken müssen, lautstark, mit groben Drohungen, unprofessionell und aggressiv ... Und nun trat er dessen Nachfolge an, stolperte zwar seinerseits bald über Weibergeschichten, so daß man ihn auf die Parteihochschule „Karl Marx" schickte. Doch immerhin brachte er's im Fernstudium an der MfS-Hochschule in Potsdam-Eiche noch zum Diplomjuristen, ehe er mit 56 Jahren vorzeitig in Rente ging, als Dr. jur. und in Ehren.

In Falcks Augen waren das seltsame Karrieren. Das Gebaren beider Chefs enttäuschte ihn. Er fand, daß sie unter Bedingungen handelten, die sie weder verstanden noch beherrschten. Er sah einen Realitätsverlust bei ihnen. Das ließ ihn den weiteren Verlauf manchmal schon ahnen, die schleichende Erosion der Macht. Nicht schuldlos aber waren daran auch die eigensinnigen Autoren. Wo eigentlich blieb deren Dankbarkeit gegenüber dem Arbeiter-und-Bauern-Staat, der ihnen soviel Aufmerksamkeit schenkte? Sie genossen doch das schöne Privileg, ihr Hobby zum Beruf zu machen! Anders als die Schriftsteller im Westen; die konnten nur ausnahmsweise leben von ihrem Werk. Weshalb denn auch manche in die DDR kamen, lange nach den emigrierten Dichtern, die schon vor Gründung der Republik lieber in den Osten gegangen waren, von Bert Brecht bis Arnold Zweig. Noch Jahre später ließen sich Romanciers wie Stefan Heym oder Werner Steinberg hier nieder, in Dessau und Berlin-Grünau, um dem Profitsystem des Westens zu entgehen. Bot das Land ihnen doch kein üppiges, aber sicheres Leben: die Chance zum Ausschöpfen ihres Schreibtalents.

Konnte man da, so fragte sich Falck, nicht etwas Wärme erwarten, selbstloses Entgegenkommen, Verständnis für die schwierige Lage am Grenzzaun zwischen Ost und West? Doch nein, kein Respekt, nirgends! Seit der dummen Affäre Reimann mied man in Magdeburg das MfS wie die Pest oder log einem gar kaltschnäuzig ins Gesicht. Da hatte der Jugendbuchverfasser Hans Seiboldt schlankweg gesagt, man vertraue ihm besser gar nichts an, da es sein Schwachpunkt sei, alles auszuplaudern, wenn er auf LPG-Feiern oder sonst in fröhlicher Runde mal zwei, drei Wodka kippe. Für wie blöd hielt der Kerl einen denn?

Bei Seiboldts christlicher Kollegin im lokalen Vorstand des Autorenverbands, Mitglied der CDU, war schon aus ideologischen Gründen nichts zu holen. Den älteren Schreibern hafteten überhaupt noch Reste bürgerlichen Denkens an. Und der Krimiautor Alexander Woelk genoß es sogar, logisch zu erklären, es sei schlicht unmöglich, einen so kleinen Kreis wie die hiesigen Schriftsteller verdeckt auszuspähen, ohne daß es ruchbar werde. Wäre jedes zweite oder auch nur dritte Mitglied des Verbandes ein Informant des MfS, so komme das heraus, dann erörtere man nichts mehr spontan, und die Stasi tappe ganz im Dunkeln. Listig verwies Woelk auf etwas wie den Heisenberg-Effekt in der Physik, bei dem, wie er meinte, scharfe Beobachtung, speziell unterm Mikroskop, fast jede Reaktion verfälsche. Der Kerl machte sich lustig, Falck fühlte sich von ihm gefoppt. Zwei junge Nachwuchsschreiber aber, namens Jens Keimling und Reini Feix, hätten als gute Genossen sich wohl gewinnen lassen, wohnten aber zu weit weg, als daß sie auf jeder Tagung präsent sein konnten.

Eine fesselnde Lektüre. Langsam ging Anja auf, wie schwer es Helmut Falck geworden war, auch nur die Grundhaltung dieser Meute zu erkunden und korrekt nach oben zu melden. „Knapp daneben ist auch vorbei", schrieb er resignierend und kam zu dem Schluß, daß man Leute, indem man ihnen mißtraue wie dem Gegner, erst tendenziell zu Gegnern machte. Es bedrückte ihn, daß dies von Hause aus gar keine Feinde der sozialistischen Ordnung waren. Sie muckten bloß auf, manches an ihrer Kritik mochte sogar konstruktiv sein, anderes diente ihnen als Ventil, das man besser nicht verstopfte. Er empfand sein Amt, die Wächterrolle, als rundweg unbefriedigend. Das verdeckte Handeln mitsamt den Fehlern und Irrtümern, die er vertuschen mußte vor seinen Oberen, stand ihm wahrlich bis zum Hals. Nur dem Tagebuch hatte er es anvertraut, sein arges Dilemma.

Anja überflog die 250 Seiten fürs erste bloß, verlockt durch den Stil, die Lesbarkeit und Fülle an Details. Manches war ihr völlig neu in der Beichte des Ermittlers, schwer begreiflich aus heutiger Sicht. Ziemlich angstfrei lebten da die Schreiber, obwohl doch Chruschtschows Enthüllungen ihr Denken verschatten mußte mit all den Übeln der Stalin-Ära. Und auch in der DDR Abweichler verhaftet worden waren; Wolfgang Harich oder Erich Loest zum Beispiel saßen da noch immer ein. Die Burschen aber bangten mehr um ihre Nachauflagen als um die eigene Freiheit! Sie waren stets bereit, den Verlag zu wechseln, ganz erpicht auf große Druckkapazität und möglichst viel Papier.

Infolgedessen war es Anja, als hegten die Autoren selbst ein naives Vorurteil, als neigten sie zu einem kindlich blinden Urvertrauen in ihren Staat. Wenn überhaupt, dann kritisierten sie den nur partiell – weit davon entfernt, ihn grundsätzlich verändern oder gar stürzen zu wollen. Das trübte Falcks Selbstverständnis, es hatte ihn erheblich irritiert. Ihm dämmerte schließlich, daß man mit Kreativen, denen es da mangelte an Parteilichkeit, lieber ruhig sprechen als sie ausspähen sollte, permanent und penetrant. Vertrauen war besser als Kontrolle. Doch diese Ansicht wurde von seinen Oberen mißbilligt. Sie sagten ihm, das widerspreche ja dem Prinzip Lenins, damit liege er total schief – damals eine gängige Redensart, Warnfloskel mit drohendem Unterton.

Anders als auf ihrer Hinfahrt nahm Anja von der Umgebung gar nichts wahr. Der Text sickerte stetig in sie ein, das Zugabteil und die Landschaft draußen lösten sich in Nebel auf. All das rückte beim Weiterblättern an den Rand der Welt, in die der Bericht sie versetzte. Die Welt ihres Vaters und der frühen 60er Jahre, lange vor ihrer Geburt.

In Falcks Augen reagierten seine Chefs einfältig bis routiniert, so als gehe es ihnen nur darum, selbst keinen Ärger zu kriegen. Obendrein gingen sie unstet vor, mangels strategischer Linie. Ihr Denken blieb so unscharf wie die Analyse, welche dem zugrunde lag. Die ganze Zeit über fehlte es an klarem Handeln. Erst hatten sie bei den Autoren konterrevolutionäre Umtriebe vermutet und gesucht – ein Reflex auf die Ereignisse in Ungarn vom Herbst 1956, wo der Petőfi-Club, ein Kreis von Intellektuellen, tatsächlich den Rechtsruck ausgelöst hatte. Das war, nach Ansicht Knoppes, dort der Funke ins Pulverfaß gewesen. Das Titelbild eines Hamburger Hetzmagazins geisterte durchs Haus. Es zeigte den ungarischen Sicherheitsmann aufgeknüpft am Laternenpfahl zu Budapest.

Das hatte, in einem Hauch von Panik, zur Überreaktion geführt. Bald aber ruderte man zurück und nahm das Geschwätz der eigenen Schreiber gelassen hin, zu dem Ergebnis gelangt, die Burschen seien weitgehend harmlos und würden schon im Zaum gehalten von der Partei. Doch davon ließ das MfS dann jäh wieder ab, um erneut ein paar Spitzel zu plazieren. Welch ein Schlingerkurs! Den Grad an Täuschung und Selbsttäuschung, den man sich da leistete, fand Falck alarmierend; der Wirrwarr schien komplett. „In diesem Jahr drei nach dem Bau des antifaschistischen Schutzwalls", hatte der Oberst Kühne zum Beispiel getönt, „reißen wir die Initiative wieder an uns, Genossen, und gehen in die Offensive!" In Falcks Ohren klang das ebenso kämpferisch wie hohl.

Und Ende 1965 hatte, nach kurzem Tauwetter, das 11. Plenum des Zentralkomitees der Partei den Kurs in der Kulturpolitik erneut verschärft. Mehr Wachsamkeit war angesagt im Haus an der Walther-Rathenau-Straße. Und ausgerechnet in diesem Klima rief der Autor Woelk dort an, ließ sich mit Falck verbinden und bat ihn um ein Gespräch. Das nötigte den Oberleutnant, sich „in Vorbereitung der Aussprache grundlegend mit dieser Person zu befassen"; so lautete sein Vermerk.

Dabei erstaunte ihn, wie widersprüchlich die Auskünfte waren in der Akte zu Alexander Woelk. Die umfaßte schon sechs Hefter; der Vorgang lief unter dem Rubrum „Wühler". Da stand in einer älteren Notiz, Woelk sei „als heimtückischer Feind zu betrachten, der ideologische Diversion betreibt, doch es versteht, seine Worte so zu setzen, daß momentan keine offiziell verwertbaren Fakten zu seiner Festnahme vorhanden sind."

Und Heinz Kühne, damals noch Major, hatte Mitte 1959 als Stellvertreter Operativ angeregt, man möge „durch Überzeugung, Geld oder kompromittierenden Druck einen guten Informanten finden, der als junger Autor in der Lage ist, dem Schriftstellerverband Magdeburg beizutreten, sich dem Woelk anzuschließen und ihm zu klagen, das MfS bedränge ihn mit dem Ansinnen, die Kollegen hier auszuforschen; daher bitte er Woelk um Rat. Vorteil: Er kann bestimmte Gespräche so führen, daß der Woelk herausgelockt wird und endlich aus der Deckung kommt."

An dem Punkt hatte Falck sich gefragt, ob dieser Plan jemals realisiert worden sei. Er wußte ja, öfter mal blieb es bei der Absicht. Dann diente solch ein Text dazu, die Chefs wissen zu lassen, wie aktiv und einfallsreich man selber war. Denn sechs Jahre weiter hieß es in den Unterlagen überraschend: „Wir schätzen Woelk als linksliberalen Bürger ein, der loyal zu unserem Staat steht. Er ist schon parteilich in seinen Büchern, aber nur gegen den Imperialismus, nicht für den Sozialismus. Diese Haltung reicht uns zunächst aus, um mit ihm Bücher zu machen. Seine Manuskripte sind stilistisch sauber und wissenschaftlich genau. Er schreibt so spannend, daß die Leser begeistert sind. Deshalb sollten wir ihn ruhig dulden und seine Stärken ausnutzen. Wer ein Buch von Woelk liest, der liest einen westlichen Schmöker weniger. Dies hilft uns mehr, als wenn er gedrängt würde, sozialistische Gegenwartsliteratur zu schreiben. Das fiele ihm schwer, da er keine Beziehungen zur Arbeiterklasse hat."

Diesem Urteil neigte Helmut Falck selber zu. Und nicht nur, weil das offenbar der neueste Stand, der letzte Befund in der Akte war, sondern auch, da es seinem eigenen Verständnis vom optimalen Umgang mit Kulturschaffenden entsprach. Er empfing daher Woelk im Besucherraum der Bezirksverwaltung, gleich hinter dem Wachtposten am Tor, zwar höflich-reserviert, doch auch ein wenig lauernd – Keckes erwartend, das er sich nicht bieten lassen würde; liebte der Gast es doch, solchen Impulsen von Dreistigkeit nachzugeben, wohl wissend, daß derlei ihm hier durchaus schade.

Woelk jedoch gab sich gedämpft, ganz manierlich. Seine Berliner Verlegerin, sagte er, habe ihm diesen Schritt empfohlen. Es gehe um Akteneinsicht zu einem Fall von Gold- und Edelstein-Schmuggel nach Westberlin. Die Frau nämlich sehe den Fall bei der hiesigen Stasi, weil der Angeklagte, ein tschechischer Kapellmeister, zur Tatzeit in Magdeburgs Interhotel gastiert habe; ihm stand der Weg nach Westberlin ja offen.

Falck versprach dem Autor nichts, sein Eindruck von ihm blieb zwiespältig. Er konnte weder die negativen Vermerke aus den 50er Jahren noch seine erste Begegnung mit ihm vergessen. Zu oft lockte es diesen Mann, am Bart des Tigers zu zupfen. Dem fehlte halt der Respekt. Zumal das Wort vom „Heisenberg-Effekt" war Falck ätzend in Erinnerung, als Zeichen von Mißachtung und intellektueller Arroganz. Trotzdem, er wollte jetzt fair sein, auch hilfreich, wenn möglich. Ihm war sogar, als finde er – dank seiner Schwäche für kluge Kontrahenten – Spaß an diesem Spiel. Ein bißchen ähnelten sie ja einander. Genau wie Woelk war Falck zwar bereit, sich bis an den Rand zu wagen, nicht aber zu springen.

Das führte in seinem Tagebuch zu einer weiteren Arabeske. „Von der Parteien Haß und Gunst bewegt, schwankt sein Charakerbild in der Geschichte“, hatte er zu Woelk notiert. Dies klang nach Schiller, wie ein Zitat aus dessen „Wallenstein“. Es ließ Anja vermuten, der Mann, über dessen Bildungsweg sie leider gar nichts wußte, habe die Erweiterte Oberschule besucht und einen Deutschlehrer gehabt, der ihm das Tor zur klassischen Dichtkunst geöffnet hatte. Wie kam man damit wohl an beim Geheimdienst, im Kreis von Offizieren, die oft aus der Unterschicht stammten?

Das Vernehmungsprotokoll des Goldschiebers, so stellte Falck fest, lag tatsächlich im Hausarchiv. Folglich hatte er Woelks Bitte um Einblick beim Stellvertreter Operativ befürwortet. Es konnte doch nicht schaden, den Mann zu erwärmen für die eigene Arbeit, ihn quasi einzubinden? Der Vorgesetzte freilich hielt es für besser, den Chef der Berliner Hauptabteilung XX fernschriftlich von dem Anliegen zu unterrichten. Er wurde von Oberst Kienberg prompt beschieden: „In Abstimmung mit der Abteilung Agitation besteht keinerlei Interesse, mit Alexander Woelk irgendwie in Verbindung zu treten und ihm Material zu Verfügung zu stellen. Uns ist bekannt, daß Woelk und Heym gegenseitig Besuche mit Familie durchführen. Wir schlagen vor, ihn in geeigneter Weise von der Ablehnung in Kenntnis zu setzen.“

Peng! Damit war der Luftballon geplatzt. Der Versuch dieses Krimiautors, den Spieß umzudrehen und sich seinerseits einmal auf die Stasi zu stützen, war abgeschmettert worden – mit Schwung und Wonne, wie es klang. Gescheitert am Argwohn der Behörde, die Woelk selber vor den Kopf gestoßen hatte ... So schuf man sich auch heute keinen Zugang zu Behörden.

Als im Rhythmus sanfter Schienenstöße vorm Fenster schon der Berliner Stadtrand dahinglitt, langte Anja bei einer seltsamen Passage an. Helmut Falck, der oft pedantisch wirkte, blieb sich auch hierin treu. Er teilte seine MfS-Erfahrung bis zu diesem Zeitpunkt in drei Phasen ein. Anfangs, beim Dienstantritt in vieles eingeweiht, habe ihn

Euphorie erfüllt. Er hielt sich für erwählt, für wichtig, und sah auf die herab, die weniger wußten als er. Dann begann er Verantwortung zu spüren – auch noch befriedigend für ihn, vermischt jedoch mit Sorge um sein Land. Und schließlich sei das Hochgefühl dem Eindruck von Unzulänglichkeit und Momenten der Scham gewichen. Er sah sich fehl am Platz im Referat V/7, wo es galt, Menschen zu kontrollieren, die von Berufs wegen dem Drang folgten, frei ihre Meinung zu sagen, in Wort und Schrift, auch wenn die mal etwas abseits der Parteilinie lag.

Spätestens hier, mit diesen Zeilen, nahm Falck in Anjas Augen endgültig menschliche Züge an. Ihr ging auf, wie töricht es war, sämtliche Stasileute über einen Kamm zu scheren, nur weil sie Teil des Räderwerks einer kalten Behörde waren. Weltweit genoß wohl überhaupt kein Geheimdienst sehr viel Sympathie ... Und damit begriff sie, welch ein Fund da in ihren Händen lag. Der kam ihr jetzt vor wie ein journalistischer Schatz. Ob allerdings Edgar das auch so sah, mußte sie freilich bezweifeln.

An jenem Abend warf Edgar Sörensen zum Befremden seiner Frau keinen Blick auf die Papiere. Es schien ihm kaum noch bewußt, dergleichen verlangt und erhofft zu haben. Wenn Anja davon anfing, unterbrach er sie heiter, liebenswürdig werbend – einzig darauf aus, mit ihr ins Bett zu gehen. Sie hatte ihm mehr gefehlt, als fünf Tage des Alleinseins erklärten. In den anderthalb Ehejahren war die erotische Spannung nicht gesunken. Daß Anja auf alles einging, was er ihr diesbezüglich vorschlug, machte sie noch begehrenswerter als zu Beginn. Wo fand man denn sonst eine anständige Frau, willens, die vielen Facetten des Liebesakts spielerisch zu erkunden?

Ein harter Tag lag hinter ihm. Jetzt fing das Sparen an im Land, mit Einschnitten wegen des Schuldenbergs.

Volksberuhigung war angesagt; Vorwürfe im Nahkampf der Parteien wirkten da wie Brandbeschleuniger. Er hatte gut daran getan, den Job des Moderators wörtlich zu verstehen: Mäßigung hieß das Ziel. Durfte er mit sich zufrieden sein? Die Antwort lag auf der Hand. Für ihn lief der Begriff „bürgerlich" hinaus auf Ordnung, Stabilität, Glaubwürdigkeit und Patriotismus. Das deckte ja ein breites Band an Inhalten ab.

Der Stress vom Vorabend schwang in ihm nach. Die Elefantenrunde im Studio! Welch Erfolg allein schon, daß Mainz ihm die anvertraute. Das unklare Wahlresultat in NRW aber bot reichlich Zündstoff, zumal fast zwei Fünftel aller Wahlberechtigten der Urne fernblieben. Wenn so viele kniffen, höhlte das die Demokratie aus. Und dann noch: Schwarz-Gelb war abgewählt worden! Daher oblag es ihm, den Jubel der Opposition zu begrenzen. Er stand fest zu der Koalition und sah sich verpflichtet, speziell den Mann der Linkspartei zu stoppen, ihn an einer wirksamen Selbstdarstellung zu hindern. Doch der eloquente Bartsch hatte ihm das schwer gemacht. Zum Glück trat der Bursche wegen internen Querelen mit Gysi und Lafontaine bald ab.

Hinzu kam, in Abwesenheit seiner Frau hatten ihn Alpträume gequält. Zweimal war ihm Anja entführt worden; man drohte, ihr Gewalt anzutun, falls er seine Haltung zu Afghanistan nicht ändere. Das stürzte ihn in Konflikte, aus denen er hochfuhr, schweißgebadet. Sein Herz hämmerte wild, während er nach der Ursache forschte. War der Anlaß etwa jene Nachricht, die besagte, eine Postbotin sei in Berlin sexuell belästigt worden, habe den Täter aber in die Flucht geschlagen?

Ach, er wußte es nicht. Das Grübeln hatte ihn nur um den Rest des Schlafs gebracht. Nein, schwerlich konnte es diese Nachricht gewesen sein. Derart marginal Lokales beschäftigte ihn im Normalfall nicht. Eher ging es zurück auf die Kurzmeldung aus Anatolien, wonach der Prälat Padovese, Chef der türkischen Bischofskonferenz, von seinem Fahrer erstochen worden sei, dem eigenen Leibwächter und Chauffeur; im dpa-Text Nationalist genannt, doch eher wohl ein Islamofaschist. Nun ja, das Armenier- und Kurdenproblem in Anatolien, da ging es ständig drunter und drüber, wie schon von Goethe im „Faust" erwähnt, beim Osterspaziergang. Der Vers, ihm nicht ganz präsent, ging etwa so: Nichts Schöneres gibt's an Sonn- und Feiertagen, als das Getös von Kriegsgeschrei, wenn hinten, weit, in der Türkei, die Völker aufeinanderschlagen.

Das aber brachte ihn nun auf Jan Otto. Der hatte unterwegs erzählt, die US Army lasse ein neues Kriegsgerät entwickeln, den konvertiblen Geländewagen, fähig auch zum Fliegen! Künftig gestatte das der Truppe, vor Straßensperren abzuheben und jedem Hinterhalt himmelwärts zu entkommen. „Transformer" heiße das Ding, es fasse vier Mann plus Kampfgepäck, ein geniales Projekt der Rüstungsfirma Terrafugia. „Darf bloß nicht in Feindeshand fallen", hatte Jan schlau bemerkt. „wär absolut ideal für die Arschlöcher von Taliban, wie gemacht für Überfälle und Entführungen!"

Gewiß, das war der Auslöser gewesen. Es hatte sich Sörensen eingeprägt, schon der Wortwahl wegen. Die Ausdrucksweise störte inn nicht, das war Soldatensprache. In dem Punkt galten für Jan eigene Regeln. Mit Blick auf den Feind durfte er laut und böse sein, sofern Anja nicht mit im Wagen saß. Er schnitt auch gern auf bei seinen afghanischen Anekdoten. Meist drehten die sich um ihn selbst und enthielten kleine Unwahrheiten – von Sörensen leicht durchschaut. So wie ihm ja auch nicht verborgen blieb, daß sein Fahrer für Anja schwärmte. Richtig scharf war der auf sie. Versteckte Wünsche und Absichten anderer hatte er stets gewittert. Das enthüllte ihm jetzt den Quell des nächtlichen Spuks. Glich der Entführer im Traum nicht dem langen Chauffeur? Bei dem kriminelle Energie zu vermuten, auch sexuell Trübes, das lag auf der Hand. Er brachte Anja in seine Gewalt, für ihn gar nicht schwer, um sich an ihr zu vergehen. Natürlich, er wollte sie vögeln! Kein anderes Motiv schien da in Sicht.

Sörensen lachte auf, so grell, daß Anja unter ihm zusammenzuckte. Verdammt, dachte er, zum Teufel mit dem Übermaß an Phantasie! Obschon die freilich auch ihr Gutes hatte. Die Vorstellung erst, sein Weib werde mißbraucht, hatte ihn so in Fahrt gebracht, daß er's kaum erwarten konnte, es ihr selber zu besorgen. Das war übrigens bereits früher so bei ihm gewesen, eigentlich schon immer. Wenn etwa Nora, die Gattin des Handelsrats in Washington, ihm seinerzeit entnervt gestanden hatte, ihr Ehemann habe wieder mal sein Recht auf Beischlaf durchgesetzt, so folgte stets dasselbe. Wie um diese Schmach zu tilgen und den eigenen Anspruch zu festigen, drängte er, schnell erregt, sofort zum Paarungsakt. In dem Wunsch, die Scharte auszuwetzen, dermaßen hastig und unbesonnen, daß Nora von ihm schwanger wurde, wider jede Planung. Und so hatte sie dem drögen Gatten, der selbst nichts fertigbrachte und jetzt am Chiemsee seinen Lebensabend verdämmerte, das Baby geschenkt. Die süße Kleine, aus der die reizende Rita geworden war, Filmstar und bis heute auch sein einziges Kind.

Was war falsch daran? Verboten war sowas längst nicht mehr. *Nulla poena sine lege*, keine Strafe ohne Gesetz, den Rechtsgrundsatz kannte auch der Diplomat. Vor ihm hielt das heimliche Paar sich souverän bedeckt. Als er endlich im Streit mit seiner Frau die Wahrheit erfuhr, vergriff er sich derart im Ton, daß sie ihm mit Scheidung drohte. Und da sie selbst viel vermögender war als der Handelsrat, scheute er davor zurück. So erfuhr die hübsche Rita noch vor der Konfirmation, wer de facto ihr Daddy war – er, Edgar, der flotte junge Fernsehmann. Das diskrete Treiben von Washington, sie begrüßte es nachträglich. Ihr eigenes Dasein, nebst Filmkarriere, hielt Rita für die Frucht einer langfristigen Strategie: Verschmelzung von gesellschaftlichem Glanz mit Charisma, mit der Kraft zum Showtalent.

Begabung eben in Potenz, multiples Ingenium, so erschien es Sörensen, während sein Lustpegel stieg. Da riß der Gedankenstrom ab, Anja stieß Laute aus, impulsiv, unbeherrscht, ihm wohlvertraut. Ganz köstlich zeigten die ihren ersten Höhepunkt an und ließen ihn Genugtuung spüren; war er doch stolz auf seine Kunst, sich – ähnlich wie im Studio – auch hier klug zu zügeln. Hurtig schwang er herum, erwog kurz die Seitenlage, von ihm sehr geschätzt dank des innigen Verbundenseins, das sie bot, wenn man sich kaum noch bewegte. Ließ Anja dann aber aufsteigen, da er merkte, daß ihr das jetzt deutlich lieber war. Welch neuer Kitzel, als sie sich über ihn stülpte und anfing zu reiten, herrlich gekonnt, dampfend vor Eifer. Ach, der wundersam rauschhafte Genuß!

Verschwommen nahm er wahr, wie ihre Brüste wogten. Seine Finger glitten aufwärts, fanden den Körper erregend, streiften die Achseln, das bebende Fleisch ihrer Rundungen. Stumm, in steiler Begierde, umschlang er den Leib seiner Frau, bis die Welt für sie ein zweites Mal versank – und für ihn nun endlich auch. Der Sender, das Stadtbüro, auch die Papiere aus Rostock sollten ihm gestohlen sein. Sie hatte ihm was von dort mitgebracht? Als sie's vorhin erwähnte, klang es aus ihrem Mund wie erotische Verheißung. Nun aber war sein Verlangen gestillt, tiefer Friede senkte sich auf ihn. Zärtlich schmiegte er sich an das feenhafte Wesen und genoß in abschwellender Leidenschaft den sanften Hautkontakt. Zur Hölle mit dummen Träumen! So muß man's machen ... Er hatte den Spuk gebannt und die bösen Geister besiegt.

Am folgenden Nachmittag, zurück von der Arbeit, schlenderte Anja an den Forsythien vorbei – das Gelb der Blüten zeigte sich noch nicht – zum See hinab. Gefolgt von Tom, dem Boxer, der sie schweifwedelnd umsprang auf dem frisch gestutzten Rasen. Eben versiegte der Regen, die matte Sonne suchte nach Wolkenlücken, und Anja fühlte sich einsam. Tom hat mich auch vermißt, fand sie, versponnen in ihre Bedrückung. Sie war von Edgar enttäuscht, von seinen verspäteten Fragen nach ihrer Mutter, dem Vater; sogar nach anderen Partygästen hatte er sich erkundigt, gut gemeint und höflich. Aber sie brauchte Anteilnahme, keine Höflichkeit. O ja, ich liebe ihn, dachte sie, natürlich liebe ich ihn, doch warum hat er mir nicht wirklich zugehört, weder gestern noch heute?

Von Rostock hatte sie ihm berichten wollen, gleich als erstes. Wie nach jeder Reise bereit, herauszusprudeln, wie es ihr ergangen war unterwegs, was sie alles erlebt hatte. Nein, es ging ihr nicht nur um den Fund, die hundert Seiten aus Waldeck und jene weit über tausend Blatt von ihrem Vater Arno. Gewiß, das hätte Zeit gehabt. Und manch eine Frau wäre froh gewesen, wenn der eigene Mann sie dermaßen begehrte, so stürmisch empfing. Ihr aber war es zuviel, ging zu flink, die Überdosis an Lust bei fehlender Neugier auf das, was sie außerdem mitbrachte. Weshalb ist das so, fragte sie sich. Weil er's einfach nicht schafft, mich völlig ernst zu nehmen! Was eigentlich bin ich für ihn – seine Partnerin, also gleichberechtigt, ein ganzer Mensch, oder doch eher das Schmuckstück, die Bettgespielin?

Ach, sie wollte nicht ungerecht sein, es war ja auch schön gewesen. Doch als es ihr endlich geglückt war, ihm zu sagen, was in den Papieren stand, und es ihn überhaupt nicht reizte, die auch nur anzusehen, weil es halt nicht das Erwünschte war, da drückte sie das nieder. Es gab ihr das Gefühl, sie habe versagt, die Reise sei ein Flop gewesen. Von seinem Standpunkt aus wohl wahr, das warf kein Licht auf die historischen Wurzeln des Terrorismus. Was schleppte sie ihm statt dessen an? Kopierte Belege für Kommandoaktionen der Westmächte im Kalten Krieg und das schier endlose Tagebuch eines Stasimanns.

Sie nahm eine Schwimmweste aus dem Bootshaus, legte sie auf die feuchte Bank und setzte sich am Steg. Vor ihr im Abenddunst wiegten sich sacht zwei Bojen, die in einigem Abstand vor Untiefen warnten. Tom pflegte sie anzukläffen, wenn er mit an Bord war, weil es für ihn Feinde waren, die in sein Revier eindrangen, sobald das Boot sich ihnen näherte. Toms subjektive Sicht verstand Anja absolut; Menschen reagierten gern ähnlich irrational, selbst wenn sie es besser wissen mußten. Was sie jetzt am meisten enttäuschte, war, daß die Papiere auch in ihren Augen an Wert verloren, nur weil Edgar nichts damit anfangen konnte.

Vielleicht hat er ja recht, und man vergeudet damit bloß Zeit? Sie hatte noch nicht wieder hineingeschaut. Stand sie denn dermaßen in seinem Bann, daß ihr eigener Standpunkt unscharf wurde? Doch, ihr kamen selber Zweifel. Wo blieb da ihre Unabhängigkeit, wo blieben Gleichstellung und Emanzipation? Auf der Strecke blieb das, wenn sie den Mut restlos sinken ließ.

Auf dem See verschwammen beide Bojen unmerklich in grauen Abendschatten, die sich über dem Wasser sammelten. Kleine Wellen liefen am Strand glucksend aus, und sie merkte, daß Tom, da sie nicht mit ihm spielte, ersatzweise ihre Schuhe besabberte. Sollte sie für ihn ein Stöckchen hinauswerfen? Ja, es gab Momente, da neigte sie dazu, anderen nach Wunsch zu dienen, sich der Umgebung anzupassen, nur um Ruhe zu haben, ihren Frieden zu finden. Ach, wohin mit ihrer Sehnsucht, dem Verlangen nach Nähe und Zuwendung jenseits des Betts, weit übers Körperliche hinaus?

Zu den Falck-Papieren, dem Geschenk ihres Vaters, hatte Edgar am frühen Morgen gesagt: „Was soll uns das, mein Schatz? Dieser Kerl, wieviel Wahrheit steckt wohl in dessen Kram? Das ist doch ein Mann, der in seinem falschen Leben gelernt hat, sich zu tarnen."

„Aber doch nicht im heimlichen Tagebuch", war ihre Antwort gewesen. „Das hat er illegal geschrieben, gegen jede Vorschrift, bloß um sich Luft zu machen und Frust abzubauen. Da lügt doch keiner!"

„Kann ja sein, es ist ehrlichen Herzens geschehen, zur seelischen Hygiene. Dann bleibt immer noch offen, wieviel so ein Mensch sich selber eingestanden hat, wieviel ihm bewußt war von seinem Tun, mitsamt den üblen Folgen für die Opfer des MfS. Da ist doch massiv verdrängt worden, Anja. Das war schon mit den Nazi-Größen in Nürnberg damals so."

„Du, um das herauszufinden, muß man das Zeug eben lesen."

Er hatte nur stumm den Kopf geschüttelt, ein bißchen bedauernd ihr zugelächelt. Und mittlerweile verlor sie die Lust daran, ihrem eigenen Rat zu folgen. Denn ein Stück weit hatte er gewiß recht – wieviel Selbsterkenntnis brachte ein Stasimann wohl auf? Wie lange konnte solch ein Mensch der Wahrheit ins Auge sehen, dem Umstand, daß er Teil des Repressionsapparats war, ohne vor Scham im Boden zu versinken oder seinen Dienst zu quittieren? Nichts von beidem hatte Helmut Falck getan, vielmehr blieb er, laut Arno, bis zuletzt bei der Firma, unbelehrt deren Sache treu; letzter Dienstrang: Hauptmann.

Umkläfft von Tom, stand sie auf, legte die Schwimmweste ins Bootshaus zurück und stapfte über das feuchte Gras hangaufwärts. Im Rücken den trägen grauen See mit den zwei Bojen, die Toms Feinde waren; ihm ähnlich verhaßt, wie Edgar die Schattenmänner des Terrorismus zuwider waren, Bin Ladens Al Qaida, die Islamofaschisten. Wir haben uns aufgelöst, Ihr MfS, dachte sie, die bunt beklebte Zimmertür in der Blücherstraße streifend. Zwischen Falcks letzter Tagebuchnotiz und der Wende lagen beinah 20 Jahre. So lange hatte Falck einfach weitergemacht, gegen die Stimme des Gewissens, was konnte da sein Zeugnis wert sein? Wieviel auch immer er kapiert haben mochte dort im Dienst vom Schändlichen seines Tuns, es blieb ohne Konsequenz, es hatte ihn nicht zur Reue, zu keinerlei Umkehr geführt.

Oder war es weltfremd, so zu denken, verlangte sie zuviel von ihm? Möglich, es konnte sein. Der Mensch ist schwach und paßt sich an; übrigens auch sie. Der eigene Wunsch nach Ruhe und Frieden – mit Edgar, eben sogar mit Tom, dem Hund – sprach ja dafür. Und jetzt, auf halbem Weg zum Haus, fielen ihr auch Hitlers Generale ein, adelig sehr oft. Kein einziger von denen, die ab Ende 1942 längst begriffen mit ihrem militärischen Sachverstand, daß der mörderische Krieg verloren war und nur noch schreckliche Opfer forderte, hatte den Dienst quittiert oder mit seiner Truppe kapituliert.

Außer vielleicht in Stalingrad, wo es gar nicht mehr anders ging! Sie hatten halt ihren Eid geleistet, dem Führer des Großdeutschen Reiches und Oberbefehlshaber der Wehrmacht persönlich Treue geschworen, es war also eine Frage der Ehre. So hieß das damals in der Oberschicht. Und unten, bei der Arbeiterschaft und deren Vertretern, sollte Ähnliches nicht gelten? Sturheit und Anpasserei, die verzieh man eher der alten Elite, wie ging das zu? Nein, da stimmte doch etwas nicht.

Als Anja zurückkam ins Haus, schien irgendwas passiert zu sein, das ihrem Mann die Laune verdarb. Sie sah ihm den Verdruß gleich an. Er war auf der Rückfahrt vom Studio recht aufmerksam gewesen, da er wohl ihren stummen Vorwurf spürte. Und eben deshalb, das ging ihr auf, hatte er wider Erwarten daheim nun in jenen Ordner geblickt, den sie ihrer Mutter verdankte: die hundert Seiten aus Waldeck, auf denen die Lande- und Schleusungsaktionen des Westagenten Bodo Lommel dargestellt waren. Erzählt von Lommel selbst, gestanden in vielen Gesprächen mit Falck, der ihn, Verständnis mimend, meisterhaft vernommen hatte, nach allen Regeln der Kunst.

Was sie selber erstmalig sah – dem Ordner lag jetzt ein Blatt bei, das gar nicht hineingehörte. Es stammte von Nina Sommerfeldt, Mutters Freundin, und enthielt ein Gedicht, drei Strophen lang, betitelt „Riders to the Westerwelle“ (Variation auf Erich Weinert). Nina erklärte die Zutat in lockerer Handschrift: Sie habe die Verse der „Ostsee-Zeitung“ geschickt, als Leserpost, ohne daß sie dort erschienen seien; da suche sie halt Publikum, man möge ihr verzeihen ... Ihr Gedicht, verfaßt im Stil des Arbeiterdichters Weinert, der bereits anno 1953 verstorben war, ging so:

Mancher sichtlich Unbegabte
Hat in Deutschland schon regiert,
Mancher – bloß Parteibuchträger –
Hat uns machtgeil angeführt.
Viel war nie davon zu halten,
Doch man ließ es noch geschehen,
Selbst wenn solche Halbgestalten
Uns das ganze Land zerwalten.
Aber ausgerechnet den?!

Dieser Diener der Konzerne
Ist ein Großkotz ohne Geist,
Hat sich oft nur selber gerne,
Wenn er lauthals Unsinn preist.
Soll er denn noch mehr verschulden?
Soll man durch die Finger sehn?
Manch Verprasser unsrer Gulden
War ja notfalls noch zu dulden ...
Aber ausgerechnet den?!

Wär nun in der Bankenkrise
Da mal einer aufgetaucht,
Ein Genie vom Fach, ein Riese,
Den die Zockerwelt ja braucht,
Gleich als strenger Besen kenntlich,
Selbstlos, hart – ein Phänomen,
Wo die Menge ruft: Na, endlich!
Sowas wäre uns verständlich ...
Aber ausgerechnet den?!

„Klingt doch schmissig“, sagte Anja. „Was stört dich daran?“

Edgar schwieg; er war ihr ein Rätsel. Sah er seinen Sinn für Ordnung verletzt durch ein Papier, das nicht zur Akte gehörte? Sein Mund klaffte auf, doch es drang kein Ton heraus, wie bei einem Fisch, der im Trockenen nach Luft schnappt. Bei diesem Anblick überkam sie eine Welle von Mitgefühl und Zärtlichkeit. Er war ein toller Lover, der beste bisher. Und nun hatte sie nicht die leiseste Ahnung, was in ihm vorging und wie sie sich verhalten sollte.

„Der Vizekanzler hat derzeit keine gute Presse, er wird regelrecht gemobbt“, sagte er endlich. „Wenn jemand am Boden liegt, ist es unfair nachzutreten.“

„Am Boden? Du, der ist immer noch ganz oben – wirklich hoch genug.“

„Die Quote ist fast bis auf fünf Prozent geschrumpft. Deshalb hält das Blatt sich auch zurück. Die Dame glaubt wohl, wir könnten's bringen?“

„Als Kabarett-Sketch, warum denn nicht?“

„Weil's geschmacklos wär. Wir sind ein öffentlich-rechtlicher Sender, für alle da, fürs ganze Land. Das verpflichtet uns zur Ausgewogenheit, Anja. Wir bringen kein linkslastiges Zeug.“

Was für Gemeinplätze wieder, dachte sie, wie pompös. Was war denn mit ihm los? Lauter Worthülsen, aus denen dann ein Urteil wird ... Da blieb ihr nichts, als einzulenken.

„Du bist der Boss, Eddie. Das Hauptstadtbüro ist ja faktisch hier. Dein Wille geschehe. Nur weshalb so gereizt, was bedrückt dich?“

„Gar nichts! Wie kommst du darauf?“

„So knallhart erlebt man dich ganz selten.“

„Das war noch gar nichts“, sagte er, souverän das Thema wechselnd. „Hättest mal hören sollen, wie ich dem Weißhuhn gekommen bin. Der Kerl ist untragbar im Außenressort. Hat Afghanistan heute mehrfach ‚Absurdistan‘ genannt. Hab ihm das Skript zusammenstreichen müssen. ‚Warum sind wir dort‘, stand da zum Beispiel drin. Und dann noch der Satz: ‚Die Interviews zeigen, daß etwas im Menschen kaputtgeht, wenn er andere umbringt.‘“

„Ist da nicht was Wahres dran?“

„Nein, das ist der reinste Defätismus. Wenn wir die Taliban nicht besiegen, schwappt uns der Terror ins eigene Land."

„Denk mal an Jan, an dessen Trauma."

„War was mit dem, gestern auf der Rückfahrt? Ist er dir etwa zu nahe getreten? Ich weiß doch, er mag dich! Das ist mir längst schon klar."

„Ach, Liebster, beruhige dich bitte. Das würde Jan sich nie erlauben. Er war so nett und korrekt wie immer."

„Das möchte ich dem auch geraten haben", murmelte Sörensen. Nach einer Pause fügte er verhalten hinzu: „Ich kann nichts beweisen, spüre nur instinktiv, daß da was nicht stimmt. Vielleicht wär es besser, ihn auszuwechseln."

Fast klang das verzagt, und sein Argwohn war so augenfällig falsch, daß sie Mitleid für ihn empfand. Dies freilich durft sie nicht zeigen, da er es ihr todsicher übelnahm.

Zwischen Christi Himmelfahrt und Pfingstmontag lagen exakt elf Tage; doch an keinem davon gelang es Anja, nochmals in die Papiere aus Rostock zu schauen. Die Sörensens hatten sogar das Ansegeln versäumt, obgleich der Yachtclub erkennen ließ, wieviel ihm an ihrer Teilnahme lag. Der Schmuckwert von Prominenz, nun gut, das verstand man ja; aber die Arbeit ging vor.

Derzeit geschah soviel im Land, daß Anja es im Stadtbüro nicht gänzlich packte. Den Rest nahm sie mit heim, genau wie Edgar, der arg überhäuft schien mit Gesprächen, im Büro und außerhalb davon, in Lokalen des Zentrums, die Politiker bevorzugten. Ein Schwung Arbeit folgte ihnen beiden bis ins Haus am See. Eigentlich bestimmt zum Entspannen und Kräftesammeln, sah sie es jetzt durchaus zweckentfremdet. Welch unguter Zustand! Hoffentlich hielt die Plage nicht den halben Sommer über an.

Im Moment tippte sie – nur fürs erste, provisorisch – ins Notebook: „Kanzlerin Angela Merkel und Außenminister

Guido Westerwelle haben sich jetzt dem Kampf gegen die Exzesse des Finanzwesens verschrieben. Sie fordern Regulierungen bis hin zu einer Transaktionssteuer, in deutlicher Abkehr von ihren früheren Positionen. Zwischen den Jahren 2001 und 2004 nämlich, als Rot-Grün den Finanzmarkt deregulierte und Hedgefonds zuließ, da reichten der damaligen Opposition die Schröder-Fischer-Gesetze vorne und hinten nicht ..."

Sie schöpfte Luft und spähte wehmütig hinaus auf den See, über dessen Westufer, rechts von der Rübezahl-Bucht, die Sonne herabsank auf all das junge Grün. Der leichte Druck überm Herzen legte ihr eine Atempause nahe, für die leider gar keine Zeit war. Folglich knipste ihr Finger das Gerät wieder an; in den spröden Stoff verbissen, nahm sie den Faden prompt neu auf: „Erpicht aufs Deregulieren, wünschte sich Frau Merkel damals von der Bundesregierung, sie möge sich als Partner der Finanzwelt sehen, also den Marktteilnehmern helfen und bürokratischen Ballast abbauen. Noch ein Stück weiter ging ihr Parteifreund Roland Koch. Der hessische Ministerpräsident hielt das Planen einer Spekulationssteuer für einen Anschlag auf den Standort Deutschland. Vielmehr regte er an, ausländischen Investment-Bankern ganz im Gegenteil Steuervorteile zu gewähren."

Wieder brach sie ab, trat ans Fenster und fuhr dann munter fort: „Wie hat sich das Bild gewandelt! Vielleicht muß man inzwischen sogar um die körperliche Unversehrtheit der schwarz-gelben Koalitionäre in Berlin bangen, nach den Verbalinjurien der letzten Tage. ‚Wildsau' hat da ein FDP-Mann die CSU genannt, weil sie partout die Kopfpauschale von Gesundheitsminister Rösler nicht will. ‚Gurkentruppe', so holzte der CSU-Generalsekretär an die Adresse der Liberalen gleich zurück."

Hier hielt Anja inne, gewarnt von leichten Stichen in der Brust, einem Kribbeln bis hinauf in den Hals. Am offenen Fenster suchte sie tief durchzuatmen, es ging auch ziemlich schmerzlos, die Mailuft tat ihr gut. Aber sie wollte doch vorsichtig sein und lieber Schluß machen jetzt. Ohnehin mißlang ihr manches so unter Druck. Als sie nun den Text noch einmal las, fand sie ihren Ausdruck hier und da gestelzt. Das Wort „Verbalinjurien" etwa wurde kaum noch allgemein verstanden, man sagte besser „Attacken" dafür. Der Stoff war sehr komplex, ärgerlich verzwickt, da fiel es einem schwer, schlicht zu sein. Sie würde das später, hübsch vereinfacht, zu Ende bringen.

Ermattet sank sie auf die Couch, deckte sich zu und döste vor sich hin. Über ihr, im Bücherbord am Kopfende, ruhte die Hinterlassenschaft des Helmut Falck. Heute war Dienstag, der 25. Mai. Seit zwei Wochen hatte sie das Mitbringsel aus Rostock kaum noch angerührt. Half es ihr eventuell, Stress abzubauen, wenn sie in der Ruhepause ein wenig blätterte in dem Papier? Und dabei um reichlich vier Jahrzehte zurückglitt in eine Zeit, da die Front noch hinreichend klar und es folglich leicht gewesen war, zu unterscheiden zwischen gut und böse: hier ein freies Land, dort der Unrechtsstaat.

Dieses letzte Wort, durch Wiederholung stereotyp geworden, quasi betoniert, hallte eigentümlich in ihr nach. Was hieß das denn genau? Restlos klar war es ihr nicht. Befragt, was das sei, ein Unrechtsstaat, gab der Wissenschaftliche Dienst des Bundestags vor zwei Jahren zu: Eine wissenschaftlich haltbare Definition des Begriffs sei weder in der juristischen Fachliteratur noch in Werken der Sozial- und Geisteswissenschaften zu finden. Meist gehe es darum, die politische Ordnung eines Staats, der so genannt wird, von einem rechtsstaatlich strukturierten System abzugrenzen und moralisch abzuwerten. Die Fragestellerin, Gesine Lötzsch von der Linkspartei, hatte daraus geschlossen, es sei ein propagandistischer Kampfbegriff, der nicht erklären, sondern brandmarken solle.

Ihr schien es eine Formel zu sein, die unterstellte, die DDR sei ein Gebilde gewesen, in dem niemand irgend etwas Rechtes und Richtiges habe leisten können. Was Anja stark übertrieben fand. Nun in dem zweiten der sechs Hefter schnuppernd, merkte sie, daß der Verfasser des Tagebuchs noch immer in Magdeburg saß. Inge Falck, die Witwe, hatte sein Vermächtnis nicht thematisch geordnet, sondern stets eine neue Mappe angelegt, wenn in der alten 250 Seiten beisammen waren. Wohl unbewußt war sie damit einem Brauch des Ministeriums gefolgt, das ihren Mann, und vielleicht auch sie selbst, so lange beschäftigt hatte. Die Macht der Gewohnheit. Was wären Deutschlands Behörden ohne Amtsroutine und Tradition?

Das Bild, das Helmut Falck gleich auf den ersten Seiten von sich gab, war unschön, gar nicht lupenrein; es verdüsterte ihr die bisher noch erträgliche Figur. Falck schilderte da, wie es ihm gelungen war, den Schriftsteller Alexander Woelk zu düpieren. Für ihn ein listiger Gegner, stets auf der Hut, manchmal auch dreist. Elf Jahre zuvor hatte der für sein Kriegsbuch den Heinrich-Mann-Preis gekriegt. Weil der Mann darin, gewiß nach entsprechender Fachlektüre, auch verdeckte Operationen beschrieb, hielt er sich – ohne echte Ausbildung und eigenen Einblick ins Spionagewesen – für geheimdienstkundig, für eingeweiht. Ein Hobby-Experte! In dem Punkt ziemlich von sich eingenommen, obgleich er bemüht war, dies zu verbergen.

Das trug dazu bei, Falcks Hemmschwelle zu senken. Sein Chef hatte ihn beauftragt, einen Lauschangriff zu starten, nachdem es mißglückt war, aus der Wohnung unter Woelk Abhörtechnik zu dem hochzuschieben. Falck schickte zunächst einen Leutnant hin, der sich als Militärberater der Berliner Hauptverwaltung Aufklärung ausgab, als wissenschaftlicher Mitarbeiter der Kundschafter des legendären Markus Wolf. Ein feiner Eröffnungszug. Jeder Staat betrieb Auslandsspionage, das war auch für Woelk selbstverständlich. Der Krimiautor schrieb damals an einer Chronik internationaler Luftzwischenfälle, verursacht durcn amerikanische Spähflüge; die häuften sich in jener Zeit. Als einstiger Flakhelfer und Fahnenjunker der Luftwaffe hielt er sich auch hier für kompetent. Seine Berichte reicherte er freilich gern aus trüben Westquellen an.

Der Leutnant, den Falck vorweg aufbot, war leidenschaftlicher Segelflieger. Ihm fiel es leicht, sich hinreichend schlau zu machen für ein Fachgespräch mit Woelk, das dessen Argwohn zerstreute, ja dem Autor so gefiel, daß er unvorsichtig wurde. Als der Gast ihn beim Abschied nämlich fragte, ob er Lust habe, die Unterhaltung demnächst fortzusetzen, und ob es ihm etwas ausmache, wenn beim nächsten Besuch ein Genosse aus Magdeburg dabei sei, dem daran liege, alte Mißverständnisse beizulegen, da stimmte er naiv dem Vorschlag zu und tappte so in die Falle.

Denn der zweite Mann war, dem Woelk schon bekannt, ja Falck selbst. Eingangs, gleich nach dem Händedruck, beklagte Falck wahrheitsgemäß, daß es ihm mißlungen war, Woelk in Sachen des tschechischen Kapellmeisters und Goldschiebers wunschgemäß zu helfen, weil es an der nötigen Vertrauensbasis noch gemangelt habe. Die sei aber leicht herstellbar, zwanglos übrigens, locker plaudernd, unverbindlich. (Helmut Falck war stolz auf sein Talent, weitgehend aufrichtig zu sein und den Punkt, wo es kippte, zu tarnen.) Seit dem dummen Fall Reimann sei der Umgang mit den Schriftstellern vor Ort leider gestört, es fehle jeglicher Kontakt. Deshalb bitte er Woelk um Meinungsaustausch, sporadisch und rein mündlich, alles Schriftliche sei entbehrlich! „Eines verbindet uns immerhin“, schloß er charmant, „der Spaß am Recherchieren. Sie machen Kunst daraus, Herr Woelk, wir zeichnen Stimmungsbilder.“

Perfekt. Das leuchtete dem Autor ein, in seinen Augen blitzte es, er nahm die Offerte an. Jedoch bloß, um seine Kollegen auf der nächsten Sitzung mit all dem zu verblüffen: Ja, er sei ihr neuer Kontaktmann zur Stasi. Wo immer sie der Schuh drücke, es Sorgen und Nöte gebe, wer von ihnen Ärger mit Verlegern habe, mehr Wohnraum brauche oder auch ein neues Auto, der komme getrost zu ihm! Er leite alles weiter an das Haus in der Walther-Rathenau-Straße.

Ungläubiges Schweigen, dann Gekicher. Woelk genoß es, sich zu dekonspirieren, wie sein Schritt im Fachjargon hieß. Durch den Eifer des jungen Autors Keimling erfuhr man rasch davon im Referat V/7 (nunmehr umbenannt in XX/7) und amüsierte sich, fand den Ablauf saukomisch; hatte man doch in Kenntnis seines Charakters nie geplant, Woelk anzuwerben. Zwar sonnte der sich in dem Gefühl, Genossen reingelegt zu haben, von denen er glaubte, daß sie ihm nicht das Wasser reichen konnten. Dabei war er selber ausgetrickst worden, so raffiniert wie elegant. Denn beim zweiten Besuch hatte man ihn veranlaßt, im Arbeitszimmer nach Papieren zu suchen, die seine Darstellung des jüngsten Luftzwischenfalls über dem Kaukasus stützten.

Falck wußte nämlich, daß zwischen Woelks Studio und dem Wohnraum, wo man so nett mit ihm sprach, das Schlafzimmer der Familie lag. Und ferner war Falck bekannt, wie schwer es dem Krimiautor fiel, sein Faktenmaterial geordnet abzulegen. Er rechnete mit einer Suchfrist von vier bis fünf Minuten. Das reichte ihm, den Wohnraum der Zielperson gleich doppelt zu verwanzen. Während sein Begleiter das Telefon präparierte, mit geübtem Griff, fügte der Oberleutnant „in Parallelmontage" – so stand's in seinem Text – der großen Musiktruhe ein Mikrofon hinzu und schloß es an deren Stromkreis an. Das erst sorgte auf lange Zeit für Datenfluß.

Okay, die Sache war geritzt. Anja reichte es inzwischen, schaudernd schob sie den Hefter ins Regal zurück. Darauf mußte einer ja erst mal kommen! Mehr und mehr mißfiel ihr dieser Falck ... Soweit hatte Edgar weiß Gott recht – das war, trotz all der Skrupel, die Falck früher geäußert hatte – kein wirklich sympathischer Typ gewesen.

EIN HAUCH VON ZWEIFEL

WENN EDGAR SÖRENSEN an all die kleinen Geplänkel mit Anja dachte, fiel ihm auf, wie leicht er sich immer durchsetzte. Und wie arglos er ihr Dinge verschwieg, die ihm unangenehm waren – wie sein '89er Ferienpraktikum bei der ARD in Ostberlin, das er abgebrochen hatte, als es brenzlig wurde. Sowas war auf die Dauer nicht gut für die Beziehung. Und er liebte doch seine Frau nicht nur im Bett, wie sie es ihm heimlich zu unterstellen schien. Er hielt ihre Zweisamkeit für recht geglückt. Es ging ja nie bloß um den äußeren Reiz, der schwand mit der Zeit, das mußte die Anziehung nicht mindern. Auf ihn wirkten von Beginn an stets auch ihr Charme, das Denkvermögen. Tatsächlich, so fand er, sind es Intelligenz und Einfühlung, die ihn hinzogen zu ihr, damals wie heute. Dies beides nur macht einen auf Dauer attraktiv.

Auch für Politiker galt das. Vorhin, an diesem 25. Mai 2010, hatte Roland Koch seinen Rücktritt verkündet, freundlich, frei von Zorn. Ohne sichtbare Bitternis der Abschied, um in die Wirtschaft zu gehen. Mit ihm tauchte der letzte prominente Mischling aus Härte und Wirtschaftsliberalismus ab, den rechten Flügel der CDU traf das schwer. Zwar gab es noch andere Konservative am Drücker. „Ich bin konservativ", hatte Fraktionschef Volker Kauder im Sender getönt, „Wolfgang Schäuble ist konservativ, Philipp Mißfelder auch ..." Und im PR-Jargon hinzugefügt: „Das christliche Menschenbild ist der Markenkern der Union!" Der Mann, ein durchsetzungsstarker Autist, traf leider selten den richtigen Ton. So selbstbezogen durfte man nicht sein, es schadete einem ja nicht nur in der Öffentlichkeit, sondern auch ganz privat in der Partnerschaft. Dominanz war Gift für jede Beziehung.

Schäuble übrigens war oft krank, wer würde ihn denn notfalls ersetzen? Merkel dachte wohl an de Maizière, es bot sich aber Hessens Ministerpräsident an, als stille Alternative. Bedrängt von den Rechten muß Merkel den Koch vielleicht nehmen, bei der fragilen Statik ihrer Kanzlerschaft. Dann wäre Kochs Schritt ein Rücktritt ins Amt gewesen – welch hübsche Pointe.

Vom dunklen Seeufer drang Wellengemurmel an sein Ohr, dazu das Gequak der Frösche. Wenn man den Sumpf trokkenlegen will, darf man die Frösche nicht fragen, hatte Koch gesagt. Merkels Umgebung dachte ungern an diesen Satz, so wie ihr sein Wort von der brutalstmöglichen Aufklärung des CDU-Spendenskandals peinlich im Gedächtnis war. Nein, die Kanzlerin brauchte keinen Minister, der zuspitzt, der abstößt und polarisiert. Das paßte nicht zu der Volksberuhigung, die sie sich und dem Land verschrieben hatte. Derzeit tourte sie durch die Golfregion und hatte in puncto Koch nur matt reagiert.

Zu ihm, Sörensen, paßte es freilich gleichfalls nicht, sich mit derlei noch zu plagen. Gewöhnlich schon, jetzt aber kaum, jetzt sollte ihm all das gestohlen sein. Er knipste sogar sein Handy aus, damit kein Anruf, keine SMS ihn mehr behellige an diesem Abend. Heute jährte sich zum dritten Mal der Tag, an dem ihm Anja begegnet war, erst auf dem Bildschirm, dann ganz real. Den wollte er ungestört feiern mit ihr, das Datum würdig begehen. Eine Frau schätzt es, wenn man sich dessen erinnert und ihren Wunsch nach Romantik bedient. Sie will eben ab und zu umschwärmt sein, um zu spüren, daß sie einmalig ist und was das ihrem Mann bedeutet. Dafür ist sie dann geneigt, dem manch anderes zu verzeihen.

Ja, er wird ihr unten beim Bootssteg ein Kerzenschein-Dinner bieten. In seinem Auftrag hatte das Personal dort festlich gedeckt und die Gartenmöbel hübsch plaziert. Auf dem Tischtuch flammte ein üppiger Strauß roter Pfingstrosen, deren Blätter sich just entfalteten. Den hatte er eigens bestellt, waren es doch Anjas Lieblingsblumen. Die erinnerten sie an ihre Kindheit, an den Garten hinterm Haus ihrer Großeltern im Seebad Wustrow. Es rührte ihn, daß sie solche Blütenblätter einst gesammelt hatte, um den Duft in ihrer kleinen Schatzkiste zu bewahren, was nie so recht gelang. Im Schein der Bambusfackeln, die er nun entzündete, lag die Tafel prächtig vor ihm da. Leckere Platten mit Kaviar- und Lachshäppchen, garniert von Cocktailtomaten und Gurkenscheiben, die Käsespieße nebst all den bunten Früchten, dazu der leichte französische Rosé. Klaviermusik von der Chopin-CD krönte das Arrangement.

Anja würde davon beglückt sein, wenn sie gleich herunterkam. Zweifellos, er schuldete ihr das, obschon er's nicht restlos verstand. Solch ein Streben nach Verklärung in der heutigen Zeit, das war Teil ihrer Psyche, es gehörte zum Geheimnis einer Frau, ihrem schillernden, stets etwas rätselhaften Reiz. Dabei war sie eigentlich doch ein zupackender Typ, das ging ihm schon damals auf, im Mai vor drei Jahren. Es hatte ihn schwer beeindruckt, wie sie fast unvorbereitet einsprang für Sabine Merbt, die ein Autocrash im Zentrum daran hinderte, den Interviewtermin im Schloß Bellevue wahrzunehmen. Und während Merbt noch in der Charité verarztet wurde, sprach Anja im Schloßgarten so locker und einfühlsam mit Horst Köhler, daß der im Volk weithin beliebte Bundespräsident die Scheu vor Fragen, zu denen man ihm nichts aufgeschrieben hatte, gänzlich verlor. Schon die Körpersprache Köhlers ließ erkennen, wie er sich diesmal wohlfühlte vor der Kamera.

Es war ein guter Film geworden, bei dem schließlich beide gewannen. Die öffentliche Zustimmung zur Arbeit des Präsidenten war nach der Sendung noch um Punkte gestiegen, lag so hoch wie noch nie. Auch Anjas Beliebtheit stieg, man gönnte ihr den Erfolg, sah durch sie das Monopol der Merbt beschädigt, war ganz erbaut von ihr im Studio. Vor allem aber, sie rückte in sein Blickfeld! Er hatte die junge Reporterin zu sich bestellt und ihr den Platz in seiner Nähe verschafft. So war sie ihm zur rechten Hand und schließlich seine Gefährtin geworden. Wie das Schicksal so spielt. Ohne Horst Köhler oder den Unfall von Merbt wäre all das schwerlich geschehen.

Jetzt schlug Tom an auf der Terrasse, wo die Hundehütte stand, und das hieß, Anja trat endlich aus dem Haus. Flugs ging er ihr ein Stück entgegen, fand sie jedoch nicht so begeistert wie von ihm erhofft. Hatte sie seinen Coup schon vom Fenster aus entdeckt? „Wie nett von dir, Eddie, daran zu denken", äußerte sie mit halber Stimme, in leicht überschattetem Ton. „Tolle Idee, wirklich ... Und so schöne Pfingstrosen! Du bist immer noch für Überraschungen gut."

Er rückte ihr den Stuhl zurecht, als wären sie im Restaurant. Doch, sie war dankbar, folgte auch ihrer munteren Gewohnheit, positiv zu sein und etwas zu übertreiben, schien aber – er spürte es wohl – gar nicht ganz dabei. Für einen Moment war er es leid, den zärtlichen Gatten zu spielen. Doch das war für ihn kein Spiel. Es ging darum, ihr in vollem Ernst zu zeigen, wie wichtig sie ihm war, jenseits der Belastungen im Job. Und daß er's durchaus tolerierte, ja ihn manchmal sogar freute, wenn sie frisch ihre Meinung vertrat; selbst wo das seiner eigenen und der Linie des Studios mal auf anstrengende Art zuwiderlief.

Er schenkte den Rosé ein, hob sein Glas und trank ihr zu. „Auf die letzten drei Jahre, Anja, und auf die 40 oder 50, die wir hoffentlich noch vor uns haben." Im Gläserklirren fand er, sie blühe auf – doch, es behagt ihr. Sie ist das Beste, was mir je passiert ist. Angesagt sind Toleranz und Harmonie.

„Auf uns", erwiderte sie schlicht.

Welch köstlich milder Abend. Ein lindes Lüftchen kam vom See. Im matten Plätschern des Wassers labte man sich an den leckeren Sachen. Die Büsche und Bäume ringsum wurden zu schwarzen Silhouetten, wie Scherenschnitte vor dem Restlicht des Himmels. Romantik pur, schon die Kulisse, das mußte ihr gefallen, sie so bestechen, daß sie sich jetzt mal ganz öffnete und herausließ, was sie da plagen mochte in letzter Zeit und innerlich ein wenig fernhielt von ihm.

„Was hat dich denn so aufgehalten, Liebling?“ fragte er ein bißchen neckend. „Der Tisch war längst gedeckt und ich bereits halb verhungert.“

„Ach, bloß das Zeug aus Rostock, Eddie. Dummerweise hab ich derart festgesteckt in den Notizen dieses Stasioffiziers von damals.“

„Ich hab mein Handy ausgeschaltet, damit uns keiner stört – du auch?“

„Meins liegt im Haus, beim Typoskript.“

„Das dich total gefesselt hat?“

„Ach, eigentlich nicht. Kein durchweg angenehmer Mensch, der das geschrieben hat. Immerhin reflektiert er noch sein Tun. Weißt du, mich lockt das Zwiespältige an dem Typ.“

„Ich gucke auch mal rein“, versprach er.

„Nur mir zuliebe? Das muß nicht sein. Du hast doch genug um die Ohren.“

„Nicht deinetwegen – aus Interesse. Zwiespältig, hast du gesagt? Ambivalenz ist immer gut ...“ Ihm kam, noch schattenhaft, eine Idee. „Vielleicht gibt's doch noch Verwendung dafür.“

„Bei uns? Nein, glaub ich kaum. Das ist uralter Kram.“

„Gibt es das, uralten Kram, bei uns? Herr Gauck ist da anderer Ansicht.“ Sörensen merkte, sie riet ihm ab, das Zeug zu lesen, er aber war bereit dazu. Sie hatten die Standpunkte getauscht, na gut, das war ja schon die halbe Miete.

Nach einer Pause fuhr er fort: „Demnächst beehrt uns Rübezahl mal wieder, mit Rita. Sie hat vorhin angerufen. Die beiden sind am Sonntag oder Montag zurück aus dem Urlaub und schauen kurz bei uns vorbei. Es hat sich übrigens so angehört, als brächten sie ihren Hausautor mit.“

„Den Albert Baron?“

„Ja, es klang so, als sei Al Barone dann bei ihnen. Die sind also zu dritt, vermutlich. Und denk dir, der Kerl sucht händeringend nach dem nächsten tollen Stoff." Er sah mit Vergnügen, wie seine Frau begriff; darin war sie schon immer flink gewesen.

„Und da willst du ihm das Stasizeug zeigen?"

„Warum nicht? Es gab doch im letzten Jahr diesen Film, der mächtig Furore gemacht hat, sogar in Hollywood, mit Oscar-Spektakel und so ..."

„Du meinst ‚Das Leben der Anderen'. Star war darin der Ulrich Mühe. Man hat bei der Preisverleihung gesehen, wie schlecht es ihm da schon ging."

„Genau. Die Hauptrolle mit Mühe. Ein Stasimensch im Zwiespalt der Gefühle! Das könnte ihn reizen, den Al Barone. Der schielt doch eh längst nach Hollywood. Ich schau da mal rein, dann sehen wir weiter. Laß mich nur machen. Wenn ich dem das Zeug unterjubeln kann, dann bist du nicht umsonst in Waldeck gewesen."

„Der Text ist nicht von dort. Den hat mir Vater aus Warnemünde mitgebracht, er stammt von der Witwe des Hauptmanns, vermittelt übrigens durch den letzten Abwehrchef der Volksmarine."

„Klingt gut, wird ja immer besser", sagte Sörensen. „Das macht den Dichter bestimmt heiß ..." Er brach ab, denn oben kläffte Tom los, und anders als eben bei Anja recht gereizt. Ihm war klar, es kam jemand, wer konnte das jetzt noch sein? Er fühlte sich gestört, aus dem Konzept gebracht, etwas wie Furcht saß ihm im Hals.

Es war der lange Jan, sein Fahrer. Der hielt das Telefon hoch, deckte die Sprechmuschel ab und rief: „Bitte entschuldigen Sie, aber der Weißhuhn gibt keine Ruhe. Weil bei Ihnen keiner rangeht, Herr Sörensen, löchert er mich, ich soll Sie unbedingt mit ihm verbinden."

„Geben Sie her", sagte er unwirsch. Jan Ottos düsterer Auftritt im anhaltenden Gekläff des Hundes, der den Chauffeur nicht leiden konnte, wirkte wie ein Anhauch von Gefahr. Wie albern von ihm, er mußte cool sein, ganz taff, und die Bedrohungsphantasie verbannen. „Was gibt's denn,

Gerhard?“ fragte er den Mann, der da, fürs Äußere zuständig, Stallwache hielt im Stadtbüro.

„Die Irritation über Horst Köhler, gestern beim Rückflug aus Afghanistan, nimmt zu“, meldete der. „Du weißt schon, die acht Minuten im Deutschlandradio. Man fängt an, ihn zu beschimpfen in der Presse, sogar der Ausdruck ‚präsidialer Rohrkrepierer‘ fällt. Es sei ja seit Jahrzehnten nicht dagewesen, wird es morgen heißen, daß ein deutsches Staatsoberhaupt erklärt, ein Land vom Gewicht der Bundesrepublik mit seiner Abhängigkeit vom Außenhandel müsse notfalls auch in Übersee militärisch eingreifen, um seine Interessen zu wahren ... Wie reagieren wir darauf?“

„Gelassen“, sagte Sörensen knapp. Das druckreife Sprechen Weißhuhns, sonst so löblich, brachte ihn absurderweise gegen den Mann auf. „Köhler hat doch bloß die Sicherheit der Seewege gemeint, den Schutz vor Piraterie.“

„Nur leider nicht so klar gesagt.“

„Wir decken ihn natürlich, speziell gegen Ausfälle der Linken, wenn die ihm unterstellt, er befürworte da Wirtschaftskriege.“

„Er wird selbst in der ‚FAZ‘ bedrängt. Von links kommt vergiftetes Lob. Eben ätzt Ernst, dieser bayrische Raufbold, Köhler räume nur ein, was nicht zu leugnen sei: ‚In Afghanistan riskieren unsere Soldaten ihr Leben für die Profitinteressen riesiger Konzerne.‘“

„Das ist ja widerlich.“

„Die Grünen nennen das Interview ‚brandgefährlich‘. Sogar der CDU-Außenexperte geht bereits auf Distanz. Und Merkel selbst ist wohl kaum willens, Köhler zu schützen. Eben läßt sie verlauten, man pflege im Kanzleramt Einlassungen des Bundespräsidenten nicht zu kommentieren ... Die Frage ist, Edgar, wie wir uns dazu stellen.“

„Das ist doch ganz klar. Köhler hat, vielleicht etwas holprig formuliert, das kennt man ja bei ihm, den Schutz der Seewege gemeint“, erwiderte Sörensen, gereizt dadurch, daß Weißhuhn ihn zwang, sich zu wiederholen. „Na, Gerhard, kriegst du das hin?“

„Ich glaube schon."

„Du glaubst schon?"

„Gut – ich bin überzeugt." Weißhuhn räusperte sich und fügte an: „Das Interview selbst haben ja zum Glück gar nicht viele überhaupt mitgekriegt, weil Pfingsten war und Deutschlandradio Kultur kein Massenprogramm ist. Aber nun scheint's, da kommt peu à peu ein Beben in Gang."

„Noch etwas, Gerhard?"

„Ja, eine Peinlichkeit. Unsere Sportfrau, die Katrin, hat sich im Ton vergriffen. Sie hat das Tor dieses ..." (Sörensen verstand den Namen nicht, Fußball war ihm schnurz) „... ein Hoch nennen wollen, und dabei ist ihr herausgerutscht, es sei ein ‚innerer Reichsparteitag' für den gewesen."

„Das ist doch bloß ein Lapsus."

„Nein, schon ein echter Fauxpas. Das meint schließlich diese Events, Paraden und Großaufmärsche im Dritten Reich! Nicht nur der Zentralrat der Juden wird außer sich sein."

„Mal keine Hysterie. Das Wort kam schon unter Hitler auf, ironisch gebraucht als Synonym für Freudenfest, für ganz persönlichen Jubel."

„Das wissen vielleicht wir, aber die Verbände der Naziopfer? Das kriegt die halbe Öffentlichkeit doch in den falschen Hals."

„Gut, dann entschuldigt Mainz sich präventiv für die Entgleisung."

„Ja – Ausrutscher in der Halbzeitpause. Sowas passiert andauernd im Eifer des Gefechts. ‚Tausende standen an den Hängen und Pisten', das ist mal beim Skisport der Klassiker gewesen."

„Okay. War's das?"

„Noch nicht ganz. Das Öl im Golf von Mexiko! Soeben hat Obama diese Pest zur schlimmsten Katastrophe in der amerikanischen Geschichte erklärt und sie in ihrer Tragweite mit den Anschlägen von 9/11 verglichen."

„Das ist dessen Sache. Dazu müssen wir gar nichts sagen ... Schönen Abend noch, Gerhard." Sörensen wartete keine

Antwort mehr ab, er gab den Hörer zurück an Jan, und der trollte sich damit. Weiß Gott, ihm reichte es! Was gingen ihn British Petroleum und der Golf denn an? Das Gleichsetzen des auslaufenden Öls so tief im Meer mit dem Terror von Al Qaida war närrisch, ganz abstrus. BP hatte Pech gehabt, Al Qaida schlug bösartig zu, das war in keiner Weise vergleichbar. *Few men think*, dachte es in ihm, *but all will have opinions!* Na komm herunter, redete er sich zu, das soll uns den Abend nicht verhageln, Anja geht vor.

Ihm wurde bewußt, sie sah ihn an, die ganze Zeit – lag da Bewunderung im Blick? Sein Dialog mit Weißhuhn ließ sie gewiß nicht kalt. Der zeigte ihr doch, wie überhäuft er war. In seinem Amt mußte man mit fünf Bällen zugleich spielen, ohne daß einer herunterfiel, um mal Bismarck zu zitieren. Der Zauberer vom Hauptstadtstudio! Das strahlte ab auf das Umfeld dessen, der alles im Griff behielt und jederzeit straff führte; ein netter Synergieeffekt.

Bestrebt, zurückzufinden zur Gemeinsamkeit, zur trauten Stimmung von vorhin, sagte er: „Jetzt fällt mir auch der Name des Regisseurs ein, von dem Stasi-Melodram im vorletzten Jahr. Der Knilch heißt Florian Henckel von Donnersmarck oder so. Klingt grotesk, er hat aber hübsch abgeräumt in Hollywood. Das müßte den Rübezahl gewurmt haben. Eigentlich legt es ihm nahe, es auf der Schiene mal selbst zu probieren."

Doch seltsam, Anja stieg darauf nicht ein. Wie in Gedanken noch bei seinem Telefonat, sagte sie verträumt: „Ich finde, damals vor drei Jahren, da hat der Bundespräsident uns Glück gebracht."

„Nein, nicht er – das bist du selbst gewesen, im Gespräch. Das ist ja nicht von ihm, sondern von dir geführt worden, so sanft und doch souverän. Es war in meinen Augen sehr gekonnt, eine großartige Leistung, so aus dem Handgelenk."

„Na immerhin hat er mitgespielt. Und selbstverständlich war das nicht, bei den Sorgen, die er damals hatte ..."

Sie versank in Erinnerungen an ihr altes Interview. Und es

mißlang Sörensen, ihr noch zu folgen in die Situation Horst Köhlers von Ende Mai 2007. Was mußte man doch nicht alles im Kopf behalten! Auch ein Laptop hat nur begrenzte Speicherkapazität. Hauptsache war, daß Anja nicht wieder still wegdriftete von ihm. Er hatte den Eindruck, der innere Abstand, der seit ihrer Rückkehr aus Rostock entstanden sein mochte zwischen ihnen, habe sich an diesem Abend deutlich verringert. Und damit das auch so blieb, bat er sie jetzt: „Gleich nachher gibst du mir ein Stück von diesem Typoskript, ja?“

„Gut, abgemacht“, sagte sie und lächelte ihn an.

Die Sörensens schliefen als modernes Paar seit jeher getrennnt. Wieder allein auf ihrem Zimmer, fand Anja noch lange keinen Schlaf. Edgar hatte von ihr einen Hefter der Falck-Papiere gekriegt, sie griff zur Mappe Nummer zwei. Gleich dort, wo ihr Lesezeichen steckte, erfrischte der Verfasser sie mit einem Vierzeiler; offenbar gemünzt auf den Chef, der in Magdeburg dem Oberst Kühne nachgefolgt war: „Mancher hat durch stolze Haltung / Und durch seine stille Art / Das Geheimnis seiner Dummheit / Bis zum Tode sich bewahrt.“

Das linderte, fand sie, ein wenig den üblen Geschmack der Passagen, die dem vorausgegangen waren und vom trickreichen Verwanzen der Schriftstellerwohnung handelten. Schwang etwa die Harmonie des Abends in ihr nach, stimmte das sie jetzt milder? Gewiß, es hatte ihr gutgetan, wie Edgar dort vorhin am See um sie warb; auch daß er sich im Gespräch mit Weißhuhn so kurz gefaßt hatte, um besser vor ihr dazustehen. Doch das allein war es nicht. Beim Weiterlesen vertiefte sich der Eindruck, es sei ihr möglich, den Mann halbwegs zu ertragen, sobald er begann, an seinem Tun und seinen Vorgesetzten zu zweifeln.

Es war nicht so, daß Helmut Falck den letzten Einsatz

bereute; er hielt den bloß für wenig nützlich. Aus seiner Sicht war der geglückte Lauschangriff ein Flop. Was half es, Gespräche mitzuschneiden – selbst wenn sich mal, was selten vorkam, Kollegen bei Woelk trafen – und dann unfähig zu sein, die Äußerungen bestimmten Personen zuzuordnen? Das familiäre Geschwätz mit Weib und Kind war ohnehin banal, politisch ganz belanglos. Nur einmal hatte Woelk die Abwesenheit seiner Ehefrau, ihr war eine Kur verschrieben worden, dazu benutzt, deren beste Freundin auf der Couch im Wohnzimmer zu verführen. Die Aufzeichnung des Vorgangs mochte Erpressungswert haben, doch Falck hielt es für kontraproduktiv, das Potential in dieser Richtung auszuschöpfen. So gewinnt man in dem Kreis keinen Helfer, schrieb er.

Mehr Gewicht hatten für ihn die Berichte von Kollegen wie Jens Keimling, von diesem unter dem Tarnnamen „Martin Fuchs" verzapft. Trotz Anjas Eindruck, daß die Spitzelei sich in Grenzen hielt, vielleicht, weil es Keimling nicht gelang, immer dabei zu sein. Gleichwohl, etliche seiner Texte legten die Haltung der Magdeburger Autoren zum sogenannten Prager Frühling von 1968 bloß. Alexander Dubceks Vision eines Sozialismus mit menschlichem Antlitz wurde von den Schriftstellern lebhaft diskutiert. Woelk meinte damals, dort habe ein gewisser Eduard Goldstuecker recht in seinen Augen – ja, man müsse es nun mit einem Zwei-Parteien-System probieren. Ihm wurde von Reinhold Feix erwidert, das klappe zwar in den USA, weil dort das große Geld die kapitalistische Gesellschaftsordnung zementiere. Wie aber solle der real existierende Sozialismus bei totaler Meinungsfreiheit fortbestehen? Die bringe das eigene System ins Rutschen, weil die Masse der Bevölkerung via Fernsehen westwärts schiele, betört von der Magie des Wirtschaftswunders! Jemand sagte, er baue halt auf die Volksarmee, die garantiere für Stabilität. Das wurde ihm in den Hals zurückgestopft, als Neufassung des Preußenworts: Gegen Demokraten helfen nur Soldaten.

Aus heutiger Sicht ein kecker Disput. Übrigens schien jener „Martin Fuchs" der einzige Spitzel gewesen zu sein. Dürftig für Falck, der Wert auf gute Arbeit legte, also immer zwei, besser drei Informanten brauchte, zum soliden Abgleich der Berichte. Mehr Quellen boten sich ihm in Halle und auch in Berlin, wo Woelk zeitweilig im Zentralvorstand des Deutschen Schriftstellerverbands saß. Von dort ging Falck eine Auskunft des IM „Margarete" zu, tätig auf der MfS-Linie *Abwehr im DSV*, wonach „etliche Kollegen nicht auf dem Boden der Kulturpolitik von Partei und Regierung stehen, wie Alexander Woelk und andere."

Dazu schrieb Falck, es erstaune ihn, daß da eine Frau so schroff urteile, an deren Roman „Der geteilte Himmel", jüngst erschienen und schwer lesbar für ihn, er gerade die Sorgfalt der Autorin und ihre Neigung, klug zu differenzieren, durchaus schätze. Hier merkte Anja auf. Sie begriff, es schien sich um Christa Wolf zu handeln, die gerade, inzwischen 81, das Buch „Stadt der Engel" vorlegte.

Sie langte nach der Zeitung vom Tage und las, damit sei Los Angeles gemeint, wohin die Schriftstellerin sich, einer gestrigen dpa-Meldung zufolge, zu Anfang der 90er Jahre für ein paar Monate zurückgezogen hatte, verstört vom Enthüllen ihrer kurzen IM-Laufbahn: die Treibjagd fürchtend, in trüben Stunden sogar ein Ende der Karriere. O Gott, das hatte man ja nicht gewußt.

Nachdem damals ihre Täterakte ans Licht gelangt sei, hieß es weiter, habe die namhafte Autorin sich vor allem gefragt: „Wie konnte ich das vergessen?" Sie habe sich „besudelt gefühlt", stand in dem Blatt, das freundlich hervorhob, wie kurzlebig ihre Zuarbeit gewesen sei und wie dünn auch die Täterakte. „Ich will herausfinden, wie ich damals war", so wurde sie schließlich zitiert. „Warum ich mit denen überhaupt geredet, warum ich sie nicht sofort weggeschickt habe. Zwei, drei Jahre später hätte ich ‚die' nicht mehr zur Tür hereingelassen. Anderen habe ich das dann mit Erfolg geraten." Als Freunde ihr später sagten, sie habe doch niemandem geschadet, meinte Wolf: „Doch, sagte ich trotzig. Mir selbst!"

Das wunderte Anja, fast so wie der Helmut Falck gestaunt hatte, vor über 40 Jahren. Sie richtete sich auf und nahm ein Buch aus dem Regal, betitelt „Wer war wer in der DDR"; vor drei Jahren war es in vierter Ausgabe erschienen. Dort stand zu Christa Wolf, sie „wurde 1959–62 vom MfS als IM ‚Margarete' geführt", während sie Lektorin beim Mitteldeutschen Verlag in Halle gewesen sei; später habe die Stasi sie zusammen mit ihrem Ehemann in dem Operativen Vorgang „Doppelzüngler" erfaßt. 1963 zog Wolf nach Berlin, sie war dort bis 1967 Kandidatin des Zentralkomitees der SED. Und damit, das lag auf der Hand, endete ihr IM-Einsatz schon deshalb, weil das MfS, der Partei unterstellt, sich keiner Person aus deren Führungskreis bedienen durfte. 1964 bekam Wolf den Nationalpreis, 1987 ein zweites Mal, obgleich sie Ende 1976 den Protest gegen die Ausbürgerung Biermanns mitgetragen hatte.

Ein Rätsel blieb Anja das Verdrängen, der Gedächtnisschwund, belegt durch die Frage: Wie konnte ich das vergessen? Seltsam auch das Gefühl, sich besudelt zu haben. Und der Trost, sie habe einzig sich selber geschadet, den verstand man gleich gar nicht. Weshalb fiel es Wolf denn so schwer, sich zurückzudenken in ihre Jugend, in den Aufbruch von 1949, als sie nach dem Abitur, bei Gründung der Republik, reinen Herzens in die Partei gegangen war, um mit vielen Gleichgesinnten den Sozialismus aufzubauen?

Das war doch mal eine Idee gewesen, logisch und ehrenhaft, das erklärte Ziel vieler, ehe sich ganz allmählich erst zeigte, daß es so kaum erreichbar war. Bevor man die Mängel des Systems Stück für Stück begriff. Und dieser Impuls des Neubeginns nach dem entsetzlichen Krieg, der legte es immerhin nahe, den jungen Staat verteidigen zu wollen, ihn vor Feinden zu schützen, auch vor solchen im eigenen Haus. Darin stimmten Helmut Falck, Christa Wolf und Alexander Woelk vermutlich zunächst überein. Die waren doch, mochten sich ihre Wege auch nach vielen Jahren trennen, alle drei dem Zeitgeist gefolgt, nämlich der Hoffnung auf eine bessere Welt, auf die neue Gesellschaft, hilfreich und brüderlich, frei von Ausbeutung ... Dessen mußte sich doch keiner nachträglich schämen.

Ihre Gedanken schweiften. Gleich nach dem Abi reinen Herzens in die SED. So entflammt und mitgerissen, wie Christa Wolf einst unter Hitler BDM-Führerin geworden war. Oder im Wendeherbst, 45 Jahre später, vom Reformimpuls gepackt, den Appell „Für unser Land" mitgetragen und auf dem Alexanderplatz berauscht gerufen hatte: „Stellt Euch vor, es ist Sozialismus, und keiner geht weg!" Es irrt der Mensch, solang er strebt, das fand schon Goethe. Ließ sich der Mangel an Scharfsinn und Durchblick wem ernsthaft vorwerfen, als schändlich und tadelnswert? Schwerlich. War doch manch Feuergeist zwar wortmächtig, doch halt kein kluger Kopf, kein Analytiker gewesen ... Bernard Shaws Diktum zu dem Apostel Paulus fiel ihr ein: Vorschnell und wenig tiefgründig. Ach, das galt für viele! Auch Dichter hatten sich oft geirrt und im Geflecht der Politik verstrickt. Moralisch wertete das niemanden ab. Das Recht auf Irrtum stand jedem zu, übrigens auch ihr selbst – und Wolf, Woelk oder Falck dazu.

Wäre ich vor 60 Jahren jung gewesen, dachte Anja, gewiß hätte ich an deren Seite gestanden, mit ihnen wohl gestritten, sie aber niemals gehaßt oder verachtet. Sie wollte sich auch jetzt nicht über Menschen und deren Traum erheben, egal ob die dann gescheitert waren oder ob sie die Kurve noch gekriegt hatten, in oder nach der Wende. Man betrachte doch bloß die Lebensläufe, ohne Zorn und Vorurteil, und spüre der Wahrheit nach, den verbürgten Geschichten, auch gegen den Strom des politisch Erwünschten! Die zu finden und festzuhalten, das bringt mehr und ist letztlich weniger aufreibend, als Legenden zu konstruieren oder Klischees in die Welt zu setzen und Ressentiments zu schüren.

Sie wandte sich wieder dem Hefter zu, so tief in Gedanken, die ihr erstmals kamen, daß sie hochfuhr, als es klopfte. Edgar trat ein im Pyjama, er merkte, wie nervös sie reagierte. „Ich hab noch Licht bei dir gesehen", sagte er sanft. „Kann auch noch nicht einschlafen. Hat mich geärgert, wie Weißhuhn wieder so wichtig tat, daß der Jan uns stören mußte ... Der Job kann ganz schön schlauchen."

„Der Abend ist uns doch gelungen, Eddie. Ich hab's genossen."

„Ja, bis der schwarze Kerl den Hang herunterkam, mit Taschenlampe und Telefon."

„Du hast doch was auf dem Herzen?"

„Ja, dein Stasiknilch nervt mich. Bizarr, wie er diesen Schreiber reingelegt hat. Dabei ist der ähnlich verbohrt gewesen wie er selbst. Beides Utopisten, Ideologen."

Anja setzte sich auf. „Ach was, ein ganz normales Verhalten, sich mit dem System zu arrangieren. Ist noch heute günstig, oder?"

Das überhörte Edgar, wie immer bestrebt, den Anschein von Überlegenheit zu wahren. „Schade, daß der Knilch sich im Binnenland aufreibt an Künstlern. Find ich wenig attraktiv. Du hattest mir was von Schleusern erzählt, an der Küste in Nacht und Nebel, stimmt's?"

„Entschuldige, Eddie. Wenn dich das langweilt, kannst du's überspringen." Anja griff hinter sich ins Regal. „Hier kommt die Ostsee!" Sie reichte ihm den Ordner Nummer drei. „Reichlich Nebel und soviel Action, wie du willst."

„Nicht ich – der Rübezahl braucht Action satt. Ich les das doch für ihn. Ohne sowas rührt der doch keinen Stoff mehr an ..." Er nahm ihr das Papier aus der Hand und beugte sich zärtlich vor. „Zeit für Äuglein zu, nicht, mein Schatz? Für uns beide. Man muß wieder fit sein, morgen früh. Offenbar tut sich Großes im Land."

In seinem Kuß glaubte sie einen Rest von Unsicherheit zu spüren, den das Gewitzel nicht verbarg. Lautlos schloß sich die Tür hinter ihm. Jans Auftritt hat ihn erschreckt, völlig grundlos, fand sie. Den Zaun ums Grundstück übersteigt doch keiner! Und falls doch, springt die Alarmanlage an.

Draußen stolperte Sörensen, ihm glitt das Papier aus der Hand. Es dauert halt, sagte er sich beim Bücken, bis man nirgends mehr aneckt, weil das Haus einem vertraut und zum Heim geworden ist. Ähnlich wie es Zeit braucht, bis die Liebste zur Ehefrau wird. Keine Rose ohne Dornen. Für beide ein Lernprozeß, ein Akt der Anpassung, der Sozialisation. Anja stellte sich öfter mal gegen ihn, das konnte ärgerlich sein. Doch er nahm es hin als Ausdruck ihres Denkvermögens; das darf man ja nicht bremsen wollen. Dank ihrer Flinkheit landete sie auch im Studio manchen Treffer, was Kollateralschäden einschloß. Das sollte man nicht eng sehen und nahm es besser nie persönlich.

Er legte das Papier auf den Nachttisch und ging zu Bett. Ach, schon Mitternacht vorbei, doch es war geschafft. Hier lief es glatt, man stieß sich selbst im Schlaf nicht, denn alles blieb beim alten. Je mehr der Job einen stresst und das Land vibriert, desto weniger will man, daß sich Details im Umfeld ändern. Auch die Schlafenszeit hielt man besser ein. Na, Anja zuliebe schaute er da noch kurz hinein. Nach zwei, drei Seiten fielen ihm eh die Augen zu. Immerhin stärkte das ihre Beziehung. Außerdem, er wollte wissen, was Sache war. Also fähig sein, das Treiben der Stasi in diesem Sonderfall einzuschätzen. Schon um zu sehen, ob das ein Filmstoff war, vielleicht mit einer Rolle für Rita; manchmal gab sowas den Ausschlag.

Er klappte den Hefter auf und las auf dem Deckblatt: *Ein US-Militärspion in der DDR oder: Landetechnik und Klein-U-Boote im Kalten Krieg*. Darunter stand ein Wort aus dem Neuen Testament: „Und werdet die Wahrheit erkennen, und die Wahrheit wird euch frei machen." Dazu noch „Joh. 8, 32" als Quellenangabe. Obwohl auf deutsch getippt, klang das für ihn amerikanisch, wie ein Spruch aus dem Sitz des Geheimdienstes in Langley; die CIA war ja bibelfest. Es folgte der Satz: „Antwort auf die Frage, was wahr ist, erhält nur der, den es mehr danach drängt, die Wahrheit zu erkennen, als dem Ruf ‚Kreuzigt ihn' zu folgen."

Noch ein Zitat, nicht belegt diesmal. Ziemlich anspruchsvoll, die Einleitung. Hatte es an der Juristischen Hochschule des MfS auch einen Lehrstuhl für Philosophie gegeben?

„Wenn ab Mitte der 60er Jahre kein Normalbürger der DDR mehr nachts an den Ostseestrand durfte", stand nun da, „wenn Wachtboote der Volksmarine oder der Grenzbrigade Küste mit ihren Sonar- und Radargeräten ständig das Vorfeld der Küste absuchten und so manche Flucht eines Ostdeutschen vereitelten, dann lagen die Gründe dafür auch in den nachfolgend geschilderten Vorgängen. Die allerdings hielt man in der DDR streng geheim. Auch im Bereich des Ministeriums für Staatssicherheit waren die Akten mit dem Kürzel GH versehen und keineswegs jedem Mitarbeiter zugänglich."

Der pompöse Auftakt sollte wohl neugierig machen. Na schön, das verstand man ja. Doch andererseits las es sich wie ein Beitrag zur Korrektur des Rückblicks auf die DDR. Das Verklären des Unrechtsstaats war ohnehin im Gang, besorgt von der Linken, er würde gewiß nicht mittun dabei. Außerdem klang es schlecht hinsichtlich des angepeilten Zwecks. Kommandoeinsätze im Kalten Krieg, die mochte es zwar gegeben haben, dazu fiel ihm auch manches ein – bloß, wer wollte davon denn heute noch was wissen? Ja, wenn es aktives Handeln des einstigen Gegners gewesen wäre! Aber hier wies schon zu Anfang alles darauf hin, daß im Gegenteil eigene Leute oder US-Profis damals tätig wurden. Während der Feind sich bedeckt hielt und rein defensiv geblieben war. Das mußte nun zum ernsten Hemmnis werden; da stand die politische Korrektheit auf dem Spiel.

Gut, er machte sich nicht viel aus dem Begriff. Den hielt er für flexibel, für durchaus relativ, und hatte ihn selbst schon öfter im stillen hinterfragt. Das Wort bezeichnete gar nichts Konstantes, es stand für die Mehrheitsmeinung in den Medien, für das allgemein Akzeptierte, amtlich Erwünschte, und Wünsche wandeln sich halt ganz allmählich. Dazu paßte ja der Satz: Wer nicht mit der Zeit geht, der geht mit der Zeit ... Aber würde Rübezahl es wagen, da mal Vorreiter zu sein und westliche Hauruck- oder Haudrauf-Aktionen im Film zu zeigen? Bei seinen künstlerischen Wurzeln unwahrscheinlich. Dazu fehlte dem der Mumm; die Herkunft aus Ostdeutschland hemmte ihn in diesen Fall.

Fast jeder hatte solch ein Handikap. Bei ihm, Sörensen, war es vielleicht die Fokussierung auf Afghanistan. Sein diesbezügliches Engagement hatte ihm den Spitznamen Combat-Eddie eingebracht. Natürlich kannte er den, was hinterrücks getuschelt wurde, trug man ihm stets zu. Combat-Eddie! Nichts konnte falscher sein als das, wo es ihm doch um *peacekeeping* ging. Friedliebend war er, rundum, beruflich wie privat – Intrigen meidend, hochkonzentriert auf Inhalte, eben mit dem Schwerpunkt innere Sicherheit und Terrorabwehr.

Ein Journalist, so an der Spitze, muß sich stets selber Themen setzen, am besten in Richtung des Trends. In dessen Schutz baut man sich auf, durch harte Arbeit. Was aber, wenn sich erweist, daß der Trend eine Wanderdüne ist, die kaum noch Schutz gewährt. Galt dann der alte Soldatenspruch: Sicht geht vor Deckung? Für Afghanistan deutete sich derzeit sowas an. Die Karikatur aus dem Morgenblatt fiel ihm ein. Da kauern zwei Turbankrieger im öden Geröll, der eine fragt, wo denn der Bin Laden abgeblieben sei, und sein Kumpel sagt: „Der treibt sich am Golf von Mexiko herum, ist Ingenieur bei BP geworden – clever, wie?“ Noch vor kurzem wär sowas nicht in die Presse gelangt.

Ziemlich flegelhaft und echt daneben! Doch derlei Spitzen, dachte er, sind ja zugleich Warnsignale. Sie läuten vermutlich den Wechsel ein, das bange Zurückweichen vor der Mißstimmung im Volk, das auf Umkehr drängt, zum

Abzug vom Hindukusch. *Change, yes we can!* Noch ist unser Bleiben dort Konsens im Bundestag, bis auf das Geschrei der Linken. Ansonsten freilich sieht man keinen Fortschritt dort, es gilt für Afghanistan Murphys Gesetz, wonach alles, was schiefgehen kann, auch tatsächlich schiefgeht.

Im Dunstkreis der Medien fing es an mit dem Ausfall der Frau Supp vom „Spiegel“, die warf den ersten Stein. Gefolgt von Erich Follath, der am selben Ort verkündete, „worum es in Afghanistan wirklich geht“, nämlich ums Streben nach Profit. Ob Bellizisten oder Pazifisten, sie alle machten sich was vor, verkannten die tieferen Gründe für diesen Krieg, ja für jeden Krieg in der Neuzeit. Wem nützt es, fragte er, was eigentlich steht dort auf dem Spiel, wenn nicht Militärbasen, Rohstoffquellen, Pipelines, auch Drogenrouten – kurzum: das ganze Programm der Geopolitik. Und jetzt setzte die „New York Times“, das führende Blatt, noch eins drauf, indem sie enthüllte, in dem bitterarmen Land harrten Vorkommen von Gold und Kupfer, von Eisenerz und Lithium (jener Stoff, den man für Handys braucht) der Erschließung. Und zwar im Wert von tausend Milliarden Dollar! Das wisse man von russischen Geologen, es stehe in deren Gutachten aus der sowjetischen Besatzungszeit.

Kann sein, sagte er sich, die „NYT“ treibt da der Wunsch, das Land – so öd und fern! – den eigenen Bürgern wieder schmackhaft zu machen, den Krieg plausibler, um ihn im neunten Jahr nun besser zu verkaufen. Der Sache aber, dem Antiterrorkampf, erweist sie damit einen Bärendienst ... Berlin allerdings ist von den Akteuren da am wenigsten verdächtig, wegen der Bodenschätze am Hindukusch zu sein; obschon auch deutsche Firmen eines Tages was davon haben könnten. Nein, die Gefolgschaft zu Washington, unsere Bündnistreue verbietet uns ein Ausscheren aus der Nato-Solidarität. Aber strategische Interessen gar nicht anzusprechen – Horst Köhler hat es gestern wenigstens versucht –, das zeugt von Feigheit vor dem Volk. Noch wagt es kein

Staatsmann von Washington bis Warschau, Klartext zu sprechen. Und auch kein Fernsehmensch von Rang.

Dieser Krieg, dachte Sörensen, ist so multikausal wie das meiste auf der Welt. Auch ich hab stets nur eine Seite des hochkomplexen Sachverhalts ins Licht gerückt. Jetzt aber deutet sich mit der Erweiterung des Spektrums ein Paradigmenwechsel an. Wird es nicht Zeit für mich, zu diversifizieren, wie das beim Geldanlegen heißt? Der Publizist braucht mehr als eine Option, mir fehlt ein Plan B, ich sollte die Palette der Themen prüfen, ein neues Problemfeld finden, mein Angebot auffächern.

Er merkte, die Falck-Papiere kümmerten ihn nicht mehr. Die lagen, fast ungelesen bis aufs Deckblatt, vor ihm auf dem Bett. Er nahm sie weg und löschte das Licht. Was nun? Wohin sollte die Reise gehen? Es gab natürlich Prognosen, die gab es immer, Garantien für die Zukunft gab es nicht. In welcher Rolle sah er sich als Publizist, jenseits der Pflichten des Studiochefs? Gab er mit Afghanistan den Terrorkomplex mittelfristig auf, fehlte ihm eine Agenda. Das hieß dann, auf Eingebung zu hoffen. Ohne einen Plan B war ihm flau.

Wie ging eigentlich sein Amtsvorgänger, der schnieke Peter Frey, die Sache an? Höchst umsichtig auf jeden Fall. Den umgab bei seinen Interviews das Flair des Eingeweihten, gedämpft durch Achtung vor dem jeweils hohen Gast. Frey hatte ihm gesagt, mit Floskeln komme man nicht weit; richtig sei es, die Welt aus der Sicht des kleinen Mannes wahrzunehmen, um eben die Fragen zu stellen, die der – oft genug politikverdrossen – selbst stellen würde, hätte er Gelegenheit dazu. Auch harte Fragen, geschmeidig freilich, in Respekt gehüllt. Ein Kurs zwischen Scylla und Charybdis. Sei man gar zu sanft und nett, stehe man vorm Publikum als Weichei da. Hake man aber stets scharf und drängend nach, wenn der Promi auswich, röste ihn also vor der Kamera, nehme die Elite das krumm und grenze einen über den Rundfunkrat schließlich aus. Folglich liege die Kunst darin, zwischen Charme und Eigensinn klug zu balancieren. Weder lahme Ente noch Querkopf sein, sondern kompetent und konziliant im selben Atemzug, das sei das Rezept.

Gut gebrüllt, Löwe. Leichter gesagt als getan. Umwerfend neu war das auch gerade nicht ... Sörensen fand, er döse langsam weg. Sein Denken trübte sich, verlor an Tiefe und Zusammenhang, griff bloß noch Augenfälliges auf, so als husche es über die Oberfläche, hasche nach bunten Bildern. Frey, der hat es nun geschafft auf den Sessel des Chefredakteurs in Mainz. Und der Zuwachs an Gewicht stärkte sein Ego so, daß der Anflug von Schüchternheit, der seine persönliche Note war, sich nahezu komplett bei ihm verlor. Ohne daß er indes aufhörte, sympathisch zu sein. Beneidenswert, so rüberzukommen, als nobler Charakter halt, in Permanenz.

Und Freys Partner beim Format „Berlin direkt", Peter Hahne – gleichfalls weg, ersetzt durch die schmucke Bettina Schausten vom Politbarometer, vormals Referentin beim Chefredakteur. So nahe der Macht, wo vieles zusammenlief, die Intrigen sich bündelten, das war natürlich gute Schule. Es schärfte einem den Sinn fürs Machbare; da wurden alle Kanten abgeschliffen. Wer obendrein noch sexy wirkte wie Bettina dank leicht verzögerter Reaktionen, dieses Hauchs von Schläfrigkeit, um den mußte einem nicht bange sein. Mit solchem Touch macht die gescheite Frau unweigerlich Karriere.

Hahnes Vater übrigens war Drogist gewesen, was der robuste Kerl auch gar nicht mal verbarg. Und etwas haftete auch ihm selber an vom Gehabe hinterm Ladentisch in seiner Art, am Schluß der Sendung „schönen Abend noch" zu sagen. Na, das peinlich glatte Grinsen des Verkäufers hatte der sich, darauf angesprochen, sehr bald abgeschminkt; sein Endgruß wirkte ehrlicher, fast herzlich – der Mann hatte ja immerhin Theologie studiert.

Wie war Banales doch so wichtig vor der Kamera! An Freys geschaßtem Vorgänger, dem kraftvollen Nikolaus Brender, hatte der Look die Offiziellen wohl mehr gestört als das Proporzwidrige der vermeintlichen Nähe zur SPD. Von Brenders Temperament und seinem gar zu breiten Schnauzbart gingen psychologische Signale aus. Das beides nämlich wies auf jene agile Streitbarkeit hin, die todsicher beigetragen hatte zu dem Gezerre, das mit dem Nichtverlängern seines Vertrags endete ... Da war er, Sörensen, wahrlich gut beraten, in Haltung und Outfit eher brav, also ein Mann des Ausgleichs zu sein.

Ja, sind die Rating-Agenturen denn die Speerspitze der Wall Street? Überlebt BP, verdammt noch mal, das Öldesaster im Golf? Was stirbt dort noch an den Küsten, und wird das Zeug um Florida herum etwa vom Golfstrom bis zu uns gespült? Und die Euro-Rettung wird immer teurer – Absturz ins Milliardenloch! Es wächst der Frust über das Erscheinungsbild der Bundesregierung. Dazu das jämmerliche Sparkonzept der schwarz-gelben Koalition. Die Glaubwürdigkeit des Opfers von Kachelmann, dem Wetterfrosch, ist auch erschüttert. Minister Röslers einsamer Kampf um die Kopfpauschale wirkt tragisch.

Genug, genug! Es geschah momentan einfach zuviel auf der Welt und im Land. Anja Sörensen hatte den Kopf gar nicht frei für anderes, für Privates. Gewiß, nur einen Bruchteil des Nachrichtenstroms mußte ihr Ressort verkraften. Aber Edgar, den beschäftigte doch alles. Und was sich in der Chefetage des Hauptstadtstudios im Zollernhof, Unter den Linden 36-38, nicht bewältigen ließ, das folgte ihm ins Haus am See, wo es sie beide in Atem hielt, ja quälte.

Am Sonntag erst, vier Tage später, fand sie wieder Zeit für die penible Abschrift vom Tagebuch des Oberleutnants Falck. Und selbst das nur, als feststand, daß die Filmleute den angedrohten Besuch auf Montag verschieben wollten – weil ihr dritter Mann, der Szenarist Albert Baron, nicht eher zurück sei aus New York ... Ach du meine Güte, welch ein Glück, mal ein paar Stunden für sich zu sein!

Sie stöberte in Band drei, den hatte Edgar ihr zurückgereicht, kaum wirklich durchgelesen, denn er sagte dazu bloß: „Ganz brav, wie sachlich der bleibt. Manchmal wird er sogar witzig, Liebling. Darunter aber lauert die Finsternis, das Ruchlose des Regimes, dem er da gedient hat. Der Subtext ging mir an die Nieren."

Das war alles gewesen, was von ihm dazu kam. „Die Akten, die zum Beispiel der Verfassungsschutz geführt hat, bleiben uns ja leider verschlossen", hatte sie streitbar erwidert. „Dadurch kann man sich als Westdeutscher immer überlegen fühlen."

„Du willst damit doch nicht sagen, daß es bei uns eine vergleichbar monströse Anhäufung von Daten oder Telefonmitschnitten gegeben hat? Eine nahezu flächendeckende Observierung durch IM-Spitzel wie einst in der DDR?"

„Nein, das nicht. Das hattet ihr niemals nötig, wo doch die Marktwirtschaft brummte. Bei euch hat die D-Mark für Stabilität gesorgt. Der Anpassungsdruck, die Angst vorm Absturz in die Armut. Aber sag mal, was ist denn bei der Telekom, bei Siemens oder Lidl gelaufen? Und ich bilde mir ein, auch hier schläft der Geheimdienst nicht."

Edgar hatte sich wortlos abgewandt, achselzuckend, als sei es unter seiner Würde, das zu erörtern. Na, Schluß damit! Heute war der 30. Mai, und es berührte sie sonderbar, daß Helmut Falck unter exakt demselben Datum, nur 41 Jahre früher, in offenbar bester Laune vermerkt hatte: „Am 30. Mai ist Weltuntergang, wir leben nicht mehr lang ..." Das war damals wohl ein Schlager gewesen, albern, ihr auch völlig unbekannt. „Für mich allerdings gilt das Gegenteil", las sie weiter. „Ich lebe richtig auf, jetzt in Rostock."

Heller Jubel über seine Versetzung, die übrigens unbegründet blieb. Euphorie, weil es hier an der Ostsee nicht mehr um ein paar quengelnde, bloß verhalten opponierende Künstler ging, die ihn außerdem noch narrten, sondern gegen eingeschleuste Agenten, den leibhaftigen Klassenfeind. Da hatte der Mann wieder Boden unter den Füßen, das war für ihn „eine Granate", wie er schrieb („innerer Reichsparteitag" hätte die Sportfrau vom Sender gesagt). „Da bist du echt gefordert", stand bei ihm, „voll im Einsatz! Vor dir sitzt ein schlauer Täter, hat sich mit der Waffe beim Zugriff gewehrt, Pistolenkugeln auf die Genossen. Folglich u. a. wegen bewaffneten Widerstands zu 15 Jahren Z. verknackt, hockt er nun da und redet sich nachträglich um Kopf und Kragen, der Hafterleichterung wegen, die ihm das bringt. Macht sich Luft im Zwiegespräch, schon das tut ihm sichtlich gut."

Anja spürte den Feuereifer, der Helmut Falck beseelte. Dessen Ton war ihr mindestens so peinlich wie die trockene Art Bodo Lommels, Scherze einzuflechten und sich bei Falck anzubiedern. Der hatte den Häftling übrigens von einem Vorgänger übernommen, der krankheitshalber den Dienst quittieren mußte. Dies erklärte vielleicht eine Seltsamkeit des Verfahrens. Der Widerspruch nämlich, daß ein bereits Verurteilter da aus dem Strafvollzug zurückkam in die U-Haft, schien Falck nicht groß zu kümmern. Sein Tagebuch schwieg dazu; das ließ ihn völlig kalt. Er wirkte hochmotiviert und schuf mit Behagen ganz professionell, nach allen Regeln der Vernehmungskunst, ein festes Band zu diesem Bodo Lommel. Auf den Genuß, den ihm das bereitete, paßte Edgars Wort „monströs" ganz gut.

In seinem Tagebuch konnte Falck – ein unerfreulicher Gedanke – mal abschnallen und ganz er selber sein. Nicht mehr der schmallippige, vom Dienstreglement gebremste Beamte, sondern ein Mann mit psychologischer Schulung, die ihm auch half, zu verstehen, was er vorher in Magdeburg angerichtet hatte. Hier nun ließ er die Sau heraus und verbrüderte sich schier mit Lommel, um dem die volle Wahrheit abzuluchsen. Zumal dessen Froschmann-Training in den USA nebst Tauchmanövern in Klein-U-Booten neuesten Typs galt sein Interesse. Die hatten im Pazifik stattgefunden, an der Küste Südkaliforniens und vor Pearl Harbor auf Hawaii.

Eins war klar, für den Vernehmer strahlte Lommel den Hauch von Weite und Abenteuer aus. Falck wirkte fasziniert, er schien den Häftling um jene Erlebnisse zu beneiden und fühlte sich wider Willen an James-Bond-Filme erinnert, die er heimlich geguckt hatte, bei gedimmtem Ton, damit kein Nachbar das mitkriegte. Sein Staunen war echt, die Bewunderung eher vorgetäuscht. Belobigt und angespornt von seinem Vorgesetzten, dem Major Schüssler, legte er Lommel haufenweise Fotos, auch Skizzen von Klein-U-Booten und weiterer Technik zur Unterwasser-Anlandung von amerikanischen *Seals* vor: „Robben", die Elite-Kampfschwimmer der US Navy, gedrillt für den Nahkampf, perfekt auch in dem, was bei Lommel *silent killing* hieß – das volle Programm von Kommandotrupps.

Lautlos töten! Es schüttelte Anja. Sie konnte weder mit dem Häftling noch mit Falck sympathisieren. Da war doch einer des anderen wert. Solch einem Kerl verzeihen? Na, das mußte sie ja nicht. Ihr genügte es, ihn zu begreifen. Wie ging es eigentlich weiter mit Falck, nach der Wende? Hatte er da flink wie ein Chamäleon seine Farbe dem neuen Milieu angepaßt? Sie fühlte sich versucht, da mal vorzugreifen, schon im letzten Band zu blättern, ließ es aber sein. Als Wendehals wäre ihr der schneidige Offizier echt zuwider gewesen, sie nämlich brauchte für jede Recherche stets eine Portion Mitgefühl. Vielleicht widersprach das dem Grundsatz, immer Abstand zu halten, so nah man dem Objekt journalistischer Neugier auch kam, war also weibliche Schwäche. Aber ganz ohne Empathie lief nun mal nichts bei ihr. Ideale und Vorurteile, sagte sie sich, haben viel gemeinsam, sind wohl überhaupt identisch.

Doch als sie weiterlas, entstand Verblüffung. Ihr Hochmut fiel ins Wasser, das des Pazifiks, sie hatte den Mann schon wieder unterschätzt. Trotz seines Höhenrauschs blieb Falck wachsam; er war ständig auf der Hut. Ihn störte es bereits, daß Bodo Lommel öfter von San Pedro sprach, als US-Marinestützpunkt, obwohl er selbst doch wußte, die

Flottenbasis südlich von Los Angeles hieß San Diego. Auch der Name Pearl Harbor mißfiel ihm, der war doch fast jedem geläufig, den kannte man vom Luftschlag der Japaner im Zweiten Weltkrieg, ihrem knalligen Eröffnungszug; so wie der Endpunkt, Hiroshima, in aller Gedächtnis war.

Und war es denn plausibel, daß der amerikanische Geheimdienst NSA einen Deutschen zum Kampftraining um den halben Erdball flog? Das hätte doch auch vor Neapel, dem Stützpunkt der 6. US-Flotte, in günstigem Klima geschehen können; ferner bot sich die Karibik an, mit Puerto Rico zum Beispiel und den Vieques-Inseln, wo sich eine Froschmannschule befand. Oder, so fragte sich Falck, rührten seine Zweifel von einer strukturellen Beschränktheit des DDR-Bürgers her, der sich Fernreisen schlecht vorstellen kann? Er versuchte, sich schlau zu machen; nur reichte die ihm zugängliche Fachliteratur nicht aus, um Lommel Fehler nachzuweisen. Spanische Vornamen wie Pedro oder Diego konnte ein Deutscher ja leicht verwechseln ... Immerhin, da wurde sein Bestreben deutlich, den Mann bei einer Lüge zu ertappen.

Das brachte für Anja frischen Wind in die Notizen. Helmut Falck, als heller Kopf, hatte sich schließlich schon in Magdeburg gefragt: Wieviel Stuß erträgt der Mensch? Und verdammt, was soll das alles? Beides Grundfragen ihres eigenen Alltags! Falck waren die ja nach Rostock gefolgt, wo er wenigstens auf die zweite Frage Antwort fand. Dort galt es schließlich, Lommels Hintermänner zu entlarven, diese Satansbrut ränkeschmiedender Fortschrittsfeinde! Und das präzis, ohne Unscharfes, Schludriges zu dulden oder gar Schwindeleien aufzusitzen. Übertrieb der Mann nicht irgendwo? Konnte es wirklich sein, daß der Westen drauf und dran gewesen war, Waffensysteme für den Ernstfall bei uns in Flußmündungen und Boddengewässern verdeckt zu plazieren? Zuzutrauen war das aus seiner Sicht dem Feind zwar unbedingt, was hatten dessen aggressive Kreise von Cuba bis nach Vietnam nicht schon alles inszeniert. Aber hatten

BND, CIA oder NSA es diesmal tatsächlich in so übler Form versucht?

Hier angelangt, hielt Anja inne. Denn plötzlich ging ihr auf, Falcks Verve, sein ganzer Schwung kam nicht bloß aus dem beamtenhaften Drang, es seinen Chefs recht zu machen und dadurch aufzusteigen im neuen Amt; ein Motiv, das sie gut verstanden hätte. Derlei Beflissenheit wäre normal gewesen, Ehrgeizlinge gab es zu jeder Zeit. Auch ideologische Verblendung schied ziemlich aus, blinder Haß auf den Klassenfeind schien dem Oberleutnant fremd.

Nein, die Jagdlust speiste sich aus noch ganz anderer Quelle, der Hauptantrieb war rein privat. Falck hatte sich frisch verliebt, das belebte ihn und schuf Zusatzschub. Er war in der August-Bebel-Straße seiner Inge begegnet, einer hübschen Hilfskraft aus der Abteilung XIV, zuständig für den Bereich der U-Haft dort. Bei ihr saß Bodo Lommel ein, sie sorgte für all die Vergünstigungen, die der Mann genoß, von Schreib- und Zeichenzeug bis zum Essen aus der Offizierskantine, der Chance zum Duschen oder Hofgang täglich und sogar dem eigenen Fernseher – obschon aufs Ostprogramm fixiert, welch außerordentliches Privileg! Einzig bestimmt dazu, als Element des stillen Deals ihn bei Laune zu halten, um seine Auskunftsbereitschaft zu heben.

Später wechselte die junge Frau, da längst von Falck umworben, in das Referat XVII, dem es oblag, Anträge auf Westreisen oder Passierscheine von und nach Westberlin zu prüfen. Offenbar war sie, ohne Offiziersrang, bloß einfache Schreibkraft gewesen; was aber die Hinneigung Falcks zu ihr nicht minderte. Der gewiefte Vernehmer also war in Liebe entbrannt, damals vor vier Jahrzehnten, unverheiratet und ohne Partnerin in Rostock. Eine heikle Situation, zumal seine Behörde jedes Weib, das er kontaktierte, streng unter die Lupe nahm. Sich im eigenen Haus umzusehen, wo jeder hinreichend überprüft worden war, das galt bestimmt noch als beste Lösung. Nicht die einfachste freilich, die Stasi war zu 90 Prozent ein reiner Männerverein.

Und an dem Punkt wich die spätere Frau Falck nun erstmals ab vom Tagebuch. Da hatte sie das Manuskript behutsam gekürzt, wie in einer Fußnote von ihr korrekt eingeräumt, wo auf der Seite erstmals Pünktchen standen. Man dürfe das Original natürlich einsehen, schrieb sie, nur ein paar Stellen habe sie aus persönlichen Gründen geschwärzt – hierin dem Brauch der Gauck-Behörde folgend. Das nehme nichts weg vom Wert des Dokuments, es diene allein dem Schutz der Privatsphäre ... Anja gefiel das; ein anrührender Zug. Solche Zurückhaltung vermißte sie oft bei den Boulevardterriern, ihren Kollegen aus dem Souterrain des Journalismus.

Für heute war's genug. Die Grenze zur Vermarktung, die Frau Falck da zog, entsprach der ihres eigenen Aufnahmevermögens. Sie schloß den Ordner und ging treppab, all das widersprüchliche Material im Kopf. Die letzte Wendung, der Schwenk ins Private, lenkte sie stark ab vom übrigen Sachverhalt. Dennoch verdichtete sich ihr Eindruck, Bodo Lommel habe sich wohl verraten gefühlt, nach drei Jahren Zuchthaus böse im Stich gelassen von den Auftraggebern. Wer immer seine Schritte bis 1966 gelenkt hatte – die NSA, die CIA oder der BND –, der hatte ihn inzwischen abgeschrieben, verbucht als Totalverlust „an der unsichtbaren Front"; so drückte Falck es jedenfalls aus. Keiner kümmerte sich um ihn dort drüben, niemand schlug seinen Austausch gegen einen inhaftierten Ostagenten vor. Es war erst Falck, der ihn auf diese Chance hinwies: Einzig für hochkarätige Leute gelte der noble Brauch! So sei etwa der berühmte U-2-Pilot Gary Powers auf der Glienicker Brücke bei Potsdam ausgetauscht worden. Es liege bei Lommel, sich endlich restlos zu offenbaren, damit sein Geständnis das MfS davon überzeuge, wie wertvoll er für die Yankees gewesen sei. Je höher sein Rang auf der internen Skala, desto eher winke ihm die Freiheit!

Welch Ansporn zum Reden für einen Mann, der noch elf lange Haftjahre vor sich hatte. In Anjas Augen ein Gipfel an Hinterlist oder Glanzpunkt der Vernehmungskunst – je nachdem, auf wessen Seite man da stand. Der Haken dabei war freilich, daß dies den Häftling dazu verleiten konnte, seine Story mit allerlei Lügen anzureichern, um die eigene Bedeutung zu steigern und sich, wie ja von ihm gewünscht, ganz groß aufzubauen. Falck war sich dieser Gefahr bewußt gewesen, das verriet sein Text. Ihm kam es darauf an, dem Lommel die Zunge zu lösen. Er hielt sich für durchaus fähig, möglichen Schwindel auszufiltern, bevor der in den Schlußbericht gelangte. Dank seiner Euphorie trug ihn die Arroganz der Macht; anders war sein Schachzug kaum zu deuten. Er ging ein hohes Risiko ein, wohl selber gebannt von dem Spiel.

Unten im Livingroom saß Edgar, den „Spiegel" von morgen in der Hand. Den hatte Jan Otto wie üblich, wenn seinem Chef die Vorabmeldungen im Internet nicht genügten, von dem Kiosk besorgt, der das Magazin immer schon Sonntags anbot.

„Für unser Staatsoberhaupt wird's eng", erklärte er Anja. „Das Schloßgespenst hat sich im Flugzeug verplaudert. In seinem Stab – was davon noch übrig ist – herrscht blankes Entsetzen. Da, lies nur selbst."

Sie überflog den Dreispalter um ein Gruppenbild, das Horst Köhler mit Ehefrau vor Soldaten in gescheckten Kampfanzug bei Masar-i-Scharif zeigte. Schon die Überschrift, „Horst Lübke", klang infam. Er habe „grammatikalisch unbeholfen über Bundeswehreinsätze schwadroniert", hieß es. Und das zeige, wie wenig der Mann „das einzige Machtmittel beherrscht, über das er verfügt: die Sprache. Er patzt in seiner Kerndisziplin. Was bringt eigentlich ein Präsident, der nicht mal unfallfrei sprechen kann? Die Bürger mögen ihren Horst Köhler noch immer, selbst seine Tapsigkeit scheint sie nicht zu stören ..."

Anja ließ das Heft sinken; der Mann tat ihr leid. Sie mochte den Köhler schließlich auch. Schon deshalb, weil das improvisierte Gespräch mit ihm damals vor drei Jahren Edgar an ihre Seite geführt hatte. Seitdem schätzte sie Köhlers scheinbar naive Ausstrahlung, seine redliche, oft politikferne Art. Den Leuten gefiel doch an ihm gerade, daß er nicht so routiniert wie ein Kabinettsmitglied oder Parteisekretär sprach. Was warf man ihm nun wieder vor? Daß er dem Volk eine große Idee, einen tragenden Gedanken schuldig geblieben sei? Gott, das traf doch auf viele Amtsträger zu.

Sie sah noch mal hin und las, auf dem Heimflug von Afghanistan habe es sich angehört, als rechtfertige er Wirtschaftskriege, und das ausgerechnet im Zusammenhang mit dem in Deutschland heiß umstrittenen Afghanistan-Einsatz! Dies sei „ein imperialer Zungenschlag“ gewesen, und so etwas führe zu drastischem Autoritätsverlust. Da dränge sich einem der Vergleich mit Vorgänger Heinrich Lübke, dem bislang größten Tolpatsch im Amt des Präsidenten, förmlich auf. Köhlers hilflose Bitten um Redeentwürfe und Themenvorschläge seien im Präsidialamt längst bekannt.

Edgar lächelte süffisant. Es mißfiel ihr, wie er die Panne genoß. „Suchst du nicht selbst jetzt ein neues Thema?“ fragte sie ihn. „Den Plan B? Das macht sogar dir Kopfzerbrechen.“

„Ja sicher, mein Schatz. Hast du denn ’nen Vorschlag für mich?“

„Gern, jederzeit. Wie wär’s zum Beispiel mit der Finanz- und Wirtschaftskrise? Dem Spekulantentum weltweit? Ich weiß, was der Rübezahl neulich hier dazu gesagt hat: ‚Zu komplex und von den Medien auserzählt‘, aber das stimmt nicht, wir schildern höchstens das Debakel und vergessen stets den Hintergrund.“

„Den Hintergrund wovon?“

„Vom Auseinanderdriften von Arm und Reich.“

„Na fabelhaft“, sagte er lobend. „Du, die Idee ist gar nicht mal so gut.“

Ja, das kannte man an ihm; es war seine Art, Einfälle ironisch zu beerdigen.

DIE KOMÖDIANTEN

Das Dinner mit dem Filmteam, auf 20 Uhr anberaumt, stand unter einem bösen Stern. Die Gastgeber waren nervös, mit Arbeit überhäuft, sie fühlten sich beide gehetzt. Schon vormittags flimmerten von den Bildschirmen im Hauptstadtstudio gravierende *breaking news*. Auf offener See, weit draußen in internationalen Gewässern, hatten im Morgengrauen israelische Spezialkräfte per Hubschrauber den Konvoi der Blockadebrecher geentert – sechs Schiffe, die Hilfsgüter für Gaza transportierten; mindestens neun Menschen kamen um. Laut Henning Mankell, dem schwedischen Promi und Haupt der Herausforderer, war es Piraterie plus Kidnapping, denn die Gaza-Freunde wurden gewaltsam verschleppt und an Land inhaftiert. Welch übler Eklat! Nun brach ein Propagandakrieg los, der konnte Israel nur schaden. Bei dem sensiblen Verhältnis Berlins zu Tel Aviv lief das auf journalistischen Seiltanz hinaus.

Hinzu kam noch ein Dilemma: Gegen 14 Uhr hatte der Bundespräsident im Schloß Bellevue überraschend seinen Rücktritt erklärt, mit sofortiger Wirkung, ohne den besser zu begründen als mit fehlendem Respekt vor seinem hohen Amt. Das zwang Sörensen, die Abteilungsleiter des Hauses zu einem *briefing* zu versammeln, um den *spin* des Tages zu verkünden, die Deutung beider Katastrophen. Und das blieb keineswegs das einzig Trübe an jenem gräßlichen Tag.

Die Schwächung Frau Merkels nämlich, vertieft durch den Absturz von Westerwelle, das trat ja noch hinzu. An allen Ecken und Enden knirschte es in der Koalition. Das Ansehen der Liberalen sank in den Keller, die Umfragewerte schrumpften auf fünf Prozent, der Zuspruch im Volk hatte sich halbiert. Und anstatt Führung zu zeigen, wichen die Parteichefs aus in Schweigen. Das war keine kluge Zurückhaltung. Guido Westerwelle – sonst einer, dem ein Tag ohne Medienauftritt als verlorener Tag galt – schien plötzlich nur auf dem Papier der Mann zu sein, der die Richtung vorgibt: bloß noch geduldet an der Spitze. Aus seinem Hauptquartier sickerte, man stütze ihn wie einen, der allein den Weg nicht findet. Die FDP hielt verbissen fest am nicht mehr bezahlbaren Konzept zur Steuersenkung, wo es doch neuer Strategien und Themen bedurfte, zumal in Sachen Finanzmarkt, Arbeit und Soziales, wollte man endlich das Oberklassen-Image abstreifen, um nicht länger als Lobby der Reichen wahrgenommen zu werden.

All das hielt die Sörensens in Atem. Ein letztes Ärgernis, und zwar das schwerste, entstand am frühen Nachmittag durch den Anruf ihres Hausmächens, das, über Brechreiz klagend, sich selbst und den Dienst für heute niederlegen mußte. Womöglich die Übelkeit einer Schwangerschaft, verursacht durch Jan Otto. Ramona hatte schon öfter so gelitten unter Unwohlsein, nun fiel sie gänzlich aus, womit ein warmes Abendessen nicht mehr denkbar war.

Man kam spät weg aus dem Studio. Im Fond des Dienstwagens prüfte Edgar Sörensen, wie die Dinge denn nun standen. *Bien, hasta ahora* – gut, bis jetzt –, das war seine Standardantwort. Die gab er, mit dem bißchen Spanisch prunkend, sich selbst und anderen sonst ganz lässig. Nur, das paßte diesmal nicht, die Dinge standen ja nicht mal, sie waren im Fluß, in chaotischer Bewegung. Köhlers Rücktritt erhitzte die Gemüter. Schmeißt einfach hin wie Lafontaine, wer mag das schon, so fragte er sich – der Deutsche keinesfalls. Und während die Frau an seiner Seite dem Fahrer grollte als mutmaßlichem Befruchter des Hausmädchens, so daß es ihr überlassen blieb, den Gästen etwas aufzutischen, schweifte sein rastloser Geist zurück in die Vergangenheit. Noch kein Bundespräsident war so abrupt weggetaucht, mir nichts dir nichts jäh in der Versenkung.

Das war beispiellos, ohne Präzedenzfall in der Bundesrepublik. Und weiter retour in der Geschichte? Ließ man den Abgang Hitlers weg, der auf Zyankali biß und sich benzindurchtränkt anzünden ließ, um der Schmach zu entfliehen, blieb bloß noch der Reißaus von Wilhelm Zwo ... Wie hatten dessen Landser, Ende 1918 heimkehrend, ihm doch gezürnt mit dem Lied: „O Tannenbaum, o Tannenbaum, der Kaiser hat in'n Sack gehauen!" Und dem Sachsenkönig war das Wort entschlüpft: „Dann macht eiren Dreck alleene!" Daran gemessen wahrte Köhler, wenngleich er seinen Text sicherheitshalber vom Blatt ablas, wenigstens die Form ... Na, das war jetzt auch kein Trost.

Fast zeitgleich mit dem ersten Gast langte man zu Hause an. Albert Baron, überpünktlich, parkte gerade seinen Jaguar in der Auffahrt ein. Zwischen den schönen japanischen Zierkirschen, deren Blüten aufs Pflaster rieselten, stieg der Drehbuchschreiber aus. Man kannte ihn bislang nur flüchtig und war geblendet von seiner sportiven Eleganz. Zu weißen Slippern und ebensolchen Jeans trug er über dem offenen, himbeerfarbenen Hemd eine schneeweiß schimmernde Lederjacke, als sei er darauf aus, die Nonchalance seines Künstlertums darzutun. Dichtes rotbraunes Haar, das ihm – vielleicht gefärbt – locker in die Stirn fiel, wuchs auf dem schmalen, höchst beweglichen Windhundkopf.

Sie begrüßten einander sehr herzlich. Al Barone, um die 50, zeigte sich als Lichtgestalt. Was an ihm noch mehr verblüffte als das Outfit, war die Ähnlichkeit mit Nicolas Sarkozy, dem Turbofranzosen, der seinerseits – das schloß den Kreis zum Filmgeschäft – an den Komiker Luis de Funès erinnerte. Sein Ton war angenehm schlicht, er klang jugendlich, fast jungenhaft unbekümmert. All das verbarg, Edgar wußte es von seiner Tochter, eine komplexe Persönlichkeit, ambitioniert und hochbrisant. „Der Mann hat eine ziemlich kurze Lunte", hatte Rita ihm erzählt und damit nicht dessen Glied gemeint, Boshaftes lag ihr fern, vielmehr sagen wollen, daß Baron schnell gekränkt war. „Der steckt nichts weg, ohne es zu speichern, er merkt sich's wie ein Elefant."

Sörensen wußte sich viel robuster; es war schwer, ihn zu beleidigen. Injurien weckten eher sein Mitleid, er forschte höchstens nach dem Grund. Wozu jetzt einen Mann reizen, der seinem Schwiegersohn wichtig war? Während Anja sich in der Küche plagte, ließ er sich mit dem Autor an der versenkbaren Glaswand nieder, reichte ihm ein Glas Martini und wies auf den netten Seeblick hin. Doch er fand den Mann zerstreut, ohne Sinn für das Wohltuende, für die traumhafte Ruhe hier am Rand der Riesenstadt.

„Köhlers Rücktritt war ein Jammer", hörte er ihn sagen. „Keinerlei Regie! Das hätte Ihr Schwiegersohn besser hingekriegt. Den tragischen Abgang inszeniert man auf der Bühne stets nach rechts, sonst wirkt es nicht, sieht uncool aus. Ein Abgang nach links ist immer schwach, der zeigt das Einsame und Dürftige des Moments."

„Das könnte sein." Sörensen hob das schön geschliffene Glas, ließ die Eiswürfel klingeln und trank dem Gast zu. „Es fällt ja in Ihr Fach, Albert."

„Der Eric Pauly hätte ihm gesagt: Schau den Leuten ins Gesicht, halte deine Rede frei, komm nicht Händchen haltend mit der Gattin und schleich dich nicht an ihrer Seite nach links davon."

„Die Pausen, wenn er wortlos in die Kamera sah, sind auch mir zu lang und absichtsvoll gewesen."

„Das Schlimmste war für mich der Schluß. Den starken Abgang macht man doch erhobenen Hauptes. Man wirft sich in die Brust und schreitet stolz hinaus – ab in die Kantine. Dort ordert man ein Schnitzel und ein Bier. So merkt der Darsteller, daß sein Spiel vorbei und er wieder Privatmann ist."

Sörensen schwieg. Es so zu sehen, ganz unironisch, das war kleinkariert und widerstrebte ihm. Wie seicht sie doch sind, die Mimen, wie veräußerlicht sogar ihr Troß! Dabei war der Kerl begabt, nach seiner Meinung gehörte der zu den unterschätzten Schreibern. Barons Erzählwerk wurde kaum beachtet, nur als Szenarist schien er gefragt. Ein As der Popliteratur mit dem raren Talent, niveauvoll zu unterhalten. Um das Thema zu wechseln, fragte er höflich: „Was brennt Ihnen denn derzeit auf den Nägeln?"

„Die Stoffsuche", sagte Baron just in dem Moment, da Anja kam mit den improvisierten Platten voll leckerer Schnittchen und Obst. Der Autor sprang auf, er half ihr beim Absetzen der Teller, Tassen und Speisen vom Tablett. Man setzte sich zu Tisch.

„Wir fangen schon mal an", schlug die Hausfrau vor. „Die Paulys verspäten sich, Rita hat eben angerufen. Der Bootsmotor stottert, sie mußten umkehren und ins Auto steigen."

Da sind wohl Zweifel erlaubt, dachte Sörensen. Der Rübezahl traut sich nachts nicht mehr über den See zurück. Letztes Mal ist er links von Boje eins aufgelaufen, und als wir ihn freischleppten, hat Anja auch noch *What shall we do with the drunken sailor* gesungen ... Jetzt verteilte sie die Teller und Bestecke. „Albert, Sie erwähnten gerade Ihre Arbeit?"

„Nur weil Ihr Mann mich gefragt hat."

„Laßt euch nicht stören, mich interessiert das auch."

„Die Jagd nach frischem Stoff", erinnerte Sörensen.

„Ich will nicht suchen, sondern finden", sagte Baron, eine Süßkirsche im Mund, etwas undeutlich. „Wißt ihr, ein feiner Plot, das ist ja schon die halbe Miete. Mich packt, was hier im Land passiert. Noch immer verschattet uns die DDR den Osten. Das längst Vergangene wurzelt tief."

„Da lockt wohl manch ein verdecktes Melodram?"

„Das geb ich zu. Man darf sich's nur nicht leicht machen und die Klischees aus der Kiste holen zum munteren Spiel. Schauen Sie, sowas zieht jetzt die Kölner Filmpool-Produktion auf Usedom wieder ab. ‚Der Mauerschütze' heißt das Ding, mit Benno Fürmann in der Titelrolle. Demnächst fällt die erste Klappe."

„Hab's gelesen", warf Anja ein. „Die Frau verliebt sich in einen Kerl, von dem sie nicht ahnt, daß der vor 20 Jahren ihren Mann abgeknallt hat, beim Fluchtversuch der beiden."

„Exakt. Das dunkle Geheimnis, die Schuldgefühle als

Krönung der Schmonzette. Bar jeder Realität! Der Autor gibt selber zu, bei seinen endlosen Recherchen nie sowas entdeckt zu haben. Drei Jahre lang hat er angeblich geforscht, sämtliche Unterlagen der Mauerschützen-Prozesse studiert, und ist bei all dem Gestocher nicht auf Vergleichbares gestoßen. Der Plot ist dahergeschwafelt, restlos ersponnen von ihm, liebe Freunde!"

Die Eheleute sagten nichts. Staunend verfolgten sie, wie übergangslos rasch sich das Jungenhafte aus Barons Ton verlor.

„Aber nun wird das Zeug gedreht", fuhr der fort, „für anderthalb Millionen, im Auftrag des Norddeutschen Rundfunks, selbst Arte ist mit im Boot. Premiere hat der Streifen beim Hamburger Filmfest im Herbst. Ein prima Sendeplatz ist auch schon sicher, gleich nach der Tagesschau um 20.15 Uhr! Wie sich's gehört, wenn ‚ein Mensch seinen Dämonen begegnet', laut Werbespruch aus Köln ..."

Es stimmt, er kommt schwer wieder runter, fand Sörensen. Der Mann ist leicht erregbar – da macht ihm einer Konkurrenz, und schon pulvert der los. „Jedenfalls, Albert", sagte er dämpfend, „das sind ja nicht wir."

Baron hob ruckartig den Kopf und holte so tief Luft, als habe er vor, Grundsätzliches zu äußern.

Sörensen glaubte, ihm werde jetzt erwidert, in Mainz sei man nicht besser, es fehle auch da an Mut zu dokumentarischem Realismus; fast wie ein Privatkanal starre das ZDF auf die Quote. Dummer Vorwurf! Er war's leid, selbst daheim noch genötigt zu sein, jeden Unsinn höflich abzuwehren. Da aber schellte es zum Glück, der hiesige Rest seiner Familie traf ein.

Kurzer Jubel, Umarmungen, gehauchte Küßchen. Diese Art der Begrüßung war Anja bei Eric Pauly stets etwas peinlich, das Äußere des großen Regisseurs stieß sie leicht ab. Der hagere Körper, das Pferdegesicht, die wilden Brauen und seine langen, komisch behaarten Ohren. Es schien ihr, als würden die bei Männern seines Typs im Alter immer riesig. Auch war da ein Altherrendunst nach Knoblauch oder Mottenkugeln spürbar, knapp überdeckt von Rasierwasser. Es fiel ihr schwer, sich vorzustellen, die junge Rita könne mit Rübezahl intim sein, ohne durch den Mund zu atmen und die Augen fest zu schließen.

Und Rita selbst verwirrte sie gleichfalls durch ein geblümtes Minikleid – Baumwollbatist in blau, passend zwar zur Augenfarbe, nur viel zu eng das Oberteil gleich unterhalb der Brust, wie einst bei der Königin Luise. Dort hielt ein Band den arg gebauschten, weich fallenden Rock übertrieben straff zusammen. Das mochte ja hochmodisch sein, sie hatte solch närrischen Mix aus Kinder- und Umstandskleid jüngst an der Moderatorin Tina Mendelsohn bemerkt, wo es im 3sat-Format „Kulturzeit" recht albern wirkte, auch durch die bizarren Flügelärmel, und das Gehabe der Wichtigtuerin noch unterstrich. Artig verkniff sie sich die Frage, ob Rita denn guter Hoffnung sei, und blieb der Gastgeberrolle nach Kräften treu.

Dafür studierte sie das Eßverhalten der drei Gäste. Im Gegensatz zu Rita, die zaghaft zugriff, wohl im Hinblick auf die Linie, und anders auch als Rübezahl, der sorgsam wählte als Gourmet, schlang Baron selbst beim Reden die Häppchen nur so in sich hinein. Er wollte bloß satt werden, möglichst rasch. Und dabei aß er auch manches, was man sonst auf dem Teller läßt; nicht mal Kirschkerne störten ihn, die schluckte er tatsächlich mit. Minutenlang sah sie ihm leicht befremdet zu. Dann ging ihr auf, daß dies seine persönliche Note war. Der Drang, sich viel einzuverleiben und dabei auch noch zu reden, war sichtlich elementar. Dieser Heißhunger folgte ihm bis in den Job. Sie stellte sich vor, wie er mit gleichem Ungestüm Filmstoffe einsog, um das Beste daraus zu verwerten und den unverdaulichen Rest auszuscheiden.

Ihr kam die Idee, dem quirligen Kerl Falcks Tagebuch zu

zeigen. Warum ihm nicht ein Stück des Typoskripts mitgeben? Die Stasi-Nummer fehlte doch noch in dessen Repertoire! Ihre Gedanken schweiften. Wie oft, wenn das Gespräch bei Tisch an ihr vorbeiging, langte sie bei den Marotten der Gäste an, deren geheimen Schwächen. Das vertrieb ja immerhin die Zeit. Von Rita Pauly wußte sie, dass sich kein Mensch an eine ihrer Rollen erinnerte; sie war einfach bloß schön und kühl. Dessen schien sie sich vor der Kamera so bewußt zu sein, daß sie nie überzeugend aufging in einer Figur. Dies war der wunde Punkt, darauf beruhte ihr Gesundheitsfimmel, der Schlankheitswahn.

Ihr Mann hingegen, ein echter Hypochonder, lebte wie ein Hasenfuß. Schon Kopfschmerzen, bloß vom Streß, ließen ihn an einen Hirntumor denken. Sein Imponiergehabe war nichts als Pfeifen im finsteren Wald. Krebs hielt er für ansteckend, leichte Atemnot für den Vorboten des Herzinfarkts ... All das kursierte im Klatsch der Kollegen, selber verschwieg Rübezahl einem derlei Kummer. Dazu hegte er eine Phobie gegen Krankenhäuser, neigte zur Selbstbehandlung mit Schmerz- oder Beruhigungspillen und hatte eine Entzündung der Gallenblase lange Zeit verschleppt, nur um nicht unters Messer zu müssen. Abwechselnd plagten ihn Rheuma, Übelkeit und Panikattacken.

Oh, diese Mimen und ihr Anhang! Da waren Anja und ihr Mann zum Glück robuster, rundum gesund und vergleichsweise normal. Wurde einer von ihnen doch mal ängstlich, fing der andere den sogleich auf, ohne sich übertrieben mitfühlend zu gebärden ... Wie stand es eigentlich um Albert Baron, der ja bekanntlich allein lebte? Manches wies bei ihm auf eine Fehlfunktion der Schilddrüse hin, das Zappelige etwa, die leicht hervorquellenden Augen und auch sein Appetit; Heißhunger rührte oft von schlechter Futterverwertung her.

Doch indem sie den schlanken, kaum mittelgroßen Mann jetzt kritisch musterte, fiel ihr noch anderes, Wichtigeres an ihm auf. Der Albert schien ja, wenn nicht alles täuschte, etwas mit Rita zu haben! Das erspürten ihre eigenen Antennen. Winzige Details in Blick und Körpersprache der zwei verrieten ihr das, vorhin schon, als sie einander eher förmlich begrüßt hatten. So nahm sich nur zurück, wer etwas verschleiern mußte. Und der Gatte, das Fossil, kriegte gar nichts davor mit. Anstatt die großen Ohren zu spitzen, um Zwischentöne wahrzunehmen, schwelgte der im Wohlgefühl seiner Einmaligkeit; den leimte das Pärchen mit links. Rita, das sah man doch, folgte dem Report so wenig wie sie selbst – all das kannte die wohl bereits, der Macker hatte es ihr längst am Telefon erzählt. Den Part der Naiven spielte sie bloß, ihre ungläubigen Zwischenrufe hatten Alibifunktion, dienten einzig zur Täuschung des Gatten. Männer sind in dem Punkt oft instinktlos, entsetzlich dumm! Selbst Edgar ahnt nichts vom Verhältnis seiner Tochter, für sowas fehlt auch ihm der Sinn.

Beim Abschied, draußen vor den Autos, gelang es ihr, dem Küßchen Paulys auszuweichen. Statt dessen hielt sie für den Juniorpartner zwei Hefter bereit, in Zellophan gehüllt: den Ordner Nummer drei der Falck-Papiere, den sie schon durchgelesen hatte, und das Geständnis des Bodo Lommel, das als Kopie aus dem Waldeck-Archiv ihrer Mutter kam. „Schauen Sie da mal kurz hinein, Albert?“ fragte sie. „Es könnte vielleicht was für Sie sein.“

„Gern, natürlich.“ Er griff zu. „Was ist da drin, Anja?“

„Ein Stück dunkle Vergangenheit, wie von Ihnen ja erwähnt. Aber frisch, aus bester Quelle. Und bisher völlig unbekannt, in keinem Medium jemals aufgetaucht.“

„Das vertrauen Sie mir an?“ Baron schob die Tüte sorgsam auf den Rücksitz, so respektvoll, daß es wie eine kultische Handlung wirkte. Dieser Mann, fand sie, kann werben, der gibt jeder Geste noch den letzten Dreh. „Anja, womit hab ich das verdient?“

„Mit Ihrem Mut zum Realismus, der Liebe zum Dokumentarischen. Ihnen ist doch kein Detail zu drastisch, um nicht daraus Gold zu machen im nächsten Film.“

Er ließ ihre Hand los, stieg in seinen Jaguar und startete; sanft schnurrte der Motor vor sich hin. „Wie ich Ihnen danke, Anja! Endlich mal eine Frau, die es gut mit mir meint."

Ganz Kavalier, dachte sie, alte Schule, bloß eine Spur zu keck. Das Kompliment und der besitzergreifenden Blick wirkten beinah anregend auf sie. Der Kerl tritt auf wie ein Frauenheld, indem er vorgibt, unwiderstehlich und auch unersättlich zu sein.

Hinter ihnen schlug die Tür des Audi zu, in dem Rita gerade Platz nahm, der dieser Flirtversuch ihres Lovers glatt entging. Pauly, winkend am Steuer, schickte sich nun an, den See halb zu umrunden, was sicherer war als der Versuch, ihn nachts zu überqueren. Beide Fahrer hupten noch mal wie nach einem geglückten Streich, doch bloß auf Baron traf das zu. Der hatte verstohlen mit Rita geflirtet und zuletzt auch sie selbst noch bezirzen wollen. Viel fehlte nicht, und er hätte, ihre Hand haltend wie ein Magier, sogar ein *I'll be back* nebst *hasta la vista, baby* angehängt, wie Arnold Schwarzenegger als Terminator.

„Geschafft", seufzte sie. „Kaum zu glauben, die sind weg."

Das Gittertor schnappte hinter ihnen ein, die Sörensens gingen ins Haus zurück. „Du warst standhaft", lobte Edgar. „Den Abwasch laß stehen, morgen ist Ramona wieder fit. Was hältst du denn von Al Barone?"

„Tja, der Eindruck ist etwas zwiespältig."

„Meiner auch. Aber du hast ihm das Schandmaul gestopft, erst mit deinen Häppchen und dann noch mit dem Zeug aus Rostock. Weißt du, mich freut, wie sich das erledigt hat; daß es aus dem Haus ist jetzt."

„Nicht ganz Eddie. Ein bißchen davon ist noch da."

Albert Baron lag noch zu Bett in der kleinen Stadtwohnung nahe dem Ku'damm, die er scherzhaft „mein Loft" nannte, als die Post durch den Briefschlitz fiel. Der Laut gemahnte ihn ans Tagewerk und riet dazu, rasch aufzustehen. Dasselbe legte ihm seit geraumer Zeit die Morgenerektion längst nahe, also schwang er sich nun hoch.

Wie stets begann sein Tag mit starkem Kaffee und dem Teller Porridge, von ihm rasch angerührt. Das wahre Frühstück folgte erst um elf. Im Dreieck zwischen Savignyplatz, Leibnizstraße und Bahnhof Zoo ballte sich das kulinarische Angebot. Kein Mangel an Quellen, die den einsamen Wolf auf spanisch, italienisch, nach Yankeeart oder auch auf deutsch dann labten.

Den Brei jetzt löffelnd, las Baron neuerlich in dem Papier, das ihn so lebhaft an letzten Montag denken ließ. Wie er das wieder geschaukelt hatte – sein Liebchen gestreift und gleich probiert, noch ein zweites aufzutun. O ja, er war schon ein Filou. Nach seinem Gefühl hatte es geknistert zwischen ihnen. So frisch und knusprig Paulys Weib auch sein mochte, er zog den Charme einer Frau um die 30 deutlich vor, deren menschliche Reife, Erfahrung und Intelligenz. Erst wenn er solch einen Traum und Ausbund an Tugend vor sich auf dem Laken hatte, wurde der Sieg für ihn erquickend, zum göttlichen Triumph.

Seit Tagen grub er in den Ordnern und verstand gar nicht, wieso Eddie Sörensen meinte, das Zeug eigne sich schon deshalb kaum für Pauly, weil der ursprünglich aus dem Osten kam und Stoffe mit Amerika-kritischem Gehalt meiden müsse wie die Pest. Mann, das lag doch weit genug zurück, Paulys Aufstieg in der freien Welt und erst recht die Story hier. Das Material war sehr ergiebig, vielversprechend, dank der Doppelspiegelung dieses Bodo Lommel – im Stasi-Protokoll seiner Aussage und dem höchst privaten Blick des Vernehmers – geradezu brillant. Es juckte ihn in den Fingern, loszulegen.

Und das Handikap für Künstler aus dem Osten, nun, er konnte keins erkennen. Nicht, wenn sie inzwischen angelangt und bekannt geworden waren. Ein Dutzend Schauspieler und Regisseure fielen ihm auf Anhieb ein, auch Schreiber wie zum Beispiel Osang; das Studium in Leipzig am Roten Kloster der Journalisten, hatte es ihn denn gehemmt, für den „Spiegel" in New York zu sein und vor Ground Zero jede Menge Staub zu schlucken? Und war nicht selbst die hübsche Maybrit Illner, gleichfalls eine Klosterfrau aus Leipzig, zur Starmoderatorin des ZDF aufgerückt ... Nein, Platz für jedermann und jedermann auf seinem Platz! Die Illner hatte ihren Sommersitz ganz nah bei ihm gefunden, die alte Mühle am Holm von Born gehörte ihr – ein Katzensprung von Ahrenshoop, wo er selbst vor zwölf Jahren ein Haus gekauft hatte, als Alterssitz und Kapitalanlage, für eine halbe Million, inzwischen bereits doppelt soviel wert.

An dem Lommel-Stoff faszinierte ihn zweierlei. Zunächst das Einsickern von James-Bond-Typen, so heimlich wie gekonnt, die da in den wilden 60er Jahren sogar getarnte Waffensysteme schufen für den Ernstfall, tief im Rücken des Feindes. Falls dies damals bis zu der Absicht ging, womöglich kleine Kernwaffen zu installieren, sogenannte *nucys*, war das phänomenal. Er hatte seinen Sohn Ralf schon gedrängt, das für ihn zu checken, und erwartete dessen Rückruf aus Ahrenshoop. Ralf hütete das rohrgedeckte Haus gleich hinterm Deich, ein guter Journalist und emsiger Rechercheur, der täglich nach Rostock fuhr, zum Dienst bei der „Ostsee-Zeitung".

Die Hauptsensation aber lag im Geständnis dieses Lommel, er habe mehrfach illegal die DDR verlassen, zur Berichterstattung, Schulung oder zum Befehlsempfang bei den Amis, und sei in den Fehlzeiten durch einen sorgsam aufgebauten Doppelgänger ersetzt worden als Saisonkellner in Wustrow, jener Tätigkeit, die Teil seiner Legende gewesen war. Das barg enormen Spannungswert, es war der Clou, das Hauptmotiv für ihn, am Ball zu bleiben. Er sah schon Handlungsstränge, wie mit dem Lineal gezogen direkt hinein ins Herz der Katastrophe, das ausweglose Schicksal, ja! Und wie es ihm oft im Anfangsstadium erging, es stellten sich Titel für das Drehbuch ein: „Der Feind im Haus" oder „Duell am

Strand" – was auf Kampf hinwies, das klang schon mal nicht schlecht. Lommels Kellnerei bot übrigens die Chance, Weiber ins Spiel zu bringen, ohne die durchaus nichts ging.

Mit dem geleerten Teller schob Baron das Typoskript weg, für einen raschen Blick in die Zeitung. Zur Wahl des Bundespräsidenten hatte die Politik zwei Leute aus dem Hut gezaubert: Christian Wulff für die Regierung – das Markanteste an dem schien noch, daß er sich mit zwei F schrieb, halt ein Typ, so nett und abgeschmirgelt wie Eddie Sörensen –, und Joachim Gauck im Namen der Opposition. Trotz der rechnerisch dünnen Chance lief Pastor Gauck sich schon fröhlich warm. Von ihm stand das Wort im Blatt: „Unsere Psychen belohnen uns, wenn wir unseren Potenzen nachgehen." Etwas gestelzt und selbstbezogen, im Kern aber goldrichtig. Auch ihn, Baron, beflügelte das Ausschöpfen seines Talents, die Lust am Fabulieren; genau das trieb ihn an. „Vielleicht bin ich in der Vergangenheit meinen Potenzen nicht hinreichend nachgekommen", hatte der Kandidat noch gesagt. „Jetzt freilich komme ich ihnen voll und ganz nach." Hm, es klang ein bißchen, als liege er beim Therapeuten auf der Couch. Und mild fügte Gauck hinzu, nur ein Wort gebe es für seine wunderbare Situation: „glückhaft".

Okay, das ließ sich nachvollziehen. Ähnlich sah er die eigene Lage auch. Welch prächtigen Rohstoff barg Anjas Typoskript! In seinen Augen stimmte daran alles. Der Aufbau eines Doppelgängers, ihm aus dem Spionagewesen bekannt, galt weltweit als hohe Schule, als Gipfel der Geheimdienstkunst. Ein Mensch, der es wert war, gedoubelt zu werden, wuchs zu finsterer Größe auf. Kein schlichter Held, für den ein Stuntman einsprang, damit der Star sich nicht verletze, sondern ein Protagonist, so wichtig, daß es galt, ihn täuschend nachzuahmen – am Arbeitsplatz, sogar im Bett! Das schaffte nur ein starker Mime.

Glückhaft, der Ausdruck stimmte. Das schuf Reißerspannung, schlug voll in sein Fach, war Psychokrimi pur; ein Topos alter Film-und Bühnentexte. Nachkriegsstücke fielen ihm ein, in denen der elende Heimkehrer den Platz eines toten Kameraden besetzen will, oft aus niederen Motiven. Nicht immer merkten das die Weiber auf der Stelle, ihr Mann mochte sich verändert haben in den Jahren der Trennung durch Flucht, Vertreibung oder Gefangenschaft. Schließlich jedoch – anders als beim Enkeltrick, wo man Greise per Telefon betrog – kam es stets heraus, und das Schicksal des Kerls erfüllte sich. Viel hing ab von der Frau, ihrer Persönlichkeit, dem Gedächtnis und Instinkt. Auch die simple Lust auf Beischlaf kam da wohl ins Spiel.

Baron sah sich hart gefordert, zumal dadurch, daß hier beim Austausch dieser Typen jeder Zeitabstand fehlte. Der Wechsel geschah vielmehr Knall auf Fall, möglich bloß mit einem Darsteller, der die Doppelrolle schaffte. Ein hochkarätiger Mime mußte es schon sein, einer wie Christoph Waltz, der Hintergründiges ausstrahlte, oder der scheinbar so glatte Axel Milberg. Auch Stefan Kurt, der Schattenmann, und der Ossi Thomas Thieme wären kein Fehlgriff; hatte der nicht mal Mielke, den Teufel in Person, verkörpert? Wen trieb das Casting wohl da auf? Als Partnerin bot sich ihm Rita an, die lag dem Gatten dauernd in den Ohren. Ihr noch recht schmales Talent glich der Schauwert aus, das holde Gesicht, die langen Beine und der Busen. Das Problem war nur der Gatte. Pauly duldete kaum bloße Haut bei ihr, wünschte starrsinnig Schnitte, drang eifersüchtig an den Schneidetisch vor, um noch etwas zu kappen. Beim letzten Thriller, der Serie über die Russenmafia vor Ort, hatte er verhindert, daß man auch da, wo sie nackt im See schwamm, mit sexy aufgelöstem Haar, etwas von ihren Brüsten sah, die ein wahrer Blickfang sind.

Vor ihm auf dem Tisch begann sein Handy zu rumpeln wie ein Vibrator. In der Hoffnung, es sei Ralf, griff er hin, hatte aber Rita am Ohr. „Seit drei Tagen hört man von dir gar nichts, Ali“, klagte sie. „Wo steckst du eigentlich?“

„Na, im Loft, über dieser Story.“

„Ist da wenigstens was für mich drin?“

„Na klar, mein Schatz. Besuch mich doch, dann zeig ich's dir."

„Ich kann frühstens übermorgen. Verrätst du's mir?"

„Sehr gern. Du wirst wichtig sein: Serviererin im Ostseebad Wustrow, liiert mit der Hauptfigur. Die kellnert im selben Haus, dem Hotel ‚Helgoland', das nicht mehr existiert."

„Wie kann man dann da kellnern?"

„Damals stand es noch." Baron fragte sich, wollte sie ihn necken oder fiel es ihr schwer, zu kapieren? Wieder reizte ihn das Kindliche der Stimme, und er fand, sie fehle ihm. „Also ich sehe dich da als das Herzchen des Schurken", fuhr er fort. „Der muß weg und will Schluß machen mit ihr, damit sein Double nicht auffliegt, aber sie klammert – traust du dir das zu?"

„Das Klammern? Darin bin ich gut, merkst du's etwa nicht?"

Sie macht sich lustig, dachte er, als das Gespräch vorbei war. Dabei kann's durchaus ernst werden, falls es mir gelingt, Anja rumzukriegen, die sowas wie ihre Stiefmutter ist. Dann droht mir selbst Ärger, es entsteht eine Situation wie in Grimms Märchen: der Schneewittchen-Konflikt.

Zeit fürs zweite Frühstück. Er brach auf in Richtung Ku'damm, die Juniluft tat ihm gut. Der Wind spielte im jungen Laub; ja, er mochte die breiten Gehsteige unter den Baumreihen der noblen Straßenzüge sehr. Solides Bürgertum wohnte hier, unbeirrt durch die Mafia, und das Leben war schön. Im Gehen überlegte er, wie frei man sein durfte beim Entwurf der Bindung des Liebchens an Lommel und an dessen Ersatzmann später. Immerhin, das waren Schlüsselszenen, wichtig für die Qualität und Botschaft des Films.

Ein Splitter aus dem Waldeck-Material ging ihm durch den Sinn. „So sind sie, die Amis", hatte Bodo Lommel vor 40 Jahren zum Vernehmer gesagt. „Fragen einen immer gleich, was man denn so verdient." – „Die möchten ihr

Gegenüber einschätzen: Was ist der wert?" – „Bei denen fällt untern Tisch, daß es auch anderes gibt." – „Was denn, nach Ihrer Meinung?" – „Na, so Geistiges, Herr Leutnant." An der Stelle stand im Protokoll: Pause. Fast ein Symptom von Kumpanei. Er wußte nicht, weshalb sich ihm dies eingeprägt hatte.

Im Café Kranzler, über dem Putenbrustsalat, gewahrte er noch einen heiklen Punkt. Das ganze Ding machte nur Sinn, wenn die Serviererin den Austausch des Lovers spätestens bemerkte, als der zur Sache kommen wollte, sie es aber nicht fertigbrachte, das Double anzuzeigen. Der Schwindel flog ja auf, das Double tauchte ab, statt dessen wurde Lommel bei der Rückkehr festgenommen. Die Pistole half ihm nicht, durch den Widerstand ritt er sich bloß noch tiefer hinein. Das nun führte zur Verhaftung auch des Liebchens, zwangsläufig – hatte die doch zwei bewaffnete Feinde gedeckt.

Und ab hier, das ging ihm auf, wurde es ebenso pikant wie prekär. Wie verhielt sich die Stasi, blieb die fair ihr gegenüber oder wurde sie genötigt, massiv unter Druck gesetzt? Beides schien denkbar, schließlich war geschossen worden. Baron zog es immer vor, einem Sachverhalt zu folgen, soweit sich der ermitteln ließ. Er war kein Boulevardterrier, kein Medienfuzzi, seine Romane und Erzählungen lebten vom Prinzip der Faktentreue. Daß ihm der Erfolg versagt blieb als Erzähler und er sein Geld beim Film verdienen mußte, stand auf einem anderen Blatt. Nein, er fragte sich ernsthaft: Was wäre der Kellnerin in Wahrheit passiert, hätte es sich so abgespielt, wie sein Entwurf es vorsah, bis dahin?

Er machte sich klar, daß die Figur eine Zutat war, erdacht von ihm, um den Reiz des Films zu steigern. Dem echten Bodo Lommel war's geglückt, sich rechtzeitig von der Freundin zu lösen, so daß die schuldlos blieb und nicht in die Vernehmungsmühle kam. Er freilich brauchte diesen Schlenker, um den Plot abzupolstern; der mußte doch wasserdicht sein. Ließ er den Schnörkel nämlich weg, dann fehlte ihm nicht nur die Frauenrolle als unverzichtbarer Dreh- und Angelpunkt der Fabel. Nein, schlimmer noch, das MfS kam zu gut weg, es stand fast edel da dank seines rein defensiven Umgangs mit eingesickerten Agenten. Es war aber, vergessen wir's mal nicht, als Schild und Schwert der SED ein Hauptakteur des Unrechtsstaats gewesen. Das mußte man ja deutlich machen, um dem Vorwurf zu entgehen, man verkläre das rote Regime.

Daher schien es angebracht, die Kellnerin im Film mißhandeln oder doch demütigen zu lassen. Es wenigstens anzudeuten, damit die Phantasie des Betrachters dies fortspann bis zur üblen Vollendung, das war zwingend, ein Gebot der Logik. Nur, wie weit da gehen, ohne zu lügen? Nach seinem Eindruck war die Stasi – wegen ihrer nahezu preußischen Disziplin und prüden Genierlichkeit – durchweg der Regel gefolgt, Frauen allenfalls verbal zu erniedrigen. Nur Anfang Oktober 1989 waren, im Schock des drohenden Machtverlusts, die Hürden mal gefallen. Es hatte Szenen der Entwürdigung gegeben, belegt durch Zeugenaussagen beim Jugendpfarramt Schönhauser Allee, vom Regime selbst dann auch kleinlaut eingeräumt. Physische Pein, durch Strafstehen oder auch Entkleidung – trotzdem nicht heranreichend an den Eklat der US-Folterverhöre in Guantanamo, Abu Ghraib und anderswo, all den CIA-Knästen im Ausland überhaupt.

So weiträumig die Schnüffelei auch gewesen sein mochte, das MfS stand in puncto nackter Gewalt vergleichsweise sauber da. Bis aufs Kidnapping, das Entführen von Gegnern aus Westberlin vorm Mauerbau, und das geheime Erschießen etlicher Verräter aus den eigenen Reihen, hatten Mielkes Schergen sich zurückgehalten; vielleicht der Nähe und Erreichbarkeit des Westens wegen. Zumindest fehlte es an Beweisen für das Gegenteil.

Wie auch immer, dahinter sah Baron noch eine Falle. Ihm gähnte der Abgrund des Obszönen. Gewalt im Film, da drohte stets fatale Grenzverletzung. Speziell beim Erniedrigen von Frauen betrat man schwer verminten Boden, da flog einem das Zeug meist um die Ohren. Zu schnell wurde hier ein Kitzel bedient, nicht nur im Publikum, schon bei den Machern selbst. Alfred Hitchcock fiel ihm ein. Wie oft hatte der Blondinen leiden lassen, so in dem Thriller „Die Vögel"! Wenn man ihm dergleichen damals durchgehen ließ dank seiner Prominenz, dann auch, weil er sich schlau zu zügeln wußte – in den verdrucksten 50ern etwa einen Schnellzug in den Tunnel rasen ließ, um den Vollzug des Beischlafs anzudeuten.

Und Baron kannte neben der Filmgeschichte ja auch das weite Feld anstößiger Literatur. Vom französischen Skandalroman „Geschichte der O", dessen Übersetzung den Melzer-Verlag lange über Wasser hielt, bis zu Nancy Fridays Sachbuch „Die sexuellen Phantasien der Frauen" reichte sein Horizont. All diese Hits verkaufsfördernder Schamlosigkeit hatte er jetzt im Blick. Erschwerend hinzu kam für ihn, daß Pauly sich kaum dazu hergeben würde, um der politischen Balance oder gar um des Schauwerts willen mit der fiktiven Demütigung seiner Frau zugleich die eigene zu inszenieren. Eine Sackgasse, ausweglos.

Baron nahm einen letzten Schluck, betupfte die Lippen, winkte dem Ober und zahlte. Da zappelte das Handy in der Tasche, er las die E-Mail seines Sohns: „An der Lommel-Kiste scheint was faul, Dad. Dazu morgen mehr. Bestgruß, Ralf." – Verstimmt stand er auf. Was sollte dieser Text? Daß Lommel übertrieben hatte bei den *nucys*, schwante ihm doch selbst. Die Kommunikation, ohnehin unschön, uferte ziemlich aus. Ralf schrieb sich die Finger wund beim „Simsen", er war ein gewissenhafter Rechercheur, nur auch recht apodiktisch, ein Fundamentalist und Fanatiker des Faktischen. Sein Forschungsdrang war oft ein Quell der Inspiration, man hatte viel profitiert von ihm, doch er würgte einem auch manches ab. Phantasie und Wahrheit pur, wie oft liegt das im Clinch! Der Kreative will beflügelt sein, er sucht das Optimum an Information, die Überdosis schadet ihm.

Als er am Parkhaus vorbeikam, in dem sein Jaguar stand – sicher vor Vandalismus, wohl auch vor der Charlottenburger Mafia, die ihm grollte wegen des letzten Films –, sah er sich plötzlich erleuchtet. Doch, sein Problem war lösbar! Der Streifen „Red Dust“ fiel ihm ein, in britisch-südafrikanischer Koproduktion gedreht vor sechs Jahren, ein Justizdrama über das Erbe der Apartheid, fesselnd und fern aller Klischees. Gespickt mit Verhörszenen, ohne die man den Ablauf nicht verstanden hätte, aber glänzend verknappt auf Sekundenbruchteile, so blitzartig eingestreut, daß Brutalität deutlich wurde, der Film aber die Würde wahrte. Der hatte ihn so erschüttert, daß ihm zuletzt die Tränen kamen.

Seit Jahren war ihm das nicht mehr passiert. Und darin lag jetzt die Lösung, das schien ja der Weg aus dem Dilemma. Dem Vorbild folgend, würde er Rita dutzendfach zeigen, total verstört, vielleicht auf Knien vor einer Wärterin, halbnackt und erniedrigt, gnadenlos schrill und mitleiderregend, aber derart verkürzt, daß es keinem gelang, sich daran zu ergötzen. Bloß Abscheu entstand, Empörung war möglich, und die galt den Tätern, fiel zurück auf das Regime. Bis in die letzte Nuance lag die Deutungshoheit bei ihm. Rita kannte keine Hemmung, und Pauly würde, mitgerissen von der Botschaft, gleichfalls seine Chance sehen.

Ohne noch etwas von dem wahrzunehmen, was um ihn herum geschah, langte er, durchpulst von nervöser Unrast, daheim an. In seinem Vorwärtsdrang verschmähte er den Lift und stürmte blind treppauf. Ganz außer Atem betrat er die Wohnung, um in rauschhaftem Jubel seine Idee zu notieren und bei den Aspekten des Verhörs seiner Rita hurtig ins szenische Detail zu gehen. Nur ein Wort, glückhaft, paßte zur Situation.

EINSAME MENSCHEN

Als Anja Sörensen am Wochenende, chauffiert von Jan Otto, allein heimfuhr nach Friedrichshagen, da fühlte sie sich erlöst. Ein harter Tag lag hinter ihr, und Edgar erging es ähnlich, wenn nicht schlimmer. Er nahm in der Wilhelmstraße noch teil an einem Gespräch mit Wolfgang Schäuble. Seit den Wahlen in NRW regierte bei dem der Rotstift, und der Finanzminister ließ wissen, die Substanz der Koalition sei viel fester als es die Öffentlichkeit glaube, man müsse bloß das Erscheinungsbild verbessern. Eben dies geschah wohl jetzt in Schäubles Haus, dem früheren Sitz der Reichsluftfahrtbehörde Hermann Görings.

Ihr selbst hatte Rainer Brüderle ein Interview gewährt, spürbar gut drauf, sein Lächeln wirkte gar nicht künstlich. Er war entspannt, es ging ihm bestens, pries man ihn doch für seine Weigerung, Milliarden an Opel zu geben, nachdem nun General Motors schroff alle Anträge zurückzog und willens schien, Opel aus eigener Kraft zu retten. Ein Sieg für den Steuerzahler laut Brüderle, der vor Genugtuung strahlte. Er war in Hochform gewesen, die Herzlichkeit in Person.

Dabei hatte Edgar sie noch gewarnt vor dem Versteckspiel und den Zahlentricks in dessen Haus – eingedenk seines eigenen Pechs im Wirtschaftsministerium, damals noch geführt von Michael Glos, dem Müllermeister aus Bayern. Welch zäher Dialog mit dem schweren Mann, der ihm in träger Verschmitztheit absolut nichts Neues sagte, dafür aber auf schleppende Art so Schwaches von sich gab wie: „Ich war lange genug der CSU-Vorsitzende der Bundestagsfraktion der CSU“, wobei er zudem noch vergaß, die große Schwester CDU zu erwähnen, welche die Mehrheit in jener Fraktion besaß.

Ganz anders Glos' Nachfolger, der eloquente Schwabe.

Mit ihm lief es glatt bis zu ihrer Frage, ob das Sparpaket von Schwarz-Gelb denn ausgewogen sei. Ganz gewiß, hatte Brüderle gesagt, sämtliche Bevölkerungsgruppen leisteten ihren Beitrag. Und als sie einwarf: „Nur die Reichen nicht, Ihre FDP hat alles verhindert, was den Besserverdienenden ein Opfer auferlegt hätte – soll das gerecht sein?" Da sagte der Minister stolz: „Wir sind als FDP in diesem Land die Partei, die die breite Mittelschicht im Blick hat. Derzeit marschieren wir schnurstracks auf eine Staatsquote von 50 Prozent zu. Und ein großer Pfälzer hat einmal erklärt: Ab 50 Prozent beginnt der Sozialismus. Es ist geradezu der Daseinszweck der FDP, das zu verhindern. Wer es anders sieht, der liegt falsch."

Nun, wenigstens war das Gespräch im Kasten, es würde gleich gesendet werden. Nach ihrem Gefühl machten sie beide gute Figur. Auch Brüderles Schlußwort ging noch an, es stützte den beschädigten Westerwelle mit dem Hinweis, unter dessen Führung habe die Partei das stärkste Ergebnis in ihrer Geschichte erzielt. „Manchmal wirst du von hinten fotografiert, manchmal von vorn", hatte er salopp hinzugefügt, liebenswürdig bis zuletzt. „So ist Politik, Frau Sörensen, das muß man ertragen können."

Weshalb weckten derlei Floskeln soviel Überdruß in ihr? Der Minister war ihr doch ein Stück weit entgegengekommen, hatte flüssig geantwortet, druckreif beinah. Dennoch fühlte sie sich mies, wie ausgelaugt, angeödet auch von dem eigenen Part. Was hatte sie denn erwartet außer Sprechblasen? Die brauchten Politiker doch schon zum Schutz. Man durfte sich keine Blöße geben, jeder frische Ton barg immer auch Gefahr. Es war ein Rollenspiel, Herrgott, was verlangte sie eigentlich? Daß er ihr beistimmte, wenn sie von fehlender Gerechtigkeit sprach? Es war doch weltfremd, das von einem Konservativen zu erwarten, dessen Wunsch, Kabinettsmitglied zu sein, sich endlich erfüllt hatte.

Anheimelnd tröstlich, zu sehen, wie sich am Stadtrand der Himmel jetzt lichtete und die Bebauung lockerte, ja manchmal schon im jungen Grün verschwand. Hier nahe dem Wasser hatte sich bald nach der Wende viel Schickeria angesiedelt; so wurde die noble, modebewußte Schicht im Volksmund oft genannt. Das freilich hatte Tradition, der Vorort galt bereits zu Gerhart Hauptmanns Zeiten als durchaus gehobene Wohngegend. Eins seiner besten Stücke, „Einsame Menschen“ von 1890, sollte sogar hier spielen. Sie kannte das Drama nicht, Albert Baron, der seltsame Drehbuchschreiber, hatte ihr letzten Montag erst davon erzählt. Das wußte sie noch, es ragte heraus aus dem Smalltalk des Dinners, denn angeblich hatte der Dichter den Handlungsort seines Stücks so beschrieben, als wäre ihr eigenes Haus damit gemeint! „In einem Landhause zu Friedrichshagen bei Berlin, dessen Garten an den Müggelsee stößt“, hieß es nämlich in Hauptmanns Text. Und die Handlung verlaufe in einem „saalartigen Zimmer mit Ausblick auf den See ...“ Saalartiges Zimmer, heute sagte man Livingroom dazu. Einsame Menschen, das galt nun zum Glück nicht für sie.

Jan half ihr beim Aussteigen, er sah wohl, wie erschöpft sie war, und Tom empfing sie schwanzwedelnd mit dem üblichen Kläffen und Gesabber, freudig erregt beleckte der ihre Pumps. Anja beschloß, sich das Stück zu beschaffen, wegen der komischen Duplizität. Obgleich die bestimmt nichts bedeutete und es ihr ohnehin schwerfiel, all das zu lesen, was der Job verlangte oder sie auch selbst so reizte wie das Typoskript des Falck-Tagebuchs. Beschämend, seit Anfang Mai lag das bei ihr, und sie war noch nicht über Band drei der Bekenntnisse des Stasi-Hauptmanns hinausgelangt. So sah's aus auf ganzer Linie, es gab eben von allem zuviel. Wo einst Mangel gewesen war – ob bei Autos, Bananen oder Joghurtsorten –, daran erstickte man nun längst, seit der Währungsunion plagte es einen mit verwirrender Fülle. Auch Bücher gab es im Übermaß, täglich warf die Branche rund 250 Titel neu auf den verstopften Markt.

Flüchtig sah Anja die Post durch. Noch immer gab es Leute, die einem statt elektronisch ganz altmodisch schrieben, was fast schon abseitig wirkte. Zwischen all der Werbung, die gleich in den Papierkorb flog, stieß sie auf ein Couvert, abgeschickt von Albert Baron. Als sie es aufriß, glitten drei kopierte Blätter heraus, die Seiten 40 bis 42 eines „Spiegel"-Hefts vom Juni 1962, also 48 Jahre alt – was sollte sie damit? Da war der Absender selber kaum fünf gewesen. Er hatte übrigens nichts angestrichen.

Sie glättete das Papier und überflog den Text. Unter dem Rubrum „Affären" beschrieb das Blatt sarkastisch die Taten eines Hochstaplers namens Olmes, der sogar von Hitler selbst empfangen worden war. Ein paar Fotos würzten das Gespött, sie zeigten den Mussolini-Befreier Otto Skorzeny, Olmes selbst, auch dessen getürktes Grab. Der Mann, damals simpler Fallschirmjäger, hatte sich trickreich selber zum Leutnant gemacht und als Erfinder des „Ofenrohrs" feiern lassen, einer Panzerabwehrwaffe, die nichts als ein Nachbau der amerikanischen „Bazooka" gewesen war.

Zu Anjas Verdruß zählte die Zeitschrift endlos weitere Schwindeleien auf, sie sprach von einer „Köpenickiade gröbsten Stils". Außer dem skeptischen SS-Strolch Skorzeny waren alle NS-Würdenträger dem dreisten Lügner aufgesessen. Auch nach dem Krieg erfand der, obgleich von den Briten auf seinen Geisteszustand untersucht, noch mehr Heldentaten. So stellte er sich dem US-Stadtkommandanten von Hildesheim als Träger des Deutschen Kreuzes in Gold mit Brillanten vor, das nur einmal überhaupt verliehen worden sei, nämlich ihm! Und er entwickelte Pläne zur Befreiung von Nazis oder Kollaborateuren, wie dem französischen Marschall Pétain und der in Luxemburg einsitzenden deutschen Kiegsverbrecher. Sogar die Sahara wollte er bewässern. Die Illustrierten „Stern" und „Revue" zahlten ihm Vorschusshonorare für Abenteuer, noch ehe die stattgefunden hatten, so überzeugend flunkerte er.

Am Schluß stand, handschriftlich notiert: *In any case, including B. L. himself, something is rotten in the state of Denmark.* Das Shakespeare-Wort, ein Zitat aus dem „Hamlet", erinnerte sie an den jungen Mann, der ihre Klasse zum Abitur geführt hatte, weil es nach dessen Meinung zwei Übersetzungen zuließ: Etwas ist faul im Staate Dänemark oder im Zustand Dänemarks; das lief aber auf dasselbe hinaus, ein typischer Schnörkel des eitlen Lehrers, dem stets daran lag, mit Sprachgefühl zu glänzen ... Wer aber sollte der B. L. denn sein, auf den das Wort sich hier bezog? Zwar war es durchaus Barons Art, sich kryptisch oder feinsinnig zu äußern, geschrieben jedoch hatte er dies nicht. Seine Handschrift, auch auf dem Couvert, war eher schwer lesbar, halt genialisch hingewischt. Die Notiz aber stand, leicht nach links geneigt, sympathisch klar, in schöner Perlschrift da.

Im selben Moment ging ihr auf, was das Monogramm bedeutete. Niemand anders als Bodo Lommel war gemeint! Helmut Falcks Kronzeugen für das Einsickern von Westagenten, in den 60ern durch die Ostsee, dem wurde da schlankweg Betrug unterstellt, per Vergleich mit Olmes, dem notorischen Hochstapler. Und sie fand, das gehe reichlich weit. Gewiß, am Ende von Band drei des Typoskripts, der Baron vorlag, hatte sich auch ihr angedeutet, Lommel könne übertrieben haben, um sich als so wichtig darzustellen, daß er zum lohnenden Verhandlungsobjekt wurde. Das allein konnte die Hintermänner allenfalls bewegen, seinen Austausch zu betreiben. Doch Fälschung vom Kaliber jenes Olmes war absurd, das ergab ja keinen Sinn. Für einen Rundum-Lügner hätte niemand im Westen einen Finger gerührt. Solch ein Münchhausen war keinem Geheimdienst der Welt etwas wert – es sei denn zur Verwirrung des Gegners, als Quelle für Desinformation.

Anja ging hoch in ihr Zimmer und nahm Band vier aus dem Fach. Sie hatte den Eindruck, an ihre Grenzen zu stoßen. Der Fall Lommel, wenn er sich wirklich dahin entwickeln sollte, überstieg den Erfahrungshorizont, ihre Fassungskraft.

Band vier, den sie nun hastig aufschlug in dem Gefühl, Versäumtes endlich nachzuholen, fing an mit der Beschreibung jungen Glücks. Die Eheleute Falck auf Hochzeitsreise!

Das Stasi-Paar war in das Ostseebad Dierhagen gelangt, einfach zum Vergnügen – ironischerweise nahezu am selben Strand, über den der Feind ins Land zu kommen pflegte. Da Falck neu war bei der MfS-Behörde Rostocks, hatte es, wie der Mann selber schrieb, diesmal für ihn noch nicht gereicht zu einem der besseren Hotels des Ministeriums, wie es sie auf Rügen und in Prerow gab. Die Falcks mußten sich mit dem Kurhaus im Ortsteil Neuhaus begnügen, das eigentlich ein Erholungsheim der Volkspolizei war.

Am Hausgiebel, hieß es weiter, prange der Spruch: „Wir kommen aus dem Volk, kämpfen mit dem Volk, für das Volk!" Dazu stehe er, das sei für ihn, Falck, nur selbstverständlich. Das Paar war, so dicht am Tatort der letzten Jahre, offenbar recht vergnügt gewesen. Aber ihr, Anja, reichte es jetzt. Ihr fehlte die Zeit, weiter herumzustochern in dem geschwätzigen Text. Lieber gab sie, um es abzukürzen, nun Barons Nummer in ihr Handy. Der hatte zwei- oder dreimal versucht, sie telefonisch zu erreichen. Doch sie hatte nie zurückgerufen, ihr lag nichts an dem Kontakt, schien es doch, als hafte dem etwas Zweideutiges an – verkappte Annäherung, ihr unerwünscht. Das blieb auch so, sie wollte bloß Genaues hören über den derart verzwickten Fall.

Der Autor meldete sich so prompt, als habe er den Anruf erwartet. Drängend, ohne höfliche Einleitung, fragte sie ihn, von wem der uralte Olmes-Report stamme; die Handschrift darauf komme ihr bekannt vor.

„Die ist von meinem Sohn, Anja. Vermutlich hat er Ihrem Gatten schon öfter etwas geschickt."

„So? Warum macht er das, Albert?"

„Na, sein Zeug geht immer vielen zu, Abgeordneten und Redakteuren. Da steht der Chef vom Hauptstadtstudio wohl auch auf seiner Liste."

„Was genau weiß er über diesen Lommel?"

„Jedenfalls mehr als wir. Ich hab ihm vor fünf Tagen ein Stück Ihres Typoskripts gefaxt, da gibt er eben seinen Senf dazu. Ralf ist sehr gewissenhaft, ein prima Rechercheur."

Anja sagte nichts, auch Baron blieb stumm. Es entstand eine seltsame Pause. Sie spürte, daß er ihr etwas verbarg. Vielleicht soll das Schweigen auch bloß ihre Neugier schüren. Der Mann versteht sich auf Spannungsmache, er weiß Pointen zu setzen ... „Ich bin übrigens morgen kurz dort", hörte sie ihn endlich sagen. „Bei Ralf in Ahrenshoop, und will mich gern für Sie erkundigen."

„Es scheint mir total widersinnig, den Lommel mit diesem Olmes gleichzusetzen", platzte sie heraus, getrieben von nervöser Ungeduld. „Als Lügner hoch drei hätte der ja auch seine Auftraggeber erfunden, nicht wahr? Und wo bliebe dann der von ihm erhoffte Austausch? Da fehlt mir die Logik, Albert. Fiktive Hintermänner verhelfen doch keinem zurück in die Freiheit!"

Er lachte anerkennend, hörbar bereit, ihr gedanklich zu folgen. „Keine Ahnung, Anja. Aber wenn Sie das so beschäftigt, dann kommen Sie doch morgen einfach mit. Es ist schließlich Ihr Material, ich selber stehe gar nicht so drin im Stoff. Soll ich Sie abholen, morgen früh?"

„Bitte nicht, das wär für Sie die falsche Richtung. Wenn überhaupt, dann käme ich zu Ihnen in die Kantstraße. Unser Fahrer bringt mich hin."

„Gegenvorschlag: Wir fliegen! Dann stimmt die Richtung, wir sind rasch in Schönefeld, starten nach Rostock und sind im Flieger abends zurück."

Sie schwieg, verblüfft durch seinen Schwung. Doch es klang auch angenehm positiv. Immerhin war morgen Sonntag, sie hatte weder Dienst noch sonst viel vor.

„Legen Sie sich früh hin", riet er ihr, als hätte sie schon zugestimmt. „Ich mach das auch, sobald die Plätze gebucht sind. Wir sollten beide ausgeschlafen sein, vielleicht stehe ich schon kurz nach sechs bei Ihnen auf der Matte."

„Da ist keine Matte, Sie müßten am Gitter klingeln."

„Okay – ich bin schon froh, wenn Ihr Hund mich nicht beißt. Danke fürs Mitkommen, Anja! Es reist sich viel besser in Gesellschaft."

Als Edgar Sörensen durchs Portal abwärts schritt, den übrigen Gesprächsteilnehmern zunickte und von seinem ARD-Kollegen mit Handschlag schied, war es längst finster, und ihm brummte der Schädel. Tief sog er die milde Nachtluft ein, verschnaufte, sah sich um. Hier an der schmucklos strengen Front des Finanzministeriums lief man, wie zumeist im Zentrum, über historischen Grund. Irgendwo auf dem umzäunten Vorplatz, so ging die Fama, sollte am 16. Juni 1953 ein Bursche namens Selbmann, Minister wohl für Schwerindustrie, aufs Auto gestiegen sein, damit Demonstranten ihm zuhörten – Bauleute von der Stalinallee, drauf und dran, zu streiken für mehr Lohn und das Regime herauszufordern ... Nicht Ulbricht, nur Selbmann schien sich hervorgewagt zu haben aus dem Haus der Ministerien, wie es damals hieß, um den Volksaufstand abzuwenden; was ihm gründlich mißlungen war.

In jenen Tagen ging es zwar um Freiheit, doch mehr noch um die Wirtschaft; das war heute gar nicht soviel anders. *It's the economy, stupid* hatte Bill Clinton, den Kern erfassend, während seiner Amtszeit mal gesagt. Sollte er sich das zu eigen machen mit Blick auf einen Plan B, der ihm fehlte? Er schwankte da, die Materie war abschreckend komplex für einen, dem es widerstrebt, ohne grundlegendes Fachwissen einen Sachverhalt zu schildern.

Jetzt suchte Sörensen nach dem Wagen aus der Fahrbereitschaft seines Senders. Jan Otto, der ihm sonst zur Verfügung stand, war angewiesen worden, daheim zu bleiben, zum Schutz seiner Frau. Er hatte es geschafft, seinen Argwohn gegen Otto einzudämmen, doch die Sorge um Anja blieb ihm, die wurde er nicht los. Welch lohnendes Ziel für Terroristen: die Ehefrau des Gegners, ihres ständigen Anklägers im Fernsehen, allein im Haus am See, das forderte die doch heraus. Manchmal stellte er sich vor, daß man ihn belauere, dort in Friedrichshagen.

Während er nun ins Auto stieg, fühlte er sich matt, wie verzehrt vom Anhauch der Gewaltsamkeit, einem Burnout nicht mehr fern. Im huschenden Neonlicht des Geschäftsviertels streckte er sich auf dem Rücksitz aus, überarbeitet und urlaubsreif. Ein Drang nach Ruhe überkam ihn, dem gab er ungern nach – das war ein Wunsch, den man besser von sich wegschob, schon damit einem keiner die Erschöpfung ansah. Man riß sich halt zusammen und blieb am Ball, die anderen machten es ja ebenso.

„Allen ist klar, momentan wackelt Deutschland", hatte Thomas Baumann von der ARD ihm zugeraunt, ehe das Hintergrundgespräch im BMF begann, und damit nicht nur Köhlers Abgang gemeint. Auf den übrigens hatte das Erste ähnlich souverän reagiert wie das eigene Haus – im Tempo des Internet die Breaking News gebracht, flink ergänzt durch Liveschaltung zu Deppendorf ins Hauptquartier, den ambitionierten Neubau am Reichstagsufer. Und statt der Telenovela „Sturm der Liebe" dann das Erdbeben im Schloß Bellevue als Reality-TV gezeigt. Das hieß Sendeplätze räumen und Anschlüsse finden zu dem, was normal weiterlief, also nach dem Newsflash oder Brennpunkt wieder nahtlos ins Programm zu steigen.

Gut, das hatte der Bellut auf dem Lerchenberg auch geschafft. Erst im Zwang zum Umbau des Programms zeigte sich der Meister. Und wie zum Lohn winkten einem dann auch Highlights. Lenas Sieg beim Grand Prix in Oslo zum Beispiel, knapp vor Köhlers Rücktritt, und die Ankunft des schmucken Girls in Hannover tags darauf, das war Balsam fürs Gemüt, damit brach – laut Anja – die Ära des Lenaismus an. Hilfreich für die Zeit bis zur Neuwahl des Staatsoberhauptes auch: die Fußball-WM in Südafrika, noch ein rettendes Ufer. Selbst die Kanzlerin würde am Kap sein, falls das eigene Team ins Achtelfinale kam, mit der Chance auf mehr. Wahre Labsal auf der Durststrecke dieses Sommers, der es teuflisch in sich hatte.

Jetzt glitt links der Treptower Park vorbei, man bog in die

Köpenicker Landstraße ein. Was hatte Schäuble so schnippisch, wie er öfter klang, vorhin doch gesagt: „Uns hält man vor, wir exportierten zuviel, anstatt mehr zu konsumieren. Deshalb lebte Deutschland auf Kosten anderer, nun, das scheint absurd. Sie sehen, so wird man im Handumdrehen vom Musterknaben zum Buhmann gemacht. Die Löhne sollen wir erhöhen. Aber, meine Damen und Herren, würde dies wem helfen? Nein, das kann keine Lösung sein."

Die Sätze hallten in ihm nach. Deutschlands Volkswirtschaft stand mit dem Rücken zur Wand, sie litt wie keine zweite unter den Folgen der Rezession. Exportlastiger als andere, hing sie voll ab von der Weltkonjunktur. Als die einbrach nach dem Beinah-Kollaps der Finanzmärkte, da schrumpfte unser Laden gleich um fünf Prozent! Ein paar Branchen traf es fast schon tödlich. Nun aber sprang die Konjunktur wieder an, stärker als erhofft, ohne daß die Kritiker unserer Exportkraft verstummten. Deutschland, so tönten sie, schädige die übrigen, schwelge erneut in Handelsüberschüssen und treibe den Rest in die Schuldenfalle! Höchst unfair ziehe es Wettbewerbsvorteile: erstens aus dem schwachen Euro, zweitens aus relativ niedrigen Löhnen. Mehr Absatz dank billiger Produkte, durch eben dieses Lohndumping – so spitz und bitter klang der Vorwurf.

War da denn was dran? Sörensen wußte es nicht, er spürte sein Denken unscharf werden. Dicht vor der Linkskurve zur Spree verlor es gänzlich den Zusammenhang. In der Müdigkeit, die sich bleiern auf ihn senkte, kam ihm eine Autofahrt in den Sinn, auf derselben Straße hier durchs südliche Ostberlin – vor langer Zeit, als die Mauer noch stand. Neben dem ARD-Korrespondenten hatte er gesessen, als dessen Gehilfe oder Lehrling, der Name fiel ihm nicht mehr ein, auch die Person verschwamm. Man hatte, ohne das Kamerateam, in Köpenick oder in Grünau einen alten, regimekritischen Autor besucht, zu einem Hintergrundgespräch, an das ihm jede Erinnerung fehlte ... Der Rückblick auf sein Praktikum, damals in den Semesterferien, war doch arg getrübt. Er hatte es schließlich abgebrochen, nach einem dummen Eklat, und der hing irgendwie zusammen mit einem Girl, das er im Café „Moskwa“ getroffen hatte. Öfter sind ja Weiber schuld, wenn aus uns Musterknaben mal ein Buhmann wird.

Ach, er blickte nicht mehr durch, hatte das von sich ferngehalten und es Anja nie erzählt. Wozu im Vergangenen stochern? ... Die Szene bei Schäuble schob sich jetzt davor. Als Fixpunkt diente ihm da das blasse Gesicht des Staatssekretärs Jörg Asmussen. Der hatte links vom Minister gehockt und dessen Klagen vertieft mit Seufzern wie: Jahrzehntelang habe alle Welt Deutschlands Exportwirtschaft bestaunt als Vorbild, dem es nachzueifern galt, plötzlich sei man nun ein Egoist, der keine Spielregel mehr kennt! Es fehlte bloß noch, daß man abzog aus Afghanistan, ob nun aus Geiz oder wegen des Gegrummels in der Bevölkerung. Also die Solidarität des Westens mit Füßen trat und nachgerade Verrat übte am Abendland und seinen Werten. Ringsum geiferndes Gezeter, liebte uns denn keiner mehr?

Hatte Asmussen das in der Tat gesagt, wer dort kneift, der spuckt auf unsere Werte? Schwerlich. Dafür war der gar nicht zuständig, und Kompetenzverletzung lag ihm fern. Zur Glatze über dem sanften Blick durch die schmale Brille paßte Heftiges auch nicht. Der Mann, mit 44 kaum älter als man selbst, war der Typ des trockenen Beamten. Doch Vorsicht, man unterschätze die Leisetreter nicht! Der Streber hatte in Bonn Volkswirtschaft studiert, sein Aufstieg im BMF fing unter Theo Waigel an, als Referent für internationale Finanz- und Währungspolitik war Asmussen anno 1996 gestartet. Und als Lafontaine zwei Jahre später das Haus übernahm, wurde er zum Helfer von Flassbeck, dem neuen Staatssekretär. Der übrigens hielt den Parteifreund wohl irrtümlich für mittelmäßig, für ungeeignet, höhere Aufgaben zu lösen.

Der Wagen fuhr über die Spree, Sörensen riß der Faden ab. Er fand, derlei Personalien seien ihm näher als Mechanismen der Ökonomie. *Human touch*, menschlich Besonderes, die Kipp- und Knackpunkte einer Biographie, das uferte zwar oft aus, prägte sich aber besser ein; es war auch wichtiger im Alltag ... Was hatten die zwei, der Minister und dessen rechte Hand, des weiteren noch vorgebracht? Daß die Welt aus den Fugen sei in puncto Wirtschaft, weil die große Schutzmacht jenseits des Atlantiks seit Jahrzehnten über ihre Verhältnisse lebte, speziell gestützt auf China, das bereits Währungsreserven in Höhe von zweieinhalb Billionen Dollar angehäuft habe? China, aber auch Japan und Deutschland, erzeugten weit mehr, als sie verbrauchten, mußten also den Geldüberschuß im Ausland anlegen, in amerikanischen Papieren etwa oder in griechischen Staatsanleihen, die neuerdings notleidend wurden.

Zwangsläufig führten Überschüsse anderswo ins Defizit, wie zur Hölle hielt man bloß Balance auf die Dauer? In einer heilen Welt zum Beispiel durch den Wechselkurs. Das freie Spiel der Kräfte tendierte stets zum Gleichgewicht. Soweit die Theorie. Praktisch indes hat Peking – laut Schäuble – das Gesetz trickreich außer Kraft gesetzt. China hält den Wert des Dollar künstlich hoch, den des Yuan niedrig, so hat es uns als Exportweltmeister jüngst abgehängt. Und was soll man da tun? Deutschland hat keine eigene Währung, die es auf- oder abwerten kann; derzeit profitiert es wie kein anderes Euro-Land von der Euro-Schwäche. Etliche Clubmitglieder haben am Finanzmarkt jeglichen Kredit verspielt. Der Euro fällt, das verbilligt die Exporte, ist eine Konjunkturspritze für uns ... Recht verwirrend, der Sachverhalt. Sörensen war es, als platze ihm der Kopf.

„Gäbe es den Euro nicht", hörte er Schäuble wieder sagen, „hätte sich die D-Mark seit 2003 kontinuierlich verteuert und uns so beim Wettbewerb gelähmt. Gäben wir den Euro auf, würde unsere Währung nach Ansicht vieler Experten um 30 Prozent aufgewertet, mit schlimmen Folgen für den Arbeitsmarkt." Vieler Experten, nicht aller demnach. Da standen sich wohl zwei Lager unversöhnlich gegenüber, kein ungewohntes Bild. Die einen bangten vor der Deflation, dem Teufelskreis aus sinkenden Preisen und schrumpfender Wirtschaft; die Abwärtsspirale des Sparens machte Angst. Die anderen wähnten, zügelloses „Weiter so" wie bisher zerre das Gespenst der Inflation herbei.

Der Fahrer bog rechts ab in die Chaussee An der Wuhlheide. Noch ein paar Schlenker, dann folgte der Vorort Hirschgarten, bald war man daheim. Sörensen freute sich darauf, Anja aus dem BMF zu berichten, er wußte, das würde ihn beleben. Jetzt fiel ihm ein, sie hatte etwas zu Asmussen gesagt, das er vergessen hatte. Er wollte sie gleich danach fragen, auch dessen Äußerung zitieren: „Fliegt man heute in Richtung West, ist die Maschine meist halbleer. Geht's aber ostwärts, fliegen oft zwei Maschinen hintereinander! Der fette Wachstumsmarkt ist eben China."

Doch als er nun endlich anlangte im Haus, fand er zu seinem Kummer das Erdgeschoß leer. Sie war schon zu Bett gegangen! Neben dem Abendbrotteller lag ein Zettel, der ihn freundlich wissen ließ, sie habe sich pünktlich hingelegt, denn morgen fliege sie ganz früh für ihre MfS-Recherche auf ein paar Stunden an die Ostsee ... Sörensen verging der Appetit. Das verfluchte MfS! Er riß eine Büchse Bier auf und setzte sich vor den Bildschirm, zum Ausklang des Tages.

Der Rest eines Thrillers, den er auf Vox erwischte, dämpfte seinen Verdruß. Es war der Streifen „Kiss of Death", das furiose Update jenes Noir-Klassikers von 1947, hier mit Nicolas Cage als rabiatem, asthmakrankem Gangster Little Junior enorm hart in Szene gesetzt, FSK ab 16. Das ständige Striptease zum suggestiven Wummern in Cages Amüsierschuppen machte ihm klar, wie sehr er Anja jetzt entbehrte. Der zärtliche Kontakt, ein Gepräch und das Liebkosen erst hätten den Stress wirklich abgebaut.

Früh war es hell geworden, ein schöner langer Tag kündigte sich an. Den Band vier des Falck-Tagebuchs in der Hand, schlich Anja behutsam treppab. Amüsiert dachte sie: Lautlos wie eine Ehebrecherin, bloß nicht Edgar wecken. Sie war kurz nach fünf aufgewacht, um bereit zu sein, wenn Albert Baron im Morgenlicht kam. Etwas Zweifelhaftes, das fühlte sie, haftete dem Ausflug ans Meer schon an.

Unten hatte Edgar ihr ein paar Zeilen geschrieben, ganz so wie sie gestern ihm. Ein modernes Ehepaar, fand sie, verständigt sich per Wisch. Kein Wort der Klage kam von ihm, nur eine Notiz zum *briefing* im BMF. Er fragte nach ihrer Bewertung von „A., rechte Hand von Sch.", fügte *vaya con Dios my darling* hinzu und schloß nebulös: „Halt die Röcke fest im Seewind! In Liebe, Dein Eddie." Den i-Punkt wie üblich mit Rotstift als Herz gemalt; ein gefühlvoller Tick bei ihm.

Komisch, der Schluß. Auch Ratschläge sind Schläge, meint der Volksmund – hier zwar weichgespült nach Eddies Art. Gemäß seinem Wahlspruch: Stark in der Sache, mild in der Form. Latente Eifersucht schimmerte durch, dabei hatte sie ihm in anderthalb Ehejahren niemals Anlaß dazu gegeben und gestern abend auf ihrem Zettel den Albert Baron gar nicht erwähnt. Das war falsch gewesen, es sah nach Heimlichkeit aus, und so schrieb sie auf die Rückseite: „Danke für Dein Verständnis, mein Schatz. Ruh Dich mal richtig aus! Al Barone liefert mich unversehrt, wie ich fest erwarte, heute abend bei Dir ab."

Als sie zu Baron ins offene Auto stieg, fiel ihr der Wandel an ihm auf. Es fehlte das Weiß vom letzten Mal, er wirkte nicht mehr herausgeputzt. Der Spürsinn des Künstlers! Er hatte gemerkt, sein Äußeres hatte sie gestört, und sich bemüht, nicht wieder als Pfau oder Gockel zu erscheinen; alles Auftrumpfende lag ihm fern. „Wir fliegen auch nicht", erklärte er kleinlaut, fast zerknirscht. „Ist besser so, Anja. Man kommt zwar hin, aber nicht mehr zurück heute. Und wir wollen doch Ihren Gatten nicht verunsichern, oder?"

Er wendete den Jaguar und lächelte ihr komplizenhaft zu. Sie fühlte sich unklar gewarnt – ähnlich sanft und ironisch wie Edgars Rat, den Rock festzuhalten, dahergekommen war. „Ach, so leicht wird der kaum nervös", sagte sie nicht ganz wahrheitsgemäß.

„Na fein! Es darf also die Stimme des Gewissens schweigen."

„Mir hat da noch keiner ein schlechtes Gewissen gemacht." Es tat ihr gut, das gleich klarzustellen. Von ihm weg blickte sie nach rechts auf das junge Grün der Wuhlheide; der Park um den einstigen Pionierpalast Ernst Thälmann glitt dahin.

„Wird's dann nicht Zeit, daß es mal wer versucht?"

„Was ist los mit Ihnen, Albert, müssen Sie flirten?"

„Keine Angst, reine Triebreaktion bei mir."

„Routine, meinen Sie wohl."

„Auch das", gab er zu, blinkte links und nahm Kurs auf die Stubenrauch-Brücke. „Hilft mir enorm im Job. Wie schreibt einer Dialoge, wenn er die nicht ausprobiert?"

„Am lebenden Objekt."

„Sie sind durchaus kein Objekt für mich."

Hinter seiner keck gebogenen Nase, der eines Jagdhunds, blinkte die Spree. „Was denn sonst, Albert?"

„Ein hochinteressanter Mensch", kam es andächtig von ihm.

„Na toll. Was läßt Sie das denn vermuten?"

„Schon daß Sie den Laden schmeißen, Ihr Ressort im Zollernhof. Und auch wie Sie Quellen auftun, dieses Stasizeug zum Beispiel. Ist es das, was da bei Ihnen liegt?"

„Allerdings. Und wenn Sie nachher so gut sind, das Verdeck zu schließen, kann ich sogar lesen darin."

„Okay, Anja. Ihr Wunsch ist mir Befehl."

Sie merkte, man fuhr bereits durch Baumschulenweg. Baron bog rechts ab in die Sonnenallee, um die Schnellstraße nach Tempelhof zu erreichen, und er schloß gehorsam das Verdeck. „In zweieinhalb Stunden sind wir da, spätestens, ab Stolpe im Schnitt mit zweihundert Sachen."

Ob Autos, Frauen oder jetzt diese Route, ihm schien einfach alles vertraut. „Schneller geht's nicht?" fragte sie herzlos.

„Nein. Bei zweihundertfünfzig regelt der Motor ab, von selber. Mir fehlt ja die Lizenz zum Fliegen."

„Heute auch die zum Flirten, leider."

„Es freut mich, Anja, daß Sie das bedauern."

Sie ließ ab von dem Sarkozy-Profil und schlug ihren Ordner auf. Doch der Mann fuhr sportlich, sein Wagen lag wie ein Brett auf dem Beton. Es war kein Genuß, die Zeilen tanzten ihr vor den Augen. Als sie sich durch Falcks Urlaubsglück von 1969 gewühlt hatte, streifte man schon die Avus-Zubringer, passierte Charlottenburg und sauste los auf Tegel. So früh am Sonntag bremste einen kein Stau.

„Ich bete zu Gott, daß der Junge sich irrt", seufzte Baron. „Falls all das ein *fake* ist, bricht mir die ganze Fabel weg."

„Sie haben schon viel Zeit investiert?"

„Und Phantasie. Die Traumrolle für den Mann, der aus dem Wasser kam, und für die fesche Kellnerin Rita. Wär schade um das Idyll! Wer sowas erst einmal entwickelt hat, der schmeißt es doch nicht einfach weg."

„Was haben Sie noch vor mit ihr?" Es mißlang Anja, zu verhindern, daß es etwas zweideutig klang.

„Noch vor?" Ein rascher Blick von ihm bewies, er spürte das Schillernde der Frage und schien unschlüssig, wieviel da noch sagen, ohne vollends ruchlos zu wirken. „Na, sie groß rausbringen, dann erst zieht Eric mit", hörte Anja nun von ihm. Und aus dem, was er schließlich behutsam nachschob, entstand ihr Eindruck, er sehe Rita in der Rolle des Superweibs oder doch sexy Girls. Sein Mädchen sollte schlicht eine Wucht sein, emotional ergreifend, herzerschütternd dank ihrer Naivität und Hilfsbereitschaft. Dermaßen liebenswert und selbst die eisigste Nacht im Kalten Krieg so erwärmend, daß auch ein Kampfschwimmer, der dem Meer entstieg und schlotternd über die Düne kroch, bei ihrem Anblick alle Furcht vergaß und keinen Moment länger fror.

Vor Wittstock, wo die Autobahn nach Hamburg abzweigt und der Verkehr ausdünnt, überwand Baron jede Hemmung. Auf der Überholspur nordwärts preschend, enthüllte er ihr den Plot, hingerissen von seiner Vision: Rita erkennt plötzlich im Bett, ihren Bodo Lommel hat ein Double ersetzt, nämlich der Froschmann Gilbert, gleichfalls ein Teufelskerl! Dessen rauher Charme lähmt ihren Protest. Total von dem umgarnt, behält sie den Austausch für sich und wird zur Komplizin der zwei, und als Agentenliebchen schuldig vor ihrer Obrigkeit. Mag sie auch wenig taugen zur Mata Hari, im Film gleicht ihr optischer Reiz das professionelle Defizit aus.

„Und wenn sie dann erst in die Hand der Stasi fällt", fuhr der Autor, bei Tempo 250 selbst in Fahrt geraten, begeistert fort, emphatisch wie im Rausch einer Obsession. „Was die mit ihr macht, um den Feind zu stellen, das ist völlig offen. Da gibt's noch Klärungsbedarf und Gestaltungsraum. Es liegt wohl nahe, an das Vorgehen der CIA bei Verdacht auf Terrorismus zu denken. Die hätte sie voll durch die Mangel gedreht. Wenn nicht, wär der Ermittler hochkant geflogen, und zwar ohne Rentenanspruch ... Gewiß, im Spielfilm ist das grenzwertig, es kann sogar, denk ich mal, ein Tabubruch sein. Dem Vorwurf entgeht man allenfalls durchs Schrumpfen heikler Sequenzen zu *flashlights*, Anja. Den Horror verkürzt auf Zehntelsekunden, können Sie sich das vorstellen?"

„Ja, schon. Mit einigem Unbehagen."

„Was mißfällt Ihnen daran?"

„Das Gewaltpotential, Albert, und der Trend zum Klischee. Auf mich wirkt es wie ein Rückgriff auf die Agentenklassiker aus den 50ern und 60ern, bloß noch härter. Heimliche Treffs, konspiratives Dunkel, seltsame Doppelgänger, am Ende noch Briefe mit unsichtbarer Tinte?"

„So lief das doch damals, und heute wohl auch!"

„Ach ja? Schwer faßbar übrigens, wieso es Sie stört, wenn etwas nicht stimmen sollte an dem Vorgang, so wie er dokumentiert ist im Stasi-Archiv von Waldeck. Wo schließlich sowieso alles von Ihnen passend gemacht und umgebaut wird, wenn nicht überhaupt erfunden von A bis Z."

Barons Fuß glitt vom Gaspedal, so schien ihn der Einwand zu treffen. „Aber hallo, genau das ist es doch!" rief er krächzend, wohl heiser vor Erregung. „Sie wissen gar nichts über mich. Ideen, liebe Anja, die kommen mir immer nur aufgrund eines ganz realen Ablaufs oder Sachverhalts. *Facts have a natural tendency to blossom into ideas* ... Ohne Tatsachen kein Impuls! Fälschung, das zieht mir glatt den Boden weg."

Anja verstummte. Doch, sie glaubte ihn halbwegs zu verstehen. Er klang jetzt wie ein Kreativer, der Anreiz sucht und nach Stärkung lechzt. Schiller hat den Duft fauler Äpfel gebraucht, Baron braucht den Hauch der Historie, die Illusion von Wirklichkeit. Das mischt sich doch stets, die Grenze von Dichtung und Wahrheit ist fließend. Man darf keinen Künstler auf den Geschäftssinn reduzieren oder gar auf seine Sexualität. Solch ein Mensch ist mehr, in der Arbeit; er kann sogar genial sein, ab und an ... Vom Genie zum Wahnsinn ist es ja sprichwörtlich bloß ein Schritt. Und ein wenig beschämt von ihrer Bosheit dachte sie, vielleicht ist das eben der Schritt, der ihm fehlt zum Genie.

Barons Grundstück vor der Düne nahm durch Schlichtheit für sich ein. Obgleich zwei rohrgedeckte Häuser darauf standen, eines rot, das andere blau. Das kleine blaue, geschmückt durch aufgemalte Möwen, diente ihm als Gästehaus; dort brachte er Freunde oder Arbeitspartner unter. Kein Neubau; auch das Haupthaus war 60 Jahre alt. Leicht muffig roch es im Flur; wohl kaum noch gespürt von Baron selber, fiel dies einem Gast doch auf.

Dessen Sohn Ralf, ein stiller schlanker Mann von Ende 20, empfing sie mit einem Brunch: Bratkartoffeln mit Würstchen und recht schmackhaftem Salat. Anja, dankbar für die Stärkung, lobte ihn für das, was er da auftischte; von seiner sachlichen Ruhe und der mangelnden Ähnlichkeit mit dem Vater ganz angetan. Eins freilich schien beiden gemeinsam – der journalistische Spürsinn, die Lust am Recherchieren.

„Nein, Frau Sörensen", sagte Ralf beim Essen, „ich hab keine Ahnung, was es taugt, Ihr Material. Es war nur so ein Gefühl, all das könne getürkt sein. Der Bodo Lommel hat mich an diesen alten Schwindler erinnert – rein instinktiv und eher stilistisch –, nach dem, was ich von seinen Aussagen bisher kenne. Es ist nicht viel, Sie wissen doch bestimmt viel mehr."

Für zwei, drei Sekunden blieb ihr der Bissen im Hals stecken. Da fuhr sie eigens an die See, nur um zu hören, es sei an ihr, das Rätsel zu lösen. Im Grunde freilich geschah ihr recht, hatte sie's doch nicht geschafft, viel mehr als die Hälfte des Typoskripts zu lesen, in der Hetzjagd des Berufs. „Der Anschlußband liegt noch im Wagen", sagte sie. „Falls Sie nicht lieber schwimmen gehen, machen wir uns vielleicht zu zweit darüber her? Mich interessiert, wie Sie am Stil erkennen wollen, ob da einer lügt oder nicht."

„Schwimmen, Frau Sörensen? Noch reichlich frisch, das Meer. Es erwärmt sich nicht so schnell wie Ihr See. Immerhin, man könnte segeln. Wenn es Ihnen nichts ausmacht, in ein kleines Boot zu steigen."

Das klang heiter, ganz gelassen – mit ihrer Frage hatte es nichts zu tun. Sie schwieg, jäh elektrisiert von seinem Lächeln. Was gefiel ihr denn an ihm? Sie wußte es nicht, fand es nur schön, mit ihm zu reden, auch wenn er ihr nicht richtig antwortete ... Die Pause dehnte sich aus.

„Kinder, seid nicht so steif", riet Baron. „Was soll diese Förmlichkeit? Ihr habt doch auch Vornamen, nicht wahr?"

Er spielt die Vaterrolle, dachte Anja, erfreut durch seine Wandlung vom Filou zum Patriarchen. „Dann aber keine halben Sachen, Leute. Wir können uns auch duzen, ja? Das hilft einem immer, sich zu streiten."

„Geht nur mit Champagner." Der Senior sprang auf, um zügig und stilvoll seiner Pflicht zu genügen. Und während er den Korken löste – so kunstfertig wie alles, was von ihm befingert wurde –, stellte Ralf mit lausbübischer Miene die Sektgläser bereit.

„Was gibt's da zu lachen?" fragte sie ihn.

„Mich beeindruckt das Tempo, Anja, und Ihr Wohlwollen. Da stößt nun ein Medienstar mit 'nem Lokalreporter an."

„Ach, ich bin gern ein bißchen spontan."

„Das hat was mit Berufserfolg zu tun. Fällt mir zum Beispiel an Albert auf."

„Ich weiß nicht, wer von euch beiden mehr riskiert", sagte sie. „Der Chef mit dem Schampus oder sein Filius, der einen da mit uralten Pressetexten hergelockt hat."

„Ich weiß, daß du's nicht weißt", rief Albert im Gläserklirren. „Bloß ich bin mir sicher, der Schlingel hier hat es faustdick hinter den Ohren. Stille Wasser sind tief."

„Laßt uns nach draußen gehen", schlug der Junior vor, wie um das Spielchen zu beenden. Er schien es gewohnt zu sein, daß der Alte versuchte, sich auf seine Kosten zu profilieren.

Der Garten war ein Sommermärchen. Klein, und es gab auch wenig Blumen – da fehlte die Hand einer Frau –, doch gesäumt von dichten Hecken, im Wildwuchs hochgerankt an der Umzäunung, so daß man die nicht mehr sah, und überragt von Birken, Kiefern und Stechpalmen oder Ilex, wie das dornige Gewächs auch hieß. Im Schatten der Forsythien dämmerte eine Skulptur mythisch vor sich hin, etwas antik Pikantes, beschriftet mit CARPE DIEM. Losung des Tages oder Lebenssinn der zwei? Am Rand der Wiese, Rasen konnte man's nicht nennen, nahm Anja zwischen beiden Platz und fragte sich, wie es wohl weiterging. „Mein Mann hat mich übrigens gebeten", sagte sie, „ihm etwas über Asmussen mitzubringen, den zweiten Mann im BMF. Guckt da mal einer für ihn ins Netz?"

„Aber sicher." Ralf wollte nachschauen, doch Albert hielt ihn auf. So quirlig wie letzten Montag in Berlin, ging er lieber selbst. Beflügelt durch ihr Dabeisein oder ständig unter Strom, erfüllt von sprunghaftem Bewegungsdrang, wetteiferten die zwei, wie amüsant, um ihre Gunst.

„Na ja, er spielt manchmal den Clown", hörte sie Ralf leise sagen, auf eine Art, die sie berührte. Das Jungenhafte tat ihr gut; der Mix aus Keßheit und Respekt. „Unterschätz ihn bloß nicht, er kann nämlich mehr als man denkt. Dad ist ein toller Autor, es gibt vier Romane von ihm, echt gut. Nur hat er nie 'nen Bestseller gelandet, deshalb die Flucht zum Film. Dabei ödet ihn der Job im Grunde an."

„Wieso denn? Da ist er doch ein As."

„Ja, gut im Geschäft. Und er genießt es als Ersatz. Das sind Perlen vor die Säue, denn was rauskommt liegt bei der Regie ... Weißt du, Anja, vor Jahren haben wir mal gemeinsam ein Buch gemacht, und zunächst den Markt sondiert. Das war sein bisher letzter Anlauf."

„Was ist daraus geworden?" fragte sie, ganz angetan von seiner Art, „Anja" zu sagen – es klang, als möge er den Namen.

„Ein Flop. Mit Ach und Krach fünftausend Stück verkauft ... Schuld war auch das Thema, der 11. September in Amerika. Wir lagen ein Stück weg vom Mainstream, da half die beste Recherche nichts, die Presse hatte das ignoriert oder als Verschwörungsmärchen abgetan. Kein Wort davon im Fernsehen natürlich. Nur links außen, da hat uns wer bemerkt."

„Und eure Marktforschung vorher, die hat das nicht gezeigt?"

„Die ergab, man muß Psychothriller liefern. Möglichst brutal und hübsch verblüffend, immer mit 'nem Cliffhanger am Kapitelschluß. Der Plot darf so roh und arm sein wie die Sprache. Hölzerner Stil, Mangel an Feinheit und Eleganz, all das spielt keine Rolle bei den Großmeistern des Fachs, von Forsyth bis Grisham."

„Woher kommt der Erfolg bei denen?"

„Aus der Psyche des Lesers. Die bietet einem nur zwei Chancen. Du kannst der Mehrheit eine Traumwelt schaffen, wie eure Telenovelas das tun, oder du mußt sie tüchtig schocken, absolut brachial. Das Nachdenkliche aber, die Handlungsarmut wahrer Literatur langweilt das große Publikum; inzwischen hat man sowas satt."

„Das heißt, wir sind schuld, das Fernsehen?"

„Nein, der Kommerz, das ganz normale Leben. Manchmal läuft trotzdem ein guter Film im TV."

„Du weißt also auch keine Antwort ..."

Sie hatte plötzlich den Eindruck, ein Faible zu entwikkeln, für ihn und seine Antworten – nur weil er dieses frische Lächeln hatte? Wo blieb da ihre Nüchternheit?

Albert kam zurück, mit Papier wedelnd, einem Text aus dem Netz. „Hab's deinem Mann schon gefaxt", rief er fröhlich. „Mit Grüßen von allen. Daß wir zu dritt sind, wird ihn trösten; 'nen flotten Dreier traut er uns nicht zu, so bürgerlich, wie er ja ist."

Ralf sagte: „Stehst du halt einsam da mit deiner Phantasie."

„Wird langsam Zeit zum Mittagessen, Leute. Ich schlage das ‚Seezeichen' vor, ist nicht weit."

Man lief wirklich nur fünf Minuten. „Gute Wahl", bemerkte Ralf unterwegs. „Gehört der Familie Clemens Tönnies, dem Fleischkönig von NRW. Er sammelt hier Grundstücke wie Briefmarken, ihm verdankt halb Deutschland den schönen Sonntagsbraten. Und auch Ärger – Stichwort Gammelfleisch."

„Verwechselst du nicht was?" fragte Albert. „Der Skandal gehört nach Bayern, zur Allgäuer Moksel AG, zwei Milliarden Umsatz und Großspender der CSU seit der Ära Franz Josef Strauß."

„Tönnies' Zeug ist auch nicht koscher, Dad. In Bochum hat ihm der Staatsanwalt Betrug bei seinem Hackfleisch nachgewiesen. Da ist nämlich kaum Rind drin gewesen, fast alles war vom Schwein."

„Das hat überhaupt nichts zu tun mit dem Restaurant. Selbst dem Horst Köhler hat's dort mal geschmeckt."

„Vielleicht hatte der Fisch bestellt."

„Wir wollen auch kein Hackfleisch essen."

„Wie auch immer", sagte Ralf, „das Lokal erinnert mich an den ersten Sprachcomputer – wie der an der Heiligen Schrift gescheitert ist. Das Bibelwort ‚Der Geist ist willig, aber das Fleisch ist schwach' hat der übersetzt: ‚Der Alkohol ist brauchbar, aber der Braten ist mies'."

Anja lachte höflich, lustlos ging sie mit, immer noch satt von dem üppigen Brunch. Zu Sprüchen, die ihr auch keinen Appetit machten, langte man vor der gepflegten, elfenbeinfarbenen Gaststätte an. Das Haus, fand sie, setzte sparsam Farbakzente. Hingetupftes Violett schuf ein Flair aparten Chics, es nährte die Illusion von „Künstlerquartier", ein Anspruch, den die Schrift an der Fassade erhob.

Zur selben Zeit kreuzte Edgar Sörensen vergnügt gegen den Südost um Stärke 3 bis 4 an; Jan Otto bediente die Fock. Im selben Maß nämlich, wie er abrückte vom alternativlosen Einsatz gegen den Terrorismus und für ein freies Afghanistan, nahm auch – als Kollateralgewinn – sein Argwohn gegen den Fahrer ab. Beides bröckelte in ihm synchron, schwand im Juniwind dahin. An Otto verdroß ihn bloß dessen halbmilitärischer Blick auf die Natur, Folge seiner Fronterfahrung oder des Traumas, das ihm attestiert worden war. Schon am Steg äußerte er, der See sei gut sieben Quadratkilometer groß und bis zu acht Meter tief; es klang nach Einweisung von Kämpfern in die Lage. So gesehen war dies ein deckungsloser Platz, umringt von Wäldern als Hinterhalt, bis zu 115 Meter hoch am Südufer, auf das man zuhielt momentan. Den Abstand zum Müggelturm schätzte Jan auf 30 Hektometer, als gehe es um die Visiereinstellung. Der Berg dazu hieß bei ihm wohl Höhe 115, und falls dort ein

Feind saß, würde er Jagdbomber anfordern wie der Oberst Klein.

Die eigene Spottlust machte Sörensen bewußt, er ging sacht auf Distanz zu seinem Thema, war zögernd unterwegs zu neuen Ufern. Um das zu überdenken, rollte er die Fock ein und ließ Jan Otto ans Ruder. „Was liegt an, Chef?“ fragte der. „Kurs auf ‚Rübezahl‘?“

„Nein, mehr links! Richtung ‚Seeperle‘.“

Sörensen kroch unter dem Großbaum weg am Handlauf nach vorn, er legte sich auf die Back, erfrischt von dem Spritzwasser, das in den kurzen Wellen manchmal überkam. Gegen die Sonne blinzelnd, entging ihm nicht, wie sorgsam Jan anderen Seglern auswich, zu weiträumig eigentlich. Noch ein Reflex vom Hindukusch? Die Sprengladung zu ahnen bei einem, der zu dicht aufschloß, nun, dies saß dem wohl in Fleisch und Blut.

Schön, das war Jans Problem. Er selber scheute das Umfeld des „Rübezahl“. Obschon die Großgaststätte längst abgerissen worden war, um Platz für noble Ferienhäuser zu schaffen. Noch stand davon kein einziges, außer in ziemlichem Abstand die kleine Villa der Paulys. Seinen Schwiegersohn winken zu sehen und dort anlegen zu müssen, das hätte ihm gerade noch gefehlt. Auf Smalltalk konnte er verzichten. Lieber dachte er an seine Frau, was zog die immer nur gen Norden? Die MfS-Story war doch ebenso verworren wie nutzlos, ganz aus der Zeit.

Anja hätte mit an Bord sein und tief durchatmen, die Pause so genießen sollen wie er selbst ... Einmal bei Flaute, da hatten sie einander hier sogar geliebt, unten in der Kajüte, unweit der „Müggelsee-Terrassen“, ohne auch nur den Anker zu werfen. Köstlich, bis jäh der Wind aufsprang und den 20er Jollenkreuzer zum Fliegenden Holländer machte! Schade, daß der Anstand es einem verbot, das in geselligem Kreis zu erzählen.

Dabei stärkt sowas die Ehe. Ein Gewürz, auf das er sich gern besann, wegen des Hauchs von Abenteuer, erotischmaritim. Doch, er schätzte Kühnheit, gut überschaubar, auch das Wagnis im Beruf, gescheit limitiert. Sein Denken schweifte weg, zum neuen Politikfeld hin, es kreiste um den Plan B. Noch fühlte er sich da kaum eingeweiht, befangen, gar nicht reif für den Wechsel, es fehlte ihm an Substanz. Zwei Dutzend Bücher, auf Verdacht gekauft, warteten daheim – wie sollte er die schnell lesen und den Kern speichern, um rundum kompetent zu sein? Vor Jahren freilich, beim Einstieg in das Wesen des Terrorismus mitsamt dem tristen Hintergrund, war's schließlich auch geglückt, im Handumdrehen, so griffig war der Stoff. Und gestern abend im BMF, da hatte der Schäuble ihm glatt eine Brücke gebaut, als er sagte: „Der Kollaps hat uns kalt erwischt. Den hat auch keiner kommen sehen. Niemand war klug genug, den Ablauf zu durchschauen, die Dinge sind halt reichlich komplex. Ja, meine Damen und Herren, es ist wie aus heiterem Himmel passiert."

Diese klaren Sätze, Sörensen hatte sie noch im Ohr; sein akustisches Gedächtnis war intakt. Aus heiterem Himmel, welch dicke Parallele zu 9/11! Nur, stimmte das denn so? Fehlte da nicht was? Ein Rückblick ergab doch wohl, es lief schon öfter schief, zuletzt vor neun Jahren beim Platzen der Hightech-Blase mit Kurssturz und lautem Knall. Weiter reichte die Erinnerung anscheinend nicht zurück.

Anders bei ihm. Ein Top-Mann sieht die großen Linien, den weltweiten Zusammenhang der Dinge. Daß Krisen so selten sind wie schwarze Schwäne, das schien ein Köhlerglaube zu sein. Selbst das letzte Staatsoberhaupt war dem zeitweilig erlegen, auch ohne hier Namensgeber zu sein; der Irrtum hatte viele Väter. Just die Faktoren nämlich, denen der Kapitalismus all seinen Glanz und Biß verdankte – die Vitalität, Innovationskraft und Risikostreuung –, sie bargen ja im Keim die Neigung, wegzukippen in den Crash! Die Finanzwelt litt zuerst, rasch aber schlug's nach unten durch und würgte die Betriebe. Sogar dann noch, wenn oben der Schreck bereits verflog und bei den Banken, denen der

Staat beisprang mit frischem Geld, alles längst weiterlief wie zuvor, *business as usual*, auch dann ging die Wirtschaft noch am Stock ... Was eigentlich war schlimmer, Inflation oder Deflation?

Zum Teufel, er wußte es nicht. Genervt von seiner Ignoranz, ging Sörensen frühere Pleiten durch, soweit ihm vage bekannt. Splitter blinkten da auf – von dem schrillen Tulpenwahn, der Holland so ab 1630 ergriff, über sie Südsee-Blase von 1720 und die erste globale Spekulation hundert Jahre später bis zur Panik von 1907, der großen Depression in den 30er Jahren und den Crahs auf Schwellenmärkten, der Krisenserie ab den 80ern ... Ein ganzer Schwarm schwarzer Schwäne! Und weshalb es derzeit so unterschiedliche Plätze wie Island, Dubai, Japan, Lettland, Irland, ja selbst Deutschland und Singapur traf, das wußte der Himmel! Vielleicht begriffen das noch Josef Ackermann oder Wolfgang Schäuble; ihm jedenfalls erschloß es sich nicht.

Bei der Rückschau hier angelangt und wie gelähmt von seinem Defizit in puncto Ökonomie, hörte er hinter sich in der Kajüte das Handy läuten, im Zauberklang aus „Peer Gynt"; flugs stieg er hinab, fast erleichtert. Da wollte ihn aber keiner sprechen, nur ein Satz von Albert Baron stand auf dem Display. Der Filmautor meldete launig die Ankunft am Meer und bat ihn, „die gewünschte Information" seinem Fernkopierer zu entnehmen, man habe die ihm soeben zugefaxt.

Spontan entschloß er sich zur Umkehr. Ihm war, als müsse die Nachricht, eigens angekündigt, höchst wichtig für ihn sein. Zumindest setzte sie der Grübelei ein Ende. Von seiner eigenen Sprunghaftigkeit nicht minder überrascht als Jan Otto, dem er die Pinne aus der Hand nahm, wendete er prompt und lief vor dem Wind heimwärts nach Norden. Erfüllt von dem Gefühl, sonst etwas Wesentliches zu versäumen auf der Spur in das neue Themenfeld. Mochte der Sonntagsfrieden auch gestört sein, Sörensen sah sich erlöst.

Leider flaute der Wind ab, und da es ihm stets widerstrebte, den Motor zu starten, solange sich überhaupt noch ein Lüftchen regte, zog er die Fock auf Backbord heraus, legte den Großbaum nach rechts und baute einen sogenannten Schmetterling, der nun jeden Hauch nutzte. All das geschah unter dem staunenden Blick des Chauffeurs, der ihn deutlich bewunderte – seine Entschlußkraft, auch den Segelstil. Ja, er war schon perfekt in mancher Hinsicht, entscheidungsfroh und durchsetzungsstark; halt das, was man Persönlichkeit nennt. Sörensen mußte es niemals im Dienst demonstrieren, aber er war souverän, der Kopf des Hauptstadtstudios. Er dachte strategisch und wußte die meisten hinter sich, im fernen Mainz wie Unter den Linden; in Friedrichshagen sowieso.

Das Boot fing an zu geigen, und sein Hochgefühl ebbte ein wenig ab; es schwächelte mit der Brise, die Siesta hielt. Da riß er doch den Motor an, und während das Bootshaus näherrückte, ging ihm auf, wie gehetzt er war – unfähig schier, sich zu entspannen. Anjas Wort, still wiederholt, fiel ihm ein: Daß sie beide, anstatt zu leben, oft bloß Getriebene seien. Doch wie blieb einer oben, der die Zügel schleifen ließ? Darauf hatte sie nichts zu sagen gewußt. *Dolce far niente*, süßes Nichtstun war auch kein Rezept. Wer aufhörte, die Kernfragen zu stellen, und seine Antwort nicht verkaufen konnte, der hatte den Gipfel seiner Laufbahn überschritten, dem stand der Abstieg bevor in Prestigeverlust und Bedeutungslosigkeit ... Bei diesem Schlußpunkt legte das Boot sanft an.

SPUR DER LÜGNER

„Seht mal her“, sagte Ralf Baron zu den beiden. Er wies auf einen Punkt in dem Typoskript des Falck-Tagebuchs, in Band drei, der ihm schon Anfang Juni von seinem Vater zugegangen war. Der Vernehmungsbeamte hatte da notiert: „Mein Hinweis, der Häftling dürfe mit vorzeitiger Entlassung rechnen, durch Austausch auf der Glienicker Brücke, wenn er rückhaltlos aussagt und voll kooperiert, zeigt Wirkung. So bringt man Leute zum Reden, auch vom Kaliber eines Bodo Lommel. Plötzlich ist der so gesprächsbereit, daß mir schwant, er könne manchmal überziehen. Allein für das Seebad Wustrow gibt er von April 1962 bis Juni 1963 insgesamt 13 Schleusungen zu. Gestern hatte ich den Eindruck, er sei nahe daran zu gestehen, auch Kennedy oder Wallenstein ermordet zu haben, bloß um mir eine Freude zu machen. Gäbe es nicht von seiner Hand die exakten Skizzen vom Tatort und zu der Landetechnik des Westens, mir kämen langsam Zweifel an ihm.“

„Der Mann hatte immerhin Humor“, sagte Anja.

„Ja, makabren. Aber auch Instinkt? Gerade eine der Skizzen, auf die er da abhebt, hat mich stutzig gemacht.“ Ralf blätterte um. „Nämlich hier, der Lageplan von Wustrow. Sehr schematisch, es fehlt die Kurve an der Kirche, und die steht auch zu dicht am Hafen.“

„Das ist doch am Reißbrett entstanden, wie alles übrige“, warf Albert Baron ein. „Da läßt man Details schon mal weg.“

„Vielleicht hat er die gar nicht gekannt? Das Boddenufer am Permin zum Beispiel – vom Ortsteil Barnstorf mit den fünf Gehöften keine Spur bei ihm. Da will er im Schilf seinen Container mitsamt der Sackkarre versteckt haben ...“

„Beides ist als Spezialgerät voll zerlegbar gewesen.“

„Trotzdem, das Ufer war immer in Privatbesitz und umzäunt, auch da, wo kein Haus stand, genutzt als Weideland. Es müßten Rinder geblökt und Hunde gebellt haben, wenn dort jemand eindrang. Wollen wir mal hinschauen? Es sind bloß fünf Kilometer. Überzeugt euch selbst, das ist noch heute so."

„Schon kapiert, Ralf", sagte Anja. „Daher der Anfangsverdacht. Laßt uns jetzt einfach weiterlesen, gleich zu dritt, damit es schneller geht." Sie löste die Blätter aus dem Ordner Nummer 4 und machte daraus drei Stapel. „Los, bringen wir's hinter uns."

Schade, dachte sie, es ist viel zu schön hier im Garten, um die Zeit so zu vertun. „Anfangs hat Lommel weder die Person des jeweiligen Eindringlings noch dessen Aufgabe gekannt", hieß es auf dem Papier, das vor ihr lag. „Ihm wurden nur der Termin und das Erkennungszeichen mitgeteilt. In einem Lokal an der Strandstraße trafen sich beide Akteure wie zufällig bei einem Glas Bier. Die zweite Person hatte eine Schachtel ‚Chesterfield' oder ‚Philip Morris' dabei, nicht ganz abwegig in dem Seefahrtsort. Nach Austausch der Losungsworte ging es zur Sache. Lag eine Ausschleusung an, war dem Fremden zu sagen, wie das illegale Verlassen der DDR praktisch vonstatten gehen sollte. Lommel erklärte ihm den Aufbau des Containers, wies auf die autonome Luftversorgung hin und verband die Übergabe wasserdichter Kleidung mit dem Rat, vorher den Darm zu entleeren. Jetzt erst rollte er den Container, noch zerlegt, auf der Sackkarre vom Saaler Bodden an den Strand, gegen 22 Uhr, und verbarg das Zeug unter abgestellten Fischerbooten. Dort traf inzwischen auch der Flüchtling ein, und zwar in Höhe des Turms der Seefahrtsschule, der vom Meer aus gut sichtbar ist. Dort nämlich würden die Kampfschwimmer des Militärischen Abschirmdienstes (MAD) oder der National Security Agency (NSA) an der Buhne landen, um die Person zu empfangen – einen leeren Container für den nächsten Fall im Schlepp. Ihnen gab Lommel ein kurzes Leuchtsignal. Daraufhin näherten sich zwei Froschmänner den beiden, während ein dritter den Treff von See aus mit der Waffe, schallgedämpft, kampfbereit deckte. Das lief immer wie am Schnürchen in nur zwei Minuten ab. Die Crew schob den Container, belegt und verschlossen, ins Meer und schloß ihn vorm Ende der Buhne an das Trägergerät GN 3 an."

All das fand Anja zwar nervend, doch auch plausibel; es bestach durch das Präzise der nautischen Details. Das Zwerg-U-Boot GN 3 zum Beispiel kam auch im Waldeck-Material ihrer Mutter vor. Ausgelegt für nur zwei Personen, glich es der italienischen *Maiale*, die im letzten Krieg als Gefechtskopf eine Mine getragen hatte, etwa in den Hafen von Alexandria ... „Nun konnte die Rückfahrt beginnen", las sie weiter. „Von Wustrow ging es parallel zur Küste, im Abstand von zwei Seemeilen dicht unter dem Spiegel des Flachwassers nach Warnemünde. Und dort erst, im akustischen Schutz ein- oder auslaufender Handelsschiffe, drehten die Kampfschwimmer seewärts ab, wo das Basisfahrzeug sie aufnahm: ein Logger, der außerhalb unserer Hoheitsgewässer vor Anker lag. So wurde neben der optischen auch die Radar- und Sonar-Ortung der DDR nahezu problemlos unterlaufen."

Im stillen seufzte sie; ihr tränten schon die Augen von dem langatmigen Text. Welch ermüdende Beschreibung! Dennoch geriet sie in deren Bann. Da faßte Falck ja bloß zusammen, was die amtliche Akte in stupender Fülle bot. Jetzt dämmerte ihr auch, weshalb er das in sein Tagebuch schrieb. Der Mann hielt das rein privat fest, den konspirativen Ablauf, unterlegt mit vielen Daten, um die eigenen Zweifel zu zerstreuen. Wer ihn, so wie Lommel, mit solch einer Überdosis an Information versah, der konnte wohl manches ausgeschmückt haben, im Kern aber schließlich kein Lügner sein. Den aufkeimenden Verdacht hielt Helmut Falck mit der Masse und Logik dieser nachprüfbaren Fakten nieder. In deren technisch-organisatorischer Vielfalt lief sich doch jeder Argwohn tot. Bodo Lommel war kein simpler Fluchthelfer, sondern ein Star, ein Top-Agent gewesen, mit allen Tricks vertraut. Und solch ein As kleinzukriegen, das hob natürlich Falcks Selbstgefühl, die Motivation. Der Vernehmer war voll dabei gewesen, ohne daß sein Mißtrauen gänzlich schlief – Wachsamkeit blieb oberstes Gebot ... Das kannte Anja übrigens von sich selbst, als Idealzustand, als Glücksmoment bei der journalistischen Recherche. So ulkig es war, ja, hier berührten sich die Branchen.

Sie zog ihr Taschentuch und betupfte die juckenden Augen. Der kühle Frühling hatte den Pollenflug verzögert, der dumme Heuschnupfen brach verspätet aus, wenn auch weniger lästig von Jahr zu Jahr. Sie übersprang ein paar Seiten und stieß auf den Satz: „Eine Großstation der NSA befand sich auf Rügen im Kubitzer Bodden, exakt an der Landower Wedde. Die wurde gleichfalls von Lommel betreut und kontrolliert ..." Ein Stück zuvor stand da: „Mit dem Silikonfilm-Aggregat wird Atemluft direkt aus dem Wasser gefiltert. Hauchdünne Folien aus Silikonkautschuk ahmen das Prinzip der Fischkiemen nach. Die Folien sind mehrschichtig, absolut wasserdicht, lassen jedoch ebenso den Sauerstoff wie das Kohlendioxyd, den Wasserdampf und Stickstoff durch. Die Gase diffundieren in beiden Richtungen ..." Na, das war Fachlatein für sie. Von Kleinst-U-Booten und Tauchkanus schien die Rede – *Triton*, *Mylane*, *Alligator* oder gar *Sleeping Beauty* hieß das Teufelszeug, wer erfand das denn und gab ihm so perverse Namen? Doch einerlei, wie absurd das war – jegliches Kriegsspielzeug erschien ihr närrisch –, es klang viel zu echt, um ersponnen zu sein. Das Militär, der Geheimdienst und die Industrie, sie lebten damit und berauschten sich an diesem Kram.

Im selben Augenblick schlug Ralf am anderen Ende auf den Tisch, über die letzten Seiten hinweg rief er: „Und doch getürkt! Ich hab's gewußt, Leute! Hier läßt der Vernehmer die Katze aus dem Sack – er hat dem Kerl diesen Gilbert nicht geglaubt. Ende der Fahnenstange! Der Trick mit dem Double, das war ihm ein Dreh zuviel – wie sollte das laufen im Umgang mit dem Liebchen?"

„Mein Gott, das weiß man doch", sagte Albert. „Junge, der hat sie eben rumgekriegt ..."

„Bei dir, Dad, in deinem Kopf, aber nicht in Wirklichkeit! Erinnere dich, die Kellnerin hast du dir ausgedacht."

„Nein, die gab es! Bloß Lommel hat gerade noch rechtzeitig mit ihr Schluß gemacht."

„Hier steht jedenfalls, der Falck hat's nicht mehr geschluckt, er geht damit zum Abteilungsleiter, dem Major Schüssler, und legt ihm seine Zweifel dar, begründet ihm den Argwohn. Doch was tut der Major? Er wiegelt ab, ganz skrupellos, er bagatellisiert, will nichts mehr davon hören. Und ahnt ihr den Grund? Natürlich nicht. Paßt auf, nun kommt der Hammer: Schüssler ist dabei, sein Fernstudium abzuschließen, an der Juristischen Hochschule des MfS in Golm bei Potsdam. Mit dem Fall Lommel will er promovieren, den hat er zum Kernpunkt seiner Diplomarbeit gemacht. Sogar ein neuer Typ Gegner wird dabei von ihm empfohlen für das Einteilungssystem des Ministeriums: der ‚Agent mit spezieller Aufgabenstruktur', abgekürzt *AsA*. Der Feind im Haus, durchtrainiert, vielseitig einsetzbar, hochqualifiziert, folglich die Gefahr in Person. Interessiert euch die Definition?"

Albert Baron winkte ab, er sah müde aus, wie gealtert und so, als finde er sich im Moment nicht zurecht. Das trifft ihn, dachte Anja; jetzt sackt ihm mit der Rita-Story die halbe Fabel weg. Sie fühlte das gut nach, war ja selbst etwas enttäuscht. Ein bißchen erging es ihnen da wie dem Major, der damals gleichfalls so an Bodo Lommel hing.

„Da hat man also aus Karrieregründen an einem Schwindler festgehalten", fuhr Ralf fort. „Der Schüssler hat den Münchhausen halt gebraucht für seinen Abschluß. Im Grunde lag er voll damit im Trend. Man sollte das keinesfalls auf ihn beschränken, es nicht mal nur der Stasi anlasten. Geheimdienste neigen per se zur Übertreibung, denkt nur ans Thema Terrorismus. Immer müssen sie ein Feindbild schaffen, turmhoch aufgebaut, zur entsetzlichen Bedrohung – ähnlich wie das Militär und die Lobby der Rüstungsindustrie. Das ist gar nicht DDR-spezifisch, es gehört überall dazu."

„Langsam, langsam", rief der Vater. „Du, krieg dich mal wieder ein! Da fehlt was in der Kette deiner Logik, soweit die überhaupt reicht."

„Was fehlt dir denn?"

„Zum Beispiel die Erklärung für Lommels enorme Kompetenz! Woher das Fachwissen in dessen Aussage, die präzisen technischen Zeichnungen von seiner Hand, all die verblüffenden Details?"

„Das steht hier auf dem letzten Blatt. Falck sieht, was da läuft, ihn regt der Schwindel auf. Weil Schüssler blockt, übergeht er den, weicht unpreußisch vom Dienstweg ab und setzt Oberst Wallbaum ins Bild, den Stellvertreter des Stasichefs von Rostock."

„Und, und?"

„Nichts! Wallbaum weiß längst Bescheid. All der Papierkram aus Moskau, mit dem Lommel gespickt worden ist, um dessen Gedächtnis aufzufrischen, ging selbstredend über Wallbaums Tisch. Der sitzt also mit im Boot."

„Das ganze Zeug kam von den Russen?"

„Klar, vom KGB oder GRU, dem Spionagedienst der Roten Armee. Für die war Amerikas Landetechnik längst ein offenes Buch. Und Moskau wußte auch, wie die Konkurrenz in Langley ein Double aufbaut. Im US-Jargon heißt das *twinning*, einen Zwilling erschaffen. Das wurde für Lommel übersetzt, der sprach ja kein Russisch, auch Englisch nur wenig. Und dem hat das *twinning* so imponiert, daß er sich's zu eigen machen mußte. Dieser Gipfel an Täuschungskunst durfte bei ihm nicht fehlen, als Krönung seiner Story. Und das eben ist ein Zahn zuviel gewesen, dadurch flog der Schwindel auf."

Ralf hielt inne, er sah besorgt zum Vater hin. Der preßte mit Zeigefinger und Daumen sein Nasenbein zusammen, wie um aufsteigende Tränen zu unterdrücken. „Nicht zu fassen", stöhnte er, als stehe seine Existenz auf dem Spiel.

„Man hat doch sonst für sowas einen Riecher ... Mal weiter! Oberst Wallbaum reagiert auch nicht?"

„Nein, der denkt nicht dran. Er hat gleichfalls ein Motiv. Mit der Story fährt er nach Berlin-Lichtenberg, ins Hauptquartier an der Normannenstraße, und baut sich vor Erich Mielke auf, den das durchaus freut. Was, da staunt ihr! Das ist doch der Clou."

„Nicht für mich." Albert Baron, den sonst nichts umwarf, hing schlapp am Tisch; der Kopf sank ihm auf die Brust. „Mein ganzer Plot ist im Eimer."

Anja wollte ihm helfen, er tat ihr plötzlich leid. Sie rang einen Lachkitzel nieder – die Folge der Idee, daß der Autor genauso zu Lommel hielt wie einst die Creme der Stasi. „Moment mal", warf sie ein, „ganz schlüssig ist das für mich nicht. Wieso wagt es denn so ein Oberst, seinen Chef zu belügen, den Minister selbst? Das kann doch ganz fatal für ihn enden."

„Ist es aber nicht, Mielke hat ihn gelobt. Laut Falck hat Wallbaum übrigens gewußt, daß der Chef genau sowas hören wollte von ihm, von seinen besten Männern. Es ist doch seine Elite gewesen, die Mielke das geliefert hat."

„Mir will das einfach nicht in den Kopf", sagte Anja. „Wie kann ein Minister so blind sein? Armeegeneral war er doch, und jetzt merkt er nichts, ist dümmer als sein Oberleutnant Falck, der schon den Braten riecht?"

„Je gefährlicher der Feind, desto wichtiger der Staatsschutz."

„Mielke war dem Ulbricht haftbar für ein korrektes Bild der Sicherheitslage. Kann er da riskiert oder sogar gebilligt haben, daß man ihn belügt? Lommels Schwindel, wenn's denn welcher war, mußte doch ernste Konsequenzen haben für die Volksmarine und den Küstenschutz, also für das Abriegeln der DDR zur See!"

„Die hat's ja auch gehabt", stimmte ihr Albert Baron bei. „Denk nur an das Verbot bei euch, nachts am Strand zu sein. Kaum hatte der Lommel ausgepackt, da trat das schon in Kraft."

„Und zwar zum Kummer manches Urlaubers bei uns“, sagte Anja. „Kein Zelten mehr an exponierten Stellen, dem Darßer Weststrand zum Beispiel – dumm bei dem Mangel an Quartieren. Das ging zu Lasten der Ferienplätze.“

Gestärkt durch ihren Beistand, atmete der Autor auf. „Ralf, da lachen doch die Hühner“, rief er. „Der ganze Staat folgt einem Lügner und schränkt sein Urlaubswesen ein? Da konnten Köpfe rollen bei der Stasi, wenn das rauskam. Klingt doch hirnverbrannt, höchst unwahrscheinlich! Junge, wie erklärst du uns das?“

Man sah ihn Hoffnung schöpfen. Der Sohn freilich hob die Arme, die Handflächen verdreht nach oben. „Da bin ich überfragt, Dad. An dem Punkt nämlich hört der Text hier auf. Der ist thematisch gar nicht gegliedert, Falcks Witwe hat bei Blatt 250 immer Schluß gemacht, weil das so Brauch war in der Firma.“

„Dann geht's weiter im Hefter Nummer 5“, sagte Anja. „Wißt ihr was? Ich bitte Edgar gleich mal um die nächsten Seiten. Kein Problem, die sind schnell hergefaxt.“

Als der Anruf kam, ging Sörensen erneut die Auskunft zur Person des Staatssekretärs Jörg Asmussen durch, um die er seine Frau gebeten hatte. Ob der krude Text ihm wohl half, die Folgen des Finanzcrashs besser zu verstehen? Schwer durchschaubar das ganze, wer begriff denn eigentlich den Endeffekt der hohen Staatsverschuldung, also jener inflationären Geldpolitik, die den Karren wieder flottkriegen sollte? Welch facettenreicher Blick in die Zukunft! Die gehörte auf lange Sicht eher China, während Amerika am Beginn eines langen Abstiegs zu stehen schien. Ließ sich die Spekulationslust eindämmen und der globale Kapitalismus soweit reformieren, daß er uns nicht eine Krise nach der anderen beschert? Darauf fehlte ihm die Antwort. Na, das war ein weites Feld.

Sörensen hob den Kopf, er brauchte eine Pause. Sein Blick schweifte weg vom Papier, westwärts hinaus zu dem Anlegepunkt der Weißen Flotte und der Rettungsstation, wo die Müggelspree den See wieder verließ. Da führte unter dem Flüßchen ein Tunnel von Friedrichshagen direkt in den dichten, so gut wie einsamen Köpenicker Forst. Und eben dort hatte ein Ehepaar aus Bayern, firm in der Braukunst, gleich nach der Wende aus DDR-Besitz die Brauerei gekauft, seit alters her breit und sichtbar am Ufer hingelagert, und sie als „Familienbrauerei im Grünen" mit neu erschlossenem Biergarten kundenfreundlich fortgeführt. Ihr Bier, Marke „Berliner Bürgerbräu", reüssierte dank des tüchtigen Braumeisters, der neue Nuancen schuf. Zum Beispiel ein Bier, das „Rotkehlchen" hieß wegen der satten Färbung – geschätzt auch von Sörensen, der Champagner schlecht vertrug; selbst edler Wein war eher an ihn verschwendet.

Die Betrachtung machte ihm Durst, er stand auf und ging treppab zum Kühlschrank, während oben das Telefon zu klingeln begann. Laß es läuten, dachte er, lechzend nach dem Getränk, das ihm gleich köstlich durch die Kehle rann. Seit dem Umzug von Mainz hierher trank er nur noch das dunkle Bockbier dieser Privatbrauerei, der einzigen in ganz Berlin. Fast zwei Jahrzehnte, er wußte es von seinem Nachbarn, hatte das bayrische Ehepaar der Kauflust mächtiger Bierhäuser getrotzt. Vor kurzem indes mußte es die Waffen strecken, die Marke lief bei Kindl weiter – Kindl, längst im Konzernbesitz, Brau & Brunnen, hieß so der Laden? Nicht jeder Blütentraum reifte im Osten, auch bei begabten Wessis nicht. Immerhin, ihr Biergarten, der verblieb den Gründern, den betrieben sie ja noch.

Zurück am Schreibtisch, war das Telefon verstummt. Dafür schaute ihn Jörg Asmussen unverwandt an, im Gestus milder Neutralität. Die Post von der See schloß mit dessen Porträt, der lila Schlips saß dem Mann etwas schief, sonst fiel nichts weiter auf an ihm. Gibt es das denn, ein Farbfoto von einem farblosen Gesicht?

Erfrischt vom Bier und seinem Bonmot – was wäre man ganz ohne Witz –, strich er sich den Schaum vom Mund und überflog noch einmal die Vita des jüngsten Staatssekretärs der Bundesregierung; vermutlich aus Wikipedia gefischt, der Enzyklopädie des Internet. Der Text erschien so wenig geschönt wie das Foto dieser wichtigen Person, nein, ein skeptischer Akzent schlug durch und trübte das Gesamtbild ein. Der Mann hatte sich noch anno 2005 den Finanzmarkt frei gewünscht von „überflüssigen Regulierungen"; na gut, das wollten damals alle. Auch daß er, recht maßgeblich schon unter Hans Eichel, Mitte 2007 im Aufsichtsrat der Mittelstandsbank IKB die dazu drängte, massiv amerikanische Subprime-Papiere zu kaufen, deren Erwerb dann zum Ruin des Hauses führte, selbst das war ihm kaum anzulasten, lag es doch damals noch im Zug der Zeit.

Dumm erst klang es am Schluß. Vor genau zwei Jahren, da hatte der Schäuble das SPD-Mitglied zum Staatssekretär gemacht, zu seiner rechten Hand, und ihm viel Verantwortung aufgehalst, zum Beispiel zur Geldpolitik gegenüber Griechenland. Und während Asmussen im BMF die Abteilung „Geld und Kredit" leitete, saß er in mindestens sechs Aufsichtsräten, etwa bei der Euler Hermes Kreditversicherungs AG, bei der Postbank, Telekom und Bahn AG, im Lenkungsausschuß des Bankenrettungsfonds, der Finanzaufsicht Bafin; im „Wirtschaftsfonds Deutschland" natürlich auch, dem Gremium, das ohne Parlamentskontrolle Bürgschaften vergab an schwächelnde Firmen – falls die zu groß waren, um sie preiszugeben.

Unter „Privates" dann das dicke Ende: „Jörg Asmussen hat zwei Töchter. Seine Lebensgefährtin ist Henriette Peukker, die von Anfang 2003 bis März 2010 die Berliner Repräsentanz der Deutschen Börse leitete. Seit April ist sie bei einer Kommunikationsberatung tätig. Aus dieser Beziehung ergibt sich der Vorwurf möglicher Interessenkonflikte und persönlicher Befangenheit." Gefolgt von dem Satz: „Damit scheint J. A. nicht nur einer der 6000 Lobbyisten zu sein, die den Berliner Reichstag umlagern, damit beschäftigt, Abgeordnete zu belabern, sondern er darf sich als Manager fühlen, eingedrungen in den Apparat, heimisch nicht bloß wie andere im Parlament – hier sogar an einem Schaltplatz der Regierung selbst."

Was sollte das? Der Schluß reizte Sörensen, der schmeckte ihm nicht, das war pures Gift! Es konnte nicht aus dem Netz sein, dort ging es moderat zu, rechtlich sauber, halbwegs gedeckt. Er sah es als Zutat des Absenders an, das Fax kam vom Junior, Barons Sohn Ralf; entfernt erinnerte es ihn an Zuschriften zum Thema Terrorismus, mit denen man ihn belästigt hatte. Das Wort „belabern" sprach dafür. Für ein unreifes Bürschchen, noch dazu links, schrieb der wenigstens verständlich ... Doch, er war gewillt, es anzuerkennen, wenn Laien versuchten, sich zu artikulieren, speziell zu sensiblen Dingen, die sich dem journalistischen Zugriff leicht entzogen. Soviel Sachlichkeit muß sein.

Wieder läutete das Telefon, er hob ab, es war Anja! „Eddie, bitte hilf uns", hörte er sie sagen, berührt vom drängenden Klang ihrer Stimme. „Wir sitzen fest, uns fehlt der Anschluß bei Falcks Tagebuch. Kannst du uns bloß mal den Anfang geben vom Hefter Nummer 5?"

„Kein Problem, Schatz", sagte er, erstaunt durch soviel Eifer, den flehenden Unterton. „Kommt sofort."

„Danke! Kann ich vielleicht auch was für dich tun?"

„Ja, durchaus – komm rasch heim, wir sehen uns ja kaum noch." Es gab eine Pause; ihm war, als druckse sie herum.

„Eben das wird heute nicht mehr klappen. Tut mir leid, Liebster."

„Wieso, wieso? Ist der Jaguar kaputt?" Er biß sich auf die Zunge, das war ihm so entschlüpft in seiner Enttäuschung. Es klang ein wenig lauernd, so als schlage er ihr eine Ausflucht vor.

„Das Auto nicht, bloß der Fahrer", sagte sie. „Falls dieser Bodo Lommel damals frech gelogen hat, bricht dem Albert sein ganzer Filmentwurf zusammen. Deshalb ist er jetzt total am Boden."

„Ach, wirklich?" fragte er verdutzt, ein bißchen schadenfroh. Es wunderte ihn, wie ernst sie das nahm. Ihr Mitgefühl galt öfter mal dem Falschen. Sollte die Story stinken, ging dem Mann doch nicht gleich der Stoff verloren. Baron konnte, wendig wie er war, daraus eine Gaunerkomödie machen, dazu langte es allemal. Wie gut hat's doch ein Szenarist, statt Politreißer halt ein Gaunerstück! Sein eigener Umstieg – vom Kampf gegen den Terror zur Wirtschaftskrise – war wesentlich heikler, da ging es um Realien, nicht bloß um rein Fiktives.

Ihm war, als habe er das geäußert, denn sie erwiderte ihm: „Gaunerstück, das ist kein Trost. Kleine Brötchen backen wollte er noch nie. Nein, wenn ihm die Story stirbt, dann ist der Albert fertig. Er fühlt sich jetzt schon wie kastriert."

Albert, Albert! Offenbar duzte man einander dort oben an der See. Sie klang ihm viel zu engagiert, ihr Ton war so, als laufe ein Drama ab in Ahrenshoop, mit dem Titel: Tod eines Dichters. Wenn der entmannt war durch den Flop, nun, um so besser. Sörensen fand das beruhigend, im Unterschied zu ihr; ein Kastrat wird keiner Frau gefährlich. Es sei denn, Anja will, von Mitleid überschwemmt, den Kerl aufrichten, ihn wieder hoffen lassen, etwa auf ihre Gunst?

Er rief sich zurück, ihm wurde bewußt, seine Vision ging ein Stück zu weit. „In zehn Minuten habt ihr den Kram", versprach er. Und es gelang ihm, jeden Hauch von Argwohn zu vermeiden. Für ihn war's einfach schlechter Stil, sich mißtrauisch zu zeigen.

„Wie können wir uns revanchieren?" wiederholte sie. „Alberts Sohn gräbt gern was für dich aus. Ralf ist ganz groß als Rechercheur."

Ralf also, dachte er, schielt sie auf den? Mitunter hatte er ein Faible für junge Männer an ihr bemerkt. „Na ja, hat der denn was zu Joachim Gauck? Der wünscht jetzt ein Gespräch mit uns, im Hinblick auf seine Kandidatur."

„Ich frag mal Ralf. Gauck stammt von hier, Eddie, da gibt's bestimmt etwas zum Hintergrund."

Mit einem Scherz legte Sörensen auf, unhörbar seufzend. Sie blieb über Nacht weg, so war das nicht geplant gewesen, und es mißfiel ihm gründlich. Nervös betrat er ihr Zimmer, enttäuscht auch von sich, vom eigenen Mangel an Vertrauen. Er neigte doch sonst nicht zur Eifersucht? Vielleicht nagt die irgendwann mal an einem, wenn man elf Jahre älter ist.

Und doch, wie dumm, dem gedanklich vorzugreifen! Widerstrebend öffnete er Anjas Schrank, gestreift von dem Duft, auf der Suche nach Ordner Nummer 5. Privates war für ihn tabu, selbst in der Ehe; er hätte es vorgezogen, nicht in ihrem Zeug zu wühlen. Endlich, den Fund in der Hand, schlug er ihn auf, überflog den Anfang und sah die Ahnung bestätigt, daß Bodo Lommel aus der Sicht des Vernehmers ein Gauner gewesen war, ein Lügenbold von Rang.

Ja, Hut ab vor Falck! Der kleine Stasiwicht kam dem Strolch auf die Schliche, er hatte ihn mühsam entlarvt. Falck ging es darum, „den Irrtum schleunigst zu bereinigen", wie er wörtlich schrieb. Das paßte aber seinen Vorgesetzten nicht, dem Major Schüssler wie auch dem Oberst Wallbaum. Und deshalb zogen die zwei ihn ab, sie nahmen ihm den Fall nun weg. Ab Seite 9 schon hatte er nichts mehr damit zu tun.

Sörensen löste den Anfang aus der Akte, zum Übermitteln durch den Fernkopierer. Die Wendung der Sache lenkte ihn ein bißchen ab, sie ließ ihn durch närrische Ideenverknüpfung an jenen Lesespaß denken, den ihm das Buch „Unser Mann in Havanna" einst bereitet hatte, dank des tricksenden Amateurspions in dem Roman von Graham Greene. Sogar der Name des Helden fiel ihm wieder ein: James Wormold – das hatte ihn schon damals amüsiert –, ein englischer Staubsaugervertreter im Cuba vor Castro, der sich, von seinem Weib verlassen, traurig durchs Leben schlug. Für den britischen Geheimdienst ein solider Geschäftsmann, dem hatte der MI-6 viel Geld spendiert zum Aufbau eines Spionagerings, so daß er begann, den Chefs in London solch ein Agentennetz vorzutäuschen, erdacht von A bis Z. Was aber trieb ihn an? Nicht Habgier war's gewesen, nur Liebe zu seiner Tochter, der er das Reitpferd nun schenken konnte, heiß von ihr begehrt.

Keiner ist ohne Schwachpunkt. Sörensen hatte auch den Schwarzweißfilm, vor gut 50 Jahren nach dem Roman gedreht, im Spätprogramm gesehen. Der sentimentale Sound saß ihm im Ohr, wie süß quoll der auf, wenn Alec Guinness als Wormold mit seiner Tochter ins Bild kam, oder nur das Pferdehalfter, Symbol der Verführbarkeit! London hatte seinem Mann sogar die Skizze einer Raketenstellung geglaubt, dem Funktionsprinzip von Wormolds Staubsauger (Typ „Turbo" oder „Atomic") kühn nachempfunden. Woran war der Held gescheitert? Sörensen war es, als habe der Geheimdienst den Flop glatt vertuscht, schlau wie das MfS ... Und plötzlich verstand er Barons Hemmung, den Stasistoff als Gaunerstück zu sehen. Lommel hielt, ohne Tochter und Gaul, keinen Vergleich mit Wormold aus. Greenes Satire war schwer zu toppen; und kleine Brötchen buk der Autor nicht.

Bevor Sörensen den Ordner zurückschob an seinen Platz, lockte es ihn, spielerisch weiterzublättern. Das hätte er lassen sollen; was er las hier und da, das machte ihm neuen Stress. Die endlose Geschichte von Schmutz, Verrat und Denunziation! Erbost durch Falcks Starrsinn zwar, doch von dessen Findigkeit und Treue nun restlos überzeugt, hatte Oberst Wallbaum ihn – nach Rücksprache mit Rostocks Stasichef und der Hauptverwaltung Aufklärung in Berlin – versetzt zur Abteilung XV. Deren Aufgabenfeld war das „Operationsgebiet", im Amtsjargon ein Tarnwort für Westdeutschland. Offensiver Einsatz dort kam kaum in Frage, der oblag der HV A des Mischa Wolf in dem Eckhaus an Berlins Frankfurter Allee. Falcks Spürnase wurde auf Besucher aus der alten Bundesrepublik gelenkt, denen das Interesse der Abteilung XV galt. Zumal während der „Ostseewoche", ein Rummel zur Selbstdarstellung des Regimes, gerieten auch

Politiker, oft aus SPD-Kreisen von Schleswig-Holstein, ins Visier der XV. Gern stiegen die im Warnemünder Hotel „Neptun" ab, der noblen Bleibe mit stasinaher Leitung. Beim leisesten Wunsch in solcher Richtung wurde der Roomservice ergänzt durch Edelnutten, die es offiziell nicht gab, im Dienst des MfS freilich durchaus.

Sie hießen dort, wie seltsam, „Patriotinnen", ein Pseudonym für weibliche IM, gewählt im Stil einer Behörde, deren Hüllworte leicht in Zynische kippten. Die Skybar des Hotels im Blick, hatte Helmut Falck notiert: „Sie sitzen dort wie Hühner auf der Stange", salopp wie ein Zuhälter. Eben noch spürbar zwischen den Zeilen: Der Job widerte ihn ziemlich an, doch er nahm ihn ernst, blieb stets loyal, der pflichttreue Genosse im Dienst des Klassenkampfes an der Rotlichtfront. Übrigens hatte man ihm den Weg ins Mileu durch Beförderung zum Hauptmann versüßt.

Das schien auch nötig, denn wie hier stand, hatte unter dem Kontakt zu leichten Mädchen mit der Zeit seine Ehe gelitten. Drei- oder viermal in den folgenden zwölf Jahren war er wohl Anfechtungen erlegen. Das ging hervor aus Textstellen, von seiner Witwe beim Abtippen des Tagebuchs zwar weggelassen, doch pedantisch markiert durch Pünktchen in Klammern. Eine Fußnote unterstrich ihre Pflicht, das Ansehen des Verstorbenen zu schützen. Auch etliche der Namen prominenter Freier fehlten, wenngleich wohl aus anderen Gründen. Die behielt Frau Falck gewiß für sich, um sie meistbietend zu verkaufen – einem Boulevardblatt etwa, an den „Stern", „Spiegel" oder „Focus"?

Sörensen begriff, was er da in der Hand hielt, das war Dynamit, selbst nach so vielen Jahren. Ein Mitglied des Bundestags, ein Ministerialdirektor und zwei Abgeordnete des Kieler Landtags tauchten im Klartext auf, wie Köder zum Anlocken der Medien. Das hatte, neben dem Nachrichtenwert, sogar Erpressungspotential. Dort nämlich, wo es der Abteilung XV geglückt war, die Quelle nicht bloß abzuschöpfen, sondern sie zum Dauerfluß anzuregen. Und manch eine ließ Helmut Falck denn auch tüchtig sprudeln! Hatte er's doch sogar geschafft, einen V-Mann des Verfassungsschutzes im Bett der „Neptun"-Herberge umzudrehen ... Die rasche Durchsicht schon ergab Fatales, Skandalöses. Da bebte einem ja die Hand. Und all das unbemerkt, ganz ungeahnt seit Wochen hier im Haus geparkt.

In einer ersten Regung wollte er den Ordner, dazu auch noch die Nummer 6, den letzten, in den Wandsafe seines Arbeitszimmers tun. Wie aber würde das auf Anja wirken? Sie war allergisch gegen alles, was ihr nach Bevormundung roch. Es schien ihm ratsam, das mit ihr erst abzusprechen. Er warf die Akte auf den Tisch und ging zurück in sein Studio.

Sörensen sah, er hatte zuviel Zeit vergeudet mit dem elenden Falck-Papier. Aus den zehn Minuten, wie von ihm versprochen, war mehr als eine Stunde geworden. Hurtig schob er die ersten acht Seiten der Akte in sein Faxgerät und merkte, der Kopierer hatte Anjas Gegengabe längst gespeichert, und er druckte dies nun aus.

Etwas an den Blättern befremdete ihn gleich. Das Material zu Joachim Gauck, von ihm bestellt, ließ Biographisches weitgehend weg. Offenbar galt dessen Vita als hinlänglich bekannt. Die schrumpfte da zusammen auf das Geburtsdatum (24.01.1940), die Sibirienzeit des Vaters (1951–55), den Widerstand des Pastors in der Wende und sein verdienstvolles Wirken als „Bundesbeauftragter für die Unterlagen des Staatssicherheitsdienstes der ehemaligen DDR" (1990–2000).

Breit angefügt fand er den Hinweis auf Hansjörg Geiger, der, geboren 1942 zu Brünn, die Gauck-Behörde de facto geleitet habe, als deren Direktor von Anfang an. Er sei der Hintermann gewesen, Gauck aber nicht viel mehr als die Galionsfigur. Der Jurist Geiger, zuvor Staatsanwalt in München, dann Ministerialrat in der Bayerischen Staatskanzlei, entstamme einer k.u.k. Beamtenfamilie, er strahle eine Überparteilichkeit aus, an der es ihm in Wahrheit fehle.

Anno 1995 ernannt zum Präsidenten des Bundesamtes für Verfassungsschutz, habe er, welch ein Karrieresprung, im Jahr darauf bereits den Bundesnachrichtendienst (BND) geführt.

Und in diesem Amt des Chefspions habe Geiger, laut „Focus" vom 13. Mai 2006, „auf einer geheimen Sitzung im Dezember 1996 den gezielten Spitzeleinsatz eines Journalisten gegen Berufskollegen in den Medien verfügt, wie von dem Karlsruher Bundesrichter Schäfer auch bezeugt. Dieser Agent, der Journalist und Buchautor Willy D., lieferte unter den Decknamen ‚Dali' und ‚Schweiger' dem BND bis September 1998 für einen Judaslohn von 653 000 DM insgesamt 856 Berichte aus deutschen Redaktionen ..."

Verstimmt übersprang Sörensen das übrige, bis auf den tristen Schluß: „Noch im letzten Jahr ließ sich der BND über mißliebige Journalisten informieren, wie ‚Focus' weiter meldet, gestützt auf den Schäfer-Report zur Observation der Medien. So setzte der BND-Spitzel Uwe M. aus Leipzig – Deckname ‚Sommer' – seine Auftraggeber ins Bild über das Tun des Journalisten Andreas Förster. Der klagte in der ‚Berliner Zeitung' drei Wochen später erstmals über das Vorgehen des BND. Von diesem war Uwe M. bereits im April 2002 dazu veranlaßt worden, deutsche Journalisten auszuspähen."

Jemand hatte noch bemerkt: Opfer haben keine Lobby. Vermutlich Ralf, der Sohn des Autors. Von Anja kam so etwas nicht. Und haarsträubend, was dann folgte, als Kopie aus dem jüngsten Heft des „Ossietzky", dieser linken Postille: „Als nach Horst Köhlers schnellem Abgang Sigmar Gabriel und Gaucks guter Bekannter Steinmeier dem Ex-Pfarrer den Vorschlag zur Kandidatur unterbreiteten, ließ dieser sich nicht lange bitten", stand da in der Erbauungsschrift. Daher sei keine Zeit geblieben, den Mann auf seine Eignung zu prüfen und ihm zumindest doch noch ein paar kleine Fragen zu stellen, etwa diese:

„Trifft es zu, daß Sie wiederholt Kontaktgespräche mit

MfS-Leuten hatten, daß diese Ihnen außergewöhnliche Privilegien einräumten und Sie für Ihren Beitrag zum störungsfreien Ablauf des DDR-Kirchentags 1988 ausdrücklich belobigten? – Finden Sie es nicht auch verwunderlich, daß die DDR-Staatssicherheit ausgerechnet 1988 den fünf Jahre zuvor angelegten Operativen Vorgang ‚Larve' zu Ihrer Beobachtung mit der Begründung schloß, daß von Ihnen keine ‚Aktivitäten' ausgehen, und gleichzeitig erwog, Sie als ‚Informellen Mitarbeiter' zu gewinnen? – Stimmt es, daß Sie im Sommer 1990, allen Vorschriften zuwider, mehrfach über längere Zeit die über Sie vom MfS angelegten Akten mutterseelenallein, ganz ohne Aufsicht, durchgesehen haben und den Verdacht nicht entkräften konnten, Belastendes beiseite geschafft zu haben?"

Das war dreist, gar nicht nett gemeint, und nachgerade rüpelhaft der Schluß. „Gabriel und Steinmeier hätten ihn auch fragen sollen: Sind Sie sich bewußt, daß wir Sie nicht aus Liebe und Achtung, sondern aus rein parteitaktischen Erwägungen ausgewählt haben? Auf all das hätte Joachim Gauck, obwohl es wahrlich nicht seine Art ist, kurz und knapp mit ‚Ja' antworten können. Doch wo nicht gefragt wird, da kommt auch keine Antwort. Steinmeier und Gabriel haben nicht gefragt, weil ihnen die Fakten bekannt sind. Das hindert sie freilich nicht, Gauck in den höchsten Tönen zu preisen, durchaus in Einklang mit der bürgerlichen Presse – vom ‚Spiegel' über ‚Bild' bis zur ‚FAZ' –, und für seinen Einzug in das Schloß Bellevue zu werben. Schließlich geht es ihnen nicht um einen Präsidenten, der besser ist als Wulff, sondern einzig und allein darum, die taumelnde schwarz-gelbe Koalitionsregierung ausgerechnet mit einem Kandidaten in die Bredouille zu bringen, der mindestens genau so rückwärts gewandt und antikommunistisch ist wie die Merkel-Westerwelle-Koalition und zu dieser paßt wie eine schwarze Krawatte zum Traueranzug. So steht denn am 30. Juni vor der Bundesversammlung nicht nur der Supergauck im Scheinwerferlicht.

Auch auf diejenigen, die ihn für das höchste Staatsamt vorgeschlagen haben, wird ein bezeichnendes Licht fallen."

Sörensen fluchte laut, er zerknüllte das Blatt und warf es weg. Das half ihm ja in keiner Weise – wieso ließ sein Weib es zu, daß Barons Sohn ihm damit kam? Es klang wie die Kampfansage einer linken Ratte. Fast jede der Fragen hätte den Kandidaten so brüskiert, daß der das Gespräch gewiß beendet hätte. Und Anja wußte zwar, wie gern man zuspitzte im Interview, um Biß zu zeigen und spannend zu sein, aber doch nur, wenn die Pointe gut und der Vorstoß juristisch wasserdicht war. Nichts davon war hier der Fall. In Unkenntnis der simpelsten Anstandsregeln mutete ihm der Jüngling zu, sich Gauck gegenüber aufzuführen wie eine Wildsau ... Dem mußte man mal zeigen, wo der Hammer hing! Er nahm sich vor, ein ernstes Wort mit seiner Frau zu reden, wenn die verspätet heimkam, morgen, von ihrem törichten Trip.

„Nun steht fest", sagte Anja beim Kerzenschein in Barons Garten, „der Lommel hat durch die Bank gelogen. Sein ganzes Geständnis, das Dutzende von Akten füllt in Waldeck, ist eine Auftragsarbeit fürs MfS gewesen, weiter nichts! Er war kein Froschmann, war nie in den USA oder auch nur in der Bundeswehr. Vor der hat er sich im Gegenteil gedrückt. Kurz vor dem Mauerbau kam er nach Berlin und zu uns, weil es im Westen seit 1957 die Wehrpflicht gab, im Osten aber noch nicht. Es ist ihm da allerdings bald langweilig geworden, er war erpicht auf Abenteuer, erotische Schlenker haben ihm nicht genügt. Da hat er halt ein bißchen Opposition gespielt, in Wustrow auch zwei Kumpel gefunden, mit denen ein paar Flyer verzapft und sich von Russen am Flugplatz Pütnitz die Pistole gekauft, um damit anzugeben vor den beiden oder auch vor seinem Mädchen. Bodo Lommel war ein Schwadroneur, auf Krawall gebürstet. Zur Verhaftung hat das ausgereicht."

„Aber all das, was er beschreibt, die ganze maritime Militärtechnik gab es doch", wandte Ralf ein. „Schön, das kam aus Moskau, es ist ihm von der Stasi zugesteckt worden. Aber immerhin, hier steht, westliche Geheimdienste sind tatsächlich zu Beginn des Kalten Kriegs über die Ostsee bei euch eingesickert, haben den Eisernen Vorhang auf dem Wasserweg umgangen. Das schreibt auch Falck." Er tippte auf das Blatt. „Der britische MI-6 wird ausdrücklich von ihm erwähnt, Schleusungen im Baltikum, die Schnellbootgruppe Klose – zahlreiche Anlandungen von 1948 bis zum April 1955, Agententransporte von Polen bis Estland, nicht wahr? Einer der Helden war Hans-Helmut Klose, Kapitänleutnant der Kriegsmarine aus Rostock; letzter Dienstrang Vizeadmiral in der Bundesmarine."

„Wie kommst du darauf? Das steht gar nicht drin."

„Es war nicht schwer, das rauszukriegen. Inzwischen findest du im Internet schon Darstellungen der Teilnehmer von damals. Veteranen plaudern gern. Die haben munter gekungelt mit London, deutsche Seekrieger a. D.! Das lief unter britischer Flagge als ‚Baltischer Fischerei-Schutzdienst': *British Baltic Fishery Protection Service.* Übrigens hat Helmut Schmidt den Klose, als der am 6. September 1978 ausschied mit 62 Jahren, persönlich im Kanzleramt verabschiedet."

„Mag sein", sagte Anja. „Aber laut Falck ist mit solchen Aktionen ab Frühjahr 1955 Schluß gewesen, auf der ganzen Linie. Es war einfach zu riskant geworden. Im Baltikum hatte sich das Sowjetregime stabilisiert, die Seeabwehr des Ostblocks stand."

„Nur leider geben die westlichen Dienste dazu keine Unterlagen frei, auch 20 Jahre nach dem Mauerfall noch nicht. Jetzt frag ich mich, warum hat euer Mielke es seinem Team erlaubt, Aktionen, die längst passé gewesen sind, da noch mal fiktiv zu beleben? Und zweitens, was konnte Lommel in puncto Austausch denn erhoffen, von Auftraggebern, die es gar nicht gab für ihn?"

Es hemmte Anja, daß Albert Baron stumm dabeisaß, wie

abwesend; das Gespräch lief ganz an ihm vorbei. Daß die Filmidee tot ist, hat ihn selbst zum Zombie gemacht, fand sie. Etwas Spukhaftes lag in der Luft, es entstieg den alten Geschichten.

„Lommel ist gar nicht ausgetauscht worden", sagte sie in dem Gefühl, etwas geklärt und geschafft zu haben. „Eure Behörden haben ihn freigekauft. Der Stasi war das recht, die setzte ihn oben auf die Liste. Er hatte ja kaum was angestellt und dafür lange brav mitgespielt."

„Aber was war dabei der Sinn? Wie konnte Mielke so weit gehen und das vertreten, vor Ulbricht und im Politbüro?"

„Da saß er doch selber mit drin."

„Hoch genug also, die anderen zu belügen?"

„Ralf, das fragst ausgerechnet du? Deine Texte zu Afghanistan, die zeigen doch, wie es zugeht an der Spitze, wenn da durch Lust zur Übertreibung etwas aus dem Ruder läuft."

„Okay. Was den elften September betrifft, hast du recht. Eben schreibt die ‚Washington Post', derzeit sind zwölfhundert US-Behörden aktiv befaßt mit Terrorabwehr, dazu noch fast zweitausend Privatfirmen. Na klar, ein sattes Geschäft. Und jeder Geheimdienst bauscht gern auf, Desinformation gehört zum System, ähnlich wie Kriminelles ... Aber dazu steht nichts bei Falck."

„Doch, hier auf dem letzten Blatt." Sie schob es ihm zu. „Als man Falck den Fall wegnahm, da hat er resigniert. Das Ding wurde viel zu groß für ihn, er sieht's von da an als Intrige, hoch angebunden, außerhalb seiner Kompetenz. Dabei tippt er auf folgendes: Erich Mielke hat Lommels Erzählungen gegen Mischa Wolf gebraucht, seinen Intimfeind. Die zwei sind sich nie grün gewesen. Mielke, erheblich älter und ärmlicher Herkunft, ist für Wolf ein Prolet gewesen. Wolfs Vater war Arzt, Autor und Botschafter; sein Bruder Regisseur und Haupt der Akademie der Künste. Das hat dem Minister nicht geschmeckt, der fand den Mann zu intellektuell und arrogant."

„Ein Minderwertigkeitskomplex, das war der Grund?"

„Da ging ein Riß durch die ganze Partei, vergleichbar dem zwischen Ost- und Westemigranten zur Nazizeit. Und nun hielt Mielke dem Rivalen etwas unter die Nase, das eigentlich Wolfs HV A hätte offensiv ermitteln müssen: das Treiben der Schleuser, die fortlaufende Ankunft gefährlicher Feinde im Hinterland."

„Ich verstehe. Der Trend zum *fake* muß stark gewesen sein."

„Ja, und mit dem Betrug baut der Minister sich außerdem in der Sowjetunion auf. Beim großen Bruder, dem KGB-Chef Andropow, stellt er Wolf als Versager hin. Das ist der eigentliche Witz: Mielke spielt den Trumpf in Moskau aus, von wo ihm das ganze Material erst zugeflossen ist."

Ralf stieß seinen Vater an. „Hast du gehört? Ist das noch immer kein Stoff für dich, Dad? Die Narretei der Geheimdienste, besser liefert dir das keiner! Das ist Idiotie in Reinkultur."

Albert Baron aber rührte sich nicht, sein Blick war glasig, er starrte vor sich hin. Es schien, als habe aller Mut und der Rest von Lebenskraft ihn verlassen.

Ralf ließ von ihm ab. „Denk doch mal nach", bat er Anja; es klang gedämpft, fast verschwörerhaft. „Laß uns überlegen. Ich weiß, da fehlt das Weib, seit ihm die Kellnerin abhanden kam. Ohne Rolle für Paulys Frau läuft halt gar nichts, da ist bei ihm der Ofen aus."

„Da müßte sich doch was finden", flüsterte sie.

„An sich schon. Sehr wählerisch ist Rita nämlich nicht. Im Prinzip macht die alles, von der *femme honnête* bis zum Blümchensex, Hauptsache sie ist im Film."

Ein Windhauch ließ die Kerzen flackern. Es wurde kühl, und Anja sah, wie Alberts Schatten über die Hauswand glitt, der Sarkozy-Kopf, nun nicht mehr beseelt von Angriffslust. „Wie man hört", sagte sie tastend, „soll Wolf ein Frauentyp gewesen sein. Es könnte Albert reizen, daran anzuknüpfen. Stell dir mal eine schöne Spionin vor, die beim Duell zwischen Wolf und Mielke irgendwie ins Schußfeld kommt."

„Das könnte es sein.“ Ralf nickte ihr zu, als wäre der Vater gar nicht mehr dabei. „Sowas holt ihn zurück aus dem Tal der Tränen.“

Sie spann den Faden noch ein wenig fort. „Besorg ihm doch mal Wolfs Memoiren“, riet sie. „Auch ‚Die Kunst der Verstellung‘ und ‚Freunde sterben nicht‘, das sind dessen letzte Bücher gewesen. Bei Albert geht nichts ohne Fakten, kann sein, er wird dort fündig.“

„Aber er würdigt gern beide Seiten. Von Mielke empfiehlst du uns nichts?“

„Da gibt's bloß Sekundärliteratur. Der einzige eigene Titel heißt ‚Sozialismus und Frieden – Sinn unseres Kampfes‘; kam zwei Jahre vor der Wende noch heraus.“

Sie lächelten beide, einig darin, daß dies kaum weiterhelfen würde. Durch Alberts Lethargie entstand zwischen ihnen plötzlich eine Nähe, die Anja nicht geheuer war. Sie stand auf und bat Ralf, ihr das Nachtlager zu zeigen. Er führte sie in das kleine blaue Gästehaus, wo man sich etwas linkisch trennte, ohne Händedruck. Etwas schnürte ihr die Kehle zu. Immerhin hatte er ihr eine gute Nacht gewünscht. Und obwohl sie sich hier völlig sicher fühlte, schloß sie die Tür doch sorgsam ab.

DER ZWEITE TRAUM

Wenig später ging 300 Kilometer weg davon auch Edgar Sörensen zu Bett. Er hatte seine Frau noch kurz gesprochen, von ihr gehört, sie komme morgen zurück im Schnellzug – der Fahrer holte sie vom Bahnhof ab –, und sie vor den restlichen Falck-Mappen gewarnt. Auch Hefter Nummer 6 enthielt noch Peinliches, die Klarnamen von Burschen wie Wolfgang Schnur, Einflußagenten, die das sterbende MfS – oder der Nachfolger AfNS – gegen Ende der DDR in neuen Oppositionsgruppen plaziert hatte, die wie Pilze aus dem Boden schossen. Ein Dutzend Namen von der Witwe Falck, gelernt ist gelernt, wieder schlau vertuscht.

Selbst Personen, die dem Geheimdienst ferngestanden hatten, waren durchleuchtet worden, dreist aufgelistet und auf Schwachstellen überprüft. Auch Westkorrespondenten kamen vor wie etwa Lothar Loewe, vom MfS in einen Autocrash verstrickt; falls die sich nicht in Sexaffären verwickelten oder sich ihnen der Ruch anhängen ließ, sie stünden selbst im Sold der Stasi. Reiste von dieser akkreditierten Schar mal, zähneknirschend geduldet, so ein Bevorzugter ans Meer, tauchte er mitsamt seinem Troß zwangsläufig in Falcks Blickfeld auf.

Ferner hatte sich der Hauptmann Reizfiguren wie dem Melker und Rechtsanwalt Peter-Michael Diestel gewidmet, mutmaßlich letzter Innenminister des scheiternden Landes, geboren 1952 auf der Insel Rügen. War der doch befaßt mit dem Auflösen des Amtes für Nationale Sicherheit (AfNS), wobei ihm der Satz entschlüpfte, jawohl, er stütze sich dabei durchaus auf Stasileute, das gehe gar nicht anders, denn mit Pfarrern, Bürgerrechtlern oder sonstigen Nullen in Sachen Konspiration lasse sich kein Geheimdienst entflechten. Ein Wort, das ihm Falck ebenso zugute hielt wie sein ganzes, von

Kerzendemos und Abwicklung bedrohtes Team, bis hoch zu Oberst Artur Amthor, dem letzten Sicherheitschef im Bezirk Rostock.

All das schien brisant, da kam manch einer von Sörensens Kollegen ins Spiel. Fürs erste hatte er die beiden Hefter, mit Anjas Zustimmung, wie tickende Zeitbomben in den Safe gesteckt. Nun las er, um sich abzulenken und ihr ein wenig nahe zu sein, vorm Einschlafen im „Stern" einen Bericht von der Küste, der Ahrenshoop streifte. Selber kannte er den Ort nur flüchtig aus Schilderungen seiner Tochter Rita. Für Hamburgs Blattmacher wohl ein Dauerbrenner. Bereits vor 50 Jahren war im selben „Stern" ein Report erschienen, wegen des FKK-Strands dort „Die Nackten und die Roten" überschrieben. Das haftete in ihm, weil es den Titel „The Naked and the Dead" variierte, des Bestsellers von Norman Mailer; ein wuchtiger Roman, den er weit über andere Kriegsbücher stellte.

So beißend fand er das Dorf jetzt nicht präsentiert, der Autor rang spürbar um Gleichgewicht zwischen der Liebe zur Tradition und dem Hang, frisch und modern zu sein, so perfekt wie profitabel. „Es war einmal ein Sandweg, der teilte den Ort in Fischland und Darß", begann es im Märchenton gefühlig. „Nun ist er mit häßlichen Klinkern gepflastert, damit die Cabriolets glatt zum Café ‚Buhne 12' gelangen, so daß sich auf diesem Weg der Versyltung auch die Geister zwischen gestern und heute scheiden ... Wo der Grenzweg ans Meer stößt, da krümmen sich drei Pappeln über ein Reetdach in den Dünen. Dies ist das Ostseemotiv schlechthin. Oft gemalt, noch öfter fotografiert, auf Postkarten sieht's auch noch so einsam und romantisch aus. Rundherum aber wehrt sich der Ort nur noch halbherzig gegen immer neue Feriensiedlungen, wachsen die Dörfer schon ähnlich lückenlos zusammen wie die Seebäder an der Lübecker Bucht."

Sörensen gähnte. Letztlich war das alternativlos. Im Schein der Nachttischlampe glitt ihm das Blatt mehrfach aus der Hand. Er las noch ein paar Zeilen von der Eröffnung des „Grand Hotels Moderne“, das alles überragte. Es wirke „zwischen den flachen Seefahrerhäusern wie ein gestrandeter Ozeanriese unter lauter Holzfischerbooten.“ Damit habe Ahrenshoop für viele Stammgäste seinen Charme endgültig verspielt. Die verschlafene Beschaulichkeit des Boddendorfs Born hingegen! Auch dem FKK-Strand drohe der Rückgang ... Nun fielen ihm die Augen zu.

Die Nackten und die Roten, das gilt auch heute noch, fand er. Barons Filius ist rot, wie dessen unflätiger Text ja zeigt, sein Haß auf Gauck, und Anja jetzt wohl nackt mit ihm am Strand? An einer gewissen Hinneigung zu Jünglingen ist bei ihr kaum zu zweifeln; das trübt sein Privileg, sie hüllenlos zu sehen, den Anblick gönnt er keinem ... Dieser Ralf, man kennt bloß sein Gewäsch, muß ein gewaltbereiter Typ sein, doch unfähig zur Gewalt – Umstürzler von der Art, wie der Verfassungsschutz sie rechtens observiert, nur nicht beim FKK. Vor 40 Jahren wäre der einer von den Kommunarden gewesen, die sich in freier Liebe übten, das Wagnis der Revolte freilich scheuten. Verpufft auch bei ihm die subversive Energie eher durch das klassische Ventil?

Er mochte so weit nicht denken. Aber das Bild, nicht ganz von der Hand zu weisen, quälte ihn im Halbschlaf, bis er sich zwang, über anderes zu sinnieren, Dinge aus dem Hauptstadtstudio. Das flüchtige Auftauchen Steffen Seiberts jüngst im Zollernhof bot sich an. Was trieb den Mainzelmann denn nach Berlin? Der Fama nach erwog die Kanzlerin, ihren Regierungssprecher Wilhelm durch Seibert zu ersetzen. Pfiff sie so aus dem letzten Loch, daß ihr für das Amt des Chefverkäufers jetzt nichts besseres einfiel als dieser Moderator, der Mann von „heute“, trotz seiner 50 Jahre zwar forsch, doch auch ein bißchen unreif wirkend? Na, vielleicht brauchte man im Kanzleramt wegen der Stagnation genau den jugendlichen Touch.

Was wär denn sein Vorschlag gewesen, hätte man ihn um Rat gefragt? Zehn Männer in 60 Jahren hatten dem Land in diesem Job gedient, nur ein paar davon waren ihm präsent, verdrießlich rief er die sich ins Gedächtnis. Klaus Bölling etwa oder den „Bild"-Macher Boenisch, die ZDF-Leute Ost und Heye. Pressesprecher sind zugleich Politberater, sie verkünden nicht nur Amtliches, sie lancieren auch Meinungen, ohne sich je in den Vordergrund zu spielen; das verlangt Feingefühl und Selbstverleugnung, ähnlich wie jetzt bei ihm ... Die Nacht, er spürte es, war mit Unheil geladen. Der Himmel mochte wissen, was derzeit am Meer geschah.

Das Arg- oder Hemmungslose der Leute um die 30! Anja hatte ihn zwar, soweit er wußte, noch nie betrogen in den drei Jahren. Doch was hieß das schon, einmal fängt's bekanntlich an. Und verdammt, unser Sexleben ist die große Prüfung. Wenn wir es schaffen, dem Partner einen Seitensprung zu verzeihen – vorausgesetzt, es bleibt dabei –, ihn danach noch immer mögen, dann muß uns nicht bange sein ... Aber Zorn, Blindheit, Lust auf Rache, damit hätte man versagt. Eigene Tugend entschuldigt einen nicht.

Und doch, hinter solch klugen Sätzen spürte er drängende Wut, die ihn nicht aus den Krallen ließ. Schuld war das Fax von der See mit dem Schmock, der Gift sprühte gegen Spitzenleute wie Asmussen oder auch Gauck. Daher sein Zustand, durch solche Infamie. Er wußte mit Sicherheit, Gefühle und persönliche Interessen sind stärker als jedes Argument. Aus Erfahrung war ihm klar, wie direkt Meldungen, denen er traute oder eben nicht, zu präzisem Handeln bei ihm führten, hart und rasch; dafür schließlich wurde er befördert und bezahlt. Solange er unter Strom stand, voller Spannkraft war, würde der Instinkt ihn nicht verlassen.

Doch welch quälender Impuls, wie nachhaltig auch! Trotz all der dämpfenden Gedanken, die Erbitterung wich nicht, sie brachte ihn um den Schlaf. Und das steigerte den Groll in fast kindischer Art, wie er wohl begriff, zur hellen Wut auf alle, die ihm je in die Quere gekommen waren, weil sie mit seinem Talent auch das Wunderbare der Arbeit verkannten, die er leistete Tag für Tag! Oder gar dabei zu sein schienen, ihm Hörner aufzusetzen, wie der respektlose Mensch an der See. Hatte Anjas Stimme nicht geschwankt beim letzten Gespräch, so als versuche sie, einer Falle auszuweichen? Jetzt stellte er sich vor, wie dieser Knilch, im Rausch ihren Leib umklammernd, ihn hämisch angrinste dabei. Der heimtückische Seitenblick von dem zerwühlten Bett – Sinnbild für das Chaos, das Typen wie der anrichten würden, trat man ihnen nicht so beherzt entgegen wie dem Terror der Islamisten, weltweit.

Nein, Sörensen blieb bei der Stange. Er würde nicht vorschnell das Thema wechseln, weil die Gewißheit, in Afghanistan zu siegen, leider schwand. Was sollten ihm andere Optionen, die Krise, sein Plan B? Es mußte doch Männer geben, die denen beisprangen, welche am Hindukusch täglich ihr Leben riskierten! Weiß Gott, die Jungs dort hatten es verdient.

Kurz nach Mitternacht fuhr Anja hoch, fand den Lichtknopf und sah sich um wie gehetzt. Hatte sich etwas geregt hier im Haus? Ach, es war nur dieser Traum, der ihr Herz rasen und sie so heftig schwitzen ließ! Sie warf die Decke zurück und setzte sich auf ... Wo war sie eigentlich? Während das Traumgeschehen ihr noch vor Augen stand – Eddie vergaß sowas gleich, ihr ging es nach –, musterte sie die Umgebung, ohne auch nur annähernd zu erkennen, wohin es sie verschlagen hatte.

Am Bett gegenüber, unter der Dachschräge, sah sie Sprüche angepinnt, ulkig wie *The only good system is a sound system*. Das klang nach Ralf, es meinte die Musikanlage. Daneben der Reim: „Ein Mensch sagt, und ist stolz darauf / Er geh' in seinen Pflichten auf / Bald aber, nicht mehr ganz so munter / Geht er in seinen Pflichten unter". Gefolgt von: „Wenn Widerstand sich darauf beschränkt, alle vier Jahre irgendwo ein Kreuzchen zu machen, wird sich nicht viel ändern. Die Leute haben schicke Sachen, aber leere

Gesichter." (Das war von Bärbel Bohley, der enttäuschten Bürgerrechtlerin! Es hätte auch von Gabi sein können.) Dann stand da noch: „Das Dasein ist köstlich, man muß nur den Mut haben, sein eigenes Leben zu führen."

Die Vielzahl der Texte ließ sie an die alte Zimmertür in der Blücherstraße denken, einst von ihr selbst bestückt („Wir haben uns aufgelöst – Ihr MfS"). Beim letzten Wort, dem vom köstlichen Dasein, stand als Quelle: Giacomo Casanova. Das brachte die Lösung, sie war in Albert Barons blauem Gästehaus.

In ihrem Alptraum freilich war Albert gar nicht vorgekommen. Nur mit dem Sohn hatte sie's zu tun gehabt. Anstelle des frustrierten Vaters, der zu nichts mehr fähig schien, fuhr Ralf sie im Jaguar – nicht bloß zum Bahnhof, sondern heim nach Berlin. Merkwürdig gekleidet, wie ein Negativ vom Bild des Alten. Zum dunklen Kapuzen-Sweatshirt trug Ralf ein schwarzes Basecap, schwarze Jeans und ebensolche Slipper, was ihm etwas Dynamisches gab. Und er legte, anders als sein Dad, eine frivole Leichtfertigkeit an den Tag, die überhaupt nicht zu ihm paßte. Ihr aber, wie seltsam, gefiel auch das! Offenbar hatte sie angefangen, ihn zu mögen.

Wie kam es dazu? Was sie einzig an ihm geschätzt hatte, war sein schnelles Denken, das jungenhaft Unbekümmerte, mit dem er ihr begegnet war – und jetzt fing sie an, ihn gern zu haben, wenn auch bloß im Traum? Selbst sein Fahrstil schreckte sie da nicht – auf der Autobahn drängelte er, wie um Punkte in Flensburg zu sammeln. Dazu führte er kecke Reden, spürbar darauf aus, sie an sich zu fesseln, mit solch alberner Männlichkeit, die ihr sonst nicht imponierte.

Dem entsprechend bremste er plötzlich und bog, kaum noch überraschend, in ein Waldstück ab. Der Zweck war eindeutig, das geschah natürlich, um sie zu verführen. War ihr das zuwider gewesen, scheute sie davor zurück? Nein, ganz im Gegenteil, sie selbst fieberte dem entgegen! Der Wald ringsum verschwamm und die Welt versank in Belanglosigkeit, als er anhielt, zur zärtlichen Berührung. Zog da ein Sturm herauf, umarmte sie ihn, sollte dies nun ihr Schicksal sein? Wieso tat Ralf das, was Albert sich versagt hatte, ahnte er ihre schlummernde Bereitschaft?

Ihr ging es gut, sie fühlte sich stark, begehrt und jetzt von ihm genommen ... Als seine Beute, obgleich doch sie es war, die ihn versengt hatte, verhext mit ihren heimlichen Signalen ... Doch plötzlich, mitten im Strudel, das fremde Gesicht an der Scheibe! „Ralf, da ist wer", stieß sie heraus – eben das hat alles gestoppt, sie aus dem Schlaf geschreckt. Erstaunt schaut sie sich um, wie schade, nicht mehr bei ihm zu sein ... Neben ihr auf dem Wandbrett liegen Bücher, offenkundig Ralfs Lektüre. Immerhin, sie ist in dessen Reich.

Ob das hilft? Anja will's probieren. Sie knipst das Licht aus, sinkt zurück und schließt die Augen, um wieder dicht bei Ralf zu sein. War's denn so schön in seinen Armen? Verwirrend eben und wunderbar erregend, bis das Gesicht an der Scheibe klebte. Der glotzende Spanner hat wie ein Wasserguß die Glut erstickt, oder läßt die sich neu entfachen? Sie versucht, zurück in den Traum zu gleiten. Manchmal hat das funktioniert, im zweiten Anlauf ... Nach ihrem Gefühl ist die Umarmung halb mißglückt, keinesfalls optimal gewesen. Verschlungene Gliedmaßen zwischen Lenkrad, Schaltung und Armaturen, Ralf hat ihren Mund verfehlt, doch sein Gestammel, die Liebkosung, heiße Lippen an ihrem Hals ... Selbst das Linkische steigert da die Sucht.

Und wirklich, es scheint zu klappen. Weil sie eben glaubt, in Ralf verliebt zu sein. In dessen Jugend, das Kesse, Burschikose ... Ihr ist, als habe er auf sie gewartet. Wie dumm, man streift versehentlich die Hupe, das lockt doch wieder wen herbei. Noch mal der fremde Kopf, das darf nicht sein! Ihr Fuß steckt fast im Handschuhfach, doch welch Genuß, es mit Ralf zu tun ... Mag er auch unerfahren sein, im Vergleich mit Eddie. Bei dem ist's immer Maßarbeit, bedrückende Routine, abtörnend sein gekonntes Spiel auf dem Instrument, das ihr Leib ja für ihn ist. Wie anders Ralf, so rührend bemüht, ihr das zu bieten, was sie in Wahrheit längst erfüllt.

Bis mitten im Rausch an ihrem Kopf die Tür, obwohl doch versperrt, ruckartig knackend aufgerissen wird! O Gott, Schluß nun, alles vorbei ... Zwei Körper fallen auseinander, die Kleidung wirr ... Wer zerschlägt jetzt das Idyll? An der Stimme erkennt sie Jan Otto, ohne zu fassen, was der von ihr will. Hat Edgar den geschickt, ihr entgegen? Nur zum Bahnhof, war vereinbart. Aber sie weiß, der Mann ist scharf auf sie, imstande, die Lage für sich auszunutzen.

Ab hier verschwimmt es, der Rest fließt ineinander. Hat Ralf den Kerl am Ende noch verjagt? Keine Ahnung, beide sind weg, das Bild erlischt. Aus dieser Traumphase bleibt ihr nichts. Doch beim Aufstehen findet sie, es reicht auch so. Sie fühlt sich bestraft, hat Schönes herbeiphantasiert und nur Bedrückung gekriegt ... Der absurdeste Alptraum ihres Lebens, da ist Anja sicher, der liegt hinter ihr.

DIE MEINUNGSMACHER

Berlin war Endstation gewesen, zum Glück ihr Ziel, sonst hätte Anja es verschlafen. Sie war auf halber Strecke eingenickt, dies hatte sie erlöst von etwas, das sie neuerdings plagte, zumal im Bett. Ein feines Sirren saß ihr oft im Ohr, als schwirre da eine Mücke. Da aber kein solches Tier im Raum war, ein Gazeschutz hielt Insekten fern, beruhte das auf Täuschung. Der üble Laut steckte ihr im Kopf, es schien ein Warnzeichen zu sein: Vorbote nämlich des Tinnitus-Syndroms, Antwort des Körpers auf Überforderung und Stress, allein schon durch die ständige Erreichbarkeit, sogar in der Freizeit – all das, was beitrug zu dem dummen Gefühl, andauernd unter Druck zu stehen, ja, sich den auch selbst zu machen. Was, wenn das Gezirp im Ohr anschwoll zum Dauerton? Ralf hatte ihr gesagt, er nehme mitunter den Akku aus seinem Handy, so daß man ihn nicht mal mehr orten konnte.

Dank seiner Länge und des mausgrauen Dienstanzugs schwer zu übersehen: Jan Otto inmitten der Bahnhofshalle. Weit davon entfernt, so aggressiv wie im Traum zu sein, nahm er ihr höflich das Köfferchen ab. „Sie möchten tatsächlich noch ins Studio?" fragte er. „Herr Gruß läßt Ihnen bestellen, er hat für heute und auch noch für morgen alles absolut im Griff."

Hannes Gruß vertrat sie recht perfekt im Zollernhof, gleichwohl schien es ihr angebracht, dort wenigstens vorbeizuschauen, es war ja nicht weit, nur fünf Blocks weg, und Edgar dann gleich mitzunehmen – heim, ins Haus am See.

„Den treffen Sie aber nicht mehr an", wandte Otto ein. „Ihr Gatte kommt heute dort kaum noch hin ..." Man langte beim Auto an.

„Wo steckt er denn?"

„Beim Verteidigungsminister."

„Schön, dann also zum Bendlerblock."

„Wollen Sie da wirklich warten, Frau Sörensen? Man kommt dort nicht an ihn heran, die Herren sitzen im U-Boot."

Anders als sonst setzte Anja sich nach hinten, willens, die Nähe des Fahrers zu meiden. U-Boot, so hieß der fensterlose Raum im vierten Stock des BMVg, holzgetäfelt und abhörsicher, in dem diskret geredet wurde, worüber jetzt? Ging es ums Abschaffen der Wehrpflicht, womit Herr zu Guttenberg vorpreschte im Moment? Die mag veraltet sein, fand sie, nur fällt der Abschied schwer, vom Staatsbürger in Uniform, von der Schule der Nation; wo man zur Freude der Mütter die Söhne lehrt, ihr Hemd sauber auf DIN-A4-Format zu falten. Ein Mythos, ein Relikt in Zeiten schneller Eingreiftruppen ... Trotz Ottos Kompetenz, sie vermied es, mit dem darüber zu sprechen. Ihr war überhaupt nicht nach reden zumute.

In der Türtasche steckte ein Blatt, das warb in einer großen Annonce für den Schmöker „Sunset" von Stephen King, sein neues Werk. „Wenn die Sonne untergeht, erwacht das Grauen", las sie. „Was, wenn Besessenheit und Gelüste jegliche Vernunft besiegen? Wozu der vermeintlich normale Mensch fähig ist, falls sein Leben plötzlich eine unerwartete Wendung nimmt, das lehrt und der ‚Meister des Schreckens' (Süddeutsche Zeitung), der hier wiederum das ganze Spektrum seines Könnens zeigt."

Wozu der vermeintlich normale Mensch fähig ist, das klang ein bißchen wie auf sie gemünzt, es brachte ihr die Welt des Traums zurück. Kein schlechter Auftakt zu einem Thriller übrigens – Kolportage, hoch dosiert und flott erzählt, fast wie in einem Roman von Paul Auster. Da wird man stets hineingezerrt in das Verwirrspiel zwischen Mörder und Femme fatale, in den schlimmen Täuschungsakt, ultimativ diabolisch, der einen zurückläßt mit dem vagen Verdacht, es könne am Ende doch nicht alles bloß Fiktion, sondern vielleicht auch was dran gewesen sein an dieser Seifenoper für Gebildete ... Auster war klüger als Crichton oder King, trotzdem hatte sie allmählich aufgehört, Austers Bücher zu lesen, schrieb der doch immerfort dieselben.

„Ich denke mal, Frau Sörensen", äußerte Jan Otto, als der Verkehr nun dünner floß, „im U-Boot geht's um die Kritik am Minister. Dem bläst der Wind ins Gesicht, von wegen der schlechten Ausrüstung unserer Jungs am Hindukusch ..."

Der Satz riß ab, blieb hängen zwischen Lenkrad und Fond, denn Anja ging darauf nicht ein. In ihrem Gepäck hatte sie noch einen Text entdeckt, sechs Seiten stark. In seiner Handschrift, leicht geneigt nach links, hatte Ralf auf das Deckblatt gekritzelt: „Liebe Anja, dies ging Deinem Mann per Fax oder E-Mail schon Anfang März zu, weil er im Prozeß als Terrorismus-Experte zitiert worden ist. Offenbar hat ihn die Staatsanwaltschaft als Ko-Gutachter betrachtet. Leider kam bis heute von ihm keine Reaktion. Vielleicht fragst du ja mal, was ihn denn so sicher macht, daß alles gestimmt hat an der Anklage? Ansonsten freue ich mich, daß wir uns begegnet sind! Und bitte verzeih es meinem Dad, wenn er's nicht schaffte, Dich heimzufahren wie versprochen. Er ist immer noch ganz down. Wie schade, daß Du es mir nicht erlaubt hast, ihn in dem Punkt zu vertreten. Ganz herzlich – Dein Ralf." Gefolgt noch von der Frage: Ob man sich mal wiedersieht?

Zumal das Postskriptum ging ihr nach. Wenngleich erschöpft am Ende dieser Reise, durchblätterte sie das Typoskript. Unter dem Titel „Ferngelenkte Terroristen" handelte es vom Prozeß gegen die Sauerland-Zelle, wie das Quartett von Terroristen immer in der Presse hieß. Ottos gefälliger Fahrstil erlaubte es ihr, darin zu lesen. Bestärkt darin von Edgar, der oft unterwegs noch arbeiten wollte, ahmte Otto jene Chauffeure nach, die Gäste von Nobelhotels durch Berlin fuhren, auf sanfter Sightseeing Tour.

„Zur Urteilsverkündung am 4. März ging alles glatt vonstatten", begann der Text. „Die Angeklagten hatten längst gestanden. Planmäßig endete das Verfahren vor dem Staatsschutzsenat des Düsseldorfer Oberlandesgerichts mit hohen Haftstrafen für die Bombenbastler, Fritz Gelowicz und Konsorten. Sie wurden in schönem Justizdeutsch der ‚Vorbereitung eines Explosionsverbrechens' beschuldigt. Auch legte man ihnen die ‚Mitgliedschaft in einer terroristischen Vereinigung im Ausland' zur Last", was ein neu geschaffener Straftatbestand sei. Alle vier hätten im Namen der „Islamischen Jihad Union" – zeitnah zur Entscheidung des Bundestags über das Verlängern des Afghanistan-Einsatzes der Bundeswehr – im Oktober 2007 Sprengstoffanschläge auf US-Einrichtungen hier in Deutschland geplant. Konkrete Ziele blieben ungenannt.

Nun, das war nicht neu; man wußte es seit den Verhaftungen im Sauerland seinerzeit. Da war das Echo enorm gewesen, ein Terrorplot bei uns zu Haus, ganz knapp gestoppt! Das BKA auf der Pressekonferenz, wie es im Blitzlichtgewitter große blaue Fässer zeigt, randvoll mit Wasserstoffperoxyd zum Bombenbau. Ob der gigantischen Sprengkraft ging damals ein Raunen durch den Blätterwald, dumpf bis angstvoll; darauf besann Anja sich noch gut.

Jetzt aber las sie, wichtige Hintermänner seien weiterhin auf freiem Fuß. Und nur wenige Medienleute hätten gestutzt, als das BKA offen zugab, die Gruppe monatelang rundum überwacht zu haben, nach allen Regeln der Kunst. „Die Fässer mit dem hochprozentigen Bombenstoff hatten Beamte längst heimlich gegen ein harmloses Gemisch vertauscht. Zu keiner Zeit bestand wirklich Gefahr, weshalb griffen die Ermittler denn nicht früher zu?"

Und es mehrten sich die Rätsel. Der sechsseitige Bericht kam zu dem Schluß, die Medien hätten schäbig versagt. Das Tun des Amtes für Verfassungsschutz fiel bei ihnen glatt unter den Tisch, dessen Rolle blieb ungeklärt. Dabei hatte das Amt dort mindestens zwei V-Leute eingeschleust, und es stand damit nicht allein. Die Lieferung der Bombenzünder etwa war „unter den Augen der CIA und eines türkischen

Geheimdienstes“ erfolgt. Das habe zwar im „Spiegel“ gestanden, vom „Stern“ sogar noch präzisiert. Derlei Recherchen aber seien die Ausnahme geblieben. „Im Fernsehjournalismus nämlich“, ging es weiter, „waren Reporter vom ‚Monitor‘ der ARD die einzigen, die kritisch nachhakten ...“

Das ZDF hingegen habe die Unterwanderung der Terrorzelle schlicht ignoriert. Das sei erstaunlich, denn derlei Infiltration durch Schlapphüte führe, wie im Fall der rechtsextremen NPD mehrfach passiert, leicht dazu, daß ein Prozeß platze, weil die Straftaten von Geheimdienstlern selbst ausgeheckt worden waren. Die Gefahr habe auch hier bestanden, doch das Gericht sei ihrer Herr geworden, dank seriös akademischer wie auch populärer TV-Experten, die fraglos in gutem Glauben handelten, wie etwa Edgar Sörensen, der Terrorfachmann des ZDF.

Anja erschrak, als ihr Name fiel. Sie blätterte vor bis zum Schluß, wo die Quellen verzeichnet waren. Unter den 26 Informanten, aufgezählt im Anhang, fehlte der eigene Sender. Das erklärte ihr Ralfs Wunsch, den Text noch mal an Edgar heranzutragen, und zwar durch sie. Darum also ging es ihm. Und bei aller Sachlichkeit, die vorgetäuscht sein mochte – sie wußte ganz gut, wie das ging –, roch ihr sein Bericht doch nach Verschwörungstheorie. Linke Burschen hatten ein Faible dafür, das war sattsam bekannt. Gern übertrafen sie einander darin, sich abseits des Mainstreams zu tummeln und mit gewagten Behauptungen amtliche Befunde ad absurdum zu führen.

Der Wagen stoppte, man war daheim. Anja stieg aus in dem Gefühl, ohne ein klares Bild zu sein. Noch immer ging ihr der Fall nicht restlos auf. Welch ein verzwickter Sachverhalt, im Moment zu komplex für sie. Das feine Sirren, wieder saß es ihr störend im Ohr. Ein Laut dicht an der Wahrnehmungsgrenze, wohl durch die hohe Frequenz. Es kam ihr so vor, als sei während der Fahrt das Wetter umgeschlagen. Windstöße drangen herauf vom See; umkläfft von Tom langte sie fröstelnd im Oberstock an, streifte die Schuhe ab und machte es sich bequem.

Sauerland-Zelle, was eigentlich ging die sie an? Hatte die Anklage sich wirklich auch auf Edgars Sachverstand gestützt? Und falls ja, weshalb hatte er das vor ihr nie erwähnt? Es mußte ihn doch beschäftigt haben ... Fest stand für sie, Unschuldslämmer sind das nicht gewesen, Gelowicz und sein Team. Folgte man Ralfs Report, so begann ihr Weg zur Gewalt im bayerischen Neu-Ulm. Dort hatte ein charismatischer Mann namens Dr. Yousif sie für den „Heiligen Krieg" rekrutiert. Der ägyptische Arzt Yousif war freilich nicht bloß Haßprediger, sondern zugleich auch ein V-Mann des Verfassungsschutzes gewesen. Keine Ahnung, wie sich das in ihm vertrug. Etliche Beweise, auf die der Staatsanwalt sich in einem anderen Verfahren gegen Islamisten stützte, hatte Yousif selbst plaziert. Das kam vor Gericht zwar heraus, ohne im Prozeß von Belang zu sein. Der Arzt als Agent provocateur? Dies wurde seltsam ausgeblendet in der Verhandlung, auch die Medien griffen es nicht auf, obwohl sie doch ausgiebig berichtet hatten von dieser Sensation.

Nun, da Anja zur Ruhe kam, schälte sich für sie ein Punkt heraus: die „Islamische Jihad Union" (IJU), Usbekistans Terrorgruppe als treibender Geist. Kollegen der ARD hatten am Status der IJU gezweifelt, sie schöpften aus offenen Quellen, als sie die IJU verdächtigten, ein Konstrukt des usbekischen Geheimdienstes zu sein. Dafür gab es, voneinander unabhängig, drei Zeugen. Besonders Craig Murray, Londons Botschafter in Taschkent von 2002 bis 2004. „Es fehlt jeglicher Beweis dafür, daß die Terrorgruppe existiert", hatte Murray im Fernsehen erklärt. „Ihr Name fiel erstmals, als Usbekistans Regierung sie haftbar machte für die Bombenanschläge in Taschkent. Ich bin da gewesen, Minuten nach der angeblichen Explosion, doch da waren keine Bomben, nur erschossene Dissidenten. Ich persönlich glaube, die IJU ist vom usbekischen Geheimdienst erfunden worden, um die Öffentlichkeit zu täuschen."

Ein Jahr später hatte ein usbekischer Geheimdienstler namens Yakubov als Überläufer in London dies bestätigt. Sein Dienst habe die IJU selbst gegründet, auf Weisung des Diktators Karimow, der auch die CIA dazu ermuntert habe, vor Ort ein Foltergefängnis zu betreiben ... Und die dritte Zeugin, Galina Bukharbaeva – als namhafte Journalistin des Landes auch tätig für AFP – sagte nach ihrer Flucht: „Ich war bei den Anschlägen in Taschkent 2004 zugegen und habe mit den Ermittlern der Polizei gesprochen. Sie haben gelacht über die IJU, jeder wußte, es war Betrug. Das ganze ist ein Riesenschwindel. Erst als in Deutschland die Sauerland-Zelle auftauchte, hat man die IJU plötzlich neu belebt. Es ist eine Schande, daß ein Rechtsstaat wie Deutschland den Lügen eines finsteren Geheimdienstes glaubt."

Über all diese Aussagen, hieß es weiter, setzte das Gericht sich freilich hinweg. Es folgte in Sachen IJU strikt seinem Gutachter Guido Steinberg, der nun – vormals Terrorismus-Referent im Kanzleramt – für die regierungsnahe Denkfabrik „Stiftung Wissenschaft und Politik" sprach. Als Fachmann des ZDF fürs selbe Gebiet hatte Edgar Sörensen dem Gutachten Steinbergs lediglich beigestimmt. Und es erleichterte Anja, Eddie hier in der Nebenrolle eines Sachkundigen zu sehen, der im Prozeß gar nicht auftreten mußte, weil dem Gericht offenbar sein Plazet – schriftlich oder im Sender gesprochen – vollauf genügt hatte.

Weshalb aber schwieg er daheim? Nach ihrem Eindruck war er, ohne sich groß den Kopf zu zerbrechen, schlicht den Leuten gefolgt, die ihn seit langem auf dem laufenden hielten; weshalb sie in seinen Augen viel umfassender unterrichtet waren als er selbst. Konnte man ihm das im Ernst vorwerfen? Er war ein Medienstar, kein Wissenschaftler wie Guido Steinberg. Dessen Studie vom März 2008 hatte vermutlich das Denken der Publizisten gelenkt.

Bis auf Außenseiter wie Ralf Baron, die selbständig nachforschten – warum? Wegen ihres Gewissens, der journalistischen Sorgfaltspflicht, oder um sich hervorzutun, mit Blick auf die Karriere? Lagen sie schon deshalb falsch, weil sie versuchten, gegen den Strom zu schwimmen? Investigativer Eifer, der brachte ihnen ja wenig ein, kamen da höhere Interessen ins Spiel. Eher sahen sie sich ignoriert wie Craig Murray und die anderen Augenzeugen, faktisch ausgegrenzt; und zwar generell, nicht nur in diesem Prozeß.

Mehr als zwei Stunden wartete Anja nun auf ihren Mann. Daß Eddie sich weder meldete noch seinerseits erreichbar war, lag allerdings kaum an ihm. Im Bendlerblock legte man nicht bloß sein Handy still aus Respekt vor dem Minister, das „U-Boot" dort war ja auch ein Funkloch, absolut schalltot ... Zum Hintergrund stand noch bei Ralf, Usbekistan sei eine üble Diktatur unter dem Herrscher Karimow, jedoch reich an Erdgas. Karimow habe sich nach dem Massaker anno 2005 weg von seinem Gönner USA hingewandt zu Rußland. Das Pentagon schloß seinen strategisch wichtigen Militärstützpunkt, angeblich aus Protest gegen das Blutbad von Taschkent, in Wahrheit aber herausgekauft von *Gasprom*. Dieser mächtige Konzern, zu dem einem auch die Ostsee-Pipeline einfalle, umsorgt von Gerhard Schröder, habe Ende 2004 nämlich 44 Millionen Pfund Sterling an die Tochter des Diktators gezahlt, zur Beschleunigung des Abzugs.

„Deutschland hingegen", ging es weiter, „pflegt gute Beziehungen zu Karimow. Für dessen Regime bildet das BKA sogar Personenschützer aus. Berlin hat dabei auch das südlich angrenzende Afghanistan im Blick. Um den Nachschub dorthin zu sichern, unterhält die Bundeswehr seit 2002, gepachtet vom Regime des Diktators, die Militärbasis Termes. Damit sind wir das einzige Nato-Land, dem Karimow einen Stützpunkt gewährt. Kein Wunder also, wenn unsere Staatsschützer, einschließlich des Düsseldorfer Strafsenats, im Gegenzug die dubiose IJU als echte Terrorgruppe mit al-Qaida-Kontakt anerkennen. Ganz nebenbei wird uns so das Gefühl vermittelt, im Fadenkreuz global operierender Feinde zu sein – ein Ableger davon: die Sauerland-Zelle."

Anja schmerzte der Kopf, das Zirpen im Ohr hielt an. Mühsam drang sie vor bis zum Schluß, wo es hieß: „Ein kluger Schachzug, zynisch gesagt. Einigten sich doch unsere Innenminister im Herbst 2007 unter Schäubles Regie auf die Verschärfung der Antiterrorgesetze. *Mission accomplished*, wie George W. Bush es ausgedrückt hätte. Und letztes Jahr folgte das ‚Gesetz zur Verfolgung der Vorbereitung von schweren staatsgefährdenden Gewaltakten'. Im Klartext, die Strafbarkeit einer noch gar nicht begangenen Tat! Justizministerin Zypries hat dazu im Bundestag bemerkt, künftig werde einer allein schon dadurch schuldig, daß er die Fähigkeit erwirbt, staatsgefährdende Gewalt auszuüben. ‚Ursprünglich', gab Zypries zu, ‚ging unser Strafrecht davon aus, nur eine Tat zu ahnden, die jemand wirklich begangen hat. Ich räume gern ein, daß wir hier ein Stück weit juristisches Neuland betreten'."

Neuland betreten, und das bloß wegen der Dilettanten oder V-Leute um Fritz Gelowicz? Nein, der Schluß verriet Anja, US-Geheimdienste hatten deutsche Behörden erst richtig scharfgemacht. Am Rande des G-8-Gipfels vom Sommer 2007 in Heiligendamm sei das passiert, sogar durch George W. Bush persönlich. Der habe die Kanzlerin zur Mitwirkung gedrängt, worauf in Berlin ein Ermittlerteam, bestehend aus CIA-Leuten und deutschen Schlapphüten, ans Werk gegangen sei. Von Stund an liefen die Sauerländer an der kurzen Leine und wurden bald darauf hochgenommen ... „Auch die EU zog nach und hob im Oktober das Waffenembargo gegen Usbekistan wieder auf", so lautete der letzte Satz. „Die Partnerschaft des Westens mit dem Folterstaat wird seitdem neu belebt."

Anja warf die Papiere hin, genervt von diesem Fall. Weshalb hatte Edgar denn zu all dem geschwiegen? Es fiel doch in ihr Ressort. Sie spürte, er hatte Geheimnisse vor ihr; eine unerfreuliche Empfindung. War sein Anteil am Prozeß doch nicht ganz so beiläufig gewesen, wie der Text es nahelegte? Da er noch immer nicht kam und telefonisch unerreichbar blieb, betrat sie sein Studio, klappte den Laptop auf und stöberte in seinen Notizen. Die reichten aber kein halbes Jahr zurück, daher fehlte ein Hinweis auf die Sauerland-Affäre.

Edgars Ko-Gutachten zum Fall Gelowicz, wenn es denn eins gab, mußte folglich im großen Rechner abgespeichert sein, geschützt durch das Paßwort, ihr wohlbekannt. Doch als sie „Ritababy“ eingab, wies der Computer es ab. Edgar hatte das Paßwort geändert, warum, mißtraute er ihr? Sie konnte es nicht glauben. Terrorismus, wozu da was verbergen? Das ist doch sein großer Stoff – und vom Vater, dem Polizeipräsidenten, stammt sein Hang, das Sachgebiet exakt zu strukturieren. Hat er eventuell, streng vertraulich, ein feindliches Vorgehen, eine Agentenart neu definiert, für die Typologie von BKA oder BND? Etwa den „Experten für Explosionsverbrechen“ eingeführt, abgekürzt vielleicht *EfE*? Doch nein, da kam ihr etwas durcheinander. Es war ja nicht Fritz Gelowicz, sondern Bodo Lommel gewesen, dessen Auftritt das Täterbild des Geheimdienstes verfeinert hatte, um neue Details bereichert.

Anja fühlte sich mies, sie sprang auf und ging zum Safe in dem Gefühl, die Übersicht zu verlieren. Daß sie schon anfing, das BKA mit dem MfS zu verwechseln, zeigte ihr, wie überfordert sie jetzt war – regelrecht urlaubsreif nach jenem Tag am Meer. Außerdem hatte sie Hunger, Ramona war schon aus dem Haus und sie selbst zu nervös, um sich Abendbrot zu bereiten. Eine Handvoll Kekse und ein Glas Campari, das sollte reichen, bis Edgar kam.

Ach, die Geheimdienste, in mancher Hinsicht ähneln sie einander, fand Anja über dem roten Bittertrank. Im Grunde beglückt es sie, Feinde aufzuspüren, die zu täuschen und das eigene Volk gleich mit, um es von ihrer Wichtigkeit zu überzeugen. Das ist sogar menschlich, sie wollen eben, daß man merkt, es geht nicht ohne sie ... Was aber will Edgar, was verbirgt er vor mir?

Das ist ein Rätsel. Bei all dem munter Spontanen seiner Art neigt er rein dienstlich doch zur Pedanterie. Von daher läge ihm das Spionagewesen schon. Geheimdienstarbeit braucht Zwangscharaktere, Leute, die zufrieden sind, etwas höchst Ausgekochtes auf immer gleiche Art zu tun, treu bis zur Pensionierung ... Deshalb sind die Briten auch so erfolgreich in dem Geschäft, das ihnen 150 Jahre lang half, ihr Empire zusammenzuhalten. Anders die Yankees mit ihrem Cowboystil. Noch nie sind die gut gewesen im Sammeln von Nachrichten im Ausland, das ewig ihrer Marine oblag; vom Auswerten ganz zu schweigen. Viel mehr liegt es in ihrer Natur, Tatkraft zu zeigen, also Schakale loszulassen auf fremde Zielpersonen, tüchtig draufzuhauen, *dead or alive* wie nun am Hindukusch, und putschen zu lasssen rings um den Globus, von Persien bis Chile.

Anja rief sich zurück, das zweite Glas schien ihr zuviel – es entspannte zwar, verführte jedoch auch zum Spekulieren. Der Safe ließ sich öffnen, immerhin. Die Zahlenfolge nebst Richtung des Drehknopfs war nicht so leicht wie ein Paßwort zu ändern. Die Hefter 5 und 6 der Falck-Papiere lagen drin, das hatte Edgar ihr ja auch gesagt.

Die ersten Seiten der Nummer 5, gestern von ihm hochgefaxt, sauber wieder angefügt. Etwas in ihr dachte: Der Beamte braucht zu seinem Schutz die Akte, sie muß komplett sein, stets in Ordnung, nicht so sehr die Menschen und Dinge, von denen sie handelt ... Alle sechs Ordner hatten wochenlang im Haus herumgelegen, weshalb die Vorsicht jetzt? War es der vage Reflex auf ein Stück ihres Traums, der Anja nach dem letzten Ordner greifen ließ? Sie wußte es nicht, nahm ihn heraus und fing an, vom Schluß her darin zu blättern.

Das hätte sie lassen sollen, es regte nur auf. Gleich vom drittletzten Blatt her sprang ihr das Wort Sörensen ins Gesicht. Als Name zu selten, um dabei nicht an Eddie zu denken, obgleich der Vorname fehlte. Beinah glitt ihr die Akte aus der Hand. Der Sinn war unklar, sie fand Sörensen erwähnt im Kontext mit einem TV-Mann, in der Abschrift durch Frau Falck nur mit einem „L." markiert. Dieser L. sollte, begleitet von jenem Sörensen, im Sommer 1989 den Autor Georg Reitz in Berlin-Grünau besucht haben (kaum drei Kilometer weg von hier). Wer steckte hinter diesem L., etwa Lothar Loewe, zeitweilig Chef des ARD-Studios in Ostberlin, oder der Korrespondent Lutz Lehmann, wenn nicht gar Gerhard Löwenthal, damals Chefredakteur des ZDF-Magazins? Na, Löwenthal kaum, der stand zu weit rechts, als daß er dort willkommen gewesen wäre. Anja erinnerte sich, ihre Mutter hatte den weißhaarigen Kerl, der im Eifer manchmal stotterte, abschätzig „West-Schnitzler" genannt. Noch jenseits der Pensionsgrenze blieb er auf das Unrecht des SED-Regimes fixiert.

Alle drei mußten, falls noch am Leben, inzwischen Greise sein. Eddie war damals 22 gewesen, er hatte in Bonn Geschichte studiert und Germanistik, auch seinen Master gemacht, bevor er 1990 nach Washington ging, um *Foreign Policy & Journalism* zu lernen und ganz nebenbei das Baby Rita zu zeugen. Doch es gab ja Semesterferien. Für 1989 vermerkte seine Vita: Neben dem Studium freie Mitarbeit bei Presse und Funk. Er konnte es also, rein theoretisch, gewesen sein.

Anja sank in den Sessel und goß sich, halb wider Willen, noch etwas ein. Ihr war, als kehre der Alptraum zurück, nicht im ganzen, nur wie ein Trailer, gespickt mit Kurzsequenzen. Die Seite 248 verschwamm ihr, sie las nicht mehr weiter, gezerrt in einen Strudel der Gefühle...

Man muß sich das mal vor Augen führen, Eddie und die Stasi, einfach so, und nie von ihm erwähnt, das war doch absurd. Aber hatte er, der sich in Washington so gut zurechtfand wie in Mainz oder Hannover, seiner Heimatstadt, sich nicht auch in Ostberlin gleich ausgekannt, als man herzog vor anderthalb Jahren? Und schließlich dieses Haus am Müggelsee gewählt? Bloß weil man hier preiswerter wohnte als im Grunewald oder am Wannsee, wo in solch einer Lage kein Grundstück mehr zu haben sei? Oder weil es ihn erinnerte an früher, an erste Schritte wohl als Praktikant, kurz vor dem Fall der Mauer?

Sie spürte, jeder Satz wirkte aufputschend in ihr. Abrupt setzte sie dem Fragespiel ein Ende. Wie schäbig, dem eigenen Mann zu mißtrauen wegen der närrischen Namensgleichheit! Es war natürlich jemand anders gewesen. Nur sein Ordnungssinn zwang ihn, den Rest des Typoskripts wegzusperren, weil sie's noch nicht geschafft hatte, dies durchzusehen. So war er, so stand es um sie zwei, ihnen mißlang es eben, alles zu bewältigen, was auf den Tisch kam. Und mit dem Schuß Sarkasmus, der ihr öfter mal aufhalf, ergänzte sie: Da geht's uns wie den Schlapphüten, nie kommen die nach beim Auswerten all des Zeugs, das man ihnen täglich anbringt.

Zur selben Zeit saß Edgar Sörensen allein im „Bon Appétit" am Landwehrkanal, des Heißhungers wegen. Die Kneipe war so wenig angesagt, daß ihm hier keine Störung drohte. Gott, was für ein Tag! Im Bendlerblock hatte es Wasser, doch nichts Eßbares gegeben. Der fesche Minister sah zwar Versorgungslücken am Hindukusch, schien aber nach Art des Apostels Paulus zu meinen: Wer nicht kämpft, der soll auch nicht essen.

Welch ein Wochenbeginn. Gleich anfangs das Gerücht im Studio, daß Wilhelm, der scheidende Regierungssprecher, demnächst zum Bayerischen Rundfunk geht, als dessen Intendant; ein lukratives Dankeschön der Kanzlerin. Dann das Gespräch mit dem roten Parteichef Klaus Ernst, zum Sommeranzug der grüne Schlips als Kontrapunkt. Statt seine mandatsfernen Inlandsflüge zu erklären, die er sich vom Bundestag bezahlen ließ, also halbwegs zerknirscht und defensiv zu sein, hatte Ernst vor laufender Kamera versucht, die Sicht der Linken auf Afghanistan, zur Rente mit 67 und zu Hartz IV darzutun; sogar das Thema Reichensteuer schnitt er an.

Das galt es zu stoppen, da blieb kein Raum für Zartgefühl, prompt war ihm das Interview entgleist. Auch das mentale Nord-Süd-Gefälle trug dazu bei. Sein Gestus war hanseatisch, er strebte die Coolness, das geschmeidig Lässige eines Obama an. Dem Ernst aber lag nichts daran, Affekte zu dämpfen; wie im Tarifstreit wirkte er rauflustig, bajuwarisch eloquent und brachte ihn, Sörensen, damit aus dem Tritt. Sie waren einander ins Wort gefallen, hatten sich angeblafft, wobei es dem ausgebufften Kerl auch noch gelang, verschmitzt zu grinsen, während er selbst die eigene Schroffheit als Stilbruch empfand.

Denn leider, indem er dem Linken-Chef ständig Kontra gab, machte er keine gute Figur. Und der Händedruck am Schluß täuschte kaum darüber hinweg, wie unausstehlich sie sich fanden, so daß es nach Lagerwahlkampf roch. Gerade diesen Eindruck aber galt es stets zu meiden; so wurde die goldene Regel verletzt, fair und neutral zu sein, im Gespräch den Standpunkt großer Vorbilder wie der zu früh verstorbenen Altmeister Günter Gaus und Hans-Joachim Friedrichs einzunehmen. Wich man von deren Besonnenheit ab, war Niveauverlust der Preis. Doch wie hätte er den Burschen sonst bremsen können? Das wurde ja mit Recht von ihm erwartet.

Statt des erhellenden Dialogs ein Schlagabtausch, schier würdelos, solch Streit um Redezeit. Und hatte dieser Ernst nicht hinterher, *off the record*, ihm zugeraunt: „Weshalb so stürmisch, Sie verdienen doch mehr als ich, Herr Sörensen! Nur darum eure Werbespots, die Rundfunkgebühr allein gäb das gar nicht her ...“ Hatte der ihn wirklich derart angerempelt oder bildete er sich's bloß ein, lag das vielleicht nur in dessen Mimik? Zum Teufel, nicht mal das wußte er jetzt mehr.

Ein schwarzer Montag. Zudem vermißte er, nicht nur im Studio, wahrhaftig seine Frau. So überhäuft und bedrückt fuhr er dann in den Bendlerblock. Und dort im „U-Boot“, unter den paar Topleuten, die Herr zu Guttenberg um sich scharte, mißfiel ihm die weihevolle Art der Begrüßung. Dahinter schien Peinliches zu lauern, von ihm sogleich erahnt. Als in der Runde das Wort an ihn ging, da hatte er in dem Gefühl, dies kompensiere seine Härte im Fall Ernst, gleich sehr direkt gefragt: „Fühlen Sie sich als Haupt der Bundeswehr, die in Ihren Augen doch wohl recht veraltet ist, überhaupt noch am richtigen Platz?“

„Wir haben in der Tat Strukturen, die nicht mehr zeitgemäß sind“, gab der Minister zu, mit der ihm eigenen Verbindlichkeit und Eleganz. „Wir plagen uns ab mit Material, das auch veraltet ist. Genau deshalb aber bin ich hier am rechten Fleck, denn daraus erwächst ja ein Gestaltungsauftrag. Ich möchte eine moderne, zukunftsfähige und effiziente Bundeswehr schaffen. Und weil ich vom eigenen Wehrdienst her eine Herzensbindung zu ihr habe, reizt mich der Auftrag – als sinnvolle Verknüpfung von Leitmotiv und Situation.“

Das war tadellos gesagt. Karl-Theodor zu Guttenberg, fand Sörensen in diesem noblen Kreis, ist ein Naturtalent; das jüngste und tauglichste Kabinettsmitglied. Ein Hauch höflich verdeckter Dominanz umgibt den Freiherrn, dank des perfekten Outfits, seines Scharfsinns und der Lust, Einwände knapp zu kontern, mit einem Schuß Humor. So wie ihn, stets hellwach und sprungbereit, wünscht man sich einen Minister. Nur spricht auch er in Floskeln, es mangelt an Substanz. Ihm etwas zu Israels Angriffsplänen gegen den Iran zu entlocken, von Washington gedeckt, das schafften auch die anderen nicht. Guttenberg räumte lediglich ein, es gebe die Option des Luftschlags, doch wegen all der möglichen Folgen im Nahen Osten sei das keine gute Idee. So hielt er sich bedeckt.

„Ich bin weiterhin ein Verfechter der Wehrpflicht“ – nur das schien seine Botschaft zu sein, nicht ganz ohne Nachrichtenwert, da er die Wehrpflicht, bevor die Kanzlerin ihn zurückpfiff, ja in Frage gestellt hatte. Weiteres freilich erfuhr man von ihm nicht. Das also sollte es gewesen sein, deshalb der Treff im Spezialraum 04/100 des BMVg? Absurd, kein Konzept, bloß Rhetorik zur Verdummung derer, die nicht gleich an der Schulterklappe den Dienstgrad eines Militärs erkannten.

Doch das hatte getäuscht, nach dem Vorgeplänkel fiel der Hammer. Jener Australier, hieß es nun, der das Web-Portal *Wikileaks* betrieb und schon im April schlimme Bilder ins Netz gestellt hatte, Bilder von gezielten Tötungen aus einem US-Hubschrauber heraus, bei denen es auch zwei Kollegen von „Reuters" erwischte, plane den nächsten großen Coup!

Sein Motiv, auf den Punkt gebracht? *I enjoy crushing bastards*, so zitierte ihn der Freiherr, um es maßvoll zu übersetzen: „Ich liebe es, den Mächtigen in die Suppe zu spukken" – obschon jeder im Raum den Originaltext verstand.

Der Moment, da die Stimmung kippte, von Überdruß in Bestürzung, ja Entsetzen. Guttenberg, nunmehr gedämpft, sprach von annähernd 90 000 Dokumenten, eingestuft als geheim, Datensätze des Militärs, von Verrätern digital abgefischt, auf einem USB-Stick gespeichert und dem Kriegsgegner zugespielt!

„Gestern ist das Ding geplatzt", hatte der Minister gesagt, im Ton bitterer Resignation. „So schießt man sich selbst ins Knie ... Denn, wie Sie wissen, sinkt die Akzeptanz unseres Einsatzes dort mit der Dauer des Feldzugs. Die Zustimmung schwindet mit dem steigenden Trend zur Gewalt, der Anzahl krepierender Bomben, auch der Gefechte mit all den toten Soldaten und auch Zivilisten. Das Leck läßt sich leider nicht schließen, selbst wenn der mutmaßliche Täter, ein in Bagdad stationierter US-Soldat, inzwischen gefaßt worden ist. Ihm drohen bis zu 52 Jahre Haft, wie man aus dem Pentagon hört. Doch was hilft uns das, der Geist ist aus der Flasche, frei nach Tausendundeiner Nacht. Ich meine, das sollten Sie wissen. Auch Robert Gates ist perplex, selbst er kriegt ja Zahnpasta nicht zurück in die Tube."

Und in dem Schweigen, das der Enthüllung folgte, hatte

Guttenberg etwas verlesen, das ihm anonym zugegangen war: „Jetzt dämmert es wohl dem letzten Wegschauer, daß dieser Krieg die Büchse der Pandora geöffnet hat und es nur eine Frage der Zeit ist, bis auch wir die Folgen spüren. Und nicht mörderische Terroristen haben die Büchse geöffnet, westliche Demokratien werfen Ethik und Moral über Bord, wenn da nichtreguläre Sondereinheiten wie die *Task Force 373* entscheiden, wer dort gejagt, verschleppt oder getötet wird. Wo ist der Unterschied zu den Einsatzgruppen der deutschen Polizei, die im Zweiten Weltkrieg in Osteuropa gezielt Personen liquidierten ... Genug! Diesen Auszug zur Kenntnis zu nehmen, das kann ich Ihnen nicht ersparen, meine Herren. Sie sehen nun, was auf uns zukommt, und sollten gewappnet sein."

Während Sörensen sich die Szene zurückrief, blickte er auf das stille Wasser des Landwehrkanals, beendete sein Mahl und winkte dem Kellner. Dabei, sich ein Taxi zu rufen, fand er das Handy noch immer nicht wieder aktiviert, als sei es mit ihm und den anderen vorhin in Schockstarre gefallen. Welch ein Desaster! Im Hintergrund seines Denkens spukte der Begriff „Eigentor" herum. Worauf der sich bezog, blieb dunkel. Er war kein Sportfan, das Wort kam bei ihm kaum vor; auch das Bild, sich ins Knie zu schießen, vom Minister benutzt, lag ihm nicht. Trotzdem, das Wort ging ihm nicht aus dem Sinn, es schien ja Afghanistan zu meinen, den Kampfeinsatz, der vor fast neun Jahren mit Schröders Spruch begann, Solidarität sei keine Einbahnstraße ... Oder galt es etwa dem Gekabbel mit Klaus Ernst, unter dessen Flapsigkeit die eigene Gesprächskultur so litt? Man hätte da cool sein müssen, den Mann schlicht auflaufen lassen, um ihn als impotent vorzuführen, die Politikferne seiner Genossen verkörpernd.

Doch nein, das schien längst verschmerzt; so wichtig war die Linke schließlich nicht. Woran lag's dann? Jetzt im Taxi verspürte er Übelkeit, so als habe er opulent gespeist, wo es im „Bon Appétit" doch nur ein leichter Lunch gewesen war.

Etwas rumorte in ihm, verquickt mit dem Argwohn, hinter dem Wort „Eigentor" stecke noch anderes als der Frust über Ernst oder Guttenbergs Enthüllung. Auch mit Wilhelms Wechsel zum Bayerischen Rundfunk hatte es wohl nichts zu tun; obgleich die Metamorphose vom Regierungssprecher zum Intendanten jeden im Studio aufmerken ließ und recht befremdlich wirkte.

Denn immerhin, ein Intendant ist über die Journalisten des Senders gesetzt, da scheint der Konflikt unausweichlich. Eklatant, die Kluft zwischen dem Optimismus eines Pressesprechers, dem der Hang zum Beschönigen doch im Blut sitzt nach fünf Jahren, und dessen Stab von Redakteuren und Reportern, erpicht darauf, eben das zu durchleuchten, was schief läuft im Staat. Nur so handeln die Medien als vierte Gewalt. Bisher ist's nicht mal leicht, sich mit Wilhelm darauf zu einigen, worüber man eigentlich spricht. Wie soll der in München die Rolle des Schönredners abstreifen? Mißlingt ihm das nämlich, kann Bayerns Sender schwerlich zum Hort eines kritischen Journalismus werden, der er im Dunstkreis der CSU ja heute kaum ist.

Nur, was ging ihn das an? Es war überhaupt nicht sein Bier. Je näher das Taxi dem Ziel kam, desto klarer wurde es Sörensen, mit all dem hatte das Wort „Eigentor" gar nichts zu tun. Und zwar schon deshalb, weil es ihm bereits heute früh auf der Fahrt ins Zentrum eingefallen war, als er noch nichts ahnte von den Verwicklungen, gar nicht wissen konnte, daß dies nicht sein Tag war. Und plötzlich ging ihm auf, der Ursprung des Vorwurfs, den er sich da unterschwellig machte, lag daheim in seinem Safe. Was hatte ihm den Tag verdorben? Doch einzig die Entdeckung, sich selbst geschadet zu haben, als er im Mai Anja beharrlich dazu drängte, für ihn in Rostocks Stasi-Archiv zu fischen. Der Zufallsfund von letzter Nacht! Als ihm am Ende des Typoskripts zu seiner Verblüffung das Wort „Sörensen" vor Augen stand. Zwar fehlte der Vorname, dennoch, das war *er* – jäh war in ihm die Erinnerung aufgeblitzt an ein kurzes Geschehen vor

21 Jahren, so winzig und belanglos, daß er es völlig vergessen hatte.

Ein minimaler Schreck, mehr nicht – Fehler in einem Spiel, das längst dem Blick entschwand. Wiederkehr des Verdrängten, so hätte ein Psychologe es genannt, im läppischen Jargon der Zunft. Sein Kontakt mit Mielkes Mannen, kürzer als ein Tag; wer kann denn alles abspeichern, was ein halbes Leben zurückliegt? Da wirkt die Löschtaste, gar nicht mal bewußt, ein simpler Selbstschutz der Natur.

Doch als er nun vor Anja hintrat, sie an sich zog und ihre Lippen fand – wie hatte sie ihm gefehlt in den zwei Tagen! –, da küßte sie auch zurück. Dann aber kam von ihr das Wort: „Du, wir müssen reden."

Er ließ sie los, es traf ihn wie ein Pfeil – er wollte Sex, sie wollte reden; es kam ihm vor wie ein Déjà-vu, ein Blick aufs frühere Leben. Als er noch auf der Suche war, ein Mann mit dem logistischen Talent, zwei Frauen synchron zu steuern, manchmal auch drei zu haben, bis eine von denen ihm auf die Schliche kam und das Drama begann mit dem Satz: „Schatz, wir müssen reden."

Nur, Sörensen war schuldlos. Er hatte sich die Hörner abgestoßen und lebte monogam, nur auf sein Weib fixiert. Mochte es anderswo auch bröckeln, im Studio oder am Hindukusch, die Heimatfront jedenfalls stand ... Oder wurde umgekehrt ein Schuh daraus, hatte etwa Anja sich verrannt dort am Meer, wollte sie ihm das beichten? Nein, er mochte es nicht glauben, forschte aber doch: „Ist was passiert unterwegs? Genau das hab ich befürchtet! Dieser Albert ist ein Filou."

Sie schüttelte stumm den Kopf und wurde dabei rot.

„Wahrscheinlich kannst du nicht mal was dafür", fuhr er hastig fort, um es ihr leicht zu machen, damit sie's hinter sich brachten. „Der Clown hat die Situation ausgenutzt. Sind da K.o.-Tropfen im Spiel gewesen? Dem traue ich nämlich alles zu, der kommt mir nicht mehr ins Haus! Du hättest nie bei ihm einsteigen und dann noch über Nacht bleiben dürfen."

„Unsinn, es ist nichts passiert“, sagte sie merkwürdig matt. „Hör auf, Eddie! Gib mir nicht das Gefühl, ein Biest zu sein.“

Also doch, dachte er. Andernfalls hätte sie laut protestiert, sich entrüstet gewehrt – nicht so zaghaft und mit Tränen in der Stimme. Skandalös! Die Vorstellung, Baron habe sie besessen, selbst gegen ihren Willen, war zuviel für ihn am Ende dieses Tages. „Also doch“, sagte er in so endgültigem Ton, daß sie, statt ihm zu widersprechen, in ein gequältes Schweigen verfiel, das den Verdacht erhärtete.

Sein nächster Impuls war, ihr das Kleid hochzustreifen und sofort, auf der Stelle, in sie einzudringen. Das hätte ihn erlöst, die Schmach getilgt, sein Bild von ihr restauriert. Berührungen sind mehr als Worte, die heilen ja nichts ... Doch er spürte ihre Abwehr, sah sie die Arme vor der Brust kreuzen, als ahne sie, was in ihm vorging, und sagte dumpf: „Du willst mich nicht.“

„Stimmt, Eddie. Nicht jetzt!“

„Alles klar ... Mußte ja mal so kommen.“ Er merkte, Speichelblasen klebten in seinen Mundwinkeln wie Gift. Er fühlte sich versucht, sie zu packen und zur Couch zu zerren, rief aber bloß: „Du hast mich lange genug ertragen, wie?“ Es war schwer zu fassen, daß sie verführbar war – wie jeder andere Mensch. Er starrte durch sie hindurch. Keine Ausflüchte von ihr! „Du rechtfertigst dich also nicht“, hielt er gallig fest. „Auch gut, Liebling. Wer so cool bleibt wie du, der gewinnt den Ehekrieg immer, auf lange Sicht.“

„Wir beide sind nicht im Krieg.“

„Na schön, nennen wir's Waffenstillstand.“ Er spürte ihre unechte Freundeshand beschwichtigend am Arm und schüttelte sie ab. „Wo ist der Unterschied?“

„Ich will mit dir sprechen, das ist alles.“

„Schon kapiert. Und worüber bitte?“

„Zum Beispiel, ob du was zu tun hast mit dem Mann, den dieser Falck da am Schluß noch nennt.“

„Wie kommst du darauf?“

„Du änderst das Paßwort und sperrst den Rest der Papiere weg.“

„Ich mag es nicht, wenn man so mit mir spricht“, stieß er heraus und spürte, er klang so wie ein Polizist, der sagt: Die Fragen stellen wir! – „Du warst an meinem Safe?“

„An unserem Safe“, korrigierte sie. Ihre Stimme war kühl, ohne Vorwurf, ohne falschen Ton; sie schien auch nicht verlegen zu sein, er mußte ihr Schlagfertigkeit zugestehen und Scharfsinn. Sie ist eben flinker, fand er in seiner Erschöpfung, sie kennt die Schliche, spielt ihren Part besser als ich ... Weiber, sie sind uns überlegen, listig von klein auf! Da stand sie mit halbem Lächeln vor ihm, wie sie es bereithielt für zweitrangige Leute, Gäste wie Rita und Rübezahl, dreist ablenkend von ihrer Untreue, hin zu seinem uralten Fehltritt. Und das auch noch freundlich, begütigend schier! Sie hat sich die Maske der Unschuld bewahrt, betont ihre Herzlichkeit, zeigt Güte und Wärme, als wüßte sie, daß dies das einzige ist, was mich außer der Schönheit lockt bei einer Frau – eben die Neigung, alles zu verstehen, um es ganz selbstlos zu verzeihen.

„Ob ich der Mann da am Schluß sein könnte?“ fragte er, mit der Geduld so am Ende wie mit seiner Kraft. „Ich könnte es nicht nur sein, stell dir vor, ich bin's auch, Anja.“

„Findest du nicht, das solltest du mir erklären?“

VERJÄHRTE SÜNDEN

Etwas in ihr war erstarrt. Sie hatte über ganz anderes mit ihm reden wollen, ihn aber erst einmal stoppen müssen, um das Gespräch zu entgiften. Anja begriff, dem sinnlosen Streit lag nur ihr Zögern zugrunde, seinen Verdacht schlüssig zu entkräften, da sei etwas gewesen mit Albert Baron. Gebremst von dem Traum, der sie ahnen ließ, irgendwie doch schuldig zu sein, wenn auch bloß virtuell, hatten ihr die Worte gefehlt. Und es war, als dringe Edgar mit dem Verdacht in ihre Phantasiewelt ein, imstande, die Einbildung für wahr zu halten – die Sünde im Geiste, wie die Kirche sagt, für ganz real. Lag er damit denn so völlig falsch? Die Frage hatte sie gelähmt, daher ihr Kontern, und davon sprang eine neue Tür auf, sie ging hindurch und war ernüchtert. Was als Eifersüchtelei begann, artete aus zur Enthüllung.

„Soweit ich mich noch entsinnen kann", hörte sie ihn sagen, während er sich setzte und die Beine übereinanderschlug, „war es ungefähr so: Ich bin im Sommer vor der Wende drei oder vier Wochen lang in Ostberlin gewesen; ein Praktikum beim ARD-Studio dort. Und hab meinen Chef einmal auch begleitet zum Besuch bei dem Autor Georg Reitz. Wir wurden nett empfangen, auch bewirtet von dessen Frau, aber in meinem Beisein kam Wesentliches nicht zur Sprache. Reitz glaubte, sein Haus sei verwanzt, und es fehlte ihm das technische Geschick von Havemann, der übrigens längst tot war, die Mikrofone aufzuspüren. Deshalb gingen die zwei hinaus, spazieren in dem Wäldchen, das gleich am Haus begann..."

Anja sah seine Fußspitze zittern, sie ließ ihn reden, fragte nicht nach dem Studioleiter, der nur als „L." auf dem Papier stand.

„Zurück im Haus, gab Reitz dem Chef wortlos ein Manuskript, zur Weiterleitung in den Westen. Es paßte nicht in sein Jackett, da schob ich's in meine Kollegmappe – beauftragt, es zur Ständigen Vertretung zu bringen, damit es im Diplomatengepäck ausgeschleust wurde. Mir allerdings kam ein Termin dazwischen, rein privat, der Treff mit einer Ostberlinerin, die annahm, ich könnte ihr behilflich sein bei der Ausreise."

Sein Blick, seltsam tastend, schien auf ihren Widerspruch zu warten. Doch da sie stumm an seinen Lippen hing, fuhr er mit fester Stimme fort: „Wir waren im Restaurant ‚Moskwa' verabredet, an der Karl-Marx-Allee, und zufällig entstand für mich ein Parkproblem. Kurzum, bei der Polizeikontrolle wurde das Manuskript entdeckt, beim Öffnen des Kofferraums, in der Kollegmappe. Der Blick in den Kofferraum ist bei euch üblich gewesen für Westautos, fast eine Zwangshandlung der Behörden. Trotzdem glaubte ich nicht an Routine, die Kontrolle war fingiert, das Mädchen hatte mich verpetzt. Ich hab sie danach nicht mehr wiedergesehen."

„Wie ging's weiter, Eddie", fragte sie, da er verstummend in Erinnerungen versank. „Warst du die Mappe damit los?"

„Nein, das zum Glück nicht. In der Endzeit eures Landes ist man uns gegenüber kulant gewesen. Zehn Jahre früher, da wär wohl noch das ganze Auto als ‚Tatwerkzeug' beschlagnahmt worden ... Sogar den Text hab ich zurückgekriegt, rund eine Stunde später. In der Zeit hat die Stasi den vermutlich kopiert. Ich durfte darauf warten, gleich nebenan bei Mielkes Laden, gegenüber dem Block an der Normannenstraße, wo heute das Finanzamt Lichtenberg drinsitzt."

„So daß du das Manuskript heil abliefern konntest?"

„Ja, damit hab ich mich beeilt, natürlich."

„Was es dir erlaubt hat, die Panne zu verschweigen."

„Allerdings. Ich hab immer den Mund gehalten. Nicht mal das Girl im ‚Moskwa' hat was davon gewußt. Wir sind übrigens keineswegs miteinander intim gewesen."

„Wie hat die Stasi dann Wind gekriegt von dem Zeug bei dir im Wagen?"

„Das Haus in Grünau ist beobachtet worden."

„Aber den Text habt ihr doch erst drinnen gekriegt?"

„Na ja – Reitz hatte zu der Zeit selbst noch nicht erfaßt, daß ihm längst eine Laus in den Pelz gesetzt worden war. Seine Frau nämlich war Dramaturgin in Babelsberg bei der DEFA, folglich brauchte man eine Haushälterin, und die hatte das MfS dem Ehepaar geschickt. Sie wird das beobachtet haben."

„Dein Chef blieb bei all dem außen vor?"

„Ein narzißtischer Typ, ich hab ihn nie gemocht, will aber auch jetzt keinen Namen nennen. Der Mann lebt schließlich noch, und sein Fehler war's doch auch. Ihm hatte Reitz das Manuskript gegeben, nicht mir, dem Adlatus. Ich bin bloß der Bote gewesen, ein kleines Licht ... Und es ist keinem ein Schaden entstanden."

„Wenn der Schein nicht trügt, wie öfter der Fall."

„Wie meinst du das jetzt?"

„Du konntest nicht wissen, wie schnell der Staat dann kollabieren würde. Du hast dein Pech vertuscht, Eddie, um jedem Vorwurf zu entgehen; und es dann auch noch komplett verdrängt, stimmt doch? Dein Gastspiel damals in Ostberlin – kein Wort davon später, nicht mal zu mir."

„Es tut mir leid." Die Fußspitze stand still. „Bis gestern ist das einfach weg gewesen."

„Es tut dir leid. Weißt du, wie lächerlich das klingt?" Anja unterbrach sich. Mein Gott, dachte sie, was rede ich denn da? Auf keinen Fall darf er glauben, ich stünde nicht zu ihm, hielte mich von seiner Feigheit fern, der opportunistischen Vorsicht, damals so üblich wie heute. Dem Reitz hätte er zwar berichten müssen von etwas, das dem nun drohte – neuerlich, nach zwei früheren Strafen wegen illegaler Veröffentlichungen im Westen. Ansonsten aber war sein Schweigen nachvollziehbar, ganz logisch mit Blick auf die Karriere. Den Fehler an die große Glocke hängen? Wenn eine Dichterin wie Christa Wolf, für uns einst Stimme des Gewissens, drei Jahre sporadischen Stasikontakts schlicht streichen oder vergessen kann, wieso billige ich Edgar nicht einen Tag zu, den er getilgt hat aus seinem Kopf?

„Komm doch zu mir“, hörte sie ihn bitten. „Was stehst du da und guckst mich an? Nun ist der Lack ab, tja, das schmeckt dir wohl? Als Ausgleich für deinen Seitensprung ...“

„Den hat's nicht gegeben. Das faselst du bloß herbei.“

„Woher dann dein Frohsinn? Spüre ich da Triumph heraus?“

Sie setzte sich und legte den Arm um ihn. Er war fertig, ganz erledigt, sein Zustand weckte ihr Mitgefühl. „Wenn mich daran überhaupt etwas amüsiert“, sagte sie nahe seinem Ohr, „dann ist es der Frust dieses Hauptmanns Falck. Sieh mal, das Überwachen von Kunstschaffenden ist dem schon anfangs peinlich gewesen, vor fast 50 Jahren in Magdeburg. Die Schriftsteller zeigten ihm ihre Mißachtung, ohne doch echte Gegner zu sein. Daher sein Aufatmen in Rostock, dort bringt er einen Staatsfeind zum Reden – den Supermann, der sich dann als Schwindler entpuppt. Und zum Schluß schickt ihn das MfS aus dem stillen Norden zur Verstärkung der Genossen nach Berlin, diesem Brennpunkt der Unruhen, und dort kriegt er's wieder zu tun mit Künstlern! Die wollen partout eine andere, irgendwie bessere DDR; eine närrische Utopie für ihn. Einen erwischt er sogar beim Ausschmuggeln von Texten, aber da ist's schon zu spät, nun sind ihm die Hände gebunden ... Wenn das keine tragische Laufbahn ist? Ich denke mal, Eddie, ohne das Tagebuch wär der an seinem Zorn erstickt. Kein Mensch hält es aus, 30 Jahre lang sowas stumm in sich hineinzufressen.“

Anja fand, er höre ihr kaum zu, sondern blicke argwöhnisch drein. Kein Wunder, wich sie ihm doch aus. Was ging sie beide das Pech eines verstorbenen Schlapphuts an? Dessen Vermächtnis freilich, das schien ihn zu beschäftigen. Sie fühlte sich von seinem Blick gestreift und glaubte zu wissen, was nun käme. Die Gedanken der Männer, auch die ihres eigenen, kannten letztlich nur zwei Richtungen: Liebesglück oder Erfolg im Beruf; nicht unbedingt in dieser Reihenfolge. Drohte ihm jetzt ein Karriereknick? Gewiß sah er das so. Gerade hatte der Innenminister erklärt, die Regelüberprüfung im öffentlichen Dienst werde bis ins Jahr 2019 verlängert und der Personenkreis erweitert, welcher der Kontrolle unterlag. Dies galt sogar für untere Beamte und ehrenamtliche Bürgermeister, folglich auch für Fernsehleute, zumal in seiner Position. Das war keine Pflichtübung, wer sich befleckt hatte, dem hing das an. Pannen wurden wohl verziehen, nicht aber endloses Verschweigen.

„Der Stasi-Apparat lief damals weiter, Anja, genau wie '45 bei den Nazis. Da ist noch ermittelt und vollstreckt worden, als längst alles zusammenbrach ..."

Sie winkte ab, derlei Vergleiche mit Hitlers Reich hatte sie satt. Diese Herabsetzung, schwer aus der Welt zu schaffen! Wie haben es Amerikas Südstaatler eigentlich geschafft, vom Norden akzeptiert zu werden, nach rund hundert Jahren? Edgar freilich begriff sie da nicht, er sah nur sein Problem und sprach wie einer, der sich verletzt fühlt. Hübsch dichthalten, sein Rezept – und nun war die Mühe umsonst gewesen.

„Wir sollten den Nachlaß erwerben", riet sie ihm. „Den der Frau Falck abkaufen, das ist es doch, was sie offenkundig will ... Wer weiß, was im Original noch alles steckt. Da wurde viel weggelassen von ihr."

„Das heißt?" Er versteifte sich neben ihr.

„Entweder das Tagebuch deckt sich mit deiner Story, oder der Originaltext geht noch darüber hinaus."

„Das hört sich an, als meintest du, *ich* hätte da was weggelassen."

„Es wär doch denkbar ..."

„Also hast du das gemeint?"

„Nein, aber ..."

„Aber genauso hat sich's angehört! Demnach traust du mir zu, da wär noch mehr gewesen?" Er rückte von ihr ab; seine Stimme klang, als käme sie aus einem Kanal. „Gut, mir ist klar, du bist jetzt ganz ähnlich kaputt wie ich, da blickt man nicht mehr durch. Versuch doch lieber, erst mal zu schlafen. Oder was zu essen ... Morgen bleibst du hier, ruhst dich aus, bummelst Überstunden ab. Hannes Gruß hat den Laden im Griff."

„Ich weiß. Aber mir kommt eines bessere Idee. Zehntausend Euro müßten reichen, die heb ich ab und blättere sie der Witwe in bar hin, für das Tagebuch und alle Rechte am Inhalt."

Er dachte nach. Jetzt sprechen wir wie Komplizen, fand sie, nach einem mißglückten Versuch. Abrupt stand er auf, lief ein paar Schritte von ihr weg und entschied: „Auf keinen Fall! Nein, das legt eine dicke Spur. Wenn sie damit herauskommt und ihre Version ‚Bild' erzählt ...! Dann ist für uns nämlich Edeka. So prominent sind wir beide nicht, einen Stasiskandal zu überstehen."

„Also, was schlägst du statt dessen vor?"

„Wir kaufen das Ding offiziell, als Sender, es fällt ja in dein Ressort. Und du schreibst das Exposé zu einer Dokumentation, die den Stasischwindel thematisiert – mit Zeitzeugen, Außenaufnahmen von Mielkes verlassener Stadt und dem Interieur in Rostock oder Waldeck, wo immer der Lommel gesessen hat."

Es erleichterte Anja zu sehen, wie Edgar wieder auf die Füße kam. Das Zirpen im Ohr, sie hörte es nicht mehr. Es ging ihm um Schadensbegrenzung. „Wie die Dinge liegen, sollten wir schnell handeln, aber nicht überstürzt. Laß es uns mal in Ruhe durchspielen."

„Okay. Worauf willst du hinaus?"

„Daß da vielleicht noch was fehlt, Eddie; ein zeitnaher Anlaß. Wozu die Produktion und das Geld, das sie kostet? Dieser uralte Stasikram, wen reizt der noch? Hast du selbst gesagt, als ich dir vor Wochen damit kam. Der Lommel ist tot – du treibst da kaum noch Zeitzeugen auf."

„Und, und? Was also dann? Wie denkst du's dir?"

„Ich würde das anbinden an neuere Sachen. Die Schlapphüte bauschen auf, immer und überall, das macht sie wichtig, ist halt deren Art. Nimm nur mal die Sauerland-Zelle, du kennst ja die Story. Auch da ist getrickst worden, das Einsickern der eigenen Dienste fiel untern Tisch ... Und das Abstempeln der Usbeken als Drahtzieher des Terrors, wo sie tatsächlich doch nur Karimows Schlapphüte sind."

„Ach, das glaubst du? Das scheint dir plausibel?"

„Ja, und ich finde, die Parallele bietet sich an."

„Ich sehe da keine. Das kriegst du kaum sauber hin."

Anja richtete sich auf. „Laß es mich wenigstens versuchen. Ganz ohne aktuellen Bezug läßt sich der Aufwand wohl nur schwer rechtfertigen."

Er zuckte die Achseln, müde und resigniert. „Ja, wenn es ginge, ohne daß wir uns verrennen", murmelte er. „Sonst schießt man sich noch selber ins Knie."

Sogleich war das Zirpen wieder da, in ihrem Kopf. Ja, sie hatte eben gespürt, daß ihn der Hinweis auf Gegenwärtiges störte ... Aber lag das denn nicht auf der Hand? Es war doch nicht ihre Schuld, wenn sich manches da wiederholte. Nein, ein grimmiger Zufall fügte beides aneinander, wie beim Puzzle – das Vorgehen von damals mit dem von heute. Der Unterschied war so gering, daß ihr schien, als passe dies glatt zusammen ... Schade, daß er es anders sah.

„Wir wollen das erst mal überschlafen", schloß Edgar beherrscht. „Es ist ein harter Tag gewesen für uns beide."

Anja sagte nichts; sie fand, die Sanftmut kostete ihn Mühe, weil sie nicht echt, sondern bloß Beschwichtigung war.

Anja erwachte erst spät, dank der Schlaftablette, um Mitternacht geschluckt. Total verpennt, fand sie, auch traumlos – so als hätte ihr Edgar während der Traumphasen, die es doch immer gab, den phantasierten Vorgang aus dem Kopf geraubt, eifersüchtig noch auf die Fiktion. So wie Leonardo DiCaprio in dem Thriller „Inception", wo er bestimmten Leuten das Geheimnis fachgerecht aus dem Unterbewußtsein riß, zu kommerziellem Zweck ... Als sie aufstand, war Edgar längst, chauffiert von Otto, ins Zentrum unterwegs.

Immerhin, er hatte ihr einen Gruß geschrieben und auf den Frühstückstisch gelegt. „Nimm Dir den ganzen Tag Zeit, Liebste“, las sie. „Ich baue auf Dich und bin überzeugt, Du kriegst es hin: ein prima Konzept, das dem Charakter des MfS entspricht und dennoch eine Brücke zu aktuellen Fragen schlägt ...“

Es ging noch weiter und verdarb ihr fast den Appetit. Typisch Eddie, dachte sie. *Mission impossible*, Quadratur des Kreises. Das war Konfliktvermeidung pur, es grenzte an Diplomatie nach Art der Kanzlerin, lieber moderieren als entscheiden. Und so lief's ja auch im Studio, auf der Redaktionssitzung. Zur Kampfabstimmung kam es da so wenig wie einst im Politbüro der Staatspartei. Man wußte ohne Machtwort, woher der Wind blies und blieb auf Linie, stimmte dem Chef bei, ob zögernd oder gern. Mit ihm würde es gewiß keine Sendung geben, die ein Tabu verletzte und etwa „Ferngelenkte Terroristen“ hieß.

Unter der Telefonnummer von Inge Falck, sorgsam von ihm notiert, stand noch ein Wort von André Malraux, zur tröstlichen Besinnung auf die Wechselfälle des Lebens: „Was man am wenigsten erwartet, ist normalerweise das, was passiert.“

Und wie um dies zu bestätigen, meldete ihr Ramona kurz nach zehn einen Besucher, der sich gar nicht angekündigt hatte. Albert Baron stand in der Diele, schlicht gekleidet, ganz bußfertig, einen Strauß bunter Blumen in der Hand. „Verzeih den Überfall, Anja, es hieß im Studio, du bist daheim ... Das Grünzeug hier ist nicht von mir, ich überbringe es in Ralfs Auftrag. Der Junge schwärmt für dich, wie du vielleicht ja ahnst, und beklagt es, daß er dich nicht fahren durfte – an meiner Stelle, als ich gestern so am Boden war, praktisch gar nicht mehr vorhanden.“

„Danke, Albert. Lieb von euch! Tritt doch näher ..." Es waren dickstielige Rosen, hübsch gemischt und in zartes Schleierkraut gehüllt. Ramona nahm ihr den Strauß gleich ab. „Was hast du auf dem Herzen?" fragte sie auf der Terrasse, wo sie sich setzten.

„Gar nichts, Anja – außer *postillon d'amour* zu sein. Neu für mich, die Rolle. Aber man wird älter und übt sich da ein bißchen im Charakterfach." Er schnitt sein Sarkozy-Gesicht und nickte ihr munter zu. „Ralf weiß selbstredend, du bist jung verheiratet, anscheinend sogar glücklich. Das wird voll respektiert von ihm, wie du mir glauben wirst. Und trotzdem ..."

„Trotzdem?"

Albert schwieg, er sah sie nur eindringlich an, ein wenig mehrdeutig, wie es ihr schien.

Das Mädchen kam mit der Vase, stellte die Rosen zum Gast auf den Tisch, wie man's ihr beigebracht hatte, und fragte, was sie ihm bringen dürfe.

„Bitte gar nichts", sagte er – und, zu Anja gewandt, er komme soeben von Eric Pauly dort am anderen Ufer, dem Frühaufsteher, der ihn einbestellt und abgespeist habe. „In jeder Hinsicht", fügte er bitter hinzu, mit einem Lachen, das seinen verletzten Stolz überspielen sollte. Rübezahl habe eine schöne Idee, die ihm über Nacht gekommen sei, schlankweg verworfen. Der wolle – reichlich altersstarr – den Fall Lommel partout so verfilmen, wie anfangs geplant, allein nach der Aktenlage im Stasi-Archiv von Waldeck. Neunzig Bände mit zigtausend Blatt an Geständnis, die pure Masse habe ihn vom Wahrheitsgehalt der Aussagen Bodo Lommels restlos überzeugt.

„Stell dir vor, das Tagebuch des Vernehmungsoffiziers ist dem völlig schnurz, das schiebt er weg, bloß weil ihm das die Figur der Kellnerin ruiniert. Und das reißerische Doppelspiel – der Agent und das Double – gleich mit! Solch dürftigen Kram, nein, den setzt er keinem Kinogänger vor. Dabei denkt er mehr an sein Weib als ans Publikum. Aber er ist der Boss, getreu dem Spruch: Auf jedem Schiff, das dampft und segelt, gibt's einen, der die Sache regelt."

Seine Hand zuckte, er redete sich in Rage. Anja verstand ihn auch, hatte er ihr doch kürzlich erst seine Unlust erklärt, Drehbücher aus Einfällen zu entwickeln, denen es fehlte an Realitätsbezug, am Faktenkern. Zu der Fiktion, die Pauly von ihm wünsche aufgrund lügenhafter Akten, gebe er sich nicht her.

Das leuchtete ja ein, dabei aber blieb es nicht; auf seinen Drang, übers Ziel hinauszuschießen, war Verlaß. „Regiearbeit, das ist die Kunst der Mittelmäßigen", rief er. „Der große Pauly, beneidet um den Ruhm, all die Grimme-Preise, belächelt für das Dürftige seiner Figuren und den wirren Stil! Hätte der Mann wirklich Talent, auf irgendeinem Feld, wär er was Anständiges geworden, Komponist oder Architekt, was weiß ich – als Regisseur kannst du von allem ein bißchen, aber nichts richtig! Entschuldige bitte, ich vergesse immer, er ist ja quasi dein Schwiegersohn, wie lachhaft und typisch übrigens schon das ... Also ich mach mich auf die Socken, Anja, zurück ans Meer, jetzt gleich! Zeit zu pausieren. Berlin soll mir gestohlen sein."

Ihm ging die Puste aus, bloß deshalb brach er ab und schickte sich an, aufzustehen. Er hatte sich Luft gemacht unter dem Vorwand, sie von Ralf zu grüßen; das sollte es gewesen sein.

„Warte mal", bat sie ihn spontan, „vielleicht nimmst du mich ja noch mal mit? Gerade als du gekommen bist, hab ich in Warnemünde angerufen, bei Frau Falck. Ja, sie verkauft das Tagebuch dem Sender; es fehlt nur noch ein Vertrag."

„Ich stehe zur Verfügung, Anja! Da kannst du auf mich zählen. Für sowas bin ich Fachmann, einen bessren findst du nicht ..." Oh, es leuchtete in seinen Augen – und sie sah, von Verzicht und Altersmilde war, was sie betraf, im Moment keine Rede mehr.

HAUPTSTADTSTUDIO

EDGAR SÖRENSEN SASS SINNEND hinter seinem Schreibtisch im ersten Obergeschoß vom Nordflügel des Zollernhofs, umhüllt vom Buchenholz der Raumbekleidung. Er sah hinab zum Swimmingpool – kein echtes Wasserbecken zwar; so aber wirkte das Atrium, reichlich 700 Quadratmeter groß, dank des gediegenen Glasdachs auf ihn. Auch auf die 300 fest angestellten Mitarbeiter, an deren Spitze er stand. Wie berauschend, für gewöhnlich. Hoch über sich die fabelhafte Kamera, fernsteuerbar fing sie Live-Bilder ein, großräumig, vom Brandenburger Tor bis hin zum Alexanderplatz. Und unter ihm, mitten im Hof, die Bronzeplastik „Phönix III", dazu bestimmt, den Traum von der Macht und Herrlichkeit des Ortes zu beflügeln. Phönix aus der Asche: Hinweis auf die hundertjährige Historie und ach so wechselvolle Tradition des Hauses.

Gewiß, es stimmte, der Zollernhof war schutzwürdig, ein Baudenkmal eben. Sein Name ging zurück auf das 500. Jubiläum des Einzugs von Friedrich I., dem ersten Hohenzollern hier, in das damals noch randständig-unbedeutende Berlin. Das Haus hatte so verschiedenen Herren wie Alfred Hugenberg, einem Wegbereiter Hitlers, und dem FDJ-Führer Erich Honecker als Sitz gedient; auch dessen Nachfolger Egon Krenz.

Der übrigens, nach seiner Haftentlassung von Hannes Gruß verschlagen befragt, hatte erzählt, der ganze Komplex sei anno 1950, restauriert nach Bombenschäden, von den Russen an die sozialistische Jugendorganisation der DDR übergeben worden – seinerzeit „eine noble Geste der Sowjetischen Militäradministration, an so herausgehobenem Ort im Zentrum Berlins ein ‚Haus der Jugend' ermöglicht zu haben", so Krenz wörtlich. Als Sprungbrett zur Machtspitze habe es dennoch nicht gedient, von den sechs Ersten Sekretären der FDJ seien nur zwei bis ins Politbüro gelangt, nämlich Honecker und er ... Gruß, Anjas Stellvertreter, war ein effektsicherer Profi. Sein Talent, auf höfliche Weise bösartig zu sein, befähigte ihn nicht nur dazu, DDR-Größen aalglatt zu beschädigen – es ließ ihn auch, Sörensen spürte es, nach Anjas Job gieren. Fehler wie der, das MfS mit einem rechtsstaatlichen Geheimdienst zu vergleichen, durften ihr nicht passieren.

Das würde er zu verhindern wissen. Sein Blick streifte die Fassade gegenüber. Ja, der Sender – ganz stolz darauf, den geschichtsträchtigen Ort zu nutzen und nicht wie die ARD lauter Neubauten zu schaffen – teilte das schöne Objekt auch noch mit einem der größten Konzerne im Land, dem Energieriesen E.on, hinter dem Namen wie Degussa-Hüls, VEBA-Oel, Stinnes, Aral und Preußen-Elektra standen ... Was aber half ihm, Sörensen, die Geschichte des Hauses jetzt beim Sichten des eigenen Anfangs, seines Starts in Berlin vor unglaublich fernen 21 Jahren? Gar nichts. Find zurück in die Gegenwart, Junge, da gibt's Probleme genug.

Denn auch das, was da vor ihm lag auf dem Tisch, war lästig. Obschon es verblaßte vor dem Ärger, der ihm seit gestern drohte, so heimtückisch wie diffus. Was sollte die Prognose, Guttenberg peile dennoch, weg von der Wehrpflicht, ein schlankes Berufsheer an? Oder auch: Wulff werde Gauck erst im dritten Wahlgang schlagen? Das sagte Hannes Gruß voraus, den wollte er anweisen, statt seiner mit Joachim Gauck zu sprechen, nachdem ihn das dumme Zeug über Gauck erreicht hatte, entnommen dem linken „Ossietzky"-Blättchen. Getoppt noch von dem Anwurf, Gauck habe als Reisekader der DDR in den Westen gedurft, ja er sei sogar IM gewesen, Deckname „Scheler"! Der zähe Regimegegner, von seinen Feinden Pastor Gnadenlos genannt, einst selber Mann der Stasi – welch Blödsinn ... So albern, als würde man ihm, Sörensen, dem Warner vor Terrorismus, glatt unterstellen, selbst einmal Terrorist gewesen zu sein, was seine Kennerschaft erkläre! Die Anwürfe folgten nur dem Prinzip *Semper aliquid haeret*, etwas bleibt immer hängen; und dieses Etwas reicht manchmal aus.

Skandalös ... Womöglich galt das auch für ihn, falls da nun wirklich etwas hochkommen sollte von damals. Sein Blick glitt weg von derlei Kram zu dem Foto von Anja. Es zeigte sie im Silberrahmen ganz entspannt auf der Terrasse. Über dubiosen Verleumdungen das schöne Bild vom März, als sie das Haus am See just bezogen hatten. Man sah es an den kahlen Zweigen und den Resten von Schnee hinter ihr; Zeugen des abnorm langen und strengen Winters. Die Hochstimmung vom März, jetzt so verklungen wie der Jubel über das Gelingen, den Aufstieg in dieses großartige Amt – an anderen vorbei, die sich gleichfalls Hoffnungen gemacht hatten? Das konnte doch nicht sein.

Der Name im Typoskript der Witwe, ja, das hatte ihn kalt erwischt. Die Sache war prekär, halb undurchsichtig auch für ihn; sie strapazierte sein Gedächtnis. Jenseits dessen, was er Anja erzählt hatte, wurde es unscharf. Da begann ein Feld mangelnder Gewißheit – kein Wunder nach so vielen Jahren. Die Erinnerung an das Ostberlin vom Sommer 1989 war ein Gespinst im Zwielicht, voller Löcher, überdeckt von all den Eindrücken später – seinen Semestern an der American University in Washington, der Zeit im ZDF-Studio Bonn, der Arbeit bei *Channel 5 Fox* oder für das Magazin „Frontal 21", dem Faible für die Netzwerke des Terrorismus, zumal al-Qaida, und seinen Warnungen vor der islamistischen Bedrohung samt den Schläfern mitten unter uns, dem Feind im eigenen Haus! Dazu sein Kampf gegen Besserwisser, die nicht ernsthaft recherchierten und die Sorgfaltspflicht verletzten, indem sie den Gegencheck vergaßen, die Regel: Mindestens zwei Quellen müssen es schon sein! Diesem Grundsatz jetzt im eigenen Fall zu folgen, das machte es so schwer und ließ ihn fast verzagen.

Sörensen seufzte, er wies seine Vorzimmerdame an, bis zum Mittag jeden Störer abzuweisen, auch keinen Anruf durchzustellen. Der Film in seinem Kopf, der Monolog einer Suche in Endlosschleife, mußte ungetrübt abspulen. Bildete er doch als einzige Quelle, wenn auch unscharf und lückenhaft, das Geschehen jenes fernen Sommers ab. Es schien ein Witz zu sein, doch wirklich, der Schauplatz von damals war fast der von heute. Das ARD-Studio – inzwischen ein ambitionierter Neubau am Reichstagsufer südlich der Spree gleich beim Bundespresseamt –, es lag einst schon ganz in der Nähe, an der Dorotheenstraße. Nur, wer hatte es eigentlich geleitet? Peter Merseburger nicht mehr, der war bereits nach London gegangen.

Es mußte Lutz Lehmann gewesen sein. Und den hatte er, soviel er wußte, als junger Praktikant nur ein- oder zweimal begleiten dürfen zu Georg Reitz nach Grünau, in eine locker bebaute Straße, die nach einem toten Dichter hieß. Links lichter Kiefernwald, rechts Eigenheime, folglich schwer zu überwachen. Lehmann also, längst pensioniert, heute ein Greis, falls noch am Leben? Ganz sicher war er dessen nicht, andere Gesichter journalistischer Vorbilder schoben sich ständig dazwischen, wie das von Ernst Elitz. Der freilich war ZDF-Mann gewesen, er hatte „Kennzeichen D" und das „heute-journal" moderiert. Weshalb Lehmann, wenn er es denn war, ihn aus der Helferschar erwählt hatte? Vielleicht weil er wegen seines Vaters, des Polizeipräsidenten, als clever galt, standhaft und vertraut auch mit Tricks der Polizei.

Und doch nicht gerissen genug, dem MfS nicht voll gewachsen. Ein paar Tage nach dem Vorfall am „Moskwa" hatte ihn nämlich in der Neustädter Kirchstraße, halbwegs zwischen dem ARD-Büro und der amerikanischen Botschaft, ein Mann sehr höflich nach dem Reitz-Manuskript gefragt. Ein Stasityp ohne Namen und Dienstrang, der ihn gleich aus dem Tritt brachte mit dem Satz, er habe es wohl versäumt, dem Herrn Bräutigam zu melden, die DDR wisse Bescheid, als er das Manuskript dem Leiter der Ständigen Vertretung der Bundesrepublik persönlich übergab, dort am Oranienburger Tor, wo die Friedrichstraße zur Chausseestraße wurde.

Wie hatte er das vergessen können, den zweiten Akt der Panne? Der Stasi erschloß sich sein Versagen schlicht daraus, daß ein warnender Hinweis an Reitz, per Telefon oder Boten, unterblieben war, seitens des Senders wie auch der Ständigen Vertretung ... Ja, der stand zuletzt Dr. Hans Otto Bräutigam vor, der dann unter Stolpe im Land Brandenburg Justizminister geworden war; von ihm ging ein Hauch bürokratischer Pedanterie aus, welcher ihn, Sörensen, vollends daran gehindert hatte, den peinlichen Ablauf zu gestehen. O verdammt, das MfS überwachte den Abweichler Reitz rund um die Uhr – wohl gründlich genug, um im Bilde zu sein. Und natürlich begrüßte der Stasityp seinen Entschluß, den Zugriff zu verschweigen. Dabei tat er ganz harmlos – als bitte er um Feuer für die Zigarette oder als lasse er sich den Weg zeigen –, konspirativ perfekt. So verstohlen, unmerklich für zufällige Beobachter der kleinen Szene, schlug er ihm einen Treff am selben Abend vor, im Schutz der Dämmerung; ob Unter den Linden beim Zollernhof, am Potsdamer Platz oder vor der Komischen Oper, das wußte Sörensen nicht mehr. Er war ja auch nicht hingegangen, er hatte bloß zugestimmt, um den Kerl loszuwerden, und hatte ihn versetzt. Denn eins war klar gewesen: Man hatte ihn, die Sünde nutzend, abschöpfen oder gar anwerben wollen, vielleicht mit erpresserischem Nachdruck.

Das hatte genügt zum Fluchtimpuls. Ihm war nur geblieben, das Praktikum abzubrechen und schleunigst zurückzufliegen nach Bonn. Sein Vorwand für den Sender fiel ihm gleichfalls nicht mehr ein. Was aber, so fragte er sich jetzt, hat das MfS denn gemacht aus dem flüchtigen Kontakt? Na, das liegt im dunkeln. Sein Name jedenfalls ist aktenkundig, gewiß steht der nicht nur bei Falck, sondern auch im Tatbericht der Schnüffler, womöglich selbst in der Opferakte, die unter dem Rubrum „Geier“ fünf- oder sechstausend Blatt stark sein soll ...

Mehr als andere nämlich neigen Schlapphüte dazu, ihr Tun aufzubauschen. Sie wollen gelobt und befördert sein wie jeder, nur fällt das Lügen ihnen leicht, ihr ganzes Tun beruht darauf. Und der Erfolgsdruck legt es ihnen nahe, etwas vorzutäuschen, das zwar angepeilt, doch keineswegs erreicht worden ist. Am Ende gibt es zum Stichwort „Sörensen" sogar eine Vorlaufakte? Einen Entwurf mit dem operativen Ziel, ihn anzuwerben? Oft erscheint die bloße Absicht auf dem Papier als Tatsache! Wie weit Verlogenheit gehen kann, das hat ihm doch der Fall Bodo Lommel vor Augen geführt – ziemlich grell, eben erst.

Schluß mit der bohrenden Selbstbefragung. Zeit zum Essen, er stand auf. Im Vorzimmer hieß es, seine Frau habe angerufen und gesagt, sie sei unterwegs nach Warnemünde, zu dem „bewußten Zweck". Es ärgerte Sörensen, Privatgespräche nicht ausgenommen zu haben von dem Verbot, ihn zu stören. Irritiert ging er zum Lift, um hochzufahren zur Betriebskantine im obersten Stock, vorbei an den Etagen, vermietet an Sender wie Deutschlandradio, das japanische TBS, den Schweizer und den Österreichischen Rundfunk sowie auch an 3sat – sie alle saßen im Querflügel an der Mittelstraße.

Im Lift fiel ihm ein Wort seiner Frau ein. Sie wollte bemerkt haben, daß die Tür-zu-Knöpfe im Fahrstuhl bloß Placebos sind. Die Tür schloß, meinte sie, keinen Moment schneller, wenn man den Knopf drücke. „Aber das muß sie ja auch nicht", hatte Anja listig gesagt. „Uns reicht doch schon die Illusion, etwas beeinflussen zu können, Eddie. Das läuft genau wie in der Politik – die Vorstellung, durch eine Leserzuschrift oder seine Wählerstimme irgendwas zu bewirken in der liberalen Demokratie." Hatte er dem eigentlich widersprochen oder nicht, aus Bequemlichkeit? Ein Rest alten Denkens steckte noch in ihr, von der DDR herrührend; und ihm galt der häusliche Frieden mehr als solch närrisches Geplänkel.

Er setzte sich auf seinen Stammplatz, der stets frei blieb für ihn, an das große blanke Fenster, oben nur begrenzt durch die dezenten Träger der kaum merklich gewölbten Glasfläche, die das Dach des Atriums bildete. Manch hinreißende Sendung fand dort statt, in diesem enormen Kubus, etwa die Talkrunden der Maybrit Illner, auch einer Ostfrau wie Anja. Tief unter ihm das Schachbrett des Innenhofs mit der Phönix-Skulptur und dem schnurgeraden Pfad der Passage am Rand, durch helle Platten markiert, zur Erinnerung daran, daß dort einst die Kleine Kirchgasse verlaufen war – überbaut schon vor 80 Jahren auf Geheiß von Alfred Hugenberg, der als Pressezar und Förderer Hitlers gut für solch ein Ausnahmerecht gewesen war. Dessen Vertreibung und Enteignung verdankte dann Ulbrichts „Freie Deutsche Jugend" ihren Einzug in das ehrwürdige Haus.

Sörensen versuchte, etwas von dem Zauber zu erhaschen, den das italienische Flair des Atriums öfter für ihn barg – vergebens. Er merkte kaum, was er aß, es kümmerte ihn herzlich wenig, und sein Versuch, sich zu entspannen, schlug fehl. Eine der saukomischen Geschichten, die über Mielkes Mannen und deren Sammelwut kursierten, drängte sich ihm plötzlich auf. Da hatte doch jemand in der Künstlerszene am Prenzlauer Berg einstmals den Namen Arthur Rimbaud aufgeschnappt, des französischen Lyrikers aus dem 19. Jahrhundert – ein bildungsferner Spitzel, dessen Bericht in der Hand seines Führungsoffiziers gerann zu der Notiz: „Mehrfach erwähnt wird Rambo, Arthur; vertritt die These ‚Man muß das Leben ändern'; scheint subversive Zentralfigur zu sein. Zielstellung: Umfeld des Rambo, Arthur, aufklären und seine Anwerbung in Betracht ziehen." Das fand Sörensen nicht mehr lustig, seit er Grund hatte, anzunehmen, ein ähnlich lautender Vermerk existiere auch über ihn. Wer tote Dichter rekrutieren wollte, wie sollte dem ein lebender ARD-Praktikant nicht recht gewesen sein?

Er löffelte bereits das Kompott, als sich Anjas Stellvertreter dem Tisch näherte, mit jener korrekt-reservierten Freundlichkeit, hinter der sich ein zielstrebiger Charakter verbarg. Von Sörensen gebeten, sich doch zu setzen, begann Hannes Gruß: „Die Vorwürfe gegen Joachim Gauck sind weitgehend erledigt. Die gehen im Kern zurück auf Peter-Michael Diestel, das zeigt sich schon im Internet. Diestel hatte Ende der 90er Jahre vielfach Stasileute verteidigt und, gestützt auf die Aussagen solch zweifelhafter Mandanten, dem Gauck tatsächlich unterstellt, mit ihnen paktiert zu haben. Er sei als ‚wendiger Pastor' ein windiger Mensch und ‚Begünstigter des Regimes', ja sogar IM gewesen, Deckname ‚Scheler'. Also, das war falsch, im wesentlichen."

„Wie fällt denn ein Rechtsanwalt auf solchen Quatsch herein?"

„Durch *déformation professionelle*", sagte Gruß, sein Schulfranzösisch strapazierend; er tat gern souverän und weltgewandt. „Gauck hat sich gewehrt und noch vorm Ende seiner Amtszeit gegen Diestels Behauptungen eine einstweilige Verfügung erwirkt. Prompt legte Diestel Widerspruch ein. Darüber ist im Herbst anno 2000 in Rostock dann auch verhandelt worden. Für Gaucks Zuträgerdienste gab es in den Akten keinerlei Beleg. Natürlich hat der Pastor im Namen seiner Kirche mit der Stasi gesprochen, ähnlich übrigens wie Manfred Stolpe damals als Konsistorialpräsident. Gauck hat den Rostocker Kirchentag von 1988 organisiert, folglich Kompromisse aushandelt mit den Behörden. Das lief in der Regel über den Referenten für Kirchenfragen der Stadt Rostock, einen gewissen Manteuffel; der hat dann als IM ‚Scheler' dem MfS davon berichtet. Diesen Decknamen jetzt Gauck zuzuordnen, das ist absolut daneben."

„Freut mich für ihn", warf Sörensen ein, leicht genervt von der Faktenfülle, die ihm zum Nachtisch unterbreitet wurde.

„Und im Unterschied zu Stolpe, der wirklich als IM ‚Sekretär' beim MfS registriert war, obendrein 19 Jahre lang, ist Gaucks Rolle sehr viel kleiner gewesen. Er betont zwar, wie intensiv man ihn bespitzelt habe, aber seine Opferakte umfaßt nur 199 Blatt."

Sörensen schwieg; ein bißchen dünne, dachte er. Zum Fall Reitz hatte die Firma gut dreißigmal mehr gesammelt.

Ansonsten ging das Ganze eher an ihm vorbei. Es zeigte ja bloß, wie eifrig da gefuchtelt wurde mit allem, was irgendwie klebte an der Stasi. Wie gern gepusht, noch heute hochgespielt von Neidern, Rivalen und Intriganten jeglicher Couleur.

„Gauck wünscht das Interview", erinnerte sein Gegenüber. „Er hat vorhin erst wieder gedrängt. Welcher Termin wär Ihnen denn recht? Oder wird Ihre Gattin es führen?"

„Ach, wissen Sie, Hannes, machen Sie's doch selbst."

„Gern – wenn Sie meinen?"

„Und reiten Sie nicht auf der Vergangenheit herum. Reichlich vermintes Gelände. Wichtiger ist uns, wofür der Mann jetzt steht, nicht wahr? Auch wenn seine Chancen überschaubar sind, wie er selber sagt."

„Im Klartext, gleich Null", meinte Gruß und empfahl sich.

Grübelnd blieb Sörensen zurück. Er fühlte sich besser, weniger bedrückt. Ihm hatte sich immerhin gezeigt, Männern wie Gauck und Stolpe, viel länger im Clinch mit der Stasi als er, war es geglückt, im Amt zu bleiben; Anklägern und deren *déformation professionelle* zum Trotz.

Da Anja nicht abhob, bat er sie per SMS, sich zu melden. Vom Chefbüro aus rief er noch mal daheim an und hörte von Ramona, ein Herr sei mit einem Rosenstrauß erschienen, um seine Frau nach kurzem Geplauder in seinem Jaguar mitzunehmen. Er spürte heraus, wie das auf Ramona wirkte; ihr stummer Argwohn erschien ihm nicht ganz abwegig. Albert Baron, der Filou, als Rosenkavalier! Dieser Bursche versucht es wohl noch mal, sie rumzukriegen? Er lauschte in sich hinein, prüfte die Substanz des Verdachts. Nein, sagte er sich, der ist ihr sicherlich zu alt, der schafft es nicht, sie flachzulegen ... Sein Selbstgefühl war intakt, das Bild unversehrt, der Jaguar-Mensch kann ihm nichts anhaben. Trotz des frechen Zugriffs, Anja mag ihn nicht, wird keinesfalls von dem besudelt.

Im selben Moment rief sie ihn an. „Wir sind schon bei

Laage", teilte sie sachlich mit. „Du, die Gelegenheit war günstig ..." Nein, da war kein falscher Ton in ihrer Stimme, sie sprach heiter, ganz gelöst. „In Kürze bin ich bei Frau Falck – ja, sie hat eingewilligt, an uns zu verkaufen. Wie weit darf ich gehen, Eddie? Zehn- oder zwölftausend, was meinst du, ist es dem Sender wert und in Mainz vertretbar?"

Sörensen wurde die Kehle eng, sein Mund war trocken, der ganze Hals. Jäh kam ihm die Idee, den Sender da herauszuhalten und das heikle Ding anders zu drehen, es über den Autor abzuwickeln. Das wäre produktiv, die beste Lösung. Trat nämlich Baron als Käufer auf, verwischte das jede Spur, die aus Falcks Zeug zu ihm führte, viel gründlicher, als wenn das Tagebuch als Eigentum des ZDF ins Studio gelangte, wo auch andere als er und Anja Einblick nehmen und auf das Reizwort „Sörensen" stoßen konnten; Leute wie Hannes Gruß zum Beispiel.

In seiner Stimme lag eine Trockenheit, die vielleicht Nervosität verriet, als er sagte: „Schieb doch den Albert als Strohmann vor und überlaß das Feilschen ihm. Der kann's bestimmt besser als du ..."

„Das hat er mir selbst schon vorgeschlagen."

„Okay, dann macht es so", sagte er rasch in dem Gefühl, sie habe ihn restlos verstanden; auch beschämt, wie ertappt bei der Logik des Gedankens: Falls er sie flachlegt, hält er unbedingt den Mund – dann ist es ausgestanden. War es schlimm, das zu erwägen? Vermutlich ja; doch im Augenblick fühlte es sich nicht so an.

Als der letzte Rastplatz vor Rostock zurückfiel, sagte Albert Baron: „Nun fragt es sich, biegen wir nach rechts ab oder nach links?"

„Wieso nach rechts – was soll das heißen?"

„Stadt oder Dorf. Menschen am Scheideweg ... Diesmal bloß eine Frage der Reihenfolge. Mein Vorschlag: erst das

Dorf, dann Warnemünde. Die Frau Falck kann ruhig noch ein bißchen warten."

„Wozu soll das gut sein?"

„Verkäufer zappeln lassen ist taktisch klug."

„Bringen wir's lieber hinter uns." Über den Rand der Sonnenbrille sah Anja ihn an, um zu erfassen, was dahintersteckte. Er hatte ohne weiteres zugestimmt, den Strohmann zu spielen, und sogar sein Scheckheft dabei wie ein Geschäftsmann alter Schule; weshalb noch der Umweg?

„Ich glaube, du kannst Gedanken lesen, jedenfalls bei mir." Er tat verlegen. „Hab kein Talent zum Pokerface. Ja, wir sollten Ralf ins Boot holen. Denn eins ist klar, so einfach setzt du die Idee nicht um. Das muß schon Hand und Fuß haben."

„Und du meinst, dafür braucht man ihn?"

„Unbedingt. Denk an seine Texte, seinen Sachverstand."

Sie überlegte. Jetzt tauchten links voraus die Türme von Rostock auf. Sie glaubte ihn zu durchschauen. Seit Berlin vertiefte sich in ihr der Eindruck, sie seien beide dabei, sich zu Lasten ihrer aktuellen Partner zu verbünden. Sie selbst ein wenig auf Edgars Kosten, dessen Schutz doch der ganze Trip diente. Und Albert auf Kosten von Pauly, weil der, fixiert auf die Quote, von neuen Erkenntnissen partout nichts wissen wollte ... „Na, ich glaub schon, das könnte hilfreich sein", sagte sie endlich. „Der Stoff ist kompliziert, aber weißt du, mir kommen langsam Zweifel. Für Edgar ist die Sache nicht ganz koscher. Ich bin nicht sicher, ob er überhaupt noch mitspielt, wenn die jetzt durch deinen Sohn auch noch so 'nen Linksdrall kriegt."

„Es ist schon was, ein Ding überhaupt zu wollen, auch wenn's nicht einfach wird", versicherte er schwungvoll. „Wer Format hat, das zeigt sich unter anderem daran, welches Risiko jemand eingeht, um sich zu behaupten, ja? Mir scheint, du setzt dich durch. Für mich bist du eine starke Frau."

Das war geschmeichelt, es warnte sie und weckte ihren Sinn für den Kontrast von Schein und Sein, zwischen Anspruch und Wirklichkeit, kurz: für das Seltsame der

Situation. Albert, der Filou, trat merkwürdig selbstlos zurück hinter Ralf, wie komisch allein schon das. – „Laß uns von was anderem reden", sagte sie und merkte, es klang so defensiv, als fürchte sie eine Falle.

„Man verliert das Leben leichter als den Glauben", bemerkte er ohne klaren Zusammenhang. „Tschechow hat mal gesagt: ‚Selbstmord ist ein unerwünschtes Phänomen.' Das schließt auch geistigen Freitod ein. Ich sage ganz schlicht: Bewahr dir deine Ideale, lebe damit, aber stirb nicht für sie ... Du siehst, ich hab es eine Nummer kleiner."

Es waren seine Augen, die verrieten, wie ernst es Albert war. Sonst flach und braun wie Kupfermünzen, wurden sie ihm feucht. Plötzlich schien er ein anderer Mensch zu sein. Ohne noch mal zu fragen, hatte er die Autobahn nach rechts verlassen und hielt bei Bentwisch an.

„Fakt ist, der Junge hat dich gern", sagte er so trocken, daß es sie traf. „Er verguckt sich immer nur in Frauen, die reifer sind als er. Junge Mädchen geben ihm nicht viel ... Na, das soll dich nicht bekümmern. Nimm es in Kauf. Er verehrt gern stumm, hat noch nie wen bedrängt. Ihn zieht es einfach nur zu Menschen hin, die mit ihm auf Augenhöhe sind."

Anja schwieg beklommen; was ließ sich dazu denn sagen? Die Hemmschwelle war hoch. Da teilte er ihr tatsächlich mit, sie habe Ralf behext, unabsichtlich, sei momentan die Femme fatale für ihn. Also eine Phantasie, das Trugbild einer Frau, die schuldlos lockt und Glück verspricht, ohne das Versprechen einzulösen.

„Das ist die männliche Sicht der Dinge", erwiderte sie ihm schließlich. „Die weibliche, Albert, sieht anders aus. Da liegen Ost und West noch etwas auseinander, finde ich. Bei euch hieß es doch immer: Sei sexy! Fang dir einen Erfolgstyp als Ernährer und Beschützer ein. Hab eine Familie und sei eine gute Mutter, okay?"

„Ja, vielleicht", sagte er recht gedämpft. „Das ist allerdings ein Bündel von Wünschen oder Forderungen, an dem die gescheite Frau verzagen kann. Ich selbst, und darin stimmt Ralf mir zu, würde anderen Regeln folgen."

„Nämlich?"

„Mache eigene Erfahrungen. Lebe ein vollständiges Leben. Häng dich nicht um jeden Preis an deinen Mann. Verlaß ihn lieber, notfalls auch, wenn der neue Partner weniger Kohle macht als er."

Unmöglich, darauf einzugehen! Es schnürte ihr die Kehle zu. „Wendest du jetzt bitte", brachte sie gerade noch heraus, „und fährst erst mal zu Frau Falck?"

Er hob die Hände, um Verzeihung bittend, und gehorchte ... Das immerhin war ihr Reiseziel, und sie folgte dem Impuls, der Verwirrung zu begegnen – dem Gefühl, nah daran zu sein, eine Torheit zu begehen. Erst mal, hatte sie gesagt, das hieß nur: Aufschub. Ja ihr war, als stehe sie vor einem Wagnis, das ein Stück zu weit ging, über die Grenzen der Vernunft hinaus. Und es hatte nichts mit Falck zu tun.

Beim Erwachen sieht Ralf im Bett gegenüber, unter der Dachschräge, ihr Gesicht, ihm zugewandt, matt überhaucht vom ersten Morgenlicht. Dort, wo sie einander umarmt haben – für ihn noch jetzt ein Wunder. Nur für einen sind die Betten breit genug; damit sie wirklich schlafen kann, hat er sich hierher verzogen, auf die andere Seite des Oberstocks. Wie lieblich sie ist, wie sanft ... Es scheint ihm, als lächele Anja im Schlaf, es würde zu ihr passen. Sie ist fabelhaft gewesen, nie im ganzen Leben wird er das vergessen. Nichts, was vorher war, reicht an das Wunder dieser Nacht heran. Und er wüßte gern, ob sie auch so denkt, hätte es sehr gerne gewußt. Fern rauscht das Meer, er spürt den Sommer in der Luft und stellt sich eine Lerche vor, die hoch am Himmel singt, frohgemut.

Aber das ist Schwachsinn, Schwärmerei. Komm herunter, Junge. Gut, dich hat's erwischt, dein Traum hat sich erfüllt, du bist schwer verliebt – doch was heißt das? Der Vorsilbe *ver* muß man mißtrauen, damit fängt Ungünstiges an: verbieten, verbocken, versanden, verlieren, verraten, verfallen ... Die Silbe ist negativ belastet; bis auf verschmust und verheißungsvoll vielleicht. Doch wo bleibt hier die Verheißung? Er will es dämpfen, das übersteigerte Gefühl, es drücken auf ein gescheites Maß. Es kann ja nicht halten, es gibt keine Zukunft, denn was bist du für sie? Mehr als ein Flirt, ein Zwischenspiel? Was bedeutest du ihr bei Tageslicht, was kannst du für sie sein – ihr geben, außer romantischem Genuß? Oder die paar Sätze für das Szenario, mit dem sie daheim punkten will, beim Sender.

Ach, seine Zweifel, diese Neigung, sich zurückzunehmen und nach innen zu lauschen, zu versinken in die eigenen Skrupel und Phantasien, in den Wirrwarr solcher Fragen. Der fatale Hang zum Grübeln, sich selbst zu unterschätzen, aus Furcht vor Zurückweisung, oder ... Ach, zum Teufel, Dad hat recht, dem man die Chance ja verdankt. Dad ist der Wahrheit ein Stück näher mit dem flotten Spruch von gestern: Du, das Leben ist bunt, und es gibt Dinge, die nicht klappen, wenn du sie andere für dich tun läßt – nämlich Sex, Drehbuchschreiben und das große Los gewinnen.

Klar, das hat er nun gezogen. Da kommt Anja noch mal her, unvermutet, ihrem Mann zuliebe, und Dad hilft ihr, dessen komisches Problem zu lösen. Er hat das Geschäftliche für sie erledigt, versiert, mit ruhiger Diskretion. Und dann zeigt sich, ihr liegt auch was an ihm ... Ralf ruft sich den Abend zurück. Sie sind einander nahegekommen über dem Entwurf ihres Exposés. Anja war offen, spontan und zutraulich, sie ist ihm in vielem gefolgt. Und wenn er ihr widersprach, verzog sich ihr Gesicht zu einem Ausdruck bezaubernder Mißbilligung. Doch durchweg überwog die Harmonie, obgleich sein letzter Tip, sich nach so harter Arbeit zu erfrischen, noch ein schnelles Bad zu nehmen jetzt im Dunkeln, sie denn doch zögern läßt. Er bezwingt seine Ungeduld, die Angst vor Zurückweisung, und greift nach den Bademänteln; wobei er den Vorschlag *alternativlos* nennt, ein albernes Modewort, das ihr ein Lächeln entlockt.

Kühl ist das Meer im Juni, trotzdem ein toller Einfall. Denn Anja ist nicht zimperlich, sie macht sich auch nicht kostbar. Neben ihm, über plätschernden Wellen, der zarte Umriß ihrer Gestalt. Wacker umschwimmt man zwei Buhnen, reibt hastig das Wasser, den Sand von der Haut, eilt schlotternd heim, und nun braucht man Wärme ... Unter dem Frotteestoff bereits nackt zu sein, das war der Hit, die kesse Idee. Sie freilich ist eine seltsame Frau, undeutlich hat er, ehe sie ihn dann mit ins Gästehaus läßt, ihre Hemmung gespürt – in ihr einen Kampf vermutet.

Mit ihr intim zu sein, das hat er sich gewünscht und darauf nie gehofft. Alles Frühere verblaßt, es fühlt sich anders an diesmal, scheint etwas eigenartig Neues. Ein Rätsel, das er lösen muß, liegt in ihrer Persönlichkeit. Und dann, oben auf der Treppe, als er die Arme um sie legt – ja, ehe noch ihr Mund sich dem seinen öffnet, da endlich ahnt er, daß auch sie ihn begehrt ... Und es aufgibt, gegen ihr Gefühl anzukämpfen. Fast gleichzeitig haben sie beide versucht, mit ihren Händen den Körper des anderen zu erkunden ... Welch ein Erlebnis! Es ist sein schönster Moment geworden.

Jetzt zwingt er sich aufzustehen, um den Tag zu beginnen. Mit einem Ruck kommt er auf die Füße und merkt, die Verzauberung, der geheime Magnetismus, das wirkt fort. Er macht drei Schritte auf sie zu, kniet nieder vor dem Bett und sieht die Ruhende an, als suche er in ihrem Gesicht die Antwort auf Fragen wie: Wer bist du? War's bloß ein Abenteuer? Weigerst du dich, darüber nachzudenken, ob es mit uns weitergehen kann – und wie, wenn ja? Da ist glücklicherweise ja noch kein Kind, das dich bindet ... Aber immerhin, alles übrige ist da: dein Mann, das Haus, der Job, die Karriere – das fesselt dich an dein bisheriges Leben. Du bist umstellt von Erwartungen, wer käme wohl dagegen an?

In dem Augenblick erwacht sie, verdutzt, ihn vor sich

zu sehen. Ihre Augen weiten sich wie im Schreck. Stumm liegt sie da, stirnrunzelnd, schon glaubt er, sie könnte fragen: „Wo bin ich?“, im Märchenton oder verwirrt und vorwurfsvoll.

Anja aber sagt: „Nanu, schon auf, so früh? Bleib doch noch ein bißchen ...“ Sie schlägt die Decke zurück und haucht: „Komm zu mir.“

Anja fühlt sich nicht ganz wohl. Dabei läuft es doch gut, sie hört Zustimmung heraus. Das hat man schon öfter erlebt, die Diskussion schleppt sich hin ... Vor ihr, im Streulicht des Atriums, die Schlauköpfe. Und obgleich es um ihren Entwurf geht, ist sie nur halb bei der Sache, achtet mehr auf Zwischentöne. Ihr Text, es sind nur drei Seiten, liegt jedem vor. Edgar hat ihn an die Redakteure verteilt, damit sie sich äußern; doch da schwer erkennbar bleibt, wie er selbst dazu steht, hält man sich zurück. Das ist seine Art, guter Stil, er will zunächst nichts steuern, ihm liegt am Eigenurteil der Mitarbeiter, unbeeinflußt. Immerhin ist klar, es kommt von ihr, seiner Frau, da will keiner vorschnell sein. Hannes Gruß findet schon mal den Titel gut, „Der Feind im Haus“, das verspreche Spannendes, lasse aufmerken. Dann verhaspelt er sich, seine Rede läuft aus im Ungefähren.

„Das Thema Stasi ist ziemlich verbraucht“, sagt Weißhuhn nun, dabei klingt es positiv – der spielt immer gern den Advocatus Diaboli. „Die Leute haben das satt, nicht wahr?“

„Dem wirkt der Entwurf durchaus entgegen“, meint Gruß, „mit dem frischen Blick auf eine ja womöglich generelle Tendenz ..., also den Diensten quasi immanente Tendenz, Bedrohungen aufzubauschen.“

„Allerdings“, wird ihm erwidert, „ist gerade diese Ausweitung auch problematisch. Vielleicht braucht der Stoff das gar nicht. Durch das neue Dokument, dieses Tagebuch, wird doch bereits ein origineller Akzent gesetzt.“

Der Sprecher ist Jürgen Seibt vom Auslandsressort. Dessen ruhige Gesten sind so ökonomisch knapp wie seine Worte, die ihm dennoch stets erlauben, davon wieder abzurücken. Dabei ist er extrovertiert, selbstverliebt, hat Spaß an Kontroversen. Gruß hält ihm prompt entgegen: „Hier wird, so scheint es mir, ein allgemeines Prinzip berührt, nämlich die Neigung, durch eine Art von Alarmismus das eigene Gewicht zu stärken. Auch im Hinblick auf die Planstellen und den Etat."

Den Rest erfaßt Anja kaum. Ihr ist, als ob Gruß das gleich wieder verwässert, als ob er sich vor einer klaren Antwort drückt. Was für ein närrisches Geplänkel! Die Haut unter ihrem rechten Auge beginnt zu zucken, sie hält die Hand davor, um es zu verbergen. Jetzt herrscht Schweigen. Jeder am Tisch scheint auf Edgar zu schauen, der blickt stumm zurück. Seine Selbstbeherrschung ist vollendet, mit eiserner Geduld hat er zugehört, ohne Einwurf. Er läßt die beiden seelenruhig einen Stellvertreterkrieg führen – Gruß eher für, Seibt gegen ihren Text, der ihn selbst ja leicht befremdet hat, weshalb er ihn nun so gründlich erörtern läßt. Man fühlt seine Autorität. Er steht über der Situation, ist völlig Herr der Lage.

Was redet Hannes da? Bei dem kennt man sich nie ganz aus. Ein stiller Mensch, bedacht auf Ausgleich, zuverlässig. Das Gegenstück zu Weißhuhn, der ihm erwidert: „Wenn man das einfach so vergleicht, faktisch in einen Topf wirft, das MfS und westliche Dienste, also dann sträubt sich was in mir."

„Wieso, Gerhard?" fragt Gruß. „Hier drängt sich ein Vergleich doch auf ... Oder ist ein Innenminister dann erst gut, wenn er Ängste schürt, den Sheriff spielt und alle paar Wochen vor Anschlägen warnt, ohne daß wirklich was passiert?"

„Seid froh, wenn die verhindert werden. Ich seh da keine Parallele. Wer die zieht, verharmlost Gefahren und spielt dem Gegner in die Hände."

„Welchem denn? Wir sind doch von Freunden umringt."

„Bis auf die Islamisten, Taliban, Leute von al-Qaida. Die machen auch aus Deutschen in ihren Camps gewaltbereite Kämpfer, um sie zu uns zurückzuschicken."

„Weshalb man sie besser vorbeugend tötet", wirft Anja ein. „Und zwar mit Drohnen, ‚Predator' oder ‚Reaper', im verbündeten Pakistan, ferngelenkt – per Knopfdruck aus Nevada."

„Verzeihung, das führt weg vom Punkt."

„Find ich nicht. Gute Berichterstattung muß ein Feindbild hinterfragen, anstatt es ständig bloß zu reproduzieren. Mit Scheuklappen, Jürgen, geht das nicht."

Irgendwann hebt Edgar dämpfend die Hände, ihm reicht es nun. „Das Konzept, so wie es vorliegt, ist demnach strittig", hält er fest.

„Noch nicht ausgereift", meint Seibt. „Die Rolle der eigenen und befreundeten Dienste prüft man besser separat, nicht im Vergleich mit KGB oder Stasi ... Das wär zu reißerisch, zu schräg – ich fürchte, das ergäbe ein schiefes Bild."

Noch einmal reden ein paar Kollegen, bis Edgar die Debatte stoppt. Er schlägt eine Denkpause vor, man kommt zum nächsten Punkt der Agenda ... Wirklich, er vertagt, knickt ein – Anja kann es noch nicht fassen. Was folgt, geht ganz an ihr vorbei. Und plötzlich dämmert ihr, er hat sie bewußt auflaufen lassen. Weshalb das, nur um zu zeigen, wie unparteiisch er ist? ... Oder aber, auch das kann sein, er will sie bestrafen für das, was ihm da vielleicht schwant. Hat er Verdacht geschöpft? Zu dem Entwurf kam von ihm wenig, er hat nur angemerkt, da sei ein neuer Ton, eine flotte Handschrift – dies war sein Ausdruck gewesen. Das Wort, eher beiläufig gesagt, haftet in ihr. Jetzt weiß sie, er mißtraut ihr, hat mit Einspruch gerechnet und sie praktisch vorgeführt. Ein kleiner Racheakt. Gut, dann sind sie quitt. Sie hat sich dort am Meer einen Wunsch erfüllt und keinen Grund, es zu bereuen. Sie denkt an Ralf, sieht ihn öfter vor sich, das schmale Gesicht, und hört ihn sprechen. Doch sie ist kein Teenager mehr – es wird mit ihnen ja kaum weitergehen. Was ziemlich traurig ist.

Sie hört nicht mehr zu, läßt die Gedanken wandern. Natürlich, ihr Stolz ist verletzt. Sie will ein selbstbestimmter Mensch sein – wie damals ihre Mutter. Deren schönste Zeit sind die elf Monate zwischen Mauerfall und Vereinigung gewesen. Sie hat die Trennung von Arno in Kauf genommen, um sich „einzubringen“, wie es damals hieß, sich auf Kosten ihrer Ehe zu „verwirklichen“ ... Doch kann man ihr darin heute folgen? Es fehlt ja die Aufbruchstimmung. Und Edgar, was immer auch seine Fehler sind, ist ein moderater Typ, kein Tyrann.

Später, auf der Heimfahrt, sitzt sie wortlos neben ihm. Er spürt die Verstimmung, den stummen Vorwurf, will das Schweigen brechen. „Besser, man setzt sich über Gegenstimmen nicht einfach hinweg“, sagt er sehr leise. „Klar ist doch, die Bedenken überwiegen ...“

Meine auch, denkt sie; ich zweifle an dir!

„Wir hätten uns beinah verrannt“, fügt er hinzu.

Wir – uns? Das klingt für sie lachhaft. „Du hattest echt gar nicht vor, mich zu unterstützen.“

„Ich bin unschlüssig gewesen, Anja. Dein Ansatz war neu, recht interessant.“

„Interessant, aber unpassend?“

„Ja, absolut. Du, mit diesem heiklen Vergleich waren wir fast dabei, den Konsens des Senders zu verlassen.“

„Den Konsens. Die Linie, hieß es früher mal.“ Sie flüstert genau wie er, damit der Fahrer vorn nichts mitkriegt. „Das kommt mir so vor wie einst in der DDR.“

„Schon wieder daneben“, tuschelt er zurück. „Na komm, vergiß es! Kein guter Tag für Vergleiche, wie's scheint.“

„Eben nicht mein Tag“, sagt sie gallig. Dennoch merkt sie, in seiner Stimme ist keine Spur von Triumph. Sie kennt ihn und weiß, es liegt ihm fern, sie zu täuschen. Und nun geht ihr auf, er ist nur mit sich selbst beschäftigt, um seine

Position besorgt. Er grollt ihr gar nicht, hegt auch kaum einen Argwohn, das bildet sie sich bloß ein. Falls doch, wischt er den eben weg. Sie hat ihm das ominöse Tagebuch beschafft, das letzte Heft des Originals liegt jetzt im Safe, das nimmt er ernst, das ist ihm viel wichtiger gewesen als ein mögliches Abenteuer ... Und ihr?

Anja ist unentschieden, sie weiß es nicht. Sie stellt sich Ralf vor, sieht sein schmales Gesicht, wie er halb jungenhaft und halb bekümmert sagt: „Kapitalismus und Demokratie sind bald am toten Punkt. Mäßigungsreden verhindern die Krisen nicht. Leider fehlt das Gegenmodell, die praktikable Vision. Mancher von uns, auch in den Medien, wünscht sich Veränderung, den großen Umschwung. Aber lieber irgendwo weit weg erst mal, in Brasilien oder China. Das hat nämlich den Vorteil, man kann hier seine Karriere zügig weiterführen ..."

Es klang wie auf sie gemünzt. Und es stimmt wohl für jeden, der angelangt ist auf der Sonnenseite dieser Welt. Gewiß, es zieht sie zu ihm hin, zu seinem kompromißlos klaren Denken, und sie braucht keinen Luxus, liebt die Natur, kann sich ein Leben dort oben mit ihm vorstellen ... Aber würde sie's wirklich schaffen, sich von allem hier zu lösen, wenn sich der Frust von heute wiederholt?

Das Schlimme ist, sie weiß es nicht. Sie ist keine, die leicht hinschmeißt, die das Erreichte einfach aufgibt. Und den Mann verläßt, der da neben ihr sitzt, mit dem sie noch immer einiges verbindet. Wieviel Zurückweisung ist nötig, um von ihm wegzuwollen? Um ihren Platz im Sender zu vertauschen mit dem Dasein einer freien Journalistin dort am Meer, ganz am Rand, was läßt sich von dort aus denn bewegen? Noch viel weniger als hier.

Doch muß es ein Abstieg in die Lokalpolitik sein, wäre kein Neubeginn, kein neuer Anlauf möglich? Wie leicht weicht man doch aus, zieht sich zurück in den Alltag eines überschaubaren Lebens, selbst wenn die Glut darin schon erlischt. Als gäbe es nichts anderes, überhaupt keinen Weg, der wegführt aus Hektik, nervender Routine und satter Sicherheit ... Dennoch, da ist ein Weg, sie hat ihn wenigstens entdeckt, damit fängt's immer an, er steht ihr notfalls offen. Noch oft wird sie ihn gehen, in ihrer Phantasie.

Wie schon bei früheren Texten, an denen meine Frau Ingrid mitgewirkt hat, danke ich ihr wiederum für manch hilfreiche Idee und ihren einfühlsamen Rat. Das Gedicht auf Seite 101 schrieb mein Freund Prof. Dr. Dieter Hoffmeier.

Entstanden wäre dieses Buch nicht ohne den Startschub des Berichts „Aus den Akten der Staatssicherheit ..." – das Resultat langjähriger Recherchen des Rostockers Joachim H. Rudek. Der Marinehistoriker hatte viele Zeitzeugen befragt und sich im Waldeck-Archiv der Birthler-Behörde (BStU) durch 91 Aktenbände zum Fall des vermeintlichen US-Spions Jörg Bocho gewühlt. Fasziniert von dessen Aussagen – selbst dann noch, als ihm klar wurde, daß der ein Hochstapler gewesen war.

Aus amtsinternen Gründen sah die Stasi davon ab, den Schwindel platzen zu lassen. Der kam ihr im Gegenteil entgegen, und so blies sie ihn mit militärtechnischen Informationen aus Moskau nach Kräften auf zum glaubhaft-eindrucksvollen Bluff.

Das nun fesselte auch mich. Bin ich wie Joachim H. Rudek doch davon überzeugt, daß solch ein Vorgehen nicht DDR-spezifisch, sondern weltweit systemimmanent, also geheimdiensttypisch ist: Ohne Lügen wird keiner groß in jenem zwielichtigen Metier – damals wie heute.

Das weiß auch mein Sohn Paul, dessen Mitarbeit so unentbehrlich war wie bei unserem 9/11-Roman „Die Legende". Von ihm kam die Idee, all das aus heutiger Sicht zu schildern – dem Blick der Medien, mit der Suggestivkraft ihrer Schlagzeilen und Bilder, die manchmal in die Irre führen.

Dies ist ein Roman, kein Sachbuch. Er zeigt Tendenzen und Kunstfiguren, kaum lebende Personen. Aus dem Ex-Häftling Jörg Bocho (1940–1997), den der Historiker Rudek beschrieb, ist der fiktive Bodo Lommel geworden. Phantasiegestalten tragen die Story, wobei sich dem Leser im Licht der eigenen Erfahrung zeigen mag, ob sie fähig sind, wie wirkliche Menschen zu handeln.

Wolfgang Schreyer

Der 9/11-Roman von Wolfgang und Paul Schreyer

DIE LEGENDE

11. September 2001. Präsident Bush wird in Florida von den Anschlägen überrascht. Wie soll er reagieren? Sein Leibwächter warnt ihn – ein als Kamerateam getarntes Selbstmordkommando habe versucht, ihn auszuschalten. Bushs engster Berater Danny Shaw versucht derweil, die Presse im Zaum zu halten – und verliebt sich in eine neugierige Journalistin. Doch wieviel darf er ihr sagen, ohne selbst in Gefahr zu geraten?

Fünf Personen schildern den Ablauf des „schwarzen Dienstags" und zwölf folgender Septembertage: der Präsident, sein Berater, die Journalistin, der Leibwächter sowie dessen Frau, die in der Nationalen Terrorabwehr arbeitet. Aus fünf Blickwinkeln ergibt sich ein faszinierendes Bild des Wechselspiels von Regierung und Medien unmittelbar nach dem Terrorangriff.

„Der 11. September – kein Thema für Romane? Unsinn: Die beweisen das Gegenteil. Der junge Schreyer kümmert sich um die Fakten, der alte Profi erledigt inzwischen die Felder Emotion, Perspektive und gelassene Sprache. Herausgekommen ist ein Thriller, der mit jeder Großverlag-Produktion locker mithalten kann – und die meisten übertrifft." *Stephan Draf, Stern*

392 S., Paperback, ISBN 978-3-360-01289-0

erschienen im Verlag

Das Neue Berlin

www.das-neue-berlin.de

Aktuelle Erzählungen von Wolfgang Schreyer

DIE VERFÜHRUNG

Im September 2009 ist Grand Cayman, der tolle Finanzplatz bei Jamaica, jäh pleite – wie absurd! Trotz solcher Warnzeichen fliegt Tony mit seiner Liebsten von Washington ins große Abenteuer. Ihr Institut schickt die zwei Konfliktforscher auf die Karibikinsel, sie sollen sich in der Praxis bewähren. Das britische Überseegebiet will sich mausern zur korrekten Demokratie. Doch das Paar gerät in einen Thriller – andere Leute haben dort unter Palmen längst Fuß gefaßt.

Jede der sechs Storys lebt vom Drama der Realität unserer Tage. Beklemmende Vorgänge, genau erzählt, bringen atemberaubende Spannung.

„Der Band versammelt Geschichten, die von Varianten der Verführung und Verführbarkeit erzählen und die alle in dem Land spielen, das für viele Menschen selbst eine Verführung darstellt: die USA. Es handelt sich um sozialkritische Stoffe, für die der Ahrenshooper Autor Wolfgang Schreyer seit Beginn seiner schriftstellerischen Arbeit – seit nahezu 60 Jahren! – bekannt ist.“ *Wolfgang Gabler, Ostsee-Zeitung*

172 S., Paperback, ISBN 978-3-360-02108-3

ISBN 978-3-360-02118-2

Satz & Umschlaggestaltung: Paul Schreyer
unter Verwendung eines Fotos von Featurepics
Druck und Bindung: CPI Moravia Books GmbH

Ein Verlagsverzeichnis schicken wir Ihnen gern:
Das Neue Berlin Verlagsgesellschaft mbH & Co. KG
Neue Grünstr. 18, 10179 Berlin
Tel. 01805/30 99 99 (0,14 €/Min., Mobil max. 0,42 €/Min.)

Die Bücher des Verlages Das Neue Berlin
erscheinen in der Eulenspiegel Verlagsgruppe.

www.das-neue-berlin.de